Le fils du play-boy

—

Un homme de confiance

NAIMA SIMONE

Le fils du play-boy

Traduction française de
ÉDOUARD DIAZ

PASSIONS

HARLEQUIN

Collection : PASSIONS

Titre original :
BACK IN THE TEXAN'S BED

HARPERCOLLINS FRANCE
83-85, boulevard Vincent-Auriol, 75646 PARIS CEDEX 13
Service Lectrices — Tél. : 01 45 82 47 47 - www.harlequin.fr
ISBN 978-2-2804-5393-6 — ISSN 1950-2761

Composé et édité par HarperCollins France.
Imprimé en novembre 2021 par CPI Black Print (Barcelone)
en utilisant 100% d'électricité renouvelable.
Dépôt légal : décembre 2021.

FSC
www.fsc.org
MIXTE
Papier issu de sources responsables
FSC® C159065

Pour limiter l'empreinte environnementale de ses livres, HarperCollins France s'engage à n'utiliser que du papier fabriqué à partir de bois provenant de forêts gérées durablement et de manière responsable.

Prologue

L'amour…

Assis dans la salle de réunion du Texas Cattleman's Club, Russell « Ross » Edmond Jr sirotait son scotch aux délicieux arômes de fumée, de caramel et de fruits avec un soupçon de sel, tout en observant, au-delà de la fenêtre, un très beau couple enlacé dans une étreinte passionnée. Quelques mois auparavant, Ezekiel Holloway et Reagan Sinclair – aujourd'hui devenue Reagan Holloway – avaient déclenché un beau scandale à Royal, Texas, en s'enfuyant à Las Vegas pour se marier malgré l'opposition de la famille de Reagan. Un scandale d'autant plus retentissant que la famille de Zeke faisait l'objet d'une enquête criminelle dans une affaire de détournement de fonds et de trafic de drogue. Depuis lors, toutefois, les protagonistes de cette sombre histoire avaient tous été blanchis par la justice et leur bonne réputation restaurée, et les jeunes mariés ne cessaient de se prouver avec délices leur amour éternel.

Ross réprima un sourire moqueur. Bien sûr, le jeune couple semblait très amoureux, et follement heureux, et ils s'embrassaient comme si Ezekiel s'apprêtait à partir en mer durant des mois. Ils s'adoraient. Ou, en tout cas, ils le croyaient.

Malheureusement – ou *heureusement pour lui* –, Ross n'était pas un croyant inconditionnel en l'amour. Cette émotion semblait servir trop souvent d'excuse bien pratique pour permettre aux gens de perdre tout contrôle de leurs actions, justifier des comportements idiots ou valider des élans de désir irréfléchis.

En *quoi* croyait-il, au fond ?

Portant de nouveau son verre à ses lèvres, il se détourna du jeune couple pour parcourir du regard l'élégant décor de la salle. Lors de récentes rénovations au Club, on avait remplacé le bois sombre et la pierre, et les couleurs étaient plus vives, toutes les fenêtres avaient été agrandies et les plafonds rehaussés. Certes, les trophées de chasse et les objets historiques décoraient encore les murs, et les écuries avaient été conservées, ainsi que la piscine et les courts de tennis. Mais, aujourd'hui, le Club était doté d'une garderie pour les enfants et s'enorgueillissait de magnifiques peintures murales. L'ensemble créait une ambiance bien plus chaleureuse qu'auparavant.

Mais le lieu suggérait toujours l'influence. L'exclusivité.

Et les idéaux en lesquels il croyait.

L'argent et la puissance. Qui pouvaient être comptés, mesurés, gérés, et, au besoin, manipulés. Qui étaient infailliblement consistants.

Qui ne l'avaient jamais déçu.

Au contraire des gens. Au contraire de l'*amour*.

Le seul fait de penser à ce mot le faisait grimacer.

— Ross, approche-toi par ici, lança Russell Edmond Sr d'une voix de stentor, comme si Ross se trouvait très loin de lui, et pas à seulement quelques pas. Tu bouderas sur ton temps libre. Pour le moment, nous avons du travail.

Rusty. Magnat du pétrole. Membre du Texas Cattleman's Club. Grand brasseur d'affaires. C'étaient les noms que les gens employaient en parlant de Russell Edmond Sr Ross quant à lui, préférait : *brillant, impitoyable, dominateur.* Et, à l'occasion *salopard* et *manipulateur.*

Tous ces noms lui allaient parfaitement.

C'était un homme de haute taille, aux larges épaules, que les années avaient très peu ramolli, aux cheveux noirs striés de gris aux tempes, aux yeux gris vifs et intelligents. Le physique puissant de Rusty imposait encore le respect. Ross s'approcha de la longue table de conférences d'acajou massif, son regard fixé non pas sur son père, mais sur la petite liasse de documents posée au centre de la table. Son cœur battait très fort d'anticipation. Pour les autres, ces quelques documents pouvaient paraître sans importance particulière, mais… pour lui ?

Ils représentaient l'indépendance. L'autonomie.

L'identité.

Certes, l'affaire incluait le soutien marketing et financier du Groupe Edmond, mais ce projet particulier – La Soirée dans la Baie, un festival de haute gastronomie, d'art et de grands vins qui devait avoir lieu sur une petite île privée – était son bébé. Ou, plus exactement, le sien, celui de sa sœur Gina et de son frère Asher, ainsi que de Billy Holmes, son meilleur ami. Mais, pour la première fois, il n'était plus un figurant portant le nom des Edmond et un vague titre de cadre dans l'entreprise. Il n'était plus une marionnette chargée d'exécuter les ordres de Rusty. Il n'était plus le play-boy inutile, le fils de famille accroché aux basques de son papa, profitant de sa réussite et de sa réputation.

Avec ce projet, cet événement, il sortirait enfin de l'ombre de son père et il prouverait au monde entier qu'il n'avait pas seulement hérité le nom d'Edmond. Il l'avait *mérité*. Ross jouerait un rôle actif dans la consolidation et l'expansion de l'héritage familial, en faisant passer le Groupe Edmond du niveau national à l'international. Ce que même Rusty n'avait pas réussi à faire durant toute l'histoire de l'entreprise.

Mais Ross le ferait.

Et, par la même occasion, il y gagnerait peut-être un peu de ce quelque chose qu'il n'avait jamais reçu durant ses vingt-huit années de vie dans le rôle de fils de Rusty – l'approbation de son père.

Pour être clair, ce n'était pas de l'amour qu'il réclamait. Les hommes comme son père croyaient encore moins à cette émotion que Ross lui-même. Ses quatre ex-épouses étaient bien placées pour le savoir.

Et ses enfants également.

— Alors, c'est cela ? s'enquit-il en reposant son verre sur la table, faisant de son mieux pour ne pas fixer les documents comme s'il s'agissait du Saint-Graal. Le contrat définitif ?

— Oui, affirma Billy Holmes, son ami d'université et futur associé avec un sourire satisfait. La phase finale avant que la Soirée dans la Baie ne quitte le domaine des rêves pour devenir une réalité.

— Des rêves, répéta Rusty d'un ton railleur. Les rêves sont pour les hommes trop femmelettes pour se lancer dans la bagarre afin d'obtenir ce qu'ils désirent.

Ross tourna son regard vers sa sœur, assise en face de lui à la table, pour voir sa réaction. Visiblement frustrée, Gina se contenta de lever les yeux au ciel. Rusty avait toujours dévalué le rôle des femmes, tout spécialement dans les questions d'affaires et d'autonomie. Gina était devenue aussi experte que Ross dans la dissimulation de ses émotions, mais celui-ci lut l'irritation dans ses yeux. La blessure.

— Heureusement, intervint Billy avec bonne humeur, il n'y a que des hommes très virils autour de cette table.

Il adressa un sourire chaleureux à la jeune sœur de Ross, avant d'ajouter :

— À l'exception de Gina, naturellement. Et, lorsque nous aurons tous apposé notre signature sur ce document, personne n'osera plus jamais contester l'influence et la stature internationale du Groupe Edmond.

Son attitude détendue eut l'effet escompté. Rusty poussa le contrat vers lui à travers la table, bien que sans le moindre enthousiasme. Billy le parcourut rapidement, puis il releva les yeux vers Ross et lui adressa un clin d'œil. Ross secoua la tête. Son ami était déjà un charmeur au temps de l'université, et, depuis son arrivée à Royal, deux ans plus tôt, il n'avait pas du tout changé. Son apparence physique impeccable et ses manières parfaites, la générosité avec laquelle il accordait son temps aux autres, sa vive intelligence et sa fortune personnelle avaient conquis tout le monde, de ses associés en affaires à la clique très fermée de la bonne société de Royal.

Rusty y compris, ce qui était en soi un prodige.

Le vieil homme. avait même parrainé Billy au Royal Cattleman's Club, et lui avait fait obtenir le très convoité statut de membre. Il existait entre Billy et Rusty Edmond une camaraderie, une proximité à laquelle même ses enfants n'avaient jamais pu prétendre.

Mais cela, c'était Billy. L'Homme-qui-chuchotait-à-l'oreille-des-milliardaires, comme on l'appelait en plaisantant.

Et, à mieux y réfléchir, ce n'était peut-être pas tout à fait une plaisanterie.

— Tout cela m'a l'air bien, annonça Rusty et tirant un stylo en or massif de la poche intérieure de son veston.

Il signa son nom sur le contrat avec un geste un peu guindé, et il félicita Billy.

— Tu as bien travaillé, fils.

Ross ramassa son verre et sirota une gorgée, espérant que l'alcool le débarrasserait du goût amer de la jalousie qui lui serrait la gorge. Son père venait d'appeler un autre homme *fils*, et, après tout, il était humain. Il était sujet aux tourments de la jalousie. Mais il se sentait surtout soulagé.

Ce qui résumait parfaitement la dynamique toxique de la famille Edmond.

Mais un bref coup d'œil en direction de Gina et d'Asher, son demi-frère, que Rusty avait adopté après avoir épousé sa mère – épouse numéro deux –, lui confirma qu'il n'était pas le seul à éprouver ce sentiment. Eux aussi étaient visiblement soulagés. Lorsqu'il arrivait que Rusty sorte un instant de son personnage tyrannique, c'était une agréable pause dont il convenait de profiter pour respirer un peu, car elle ne durerait probablement pas longtemps.

À cet instant, quelqu'un frappa à la porte, et Billy se leva, désignant le contrat.

— C'est la surprise que j'ai commandée, déclara-t-il. Allez-y, terminez pendant que je m'en occupe.

Ross s'avança le premier pour ajouter sa signature au contrat, aussitôt imité par Gina et Asher. Ils venaient de se rasseoir lorsque Billy réapparut avec une bouteille de champagne et cinq coupes de cristal sur un plateau d'argent. Il ne lui fallut qu'un instant pour verser le vin pétillant, et ils levèrent tous leurs coupes pleines pour porter un toast.

— Au jour où l'Edmond Organisation aura apposé sa marque indélébile, pas seulement dans ce pays, mais dans le monde entier, dit Billy, ses yeux bleus brillant de fierté. Je crois que nous avons tous attendu impatiemment ce jour. Buvons à la réalisation de tous nos objectifs, et, enfin, à vous tous, la famille Edmond. Que tous vos rêves se réalisent, et que la fortune vous sourie.

Ils firent tinter leurs coupes et sirotèrent leur champagne pour célébrer l'heureuse conclusion de leur projet.

— Plusieurs représentants de grandes marques se sont déjà manifestés spontanément pour être présents au festival, observa Asher. Tous désirent y participer. Je soupçonne que la totalité des billets sera vendue en quelques heures. Notre Soirée dans la Baie sera un grand succès pour nous tous.

— Elle devra l'être, grogna Ross. Ce concept a le potentiel de devenir un événement annuel à la fois très exclusif et très profitable. Mais, pour cela, cette première édition doit absolument être un grand succès. En outre, d'autres investisseurs se sont joints à nous pour les financements, et toutes les associations caritatives qui en retireront potentiellement des bénéfices comptent sur *nous*.

— Nous réussirons, affirma Gina. J'en suis certaine.

— La réputation des Edmond et leur argent en dépendent, alors, oui, il faut que ce soit un succès. Vous n'avez pas d'autre choix. Je veux que tout le monde parle de ce festival des mois avant qu'il n'ait lieu, et des mois après.

— Soyez assuré qu'on en parlera, Rusty, murmura Billy, avec un sourire en coin. Je vous le promets. Ce sera un événement que personne n'oubliera de sitôt.

Une nouvelle fois, Ross sentit un délicieux sentiment d'excitation l'envahir. Dans quelques mois seulement, les grandes marques, les investisseurs et les titulaires de billets accourraient en masse à *leur* festival. Sirotant une gorgée de champagne, il esquissa un sourire. Pour lui, ce serait l'occasion de faire des affaires, *mais pas seulement*. Des gens du monde entier se rassembleraient sur l'île privée où aurait lieu le festival. Et cela signifiait des hordes de jolies femmes. Et, plus spécifiquement, des femmes qui n'attendraient rien de plus de sa part que le plaisir sexuel délicieusement temporaire qu'il pourrait leur procurer.

Il savait qu'on le considérait comme un play-boy, et, pour être honnête, cette réputation était amplement méritée. Il collectionnait les amourettes, les aventures d'une nuit – le plaisir des sens sans les attachements émotionnels qui pouvaient piéger un homme, l'étrangler jusqu'à ce qu'il ne puisse plus réfléchir correctement, ou même *respirer*.

À cette idée, il sentit une main glacée lui serrer le cœur. Un visage indistinct, fantomatique, flotta à la surface de sa mémoire, comme un mirage surgissant devant un mourant juste avant que son cœur ne cesse de battre.

Fronçant les sourcils, Ross serra plus fort la coupe dans sa main. Il *n'était pas* mourant, et il n'était pas question de faire preuve d'une telle *faiblesse* une nouvelle fois. De se permettre de croire qu'une relation sexuelle pouvait être autre chose que l'occasion pour deux personnes de satisfaire un besoin avant de retourner à la vie normale, chacun de son côté. Aucun rapport avec les émotions, avec… l'amour.

Mais pourquoi diable ce mot revenait-il en boucle dans son esprit, aujourd'hui ?

Furieux contre lui-même, il refoula ces pensées inopportunes – et un certain visage – hors de sa conscience. *Se concentrer*, songea-t-il. Il devait se concentrer.

Lui et le reste de sa fratrie étaient sur le point d'obtenir ce qu'ils désiraient depuis si longtemps, individuellement et collectivement. D'atteindre les objectifs auxquels Billy venait de porter un toast, quelques instants plus tôt.

Et aucun obstacle ne pourrait les arrêter.

- 1 -

— Charlotte, puis-je vous déranger un petit instant ?

Charlotte Jarrett, qui vérifiait une dernière fois les plats sur le point d'être servis en salle, releva les yeux. Cette cuisine était la sienne. Son bébé. Et ses recettes étaient son âme. Elle exigeait la perfection, et tout ce qui lui paraissait en dessous de ce standard était aussitôt renvoyé en cuisine pour être remplacé et servi de nouveau.

— Bien sûr, répondit-elle, se tournant vers Faith Grisham, la manageuse du Sheen, le restaurant où Charlotte avait été recrutée comme cheffe, deux semaines plus tôt. Accordez-moi seulement deux minutes pour terminer ici.

Faith était ravissante, et elle aurait pu passer pour une actrice de cinéma, mais elle était aussi une femme de tête.

— Pas de problème, répliqua-t-elle.

La règle numéro un dans cette cuisine était que le service et la qualité des plats devaient être impeccables, car la satisfaction du client était leur priorité absolue. Le Sheen voguait présentement sur une vague de succès, mais il suffirait d'un commentaire négatif dans la presse pour que leur statut de nouveau meilleur restaurant de Royal ne soit plus qu'un souvenir. Cela, personne ne le désirait.

Et Charlotte moins que quiconque.

Pas après avoir tout sacrifié pour revenir dans cette ville où elle était née, et où elle s'était juré de ne jamais remettre les pieds. Son avenir en dépendait.

Elle devait élargir sa clientèle à un public plus exclusif, aux relations influentes. Et peut-être obtenir ainsi un statut d'associée au Sheen. Acquérir plus de visibilité, faire un pas de plus vers son objectif final, qui était de devenir une cheffe mondialement reconnue, et gagner ses étoiles Michelin.

Et, par-dessus tout, s'assurer que Ben et elle auraient droit à un environnement stable et à la sécurité financière. Alors qu'elle mettait les touches finales à son plat fétiche, le bœuf braisé sur lit de pâtes thaïes, accompagné de tomates rôties et d'asperges, l'image de son adorable petit garçon traversa son esprit comme un rayon de soleil. C'était lui qui l'avait sauvée, qui lui avait offert une raison d'espérer, de continuer à lutter, au lieu de renoncer à vivre. Ben était *tout* pour elle, et il était bien normal qu'elle soit prête à renoncer à tout pour lui garantir une vie pleine d'harmonie et de bonheur.

Même si cela signifiait ravaler son orgueil et faire le premier pas pour se réconcilier avec ses parents, et combler le fossé qui les séparait depuis qu'elle avait quitté Royal.

Même si elle devait pour cela affronter les souvenirs – et les démons – qui continuaient à la hanter trois ans plus tard.

Réprimant un soupir, elle se concentra à nouveau sur son travail. Satisfaite que ses plats soient prêts à partir, elle passa rapidement une serviette en papier humectée de vinaigre blanc sur le bord des assiettes puis elle les posa sur l'étagère chauffée où les serveuses les récupéreraient. Puis, après avoir donné quelques instructions à sa seconde de cuisine, Charlotte s'essuya les mains sur un torchon et se tourna vers Faith, qui pianotait un texto sur son téléphone à une vitesse phénoménale.

— Que puis-je pour vous ? s'enquit-elle en souriant.

— J'ai besoin de vous, de votre ravissant visage et de votre brillante personnalité.

— À qui comptez-vous me vendre ? s'enquit Charlotte en pouffant de rire. N'oubliez pas que j'ai toute une salle de clients affamés à nourrir. Qu'y a-t-il pour votre service ?

— Il y a que je viens tout juste d'apprendre d'une source qui préfère rester anonyme que le critique gastronomique du *New York Voice* compte dîner chez nous mardi prochain.

— Quoi ? chuchota Charlotte, le souffle coupé. *Vraiment ?*

Ce magazine en ligne alternatif n'existait que depuis cinq ans, mais il avait aussitôt acquis une immense notoriété, non seulement à New York, mais dans tout le pays, et même à l'international. Grâce à une solide équipe de journalistes d'investigation, de nombreux articles centrés sur des sujets de société, une attention particulière à la communauté des arts, de la musique et de la gastronomie, le *New York Voice* avait reçu de nombreuses distinctions, dont le Prix national de la fondation de la presse. Si le Sheen avait droit à un avis flatteur dans leur page gastronomique, ce serait une magnifique publicité, et pas seulement pour l'établissement, mais aussi pour la carrière de Charlotte.

— C'est la pure vérité, déclara Faith. Et cela signifie que mardi prochain, nous devrons donner le meilleur de nous-mêmes. Je me chargerai de la salle et veillerai à ce que tout soit impeccable, et le service exemplaire. Vous, vous serez la responsable du côté cuisine. Je crois qu'il est inutile de vous expliquer ce qu'une bonne critique peut faire pour nous.

— Oui, je le sais, répondit Charlotte. Et, croyez-moi, tout sera mieux que parfait de mon côté.

— Je le sais, convint Faith.

Elles restèrent là un moment, à se regarder, un grand sourire aux lèvres, comme deux collégiennes à leur premier rendez-vous. Charlotte songea à ce qu'une critique flatteuse du *New York Voice* signifierait pour le Sheen, mais cela allait plus loin que cela. La manageuse de ce restaurant était une femme noire. En cuisine, la cheffe était une femme noire. L'équipe était formée de femmes de différentes origines ethniques – mais toutes étaient des femmes. Lorsque le propriétaire avait créé ce concept, ce n'était peut-être qu'une astuce pour différencier le Sheen des nouveaux restaurants qui se multipliaient partout comme des champignons. Néanmoins, Charlotte et Faith s'étaient juré depuis le début de ne pas permettre que cela reste un simple truc publicitaire. Leur restaurant deviendrait célèbre uniquement grâce à son superbe service et à sa sublime cuisine de gourmet. Et, pour le moment, elles étaient en voie de réussir leur pari.

— Cheffe, votre présence est requise à l'une des tables, lança Carlie, l'une des serveuses. Ces clients ont demandé à vous parler.

— Merci, Carlie, répondit Charlotte en soupirant. Je suppose que je ferais mieux d'y aller.

— Cela fait partie de la mission, rappela Faith en riant.

— Je sais, je sais, marmonna Charlotte, ôtant la veste de cuisinière qu'elle portait devant les fourneaux pour enfiler celle, plus élégante, qu'elle revêtait lors de ses sorties en salle. Ce n'est pas que je déteste parler avec les clients, mais je préfère de loin la cuisine aux relations publiques.

— Vous feriez bien de vous y habituer. Vous n'êtes pas naïve au point d'ignorer que, de nos jours, le chef compte autant que la cuisine. Ce joli visage et ce corps de pin-up font autant pour la réputation de ce restaurant que vos spécialités.

C'était hélas vrai, mais Charlotte s'en était toujours irritée.

— Merci pour ces mots de sagesse, répliqua-t-elle,

mais j'ai toujours l'impression de me donner en spectacle. Passez devant, Carlie. Je vous suis.

Elles sortirent de la cuisine, et Charlotte parcourut du regard le restaurant où elle passait autant de temps que dans l'appartement qu'elle louait pour Ben et elle. Le Sheen était un bâtiment entièrement construit en verre, et, ce soir, la lumière tamisée de la salle s'harmonisait parfaitement avec les rayons du soleil couchant qui entraient à flots par les immenses baies, baignant les tables et la clientèle dans une symphonie d'oranges et de rouges. *Magnifique.*

Et elle gardait l'espoir que ce lieu serait un jour à elle. Tout du moins en partie.

Carlie la conduisit à travers la salle jusqu'à un coin où se trouvait l'une de leurs meilleures tables, qui offrait une vue superbe de Royal. La table en question, perchée sur une petite estrade, dominait toute la salle, ce qui plaçait le client dans la catégorie des VIP.

Charlotte plaqua un sourire poli sur ses lèvres en s'approchant. Elle se donnait cinq minutes maximum. Ensuite, elle devrait retourner en... *Oh ! mon Dieu...*

Une main de glace lui serra le cœur, et elle s'arrêta net, paralysée sur place, incapable de détacher son regard de ces yeux aussi bleus et aussi froids qu'un glacier de montagne.

Son cœur battait si fort qu'elle avait l'impression qu'il allait bondir hors de sa poitrine, et chaque pulsation augmentait sa souffrance et sa peur. Ainsi qu'un autre sentiment beaucoup plus complexe.

Souffrance, car, pour la première fois depuis trois ans, elle revoyait le beau visage insensible de l'homme qu'elle avait un jour aimé, qui avait accepté son corps, mais pas son cœur.

L'autre émotion était un mélange toxique de colère, de

ressentiment et d'une autre réaction dont elle avait honte – le plaisir qu'elle éprouvait à revoir ce visage autrefois si cher.

Quant à sa peur, elle s'expliquait facilement – Russell Edmond Jr n'était pas seulement l'homme qui lui avait brisé le cœur. Il était le papa de Ben.

Un fils dont il ignorait totalement l'existence.

- 2 -

Impossible.

Ross fixait d'un regard incrédule un fantôme de son passé.

Un fantôme qu'il avait essayé d'exorciser avec le temps, avec le travail et avec d'autres femmes – quelquefois avec l'alcool – sans jamais y réussir.

Charlotte Jarrett.

L'ancienne cheffe de cuisine au ranch de sa famille. Son ex-amante. La femme qui l'avait abandonné sans se soucier des dégâts qu'elle laissait derrière elle.

Une autre femme qui était partie sans se retourner.

Un froid de glace envahit son corps tout entier. Il détestait la voir à nouveau devant lui, toujours exactement la même. Il détestait constater que sa haute silhouette était toujours aussi gracieuse, avec ces mêmes courbes sublimes dont ses mains avaient gardé un souvenir inaltérable. Elle était toujours aussi belle – une peau soyeuse d'un brun de noyer, des yeux en amande ourlés de longs cils noirs, des pommettes hautes, un nez aux proportions harmonieuses, et...

Il glissa ses mains sous la nappe et les posa sur ses cuisses pour dissimuler ses poings serrés.

Et une bouche qui appelait irrésistiblement les baisers. Des lèvres pulpeuses, d'une telle sensualité que n'importe quel homme en les voyant ne pouvait s'empêcher de les imaginer en train de le conduire au bord de l'extase. Vers un abîme de félicité où il s'était anéanti bien des fois avec elle…

Il avait ressenti une érection instantanée à la seconde où il avait plongé son regard au fond de ses yeux de la couleur du café noir, et il détestait cela aussi. Et, surtout, il détestait sentir son idiot de cœur battre de cette façon devant elle.

Pourquoi diable Charlotte était-elle revenue à Royal ?

Elle l'avait quitté. Elle s'était débarrassé de lui comme d'un vieux pull. Comme si elle ne l'avait jamais laissé entrer en elle. Ou prononcé son nom en gémissant de plaisir. Un son tellement sexy qu'il lui était devenu nécessaire comme une drogue. Comme si leurs corps nus luisants de transpiration n'avaient pas été étroitement unis l'un à l'autre, dans leur cocon privé d'où le monde extérieur était banni.

Charlotte Jarrett avait complété la leçon que sa mère avait commencé à lui enseigner. Ross était aujourd'hui un expert en matière d'abandon émotionnel. *Si tu es assez bête pour t'attacher, elles te quittent.* C'était peut-être quelque chose chez lui, qui les poussait si facilement à l'abandonner. Les quatre mariages de son père étaient autant de pièces à conviction. Rusty changeait de femme presque aussi souvent que de chemise. *Tel père, tel fils.*

Ross, au moins, ne les épousait pas.

Ça, non. Il avait enfin appris sa leçon. Et c'était grâce à Charlotte. Il couchait avec elles et passait à la suivante. Aucune promesse. Aucun attachement. Pas de sentiments. Tant qu'il suivrait ces règles, personne ne pourrait plus le prendre pour un idiot.

Ne pourrait plus jamais le faire souffrir. Le laisser tomber.

Ross refoula fermement ces ridicules mots de faiblesse de son esprit. Il ne s'était pas senti blessé lorsque Charlotte avait tout à coup quitté Royal. Lorsqu'elle l'avait quitté, *lui.*

Il avait été furieux, et cette colère continuait à brûler dans son cœur comme un brasier mal éteint, tandis qu'elle s'approchait de la table à laquelle il dînait avec Billy.

S'il avait su, lorsque son ami lui avait suggéré de rencontrer la cheffe du Sheen qu'il se retrouverait à nouveau face à Charlotte, Ross serait parti aussitôt, sans se retourner. D'ailleurs, il le pouvait encore…

— Bonsoir, lança Charlotte, son regard fixé sur Billy.

Par pure habitude, les bonnes manières lui ayant été inculquées depuis sa naissance, Ross se leva en même temps que son ami, et il eut la sensation que cette voix capiteuse s'insinuait sous ses vêtements pour caresser sa peau. Même avant qu'ils ne deviennent amants, cette voix sensuelle le faisait penser à des draps froissés, à des soupirs de volupté.

— Je suis Charlotte Jarrett, poursuivit-elle, et je suis la cheffe du Sheen. J'espère que le dîner a été à votre goût et que cette soirée chez nous restera dans votre mémoire comme une expérience agréable.

Puis, au moment où Ross allait conclure qu'elle ne l'avait pas reconnu, son regard rencontra le sien.

— Bonsoir, Ross, murmura-t-elle. Heureuse de te revoir.

Menteuse.

Elle était aussi heureuse de le voir assis dans son restaurant que lui l'était de se trouver là à cet instant.

— Ah, vous vous connaissez ? s'étonna Billy alors qu'ils se rasseyaient, lui évitant d'avoir à répondre à ce faux sourire et ce faux sentiment.

— Oui, grogna Ross, faisant un effort pour se ressaisir. Charlotte était cheffe de cuisine au ranch de ma famille, il y a quelques années de cela.

Il marqua une pause, avant d'ajouter :

— Avant de partir pour la Californie et un nouvel emploi.

Il regretta ces paroles sitôt qu'elles eurent franchi ses lèvres. Elle était partie, oui. Mais c'était le passé, et aujourd'hui il s'en fichait. Mais, tout de même… Pourquoi diable était-elle rentrée à Royal ?

— La Californie ? s'enquit Billy, visiblement intéressé. Le monde est décidément petit. Et quelle région de la Californie, si je peux me permettre ?

— Santa Monica, indiqua-t-elle d'une voix posée, toujours abritée derrière ce sourire qu'il détestait.

C'était l'expression qu'il appelait « son masque », il la reconnaissait parfaitement. Celle qu'elle arborait toujours devant son père. Jamais devant Ross.

Jusqu'à cet instant.

— J'adore Santa Monica, affirma Billy avec un sourire charmeur. C'est une ville merveilleuse. Mais, ce qu'ils ont perdu, nous l'avons gagné. Et Royal est tout aussi jolie.

Billy se leva de nouveau et il tendit sa main à Charlotte.

— Puisque vous connaissez déjà Ross, permettez-moi de me présenter. Je suis Billy Holmes. C'est un plaisir pour moi de rencontrer une cheffe aussi talentueuse et aussi ravissante.

— Merci, répondit Charlotte, serrant la main offerte.

Ce ne fut qu'une brève poignée de main, mais Ross dut puiser dans ses réserves de volonté pour ne pas se lever d'un bond et s'interposer entre eux pour faire cesser ce contact. Et pourtant, Billy était comme un frère pour lui. Mais Charlotte lui avait supprimé ce privilège trois ans plus tôt, et il n'avait pas envie de lui demander de le rétablir.

— Êtes-vous satisfaits du dîner ? s'enquit-elle.

— Oui, assura Billy avec un sourire appréciateur. Nous avons choisi votre spécialité de bœuf braisé, et c'était absolument superbe. Je ne me suis jamais autant régalé.

— Merci, répéta-t-elle avec un sourire sincère, cette

fois-ci. Dans ce cas, je suggère que vous poursuiviez avec notre spécialité de dessert. C'est un gâteau meringué aux pêches, couronné de crème Chantilly avec des éclats de chocolat.

— Comment dire non à une telle merveille ? répliqua Billy en riant.

Il s'était rassis, mais, à l'évidence, et à la grande irritation de Ross, il n'était pas encore prêt à laisser repartir Charlotte.

L'expression de Ross s'assombrit. Combien de temps encore devrait-il rester coincé là, et faire semblant de ne pas sentir son parfum à la fois léger et envoûtant, ce subtil mélange de sucre brun et de figues fraîches ? Même les yeux bandés, dans une pièce pleine d'autres gens, il reconnaîtrait encore sa fragrance délectable. Il la trouverait, *elle*.

— Dans ce cas, je commanderai moi-même votre dessert, déclara-t-elle. Merci à vous deux.

Pour la seconde fois seulement depuis qu'elle était arrivée devant leur table, elle lui lança un bref regard, puis elle détourna les yeux avant de conclure :

— Merci d'avoir choisi le Sheen ce soir. À présent, si vous voulez bien m'excuser…

— Attendez, cheffe, l'interrompit Billy. Pourrais-je abuser encore un instant de votre temps, s'il vous plaît ?

Ross fronça les sourcils. Que devait-il faire ? Il devait absolument s'éloigner de Charlotte avant de faire une bêtise. Comme l'entraîner hors de ce restaurant et exiger d'elle quelques réponses, par exemple. Ou, alors, commettre l'impardonnable – glisser ses doigts dans son chignon parfait et libérer ses cheveux d'un riche brun sombre. Vérifier s'ils avaient toujours cette douceur un peu rêche de la soie sauvage, s'ils étaient aussi longs qu'autrefois ou si elle les avait coupés.

Il devenait urgent de mettre le plus de distance possible entre eux.

— Bien sûr, répondit Charlotte d'un ton serein.

Si Ross n'avait pas été occupé à l'observer attentivement, il n'aurait peut-être pas surpris cette lueur d'impatience au fond de ses yeux. La cuisine, *la création* était sa passion dominante, et elle devait s'irriter de perdre ainsi son temps au lieu de retourner devant ses chers fourneaux.

— Que puis-je faire pour vous ? s'enquit-elle.

— Heu… Ross et moi travaillons sur ce projet de festival mêlant la gastronomie, les arts et les grands vins qui s'appellera Soirée dans la Baie, et qui aura lieu fin juillet sur Appaloosa Island. Connaissez-vous ce lieu ?

— Oui, répondit-elle.

Son regard était concentré uniquement sur Billy, et seul le battement rapide d'une veine à la base de son cou trahissait son état d'agitation. Ross devinait qu'elle pensait au jour où il l'avait emmenée en secret sur la petite île privée, propriété de sa famille, dans la baie de Trinity. C'était la première fois de sa vie qu'elle montait dans un hélicoptère. Ils avaient passé la journée à paresser au soleil sur les plages de sable fin, et la nuit suivante à faire passionnément l'amour dans l'élégant petit hôtel de l'île.

Une nuit inoubliable…

Il se souvenait comme si c'était hier de leurs soupirs, de leurs gémissements et de leurs fous rires, de la sensation de leurs peaux luisantes de transpiration glissant l'une contre l'autre. Des rayons de la lune éclairant les draps et leurs membres entremêlés.

Au même instant, Charlotte tourna les yeux vers lui, et, durant quelques interminables secondes, leurs regards s'affrontèrent. Se rappelait-elle aussi ces moments volés de leur passé ? Ressentait-elle comme lui cette incroyable montée de désir ? Le souvenir de sa douce étroitesse serrée autour de lui avait déclenché une érection si monumentale qu'il n'osait plus bouger.

Il fut le premier à détourner le regard.

— Nous avons déjà commencé à aménager l'est de l'île, poursuivit Billy. Le festival sera un événement géant, et les billets d'entrée se vendront en quelques heures. Seriez-vous intéressée par l'idée de monter un chapiteau pour faire participer le restaurant Sheen à cet événement ?

Ross sursauta. *Quoi ?* Ils n'avaient jamais parlé de cela ! Il dévisagea son ami, mais Billy n'avait d'yeux que pour Charlotte et il déployait tout son charme. Passer plus de temps en compagnie de son ex-amante ? La faire participer à un événement susceptible de changer la trajectoire de sa carrière ? De sa *vie* ? Comment parviendrait-il à rester concentré sur sa mission ? De plus… Elle ne méritait pas de collaborer à ce projet qui était si important pour lui. C'était e*lle* l'avait quitté. *Elle* qui l'avait abandonné. Pourquoi bénéficierait-elle de ce qui était *à lui* ?

Il se rendait compte, bien sûr que cette attitude était mesquine de sa part. Mais il s'en fichait.

— Je… Heu… Je suis flattée par votre proposition, bredouilla-t-elle d'un air embarrassé. Mais je ne peux pas vous donner une réponse définitive sans en discuter d'abord avec le propriétaire et l'équipe de direction.

— Faites cela, je vous en prie, et tenez-nous au courant de ce que vous avez décidé. Des milliers de gens assisteront au festival, et votre participation serait avantageuse, tant pour nous que pour le restaurant Sheen. Et aussi pour vous, personnellement. C'est à votre magie en cuisine que ce restaurant doit son succès. Un élégant décor et un service professionnel ont leur importance, bien sûr, mais c'est sa cuisine qui fait la réputation d'un restaurant. Je suis persuadé que ce serait une magnifique opportunité pour vous.

Billy marqua une pause, avant d'ajouter avec un petit rire d'excuse :

— Pendant que vous réfléchissez à cette invitation, puis-je vous demander autre chose ? Je sais que nous venons à peine de faire connaissance, mais nous essayons de rassembler un comité d'organisation pour le festival, avec les esprits les plus créatifs du Texas. On m'a rapporté que vous en faites partie, et je serais honoré que vous acceptiez d'y participer.

Il avait entendu vanter son esprit créatif ? songea Ross, fronçant les sourcils. *Où ? Quand ?* Ross aurait pu jurer que Billy n'avait jamais rencontré Charlotte avant de demander à la voir pour la féliciter de l'excellence de sa cuisine, cinq minutes plus tôt. Des félicitations amplement méritées, Ross devait en convenir. Mais, bien sûr, ce n'était pas très surprenant de la part d'une femme qui plaçait sa carrière au-dessus de toute autre considération. Pour cela, elle n'avait pas hésité un instant à quitter ses parents.

Ou lui.

Ross refoula fermement cette pensée insidieuse. C'était le passé. Son orgueil avait souffert, mais sa brillante réussite prouvait qu'il s'en était remis. Il était guéri *d'elle*.

Et il ne permettrait jamais plus à une femme d'avoir un tel pouvoir sur lui.

Pour la première fois, Charlotte parut embarrassée et un peu tendue, et il lui ordonna silencieusement de refuser.

— Je ne…

À cet instant précis, la serveuse qui avait conduit Charlotte jusqu'à eux réapparut près de leur table. Lançant un regard d'excuse à Ross et à Billy, elle s'adressa à Charlotte :

— Cheffe, votre baby-sitter vient d'appeler pour signaler

une urgence. Ben a de la fièvre, et la jeune fille désire savoir si elle doit le conduire aux urgences.

Elle baissa la voix avant d'ajouter :

— Ben pleure, et il vous réclame.

Charlotte tressaillit. comme si ces paroles avaient été des coups, mais elle se reprit presque instantanément, se rappelant sans doute qu'elle avait un public. Lorsqu'elle se tourna à nouveau vers Ross et Billy, son ravissant visage était redevenu un masque de sérénité.

C'était un super pouvoir que Ross lui enviait.

Un bébé ? songea-t-il, abasourdi. Charlotte avait un bébé ?

— Je suis désolée, dit-elle d'un ton serein démenti par la panique qu'il lisait dans ses yeux de la couleur du café. De la panique… et aussi autre chose. Quelque chose qui déclencha un frisson d'alarme en lui. S'il s'était agi de quelqu'un d'autre, il aurait catalogué cette expression comme de la peur. Mais, sûrement, il se trompait. Bien sûr, on ne pouvait pas dire qu'ils s'adoraient, mais pourquoi aurait-elle peur de lui ?

— Je dois partir, déclara-t-elle, mais je vais d'abord commander votre dessert. J'espère que votre soirée…

— Tu as un fils ? s'enquit Ross d'une voix rauque.

Une nouvelle fois, ce sentiment qui ne pouvait pas être de la peur brilla dans ses yeux, et Ross eut toutes les peines du monde à s'empêcher de se lever d'un bond et exiger qu'elle lui explique ce qui avait causé cette réaction.

— Oui, répondit-elle sèchement, avant de reculer d'un pas. Merci encore d'avoir choisi de dîner chez nous.

Là-dessus, elle tourna les talons et se dirigea à grands pas vers l'arrière du restaurant. Sourcils froncés, Ross la suivit des yeux jusqu'à ce qu'elle ait disparu.

Ne songe pas à la suivre, même en rêve, se tança-t-il. *Reste tranquillement assis où tu es.*

Ce restaurant – et son fils – ne regardaient qu'elle. Ross n'était en rien concerné. Charlotte n'était plus son problème depuis des années.

— Ai-je mis les pieds dans le plat ? s'enquit Billy dans un rare moment de doute chez un homme aussi sûr de lui-même. J'aurais peut-être dû te consulter avant de lui proposer de participer au festival avec son restaurant, et même de devenir membre du comité d'organisation.

— Ce n'est pas grave, assura Ross.

En réalité, c'était une catastrophe, mais Ross ne tenait pas du tout à devoir lui expliquer pourquoi.

Personne n'était au courant de sa relation passée avec Charlotte. Ils avaient gardé le secret pour des raisons évidentes. Entretenir des liaisons amoureuses avec des employées était au mieux inapproprié, une sorte d'abus de pouvoir qu'il avait été trop arrogant, trop désespérément amoureux pour reconnaître. Il s'était justifié à ses propres yeux en se convainquant qu'il n'était pas le genre de brute à la licencier si… Ou plutôt *quand* leur relation prendrait fin.

Mais son père, lui, était exactement ce genre de brute. Pour lui, l'idée que son fils fréquente une employée était à peine moins scandaleuse qu'un meurtre, et beaucoup plus qu'un simple vol.

Cela seul aurait suffi pour qu'ils préfèrent garder leur relation… discrète. Mais Ross avait une autre raison, plus intime, pour choisir la discrétion.

Charlotte était à lui. Celle qu'il avait choisie. Sa beauté, son havre secret dans un monde où son nom et sa réputation étaient les seuls critères de jugement. Toute sa vie, son père avait tout décidé à sa place, des écoles qu'il fréquentait à sa carrière, et jusqu'aux femmes avec qui il sortait. Charlotte avait été la seule décision personnelle qu'il ait jamais prise.

Elle avait été spéciale.

Mais, cela, il ne pouvait pas l'avouer – ni à Billy, ni à personne d'autre. Et, même s'il avait été libre de le faire, il s'y serait refusé. Parce que, d'une certaine façon, Charlotte restait à ce jour l'unique décision personnelle de toute sa vie. Et, malgré tout, c'était pour lui un trésor précieux.

— En es-tu sûr ? insista Billy, fronçant les sourcils. Je…

— Quoi ? coupa Ross d'un ton impatient.

Il avait hâte de changer de conversation. Tout dans ce restaurant semblait porter la marque de Charlotte, les murs, la décoration, et même les fragrances de sa cuisine. À présent qu'il savait qu'elle était la cheffe de ce restaurant – qu'elle était de retour à Royal –, il sentait son essence personnelle dans tout ce qui l'entourait.

— Très bien, dit Billy en reposant sa fourchette. Puisque c'est ainsi, je vais dire ce que je pense. Je me mêle peut-être de ce qui ne me regarde pas, mais il m'a semblé percevoir une certaine… tension entre vous. Me suis-je trompé ?

— Oui, répondit Ross d'un ton bref.

Il inspira profondément et fit un effort conscient pour se détendre, avant de reprendre d'une voix radoucie :

— Charlotte a été notre cheffe de cuisine durant quelque temps avant de nous quitter pour un autre emploi. Nous avions des relations amicales, mais pas davantage.

— D'accord, répliqua Billy. Si tu le dis, je te crois.

Il continua à fixer Ross d'un regard scrutateur durant une seconde, puis il haussa les épaules et ramassa son verre.

— Charlotte est une très jolie femme, observa-t-il en sirotant son vin. Elle a visiblement beaucoup de talent et elle réussit brillamment. Tu n'aurais aucune objection à ce que je lui demande de sortir avec moi, n'est-ce pas ?

— Bien sûr que non, grogna Ross.

C'était vraiment un *grognement*. Parce que, à la seule

idée des mains de Billy serrant sa taille fine ou se posant sur la courbe superbe de ses hanches, Ross sentait sa main se crisper sur son verre, si fort qu'elle risquait de le briser.

— Charlotte n'est pas ma propriété, marmonna-t-il. Elle était seulement notre cheffe. Fais ce qu'il te plaira.

Même lui entendait la colère dans sa voix. Alors, quand l'autre homme se contenta de le dévisager d'un air pensif, sans dire un mot, Ross baissa les bras. Pourquoi essayer de se défendre ? Même lui ne croyait pas à sa propre sincérité.

— J'ai une dernière chose à te dire et ensuite je me tairai, murmura Billy. D'un ami à un autre. Je ne sais pas ce qui te ronge de cette manière, mais tu ferais mieux de régler le problème avant qu'il ne s'aggrave.

Il but une autre gorgée et reposa son verre avant d'ajouter :

— Et, concernant le comité d'organisation, j'avais aussi songé à Lila Jones, de la chambre de commerce de Royal.

Soulagé par ce changement de sujet, Ross acquiesça et fit les réponses appropriées, mais son esprit revenait au passé, à ce jour où elle avait mis un terme à leur aventure. Qu'elle lui avait annoncé qu'elle partait en Californie. Il avait été furieux. Blessant. Très dur avec elle. Pas parce qu'il était amoureux – à cette époque, déjà, il ne croyait plus à cette émotion. Mais il avait compris qu'il devait renoncer à désirer que quelque chose ne soit qu'à lui, et à croire que quelqu'un puisse l'aimer uniquement pour lui-même.

L'enfant qui croyait aux super-héros avait grandi.

Et il avait cessé de rêver depuis longtemps.

- 3 -

Il existe des choses pires que d'écouter sa mère se plaindre et persifler. Les explosions de volcan noyant des villes entières sous des torrents de lave, par exemple. Ou les pandémies qui déciment des populations.

Des catastrophes bien plus graves que de rester tranquillement assise à écouter sa mère critiquer la façon dont elle élevait son enfant. Mais qui, au moins, lui auraient permis de raccrocher le téléphone.

— Maman, la coupa-t-elle, réprimant un soupir, je suis désolée de ne pas t'avoir informée moi-même que Ben avait été malade, et que tu aies dû l'apprendre en appelant le restaurant. Dès que je suis rentrée, je l'ai emmené aux urgences. Mais je t'aurais appelée ce matin, je t'assure.

— C'était très humiliant de l'apprendre par un employé, geignit Cherise Jarrett d'un ton douloureux. Je sais que nous avons eu… quelques divergences d'opinions, ces dernières années, Charlotte, mais nous aimons Ben et, lorsque nous n'avons pas pu te joindre…

Quelques divergences d'opinions, songea Charlotte, réprimant une grimace. Une manière polie de dire qu'elles ne se parlaient plus depuis qu'elle était tombée enceinte et qu'elle avait mis au monde un enfant hors des liens sacro-saints du mariage.

Mais elle serra les dents et ravala sa réponse sarcastique. N'était-ce pas en partie pour cette raison qu'elle était rentrée à Royal ? Pour essayer de se réconcilier avec ses parents ? Trois ans plus tôt, elle les avait déçus en leur annonçant sa grossesse, mais leur réaction l'avait déçue, elle aussi.

Brian et Cherise Jarrett avaient toujours été stricts et conservateurs, mais ils avaient été aussi des parents aimants. Charlotte s'était attendue à ce que sa grossesse les contrarie et les inquiète, mais pas à ce qu'ils en viennent presque à la renier. Ni à ce qu'ils soient soulagés qu'elle parte pour la Californie, parce que cela leur évitait de devoir répondre à des questions embarrassantes au sujet de leur fille mère. Si Charlotte n'avait pas eu sa sœur, son beau-frère et sa nièce en Californie, elle se serait retrouvée seule au monde. Le rejet de ses parents, leur désapprobation, lui avait fait l'effet d'un coup de poignard en plein cœur. La plongeant dans un abîme de tristesse durant des mois.

Mais, Charlotte devait le reconnaître, depuis la naissance de Ben, l'attitude de ses parents avait changé. Leur amour de son bébé avait contribué à refermer le gouffre qui les avait séparés sept mois plus tôt. Même s'ils continuaient à prétendre pour leurs voisins qu'elle avait été mariée en Californie, qu'elle était divorcée et que Ben était né de cette union. Ce mensonge faisait encore mal, mais, à présent qu'elle était de retour à Royal avec Ben, elle espérait que tout finirait par s'arranger.

Et puis, parfois, il y avait des jours comme celui-ci…

— J'ai dû éteindre mon téléphone à l'hôpital, expliqua-t-elle, et il était plus de 2 heures du matin lorsque je suis rentrée à la maison. Je n'ai pas osé vous réveiller, papa et toi. Après tout, Ben allait bien. Si l'incident avait été plus sérieux, j'aurais trouvé un moyen de vous contacter, tous les deux. Le médecin a dit que ce n'était qu'une petite fièvre passagère, et qu'il serait remis en vingt-quatre heures. Ne vous inquiétez pas.

— Pourtant…

— Avais-tu quelque chose d'important à me dire, pour m'avoir appelée sur mon lieu de travail ? l'interrompit Charlotte, pressée de changer de sujet.

— À vrai dire, cela ne semble plus aussi urgent, mais…

Sa mère marqua une pause, et Charlotte sentit son cœur se serrer. C'était idiot, songea-t-elle. À une autre époque de leur relation, elle aurait taquiné sa mère, lui aurait dit qu'elle dramatisait tout. Mais leur relation avait changé. Aujourd'hui, elle ne savait plus à quoi s'attendre de sa part, et cela la rendait nerveuse.

— Mais, poursuivit sa mère, le traiteur que nous avions engagé pour la Journée de la Femme de notre église s'est décommandé au dernier moment. Et je me demandais si tu pouvais le remplacer au pied levé pour nous préparer quelques amuse-gueules et des canapés. Rien de très compliqué, bien sûr. Je sais que je m'y prends un peu tard…

— Bien sûr, maman, murmura Charlotte, s'efforçant de dissimuler sa panique, songeant à la montagne de travail qu'elle avait déjà sur les bras.

Ses parents avaient toujours soutenu son projet de devenir cheffe de cuisine, bien qu'ils aient espéré qu'elle suivrait les traces de son père et de sa sœur et deviendrait avocate.

La partie d'elle-même qui désirait encore ardemment faire plaisir à ses parents, celle qui avait encore besoin de leurs sourires d'approbation, de leur amour, ne pouvait pas refuser.

— Envoie-moi une liste de tout ce que vous souhaitez servir au buffet, ainsi que le lieu et la date de l'événement et l'heure à laquelle vous voulez que je vienne pour la mise en place.

— Merci, Charlotte dit sa mère avec un soupir de soulagement. Je te suis très reconnaissante de ton aide.

— Pas de problème, assura Charlotte, souriant pour la première fois depuis le début de cet appel. Je vais…

Au même instant, elle entendit le carillon de la porte, et le reste de sa phrase resta en suspens.

— Je suis désolée, maman, déclara-t-elle. On vient de sonner à la porte. Je dois te quitter. Je te rappellerai plus tard pour que nous parlions de Ben.

— Embrasse ce beau garçon de la part de sa mamie.

— Je n'y manquerai pas, promit-elle. À plus tard.

Charlotte raccrocha et, consultant sa montre, elle se dirigea vers l'entrée, au bout du couloir. Il n'était que 9 h 20. Qui pouvait sonner à sa porte d'aussi bonne heure, un vendredi matin ? Même Faith s'en abstenait, car elle savait que ses matinées appartenaient à Ben, et, d'ailleurs, elle l'avait appelée pour l'informer que Ben était un peu fiévreux.

Lorsqu'elle écarta le rideau qui recouvrait la partie vitrée de sa porte d'entrée, elle se figea, catastrophée, puis elle serra très fort les paupières, comme si cela pouvait suffire pour faire disparaître son visiteur.

Elle aurait pu prétendre qu'elle était absente. L'éviter. Après tout, il s'était présenté à sa porte sans s'être annoncé. Et, surtout, sans y être invité. Cette fois-ci, elle n'était plus au restaurant, et rien ne l'obligeait à lui parler. Ou même à le regarder. À se noyer au fond de ses yeux, à la fois glacés et capables d'allumer un incendie ravageur dans son cœur. À inhaler sa fragrance masculine, cette combinaison de bois de santal, d'homme et de sexe.

Elle devait se protéger, et, surtout, elle devait protéger son fils à tout prix. Elle n'avait pas d'autre choix.

Une peur atroce l'envahit, l'empêchant de respirer. Ross pensait sûrement qu'elle s'était « débarrassée » de l'enfant, comme Rusty et lui le lui avaient ordonné, trois ans auparavant. Quelle serait sa réaction en découvrant qu'elle ne leur avait pas obéi ?

Le carillon tinta une nouvelle fois.

Charlotte enfonça ses ongles dans ses paumes. Elle n'était pas lâche. Ross Edmond n'avait plus aucun pouvoir sur elle. Il n'était plus rien pour elle, et courir se cacher plutôt que d'ouvrir la porte signifierait qu'il contrôlait encore ses émotions, sa vie. Et elle refusait de lui faire ce plaisir.

Sans y réfléchir davantage, elle ouvrit la porte en grand.

Peut-être aurait-elle mieux fait d'attendre une minute…

Bien sûr, elle avait déjà vu Ross le soir précédent, mais cette rencontre ne l'avait pas immunisée contre la force de sa présence. Trois années et une distance de presque deux mille kilomètres auraient dû suffire, mais c'était trop espérer.

Sans un mot, elle s'effaça pour le laisser entrer, et ses yeux bleus de glace ne déviérent pas un instant de son visage tandis qu'il entrait dans sa maison. Ce qui n'était que justice, bien sûr, car elle non plus ne l'avait pas quitté du regard.

Mais, où était la justice ?

Une personne ayant vécu une vie aussi dissolue que lui aurait dû porter les stigmates de la corruption sur son visage. Comme une masochiste, elle avait, de temps à autre, suivi sa carrière en ligne. Et, chaque fois, elle le voyait quittant un club ou une soirée avec une nouvelle femme à son bras.

Mais ce n'était pas du tout le cas. Sa peau dorée demeurait aussi parfaite et lisse qu'avant. Large d'épaules, il se tenait toujours aussi droit. Ses lèvres sensuelles et ses yeux vifs d'un bleu perçant étaient fidèles à son souvenir. Chaque fois qu'elle contemplait le visage de son fils, c'était Ross qu'elle voyait. L'homme qui avait conçu son adorable petit garçon avant de les rejeter tous les deux.

Elle ne pouvait pas lui échapper.

Ni lui pardonner.

Le souvenir de cette offense inexcusable – les avoir reniés, elle et le bébé qu'ils avaient conçu ensemble – la fit sortir de cette sorte de transe où il avait toujours su la plonger. Ross avait peut-être l'apparence d'un archange, mais il avait le cœur et le sens moral d'une créature de l'enfer.

— Bonjour, Ross, lança-t-elle froidement, refermant la porte derrière lui. Quelle surprise !

Que fais-tu ici ? Comment as-tu su où j'habitais ? Quand vas-tu partir ? Jetant un bref regard en direction de la porte derrière laquelle son fils dormait, elle décida que Ross devait s'en aller avant qu'il ne se soit réveillé de sa sieste.

— Que puis-je faire pour toi ? s'enquit-elle.

Il ne répondit pas, trop occupé à parcourir du regard son salon minuscule, avec ses baies vitrées, son sofa moelleux et sa liseuse, sa table basse de verre et sa petite cheminée à gaz. D'où ils étaient, il ne pouvait pas voir la salle à manger adjacente avec sa longue table de cèdre pour huit convives.

Sa maison, qui comportait deux chambres et deux salles de bains, ne pouvait pas se comparer à la splendeur du ranch Elegance, où il vivait avec sa famille et où elle avait dirigé une cuisine de rêve, aussi bien équipée que n'importe quel restaurant de luxe. Mais sa maison était confortable, cosy, et elle était amplement suffisante pour Ben et pour elle.

— C'est joli, chez toi, remarqua-t-il, tournant à nouveau son regard glacial vers elle.

— Merci, marmonna-t-elle. Mais ce n'est pas pour me dire cela que tu es ici, n'est-ce pas ?

— Toujours aussi directe, je vois, murmura-t-il, esquissant un demi-sourire.

Ce n'était pas tout à fait vrai. Elle ne s'était jamais montrée aussi directe avec lui. Ni totalement honnête non plus.

Si elle avait été honnête – si elle avait eu suffisamment confiance en lui pour l'être –, elle lui aurait avoué que, durant ses deux derniers mois au ranch Elegance, elle ne s'était pas sentie en sécurité. Elle l'aurait informé que son père lui faisait constamment des avances. Rusty Edmond ne l'avait jamais touchée, mais sa façon de flirter avec elle, ses compliments et ses insinuations n'en étaient que plus insidieux. Et à qui serait-elle allée se plaindre, alors que c'était son patron lui-même qui la harcelait ?

Si elle avait rappelé Rusty à l'ordre, il l'aurait aussitôt mise à la porte. Et il avait suffisamment de pouvoir pour ne pas s'en tenir là. Il aurait pu facilement détruire sa carrière. Charlotte s'était sentie prise au piège. Sans défense. Sa seule solution avait été de partir.

Elle aurait pu instruire Ross de la situation avec son père et elle avait été tentée de le faire. Mais elle avait eu trop peur.

Peur que Ross ne la croie pas.

Peur qu'il la croie, mais qu'il soutienne son père.

Ross était d'abord un Edmond. Et sa famille passait avant tout – et avant n'importe qui.

— J'ai beaucoup à faire avant de partir pour le restaurant, déclara-t-elle. Alors, si…

Elle laissa le reste de sa phrase en suspens, espérant qu'il saisirait le sous-entendu. Car la principale raison pour laquelle elle n'avait pas été totalement honnête avec lui dormait au bout du couloir. Elle avait besoin que Ross s'en aille. Et vite.

Il hocha la tête, fourrant les mains au fond de ses poches. Dans ce geste, sa veste s'entrouvrit, et elle fit de son mieux pour ne pas penser à ses pectoraux de rêve, à ses abdominaux parfaits, lorsqu'elle le chevauchait…

Elle échoua misérablement.

— Je suis venu pour deux raisons, dit-il enfin. Tout d'abord, je voulais voir ton bébé. Comment se sent-il, ce matin ?

— Il va bien, répondit-elle d'un ton hésitant. Enfin, mieux.

Pourquoi s'en préoccupait-il ? songea-t-elle. Mais il avait dit « ton *bébé* ». Quel âge pensait-il qu'avait son fils ? Supposait-il que son enfant avait un autre père que lui ? Cette idée lui causa d'abord une espèce de soulagement, presque aussitôt suivi d'un accès de furie irrationnelle. Ross n'avait jamais voulu de leur enfant. Comment osait-il s'enquérir de la santé du fils d'un autre homme ?

Génial. Maintenant, elle se mettait dans tous ses états au sujet d'un amant imaginaire qui aurait été le géniteur de Ben.

C'était un bon exemple de l'effet que la présence de Ross Edmond près d'elle pouvait avoir en moins de cinq minutes.

— Et… le père ? poursuivit-il d'un ton hésitant. Où est-il ? Est-il revenu à Royal avec toi ?

— Son père ne compte pas, déclara-t-elle en le contournant pour entrer dans le salon. Il n'y a que nous deux.

Et c'était vrai. Si elle passait dans une autre pièce, ce n'était pas parce qu'elle aimait l'idée de lui montrer sa maison, son sanctuaire. Il aurait été idiot de sa part de ne pas protéger sa vie privée, son secret, contre ses intrusions. Mais elle devait à tout prix éviter cette minuscule partie de l'espace où sa fragrance emplissait ses narines, s'attardait sur sa langue, imprégnait ses vêtements, sa peau. Elle avait désespérément besoin de respirer un air qui ne soit pas chargé de l'essence de Ross.

Il la dévisagea un instant d'un air impassible, puis il détourna la tête, et un muscle se crispa dans sa mâchoire.

— Charlotte, je…

— Qu'y a-t-il d'autre, Ross ? coupa-t-elle d'une voix tendue, sachant que Ben risquait de se réveiller d'une minute à l'autre. Tu avais dit que tu avais deux raisons pour venir ici.

— Hier soir, Billy t'a proposé de faire partie du comité d'organisation du festival, dit-il, rivant son regard bleu de glace sur elle. Et il n'aurait pas dû te mettre dans l'embarras de cette façon. Je ne te blâmerais pas de refuser, mais je désirais savoir si tu avais pris une décision à ce sujet.

— N'aurait-ce pas été plus simple de m'appeler ?

— Je n'ai pas ton numéro.

— Non, bien sûr, répliqua-t-elle. Mais tu as apparemment appris mon adresse sans difficulté. Mon numéro de téléphone n'aurait pas dû te poser de problème.

— Touché, murmura-t-il, esquissant ce demi-sourire trop sexy pour son bien, qui lui donnait toujours envie d'effleurer ses lèvres du bout de ses doigts.

Trois ans plus tôt, elle en avait le droit et elle ne se gênait pas pour céder à ce besoin. Aujourd'hui, elle serra simplement les poings.

— Tu es restée loin de Royal ces trois dernières années, ajouta-t-il. Mais tu n'as sûrement pas oublié combien il est difficile de garder un secret, chez nous. Il m'a suffi de poser la question à la bonne personne pour découvrir ta nouvelle adresse. Je te dis cela afin que tu n'imagines pas que j'ai commencé une nouvelle carrière de harceleur en ton absence.

Elle devait convenir qu'il n'avait pas tort. Et les éternels ragots de Royal ne lui avaient pas du tout manqué.

Mais, dans ce domaine, Ross et elle avaient accompli un véritable miracle. Leur relation avait été l'un des secrets les mieux gardés de cette petite ville du Texas.

En tout cas, jusqu'à ce qu'elle révèle leur histoire à Rusty.

— Concernant cette proposition, dit-elle, s'efforçant de ne pas se noyer dans ces yeux de glace, je suis sûre que ton ami voulait bien faire, mais… compte tenu de notre passé, me faire siéger à votre comité d'organisation n'est probablement pas une bonne idée.

— Hier soir, j'étais du même avis, répondit-il en rivant son regard au sien. Mais, depuis, j'y ai réfléchi et je pensais…

— Quoi donc ?

— Il est important pour beaucoup de gens que la Soirée dans la Baie soit un succès. Pour atteindre cet objectif, je suis prêt à mettre de côté notre… *passé*. Et le comité d'organisation est un élément essentiel de ce succès. Nous avons besoin des esprits les plus créatifs dans ce groupe. Et, quoi qu'il se soit passé entre nous, je me souviens que tu étais une cheffe brillante et originale, avec un sens inné de l'innovation. Tu apporteras au comité ces qualités et ton sens des affaires. Cela ne peut que profiter à tous.

Qu'est-ce qu'il *ne lui disait pas* ? songea-t-elle. Pourquoi sentait-elle un silence assourdissant dans ce discours ? Au fond, cela lui était égal. Elle ne pouvait pas se permettre de s'enliser dans un projet dont Ross, ou n'importe quel Edmond, ferait partie. Elle l'avait déjà fait et elle l'avait payé cher.

— Je réfléchirai à ta proposition, Ross, affirma-t-elle, sachant qu'elle n'en ferait rien. Mais je ne peux te promettre…

— Maman ?

Un bruit de petits pieds courant sur le parquet suivit aussitôt cette douce voix plaintive qui l'appelait. Des petits bras dodus se refermèrent autour de son mollet, et, malgré l'angoisse qui l'oppressait et l'empêchait presque de respirer, elle s'agenouilla sur le parquet et elle étreignit son fils. L'enfant noua ses bras autour de son cou se blottit contre elle. Le cœur battant à tout rompre, elle déposa un baiser sur les boucles châtain clair au sommet de sa tête et elle respira avec délices sa merveilleuse fragrance.

Charlotte serra très fort les paupières pour refouler les larmes qui lui montaient soudain aux yeux. Et pas seulement parce qu'un jour Ben perdrait cette douce odeur de bébé.

La cause de cette soudaine tristesse, c'était l'homme silencieux planté à quelques pas d'eux, avec ce regard qui la brûlait comme un fer chauffé au rouge.

L'épée de Damoclès suspendue au-dessus de sa tête et de celle de son fils depuis des années venait soudain de s'abattre sur eux avec fracas. Et elle ne pouvait rien faire pour l'éviter.

— Comment te sens-tu, mon bébé ? murmura-t-elle, effleurant le front et la joue de son fils du dos de sa main.

Elle constata avec un soulagement indicible que la fièvre était tombée. Devant son enfant malade, elle s'était sentie totalement impuissante.

— Bien, marmonna son fils en se blottissant contre elle.

Et, malgré son angoisse encore récente, Charlotte sourit. Lorsqu'il n'était pas malade, Ben était un enfant joyeux, doué d'une énergie inépuisable. À présent, il s'accrochait à elle comme s'il craignait de la perdre de vue une seconde. Et cela ne la gênait pas. Le prendre dans ses bras, sentir son petit corps solide tout contre elle et l'entendre respirer, la rassurait.

— Manger ! lança-t-il. J'ai faim !

— Que dirais-tu de pancakes à la banane ? suggéra-t-elle, bien décidée à le gâter ce matin-là.

— Oh ! oui ! s'écria Ben avec enthousiasme. Et du jus !

— D'accord, répondit-elle en déposant un nouveau baiser sur le sommet de sa tête. Pourrais-tu aller jouer avec tes camions une minute, pendant que je finis de parler avec ce gentil monsieur ?Ben tourna alors la tête pour regarder Ross. Ben était timide avec les inconnus et il ne dit pas un mot, mais Charlotte, au bord de la panique, retenait son souffle. Son fils se trouvait face à son père pour la première fois, même s'il l'ignorait encore. C'était un moment surréaliste. Père et fils s'examinant l'un l'autre, Ross scrutant le visage de l'enfant d'un air énigmatique.

Elle était tentée de s'interposer entre Ben et Ross, de protéger son fils contre lui, de lui crier qu'elle ne lui permettrait jamais de faire du mal à son enfant.

Mais la femme fière qu'elle était avait envie de laisser Ross devant son fils et le mettre au défi d'affirmer que ce précieux, ce brillant petit garçon était bien celui dont il désirait se débarrasser. Celui dont il ne voulait pas entendre parler.Son côté vindicatif souhaitait le voir rongé par les regrets. Écrasé par le remords.

Cela faisait-il d'elle une sorte de harpie ? Oui, probablement. Mais son besoin fondamental de protéger Ben balayait toute autre considération.

— Tu vas jouer un petit moment, dit-elle en se relevant, sa petite main serrée dans la sienne. Ensuite, nous mangerons des pancakes à la banane.

Elle conduisit son fils jusqu'au coffre à jouets dans un coin du salon et elle en sortit deux de ses camions aux couleurs vives. Puis, s'étant assurée qu'il jouait paisiblement, elle prit une profonde inspiration et se tourna face à Ross.

— Allons là-bas, ordonna-t-elle, indiquant le hall d'entrée d'un geste du menton.

Sans attendre qu'il ait acquiescé, elle sortit à grands pas du salon pour retourner dans l'entrée. Elle savait qu'elle allait devoir répondre à des questions. Dans son regard glacial, elle lisait les soupçons. Mais il n'était pas question d'avoir cette conversation là où son fils pouvait les entendre.

— J'avais pensé que Ben était un bébé, murmura Ross.

Elle ne commit pas l'erreur de croire que ce ton de voix contrôlé signifiait qu'il prenait la situation avec calme. Un orage grondait au fond de ses yeux.

— Et toi, ajouta-t-il, tu me l'as laissé croire sans rien dire.

Face à ce visage accusateur, Charlotte ne broncha pas. S'il avait supposé que son fils était encore un bébé, ce n'était certainement pas *sa faute*.

Se détournant d'elle, Ross dirigea son regard vers le salon. Un lourd silence s'installa entre eux, et, une nouvelle fois, elle fut tentée de s'interposer entre Ben et lui, de protéger son fils de ce regard soupçonneux, de ce visage à l'expression glacée.

— Quel âge a-t-il ? s'enquit-il d'un ton coupant.

— Ben a deux ans, répondit-elle aussi sereinement qu'elle en fut capable.

— *Deux ans*, répéta Ross, son regard toujours fixé sur le petit garçon, qui faisait s'entrechoquer ses deux camions, inconscient de la tension qui crépitait entre les deux adultes.

— Ses yeux, poursuivit-il de cette même voix rauque presque douloureuse, ce sont les tiens. Mais son visage... J'ai l'impression de regarder mon propre visage de gosse.

Ben était une magnifique combinaison génétique d'eux deux, avec une peau un peu plus sombre que celle de son papa, et des cheveux plus clairs et moins frisés que ceux de sa maman. Mais, tandis que Ross continuait à examiner son fils, à chercher d'autres points communs entre l'enfant et lui-même, Charlotte demeura stoïque, observant en silence toute une série d'émotions défiler sur son beau visage viril. Choc. Incrédulité. Rage. Et... un autre sentiment beaucoup plus complexe. Mais ce fut sa rage qui gagna la partie, et ses yeux du même bleu que le ciel lancèrent des éclairs.

— Est-il mon fils ? gronda-t-il. Réfléchis bien avant de répondre, Charlotte. Ne me mens pas !

— Pourquoi aurais-je besoin de te mentir ? répliqua-t-elle d'un ton de défi, malgré l'angoisse qui lui serrait le cœur. Ben est ton fils, bien sûr.

— Et tu n'as pas jugé que j'avais le droit de le savoir ? Si je n'étais pas venu chez toi aujourd'hui, aurais-tu même daigné m'informer qu'un fils *dont j'ignorais l'existence* vivait dans la même ville que moi ?

— Ne parle pas si fort ! rétorqua-t-elle d'un ton irrité.

Et, même si son instinct lui criait de garder ses distances avec lui, elle se rapprocha afin d'éviter que Ben entende leur conversation, avant de déclarer :

— Et la réponse est non, bien entendu. Je ne t'aurais rien dit. N'essaye pas de me rendre responsable de cette situation.

Elle constata avec consternation que sa voix tremblait. Elle devait absolument éviter toute manifestation de faiblesse devant cet homme. La dernière fois qu'elle lui avait exposé sa vulnérabilité, il l'avait *rejetée*. Elle ne lui en offrirait jamais plus l'occasion.

— Tu avais décidé que tu ne voulais pas de lui, poursuivit-elle, que tu ne souhaitais pas te compliquer l'existence avec un bébé. Et donc, je ne te dois rien du tout, et nous n'avons nul besoin de toi. J'ai pris la décision d'être son père et sa mère à la fois. Tu n'as aucun droit de te poser en victime.

— De quoi parles-tu ? s'insurgea-t-il. Tu n'as jamais…

Il marqua une pause, secouant la tête d'un air furieux, avant d'ajouter :

— Je me fiche bien de savoir pourquoi tu m'as menti et éloigné mon fils de moi, mais, je veux qu'une chose soit claire… aucune bonne raison ne le justifiait.

— Protéger mon fils de la souffrance était la meilleure raison du monde, rétorqua-t-elle.

— Le protéger de son père ? répliqua-t-il, indigné.

Son expression se durcit encore, et il recula d'un pas comme s'il éprouvait du dégoût à se tenir aussi près d'elle.

Qu'il aille au diable, songea-t-elle.

Mais elle avait la sensation qu'une lame glacée lui traversait le cœur.

— J'exige un test ADN.

— Ne disais-tu pas qu'il était l'image même du petit garçon que tu étais à son âge ? observa-t-elle d'un air offensé. Qu'est-ce qui t'a fait changer d'avis ?

Au fond, cela lui était égal. Ce qu'il pensait d'elle lui était totalement indifférent. Seul Ben comptait pour elle.

— Je ne doute pas d'être son père, affirma-t-il d'un ton sarcastique. Je me méfie de toi et de tes motivations. Et, avant de prendre ma décision suivante, j'exige une preuve concrète, *légale*, qu'il est de moi, pour faire en sorte que tu ne puisses pas m'empêcher de le voir.

Elle recula en titubant, le souffle coupé, mais, lorsque Ross s'avança vers elle comme s'il avait cru qu'elle allait s'effondrer, Charlotte repoussa brusquement ses mains et fit un gigantesque effort pour se ressaisir.

— Prendre ta décision suivante ? répéta-t-elle. Que veux-tu dire par là ?

Il se redressa de toute sa taille, plus intimidant que jamais, et, son regard glacé rivé au sien, il répondit seulement :

— Je resterai en contact avec toi, Charlotte. Et je te conseille de ne pas essayer de disparaître comme tu l'as fait la dernière fois. Ce coup-ci, je retrouverai ta trace.

Et, tandis que ces paroles menaçantes résonnaient encore dans le petit hall d'entrée, il pivota sur ses talons, ouvrit la porte et sortit.

Charlotte demeura clouée sur place, comme paralysée.

Sa décision suivante.

Qu'avait-il l'intention de faire ? Obtenir la garde de Ben ? L'éloigner d'elle ? Compte tenu de la fortune des Edmond, de l'influence de cette famille dans la région, il en avait le pouvoir. Pourrait-il envisager de…

Non.

Charlotte serra les poings. Elle ne le laisserait jamais arracher son bébé à ses bras. Après tout, c'était lui qui leur avait tourné le dos le premier. Qui les avait abandonnés.

Elle redressa la taille, bien décidée à résister.

Elle n'était plus la jeune fille solitaire et désespérée qui avait quitté Royal et qui l'avait presque supplié de ne pas leur tourner le dos, à elle et à son bébé. La maternité avait fait d'elle une guerrière.

Si Ross voulait la guerre, elle se battrait.

- 4 -

Il avait un fils.

Ross relut pour la énième fois le rapport d'analyse ADN qu'il avait reçu par mail. La dernière ligne de ce document venait de changer sa vie pour toujours.

Probabilité de concordance : 99,9998 %.

Son cœur battait à grands coups désordonnés, et un torrent d'émotions déferlait sur lui. Choc. Terreur. Douleur. Joie.

Tant de joie !

Jusqu'à cet instant, trois jours plus tôt, où il avait scruté ce petit visage, comme un sosie de l'enfant qu'il avait été au même âge… jusqu'à ce que ces yeux bruns familiers lui rendent son regard, à la fois curieux et timides, les enfants n'avaient été pour lui qu'un vague projet sans cesse repoussé. Qui n'avait pas sa place dans sa vie hédoniste. Mais, à l'instant où il s'était trouvé face à son fils, ce futur hypothétique avait fait irruption dans son présent.

Il désirait lire la joie et l'amour dans ces yeux, lorsqu'ils se levaient vers lui. Il désirait que ces petits bras se tendent vers lui sans aucune hésitation, en toute confiance.

Ross brûlait d'appeler cet adorable petit garçon *mon fils*. De le reconnaître haut et fort comme le sien. Et, qu'en retour, il l'appelle *papa*.

C'était un besoin si intense qu'il l'étouffait.

Il parcourut une nouvelle fois le rapport, et son regard s'arrêta sur le nom en haut de la page : Benjamin Jarrett. *Ben.*

Pour une raison inconnue, il lui avait été impossible de prononcer ce nom chez Charlotte. Comme si le fait de le dire à voix haute avait fait de cette paternité un lien trop réel. Réel, mais aussitôt volé sans pitié par des mains cruelles.

Mais cela ne se reproduirait pas. Pas avec ce rapport officiel prouvant qu'il était le père de cet enfant.

— Ben, murmura-t-il, associant enfin un nom à ce qui venait de devenir son espoir le plus vif, le plus profond.

Et, parallèlement, une autre émotion l'envahit. Il avait été privé des deux premières années de la vie de son fils, et Charlotte avait nié à son fils le droit de porter son nom. Elle les avait privés, Ben et lui, de ce droit naturel.

Le détestait-elle à ce point ? songea-t-il en serrant les poings. Il prit une profonde inspiration, s'efforçant de calmer sa rage, puis il haussa les épaules.

Qu'elle le déteste ou pas lui était indifférent, et il se moquait de connaître ses tortueuses motivations pour avoir agi ainsi. C'était *elle* qui avait choisi de quitter Royal, qui avait choisi de ne pas l'informer qu'elle était enceinte. *Elle* qui avait décidé de lui voler son fils. Charlotte avait décidé seule pour eux trois, sans se soucier des conséquences. Ben méritait d'avoir à la fois une maman *et* un papa.

Ross ne permettrait plus qu'elle ait ce pouvoir de contrôler totalement leurs vies.

À cet instant, l'Interphone sur sa table de travail se mit à bourdonner, l'arrachant à ses réflexions.

— Ross ? fit la voix de son assistante dans le haut-parleur. Charlotte Jarrett est ici, et elle souhaiterait vous voir.

— Faites-la entrer, s'il vous plaît, répondit-il.

Quittant son fauteuil, il contourna rapidement sa table de travail, une expression de sombre satisfaction sur son visage. Sitôt après avoir lu le rapport du test de paternité, il avait envoyé un texto à Charlotte pour lui demander de passer à son bureau afin d'avoir une conversation avec elle.

Elle avait mis un peu de temps à réagir, mais elle avait fini par lui répondre qu'elle arrivait. À présent, elle se tenait juste derrière la porte de son bureau. Et Ross était bien décidé à obtenir d'elle toutes les réponses dont il avait besoin, à exiger tous ses droits de papa.

On frappa à la porte, et, une seconde plus tard, celle-ci s'ouvrit, livrant passage à son assistante et à Charlotte. Mais Ross ne voyait *qu'elle*. C'était l'un des super pouvoirs de Charlotte, sa capacité à capter l'attention d'un homme tandis que tout le reste disparaissait dans le brouillard. Aujourd'hui, elle portait une veste courte de cuir noir pour se protéger de la fraîcheur de février. Un chemisier blanc tout simple soulignait les courbes généreuses de sa poitrine, et un jean noir moulait amoureusement ses hanches superbes et ses longues jambes chaussées de bottes légères de daim.

L'effet de cet ensemble sur elle était aussi époustouflant que si elle avait été vêtue d'une robe de soirée de grand couturier exposant généreusement sa peau satinée, ou même entièrement nue. Elle avait toute son attention. Et, malgré lui, il rendit les armes.

Avec elle, il n'avait jamais su résister.

Jamais cessé de la *désirer*.

Elle l'avait quitté, lui avait menti, avait éloigné son fils de lui. Et il la désirait encore à en mourir.

Mais ce n'était pas une simple question de sexe.

Au cours de ces années, il n'avait jamais manqué de femmes dans son lit. Mais aucune n'avait jamais suscité ce besoin viscéral, presque primitif, que Charlotte Jarrett avait éveillé en lui lorsqu'il l'avait vue pour la première fois dans le bureau de Rusty, qui venait de la recruter.

S'il l'avait pu, il aurait effacé cette image traîtresse de sa conscience. Détournant son regard de Charlotte, il s'adressa à assistante.

— Merci, Sandra, dit-il. Aucune interruption pendant l'heure qui va suivre, s'il vous plaît.

Son assistante acquiesça en silence, puis elle se retira.

— Veux-tu poser tes affaires quelque part ? s'enquit-il désignant le sac accroché à son épaule.

— Non, c'est inutile. Je dois commencer au restaurant dans un petit moment. Pourrions-nous en finir avec cette affaire ? Je présume que tu as reçu le rapport d'analyse ADN ?

— Oui, je l'ai reçu, convint-il, désignant le sofa au fond du bureau. Veux-tu t'asseoir un instant, s'il te plaît ?

— Vraiment, Ross ? répondit-elle avec un sourire sans joie. Tu as envie que nous bavardions un peu ? N'avons-nous pas dépassé ce stade depuis longtemps ? Je préfère rester debout et aller droit au but.

— Soit, murmura-t-il en s'approchant d'elle. Nous ferons les choses à ta façon. Pour la dernière fois.

Lorsqu'il cessa d'avancer, il se tenait seulement à quelques centimètres d'elle. Suffisamment loin pour être sûr de ne pas la toucher par accident, et suffisamment près pour distinguer la lueur d'appréhension qui avait traversé son regard.

Était-il mesquin de sa part de ressentir cette sombre satisfaction, face à sa réaction ? Sûrement.

Mais, tant pis. Il avait mérité ce petit plaisir.

— Ce rapport a confirmé que je suis bien le père de Ben, dit-il, prononçant ces mots à voix haute pour la première fois, avec ce même mélange de joie, de choc et de crainte.

— Alors maintenant, tu le sais avec certitude, répliqua-t-elle d'un ton de défi.

Cette remarque déclencha une vague de colère brûlante en lui, et il dut puiser dans ses réserves de self-control pour ne pas glisser la main derrière sa nuque délicate et l'attirer à lui pour l'embrasser jusqu'à ce qu'elle fonde dans ses bras. Jusqu'à ce qu'il sente ses courbes délicieuses pressées tout contre lui… Jusqu'à ce que ses lèvres s'entrouvrent sous les siennes. Il s'efforçait encore de contenir cet élan, ce besoin de domination, lorsqu'elle poursuivit :

— Que comptes-tu faire maintenant ? Car toi et moi savons que tu n'as pas la moindre envie d'être le papa d'un enfant. Tu t'y refusais il y a trois ans, et tu ne t'en souciais pas davantage avant d'avoir appris l'existence de Ben.

— Tu n'as aucune idée de ce que je désire, répliqua-t-il d'un ton amer. Tu ne m'as jamais *demandé* ce que je désirais. Tu as toujours décidé de tout sans te soucier des conséquences, et sans te préoccuper de la souffrance des autres.

— Parce que je n'avais pas d'autre choix ! s'écria-t-elle.

L'écho de ces mots se réverbéra un instant dans la pièce. Elle exhala un soupir tremblant, visiblement secouée, puis elle redressa les épaules et se détourna de lui.

Plusieurs secondes s'écoulèrent avant qu'elle n'affronte à nouveau son regard. Son visage était devenu un masque lisse, dénué de toute expression.

— Tu ne peux pas refaire l'histoire afin qu'elle coïncide avec le récit que tu en fais, Ross. J'ai fait ce que je devais pour protéger mon fils. Je l'ai élevé et aimé, et je continuerai à le faire. Je ne veux pas de ton argent et je n'en ai pas besoin. Mais il ne s'agit pas de moi. Tu as le droit de contribuer à la sécurité financière de Ben, et, si tu le désires, j'ouvrirai un compte à son nom. Cet argent financera ses études à l'université, ou tout autre projet qu'il aura choisi lui-même lorsqu'il sera en âge de le faire.

— C'est très généreux de ta part de m'autoriser à assurer les besoins de *notre* fils, ironisa Ross. Je déteste avoir à te l'annoncer ainsi, Charlotte, mais tu ne pourras pas me tenir plus longtemps à l'écart de sa vie. Et si, durant un bref instant, tu pouvais placer ton amour pour lui au-dessus de ta haine pour moi, tu comprendrais que Ben a aussi besoin de moi, *son père*, dans sa vie.

— Comment oses-tu…

Sa voix n'était plus qu'un souffle, et ses yeux bruns brillaient de larmes retenues. Charlotte ne pleurait que lorsque sa rage avait atteint un niveau intolérable.

Et Charlotte ne s'effondrait jamais. Elle s'enfuyait.

— Tout ce que j'ai fait depuis que j'ai appris que j'étais enceinte de Ben, je l'ai fait pour lui. J'ai été à deux doigts de ruiner ma relation avec mes parents. J'ai laissé derrière moi mon ancienne vie. J'ai tout recommencé à zéro dans une autre ville. J'ai travaillé de longues heures, j'ai repoussé tous mes projets. *Pour lui.* Toujours pour lui. Et je ne l'ai jamais regretté. Qui es-tu pour me juger, Ross ? Où étais-tu ? Pendant que je me sacrifiais pour Ben, *pendant que je l'aimais*, tu jouais les play-boys avec la jet-set internationale, parcourant le monde de fête en fête, de femme en femme.

— Tu ne m'avais pas vraiment laissé le choix, Charlotte, gronda-t-il. Tu ne m'as pas offert l'opportunité d'abandonner ce genre d'existence et de faire partie de la vie de mon fils. Tu n'as aucun droit de jouer les martyrs et de me laisser le rôle du méchant de l'histoire à cause de décisions que tu as prises toute seule, sans consulter qui que ce soit.

— Oh ! je t'en prie ! rétorqua-t-elle d'un ton furieux. Si tu crois que le fait d'avoir contribué ton ADN te donne des droits sur lui, tu te trompes. Un père absent vaut mieux qu'un play-boy qui jouera avec lui comme avec un nouveau jouet, puis qui l'abandonnera sitôt qu'un devoir plus important... une soirée mondaine, un gala ou un voyage d'affaires, l'appellera ailleurs. Ou, pire encore, un père qui n'a jamais voulu de lui.

Était-ce l'image qu'elle avait de lui ? Un jouisseur hédoniste, indifférent à tout ce qui n'était pas sa prochaine fête ? Sa prochaine conquête féminine ? Était-ce pour cette raison qu'elle avait éloigné Ben de lui ?

— Jamais voulu de lui ? protesta-t-il, profondément blessé. Ce n'est pas la première fois que tu me lances cette accusation, Charlotte, et elle est injuste, car elle suggère que j'avais le choix. La réalité, c'est que tu m'as volé deux ans de la vie de mon fils, deux années qui ne reviendront jamais !

Il avait manqué le premier sourire de son fils. Ses premiers mots. Ses premiers pas. Ross ne savait rien de Ben, ni ce qu'il aimait manger, ni ses jouets favoris. Il ne savait pas s'il devenait grognon lorsqu'il était fatigué. Il n'avait jamais entendu son rire. C'était un abîme de chagrin en lui qui ne se refermerait jamais.

— Es-tu sérieux, Ross ? s'exclama-t-elle d'un ton incrédule. C'est cela, ta défense ? Tu avais exigé que je me débarrasse de notre fils, l'as-tu oublié ? Jouer les idiots ne te va pas.

Il était sur le point de lui lancer une réplique blessante lorsque le sens de ses paroles s'imprima dans son cerveau.

Tu avais exigé que je me débarrasse de notre fils, l'as-tu oublié ? L'idée lui paraissait tout à coup tellement vile qu'il fut saisi d'horreur pour ce qu'il avait fait.

— Charlotte, je t'en prie, murmura-t-il d'un ton douloureux. Fais seulement… semblant de croire que je ne sais rien et raconte-moi tout, s'il te plaît.

Elle le fusilla du regard, et il crut d'abord qu'elle allait refuser sa requête, puis elle poussa un soupir.

— C'est totalement fou, mais d'accord, répondit-elle. À quelle date dois-je commencer cette exploration du passé ?

— Commence tout au début. Et n'oublie aucun détail.

— Comme tu voudras, dit-elle avec un rire amer. Quelques semaines après avoir quitté Royal, j'ai remarqué que mes règles étaient en retard. Je t'ai appelé au téléphone, t'en souviens-tu ?

— Oui, marmonna-t-il.

Comment pourrait-il l'oublier ? Durant les quatre semaines qui avaient suivi son départ, il avait bondi sur son téléphone chaque fois qu'il sonnait. Mais ce n'était jamais elle qui appelait. Alors, la première fois qu'il avait vu son nom s'afficher sur l'écran, que le doux son de sa voix avait caressé son oreille, il s'était montré froid, distant.

— Tu n'as pas dit un mot au sujet de ta grossesse, ce jour-là.

— Non, mais j'ai essayé, insista-t-elle. Tu ne m'en as pas laissé l'occasion. Tu étais pressé. Un rendez-vous que tu ne pouvais pas manquer, d'après toi.

Il lui avait menti. Ce jour-là, il était vautré sur le sofa, dans le salon du ranch, à noyer son chagrin dans le scotch dix-huit ans d'âge de son père. Mais son orgueil lui interdisait de lui faire un tel aveu. Il avait inventé ce rendez-vous pour ne pas reconnaître qu'il ne s'était plus approché d'une femme depuis qu'elle l'avait quitté.

— Mais tu aurais tout de même pu me l'annoncer avant de raccrocher. Quatre petits mots. *Ross, je suis enceinte.* Et, je le répète, tu t'en es bien gardée.

— J'ai essayé une seconde fois, affirma-t-elle, ignorant

le sarcasme. Je n'ai obtenu que ton répondeur et j'ai donc appelé le ranch, où la gouvernante m'a informée que tu étais absent. J'allais raccrocher lorsque Rusty a pris le téléphone, et il a exigé de savoir pourquoi je cherchais à te contacter, alors que j'avais démissionné.

Elle hésita une seconde, puis elle poursuivit :

— Je crois... J'étais si abattue que je lui ai tout dit au sujet de ma grossesse. Rusty m'a ordonné de me débarrasser du bébé. Il m'a déclaré que son fils était un *Edmond*, et qu'il n'était pas question qu'il élève un enfant avec sa cuisinière.

Elle esquissa un sourire sans joie, avant de conclure :

— Il m'a également déclaré qu'il était au courant de notre... relation. Grâce à toi. Et que tu lui avais assuré que tu en avais fini avec moi.

— C'est un mensonge ! gronda-t-il. Je n'ai jamais parlé de nous à mon père, ni à personne d'autre.

— Non, j'en suis sûre, murmura-t-elle d'un ton amer.

— Bon sang, Charlotte ! gémit-il d'un ton désespéré. Ce n'est pas ce que je voulais dire. Je...

— Tout cela, c'est du passé, Ross, coupa-t-elle. Que Rusty ait menti ou non à ce sujet, il disait vrai en affirmant que tu voyais d'autres femmes, n'est-ce pas ? Il m'a promis de te demander de m'appeler, mais pas avant de m'avertir que si je refusais de mettre fin à ma grossesse, et que je racontais cette histoire à quelqu'un, il me ruinerait. Et aussi qu'il ne s'arrêterait pas là. Qu'il s'en prendrait aussi à mes parents.

— Je n'arrive pas à croire...

Ross s'interrompit. En vérité, son père aurait été parfaitement capable de mettre ses menaces à exécution – et il l'était toujours. Menacer une ex-employée pour protéger le précieux nom des Edmond était tout à fait dans ses cordes.

— Ne te donne pas tant de peine Ross, chuchota

Charlotte, l'amertume imprégnant à nouveau sa voix. Tu peux nier avoir eu connaissance de cette conversation avec Rusty au téléphone, mais pas de la lettre.

— La lettre ? Quelle lettre ?

Elle le dévisagea, et sa confusion devait être évidente dans son regard, car elle ouvrit son sac et le fouilla rapidement avant d'en extraire un portefeuille de cuir brun usé. Elle en tira un feuillet plié, et, s'approchant de lui, elle le plaqua contre son torse.

Par pur réflexe, Ross recouvrit sa main avec la sienne. C'était la première fois qu'elle le touchait depuis trois ans, et ce léger contact le fit presque défaillir. Une vague de plaisir inouï déferla sur lui, et il crispa ses doigts sur les siens, comme si elle était sa seule ancre dans l'univers.

Hélas, elle libéra brusquement sa main et recula d'un pas, lui abandonnant le feuillet plié. Frottant sa paume avec son pouce comme si elle venait de se brûler.

— As-tu envie de lire cette lettre à voix haute ? suggéra-t-elle. Elle rafraîchira peut-être ta mémoire défaillante.

Il la dévisagea un instant. Son expression intraitable cadrait mal avec ce geste inconscient qu'il venait de surprendre… Comme si Charlotte essayait d'effacer l'empreinte de sa peau sur la sienne. Puis, enfin, il déplia précautionneusement feuillet.

— « Charlotte, récita-t-elle de mémoire, alors qu'il parcourait le feuillet des yeux, tu étais censée être une agréable aventure, pas la mère de mon enfant. Débarrasse-t'en. Utilise le chèque ci-joint pour payer l'intervention et pour te dédommager de ta peine. Ensuite, tu reprendras le cours normal de ta vie, comme je l'ai déjà fait avec la mienne. Russell Edmond Jr. »

—Russell Edmond Jr, répéta-t-elle d'un ton sarcastique.

Comme si je n'avais plus le droit de t'appeler Ross. C'était très stylé de ta part.

Il demeura un instant sous le choc, luttant contre la sensation qu'une main glacée lui serrait le cœur. Puis il relut la lettre, encore et encore. Elle était imprimée, mais c'était bien sa signature. Ou ce qui ressemblait à sa signature. Parce que ce qui était certain, c'était qu'il ne l'avait jamais écrite, ni signée ni postée. Comment…

Il savait très bien comment. Son père. Son père n'avait jamais mentionné avoir parlé avec Charlotte au téléphone, et c'était lui qui avait envoyé cette lettre. Un faux.

Charlotte ne lui avait pas volé les deux premières années de la vie de son fils. Le coupable, c'était Rusty. Cette révélation déclencha une telle furie en lui, une rage si meurtrière que si son père n'avait pas été absent pour assister à une réunion de travail, à l'autre bout de l'État, il se serait immédiatement précipité dans son bureau pour lui dire en face ce qu'il pensait de lui.

Quelle plaisanterie ! songea-t-il avec amertume. Son père avait accusé Charlotte de placer ses propres intérêts avant ceux de son enfant. Ross aurait dû se méfier. Après tout Rusty avait fait cela toute sa vie avec ses propres enfants.

— Je sais que tu n'as aucune raison de me croire, Charlotte, dit-il, la gorge serrée d'émotion, mais… je n'ai jamais écrit cette lettre. Je ne connaissais même pas ton adresse en Californie pour te l'envoyer.

— Elle a été envoyée à l'adresse de mes parents, et ils l'ont fait suivre chez ma sœur, chez qui je logeais à l'époque, précisa-t-elle, scrutant attentivement son visage comme si elle essayait d'analyser chaque nuance de son expression.

Et il ne lui cacha rien – ni à quel point il était dévasté par les mensonges de son père, ni son chagrin à l'idée de tout ce qu'il avait perdu. Ni la douleur de savoir qu'elle l'avait pris pour un monstre. On pouvait certainement l'accuser d'être un coureur de jupons, mais pas un père indigne. Un sale type capable d'esquiver ses responsabilités et d'ignorer son enfant.

— Je me fiche de ce chèque, gronda-t-il, l'esprit tourbillonnant. Pourquoi as-tu gardé cette lettre ? Pourquoi l'emportes-tu dans ton portefeuille ?

— C'est un rappel de la réalité, répondit-elle en lui reprenant le feuillet des mains pour le replier soigneusement avant de le glisser dans son portefeuille. Lorsqu'il m'arrive d'être trop fatiguée, et que j'ai l'impression de ne plus pouvoir continuer, je le relis pour me rappeler que je l'ai déjà fait une fois, et que je peux recommencer. Et aussi pour me rappeler que je ne peux compter que sur moi-même.

— Je ne savais pas, Charlotte, murmura-t-il, le cœur serré. J'ignorais que tu étais enceinte et je ne t'ai jamais écrit une lettre pour te demander de te débarrasser de mon bébé. Je…

Il n'abandonnerait jamais son enfant. Pas après avoir été la victime d'un abandon semblable de la part de sa propre mère. Il avait ressenti cette douleur, cette confusion, cette perte de l'estime de soi. Il ne les infligerait jamais à un enfant, et surtout pas au sien.

— Je t'en prie, Charlotte, laisse-moi te prouver que je peux être un bon père pour Ben. Je sais que tu ne dois rien à ma famille, mais accorde-moi une dernière chance.

Elle secoua la tête, mais, pour la première fois, il lut de l'indécision dans ses yeux.

— Je…

Au même instant, la porte du bureau s'ouvrit, et Gina, sa sœur, entra dans la pièce, son regard baissé vers la tablette qu'elle tenait entre ses mains.

— Ross, dit-elle, Valencia Donovan, de l'Association de protection des chevaux, m'a appelée tout à l'heure. Nous devons lui envoyer…

Elle releva enfin la tête et, apercevant Charlotte, elle se figea.

— Je… je suis désolée, Ross. Ton assistante n'était pas à son poste, alors je…

Le reste de sa phrase resta en suspens, et, retrouvant instantanément les bonnes manières qui lui avaient été inculquées depuis le berceau, elle salua la visiteuse.

— Charlotte Jarrett ! dit-elle en s'avançant vers elle, sa main tendue. Cela fait une éternité. Heureuse de vous revoir.

— Merci, répondit Charlotte, serrant la main offerte avec un sourire un peu hésitant. C'est merveilleux d'être de retour.

— Je ne voudrais pas vous sembler indiscrète, dit Gina, mais je le suis probablement. Qu'est-ce qui vous ramène chez nous ? J'espère que votre famille va bien ?

— Billy et moi sommes tombés sur elle par hasard en dînant au Sheen, il y a quelques jours de cela, expliqua Ross. Charlotte est la nouvelle cheffe de ce restaurant. Je lui ai demandé de passer ici afin que nous discutions de sa participation à la Soirée dans la Baie avec un restaurant sous chapiteau, et peut-être un siège au comité d'organisation.

— C'est merveilleux, déclara Gina en souriant. J'ai entendu de nombreux commentaires très flatteurs au sujet du Sheen et de sa nouvelle cheffe. J'étais loin de me douter qu'il s'agissait de Charlotte.

Elle jeta un coup d'œil à la tablette qu'elle tenait encore entre ses mains, avant d'ajouter :

— Ce que j'avais à te dire peut attendre, Ross. Pourrais-tu venir me voir après votre réunion ?

— Pas de problème, affirma Ross. Accorde-moi encore un moment, puis je passerai à ton bureau.

— C'est inutile, intervint Charlotte. J'étais sur le point de partir, de toute façon.

Sa sœur ne remarqua peut-être rien, mais Ross entendit parfaitement la note de désespoir qui vibrait dans sa voix. Il faillit protester, car ils étaient loin d'en avoir terminé avec leur conversation. Mais, à la dernière seconde, il ravala ses objections pour ne pas attirer inutilement l'attention sur eux. Il n'avait pas honte de Ben – encore maintenant, il avait envie de crier au monde entier qu'il avait un fils. Mais cette décision aurait des effets, pas seulement pour lui, mais aussi pour Charlotte, et surtout pour Ben. Jusqu'à ce qu'ils aient repassé ensemble tous les détails de cette affaire, et qu'il ait digéré ces nouvelles révélations cataclysmiques, cette information devait rester confidentielle.

— Oh ! non ! protesta Gina. Vous n'avez pas à vous en aller à cause de moi !

— Ce n'est pas du tout le cas, assura Charlotte. Cela a été un plaisir de vous revoir.

Elle mentait visiblement. Un passager du *Titanic* repêché par un canot de sauvetage n'aurait pas eu l'air plus soulagé.

— Pour moi aussi, répondit Gina. Et je me réjouis d'entendre que vous allez vous joindre à nous pour la Soirée dans la Baie. Vous étiez une cheffe brillante, et nous avons beaucoup de chance de vous compter dans notre organisation. Bienvenue à la maison, Charlotte.

— Merci, murmura-t-elle. Et, Ross, je t'appellerai pour te faire part de ma décision, concernant le comité d'organisation.

Puis, lui accordant à peine un regard, elle leur adressa un dernier salut de la main et elle fila vers la porte.

— C'est moi qui t'appellerai, lança Ross dans son dos.

Elle hocha la tête sans se retourner, puis elle sortit, refermant la porte derrière elle.

— Es-tu certain que je n'ai pas interrompu un tête-à-tête plus… personnel ? s'enquit Gina d'un air intrigué.

Leur père était le seul à ne pas avoir remarqué l'acuité du jugement, l'intelligence de Gina. Peu de chose lui échappait. Et certainement pas la tension sous-jacente dans les rapports entre Charlotte et lui.

— Pas du tout, répondit-il d'un ton qui n'invitait pas s'attarder sur le sujet. Et maintenant, que se passe-t-il avec Valencia Donovan ?

Gina lui décocha un dernier regard scrutateur, puis elle lui expliqua les raisons de sa visite impromptue.

Et Ross se fit une promesse solennelle.

Charlotte lui avait peut-être échappé pour le moment.

Mais, cette fois-ci, à la différence de ce qui s'était passé trois ans plus tôt, où qu'elle décide de s'enfuir, il la retrouverait.

- 5 -

— Les Hudson n'en finissent pas de s'extasier au sujet de votre cuisine, déclara Faith en entrant dans la salle privée du Sheen, que Candice Hudson, sa mère, sa tante et plusieurs de leurs amies venaient de quitter, emportant leurs bavardages et leurs rires avec elles.

Un mélange de plaisir et de satisfaction dans son regard, Charlotte se tourna vers la manageuse du restaurant, qui venait de s'affaler sur l'une des chaises que Candice, la future mariée, et son groupe venaient de libérer. Elle ne se lassait jamais d'entendre répéter que sa cuisine avait été appréciée.

— Pourquoi êtes-vous si fatiguée ? demanda-t-elle, rassemblant les dernières cartes sur lesquelles les clientes avaient noté les spécialités qu'elles avaient choisies. C'est moi qui me suis chargée de la cuisine, et les serveuses ont assuré le service en salle.

— J'ai dû parler toute la soirée, répondit l'autre femme en soupirant. Savez-vous comme il est épuisant d'animer un public en restant *intéressante* ? C'est un travail de titan.

Empochant toutes les cartes, Charlotte pouffa de rire.

— Pauvre petite chose fragile ! ironisa-t-elle.

— Oui, je sais, répliqua Faith avec un rire de dérision. Mais il faut bien faire son devoir. Maintenant, assez parlé de moi. Les Hudson viennent de déposer une avance de cinq mille dollars pour le service de traiteur du mariage, et tout cela grâce à votre cuisine. Je n'avais pas douté un instant qu'ils adoreraient votre menu, bien sûr. Qui pourrait résister à vos huîtres grillées au basilic et au parmesan ? Le seul fait d'y penser vient de me déclencher un orgasme gustatif…

— Vous êtes terrible ! fit Charlotte, quittant la salle privée, pour se diriger vers la cuisine, Faith sur les talons.

— Quoi ? protesta Faith. Les huîtres sont aphrodisiaques. Vous rendez service aux jeunes mariés pour leur nuit de noces en les incluant au menu.

— Arrêtez ! s'exclama Charlotte se retenant à grand-peine d'éclater de rire. Je suis seulement heureuse qu'elles aient apprécié ma cuisine.

La première fois que Faith avait fait une remarque révélant ce sens de l'humour coquin, Charlotte avait failli s'étouffer avec la cuillerée de bisque de homard au parmesan qu'elle goûtait.

La composition d'un menu de mariage dans la haute société, auquel participeraient près de cinq cents invités, avait été un challenge nécessitant des heures de travail. Mais la satisfaction évidente de leurs clientes l'avait amplement récompensée de ses efforts.

— Elles l'ont *adorée*, corrigea Faith, entrant derrière elle dans la cuisine bourdonnante d'activité. Et la fière maman de la mariée nous a promis de nous recommander à ses amis richissimes et très influents, pour leurs réceptions de mariage ou pour d'autres événements. Je dois parler avec Jeremy pour lui suggérer d'imprimer de nouvelles brochures centrées sur les mariages et les réceptions.

Faith composait déjà son numéro lorsque Charlotte retourna devant ses fourneaux pour préparer une sauce au vin. Au même moment, la porte de la cuisine s'entrouvrit, et Jeremy Randall passa sa tête à l'intérieur.

— Charlotte ? lança-t-il, le front barré d'un pli soucieux. Pourrais-je vous parler un instant ?

— Oui, bien sûr, répondit-elle, réprimant un soupir.

Elle venait de perdre beaucoup de temps à la table des Hudson et de leurs invitées à leur expliquer la composition de chaque plat, et son seul désir, désormais, était de se replonger dans ses préparations culinaires. C'était son plus grand plaisir dans la vie. Mais, lorsque le propriétaire du restaurant requérait sa présence, elle ne pouvait pas refuser.

Après avoir donné ses instructions à sa seconde de cuisine, elle rejoignit Jeremy dans le couloir.

— Que puis-je pour vous ? s'enquit-elle.

Jeremy était un bel homme entre deux âges, aux cheveux poivre et sel, à la peau brune sans une seule ride. Avec sa haute taille et sa parfaite forme physique, le propriétaire du Sheen pouvait avoir entre quarante et soixante ans. Ses cheveux gris ne faisaient qu'accentuer sa prestance et sa distinction. À cet instant précis, toutefois, son habituel air de sérénité avait disparu. Il paraissait stressé.

— Euh… Ross Edmond est ici, et il désire vous parler.

Cette visite aurait dû la surprendre… mais ce n'était pas le cas. Depuis qu'elle était sortie – *qu'elle s'était enfuie* – de son bureau, la veille, elle s'attendait à ce qu'il l'appelle, ou qu'il se présente à sa porte comme il l'avait déjà fait. Mais pas au Sheen. Elle n'avait pas envie de devoir répondre à une foule de questions indiscrètes au sujet de l'intérêt évident que lui portait le fils aîné des Edmond, héritier du groupe.

D'un geste né d'une longue habitude, elle effleura le collier qu'elle portait à son cou, sous sa veste de cuisine. Par bonheur, Ross ne l'avait pas remarqué lors de son unique visite chez elle. Comment pourrait-elle lui expliquer qu'elle ne souhaitait plus rien avoir à faire avec lui, qu'elle désirait l'effacer de sa vie, alors qu'elle portait toujours l'unique cadeau de lui qu'elle ait conservé ? Elle s'était débarrassée de tout le reste et avait été très surprise de retrouver ce collier parmi ses affaires en Californie. Elle avait même failli le jeter, mais... elle en avait été incapable. Trop de souvenirs étaient attachés à cette chaînette d'or et à son pendentif en forme de cœur incrusté de diamants.

— Je l'ai installé dans mon bureau afin que vous puissiez parler tranquillement, déclara Jeremy, ses yeux noisette brillant de curiosité. Mais... Y a-t-il quelque chose que je devrais savoir ? Préférez-vous que je reste avec vous ?

Charlotte secoua la tête. Elle appréciait son offre de protection, mais cette bataille ne concernait que Ross et elle.

— Merci, répondit-elle, mais c'est inutile. Il souhaite probablement me parler du restaurant sous chapiteau pour la Soirée dans la Baie dont je vous ai déjà parlé.

— Très bien, dit-il d'un ton hésitant. Si vous êtes sûre... En tout cas, si vous avez besoin de moi, je serai au bar.

Charlotte acquiesça. Et, quelques secondes plus tard, elle poussait la porte du bureau de Jeremy. Ross était assis dos à la porte, mais il se retourna en l'entendant entrer, et ses yeux d'un bleu lumineux vinrent se poser sur elle.Durant une seconde, elle se figea. Car ces yeux d'azur, habituellement mi-clos et impassibles, étaient noyés de colère et de souffrance. Et, à cet instant, même si c'était naïf de sa part, elle fut convaincue qu'il n'avait pas écrit cette horrible lettre. Il en découlait qu'il n'était pas non plus au courant de l'existence de Ben. Ces yeux... ne mentaient pas.Mais où cela la laissait-il, *elle* ? C'était la question qu'elle s'était posée durant ces dernières vingt-quatre heures. Car trois années de souffrance et le sentiment d'avoir été trahie ne disparaissaient pas en un seul jour. Elle ne lui faisait toujours pas confiance, ne croyait pas une seconde qu'il placerait Ben au-dessus des intérêts de sa famille, ou qu'il renoncerait à son style de vie, et qu'il ferait des sentiments de son fils – *ou de ceux de Charlotte* – sa priorité absolue.

Elle refoula aussitôt cette pensée. Il ne s'agissait pas d'elle, ici. Ross n'était rien pour elle, hormis le père de Ben. Et c'était très bien ainsi. Car il lui avait prouvé depuis longtemps qu'il ne désirait pas partager sa vie avec une femme, et surtout pas avec elle, que son père n'approuverait jamais. Elle n'était pas assez riche. Ses parents n'avaient pas les relations nécessaires. Son arbre généalogique ne remontait pas assez loin.

Et, de plus, elle avait repoussé les avances de Rusty.

Elle en avait assez de rêver de choses impossibles avec Ross. Elle y avait renoncé trois ans plus tôt, lorsqu'il n'était pas accouru à sa défense alors qu'elle s'apprêtait à quitter Royal. Mais la seule responsable, c'était elle, pour être tombée amoureuse de Ross, tout en sachant qu'il ne serait jamais capable de l'aimer en retour.

Elle ne rendrait plus jamais coupable de ce genre de dévotion envers un homme.

— Ross, dit-elle en refermant la porte derrière elle, que fais-tu ici, sur mon lieu de travail ?

— Je pars pour Dallas demain afin de participer à une série de réunions, répondit-il, parcourant tout son corps du regard avant de s'arrêter sur ses yeux. Et j'y resterai quelques jours.

Face à ce regard scrutateur, Charlotte fit de son mieux pour se convaincre que ses seins ne lui semblaient pas plus lourds, que sa féminité ne pulsait pas de désir secret. Qu'elle ne ressentait *rien*.

— Avant mon départ, poursuivit-il, ses lèvres généreuses esquissant une moue, j'ai besoin de régler une ou deux petites choses entre nous… je ne veux pas passer plus de temps que nécessaire loin de Ben. Je désire faire partie de sa vie, apprendre à mieux le connaître. J'ai déjà tant manqué !

— Je n'ai pas l'intention de m'y opposer, murmura-t-elle.

— Alors, tu me crois ? insista-t-il, fixant son visage d'un regard intense. Tu crois enfin que j'ignorais tout de ce coup de téléphone, de cette lettre... de l'existence de *Ben* ?

— Oui, je te crois, convint-elle en soupirant. Mais cela ne change rien. Il ne te connaît pas. Il n'a jamais connu que moi. Nous ne devons rien hâter, tous les deux. Je ne veux pas mettre sa vie sens dessus dessous, ou le rendre malheureux.

— Je suis tout à fait d'accord avec cela, assura Ross. C'est pourquoi je veux qu'il vive avec moi.

Le souffle coupé, une expression d'horreur sur son visage, elle ne put que le dévisager en silence. Avait-il l'intention de lui faire un procès pour obtenir la garde de son fils ?

Puis, une vague de colère déferla sur elle. Et pas uniquement dirigée contre l'homme qui avait l'intention de lui prendre son bébé, mais aussi contre elle-même, pour avoir eu la sottise de croire qu'il avait changé. Qu'il n'était plus un monstre d'égoïsme qui ne pensait qu'à ses propres intérêts. Elle n'avait plus rien à faire ici.

— Je m'en vais, annonça-t-elle en se détournant de lui.

— Attends, bon sang ! gronda Ross, agrippant son bras.

À sa grande honte, le contact de ses longs doigts vigoureux sur sa peau s'irradia dans tout son corps comme la brûlure d'un fer rouge, mais, déjà, il chuchotait :

— Je suis désolé, Charlotte. Je me suis mal exprimé. Mais tu dois comprendre que je ne sais plus du tout où j'en suis. Laisse... Laisse-moi une minute, d'accord ?

Ross... *s'excusait ?* Pour Charlotte, c'était un événement inouï. Et, le plus stupéfiant, c'était cette note de frustration impuissante qu'elle entendait pour la première fois dans la voix de cet homme charismatique, arrogant et sûr de lui. Lorsqu'elle se tourna face à lui, il lâcha son bras, mais sous la manche de sa veste de cheffe sa peau picotait encore.

— Je ne pensais pas seulement à Ben, murmura-t-il. Je désire que tu viennes vivre avec moi, toi aussi, Charlotte.

C'était une véritable avalanche d'émotions qu'il lui faisait subir. À peine remise de l'une, elle devait déjà affronter la suivante, mettant à mal son équilibre intérieur.

— Est-ce là ton idée pour nous adapter en douceur à ces changements ? s'enquit-elle d'un ton incrédule.

— Oui, dit-il. Nous vivrons ensemble pour élever Ben, dans une relation platonique. De cette façon, Ben nous aura, toi et moi, sous le même toit.

— En gros, tu me proposes de vivre à la colle avec toi, observa-t-elle d'un ton sarcastique. Non, merci.

— Charlotte…

— Non, coupa-t-elle. As-tu idée de ce que ma grossesse hors mariage a fait à ma relation avec mes parents ? Nous avons été à deux doigts de la rupture définitive. C'est en partie pour réparer ces liens que je suis revenue m'installer à Royal. Et, à présent, tu me suggères d'anéantir tous les progrès que nous avons faits en leur déclarant que je vais emménager avec un homme… avec *toi* ? Non, je refuse.

Le seul fait d'annoncer à ses parents que l'héritier du Groupe Edmond était le papa de leur petit-fils promettait déjà d'être un moment embarrassant.

— Devons-nous vivre selon les critères des autres ? répliqua-t-il d'un ton de défi. Ben est notre fils, pas le leur.

— C'est facile, pour toi, rétorqua-t-elle. Tu es Ross Edmond, le fils de Rusty. L'héritier d'une fortune. Personne n'oserait te critiquer, ou te fermer sa porte. J'ai des responsabilités envers d'autres que moi-même, des dettes envers eux. Et, c'est vrai, l'opinion de mes parents compte pour moi. Je ne veux pas les perdre une nouvelle fois.

Il se détourna d'elle pour marcher de long en large dans la pièce d'un air agité, avant de se retourner face à elle.

— Charlotte, j'ai l'impression de serrer une poignée de sable, qui s'échappe entre mes doigts sans que je puisse l'empêcher. Les années que j'ai manquées, les souvenirs que je n'aurai jamais. C'est pourquoi je tiens tant à ces instants futurs. Avec chaque jour, chaque minute, d'autres événements pourraient se produire, et je les manquerais.

La véhémence de son ton, *sa passion*, la laissèrent stupéfaite. Cet homme désirait réellement faire partie de la vie de son fils. En tant que mère, et en tant que femme de cœur, elle ne pouvait pas lui nier ce droit. Et Ben aussi avait des droits qu'elle devait respecter. Car, même si des mères seules élevaient souvent des enfants, et qu'elles les élevaient très bien, Charlotte ne pouvait pas enseigner à Ben ce que c'était que d'être un homme. Seul Ross pouvait lui servir de modèle dans ce domaine. Elle adorait son beau-frère et son père, mais ils ne pouvaient pas remplacer son vrai papa.

Elle devait à son petit garçon d'accorder à Ross une chance de devenir un bon père.

Mais vivre avec lui dans sa maison ? C'était impossible.

— Je n'ai pas l'intention de te priver de ces précieux moments, Ross, affirma-t-elle. Tu y as droit. Mais…

Autrefois, elle avait rêvé de vivre avec Ross, d'être son épouse. Lorsqu'elle l'avait appelé, trois ans plus tôt, elle s'accrochait encore à l'espoir naïf qu'ils allaient devenir une famille. Ce qu'il lui offrait aujourd'hui ressemblait à un mariage de convenance – sans les bénéfices du mariage. Elle était une maman célibataire, et elle en était fière, mais, aux yeux de la bonne société, elle ne serait qu'une fille quelconque que Ross avait engrossée et qu'il accueillait dans sa maison par charité, mais qui n'était pas assez bien pour porter son nom.

Elle avait des principes et elle n'en dévierait pas. Même si une partie d'elle-même – la femme qu'elle était trois ans plus tôt, celle qui s'accrochait aux rêves d'amour éternel – aurait tout donné pour pouvoir jeter ces principes aux orties.

— Ne refuse pas tout de suite, murmura Ross en se rapprochant. Réfléchis-y ces deux prochains jours, pendant que je serai absent, et nous en discuterons à mon retour.

— D'accord, souffla-t-elle après une seconde d'hésitation.

— Merci.

Il se rapprocha encore, et, lorsqu'il leva sa main vers son visage, Charlotte cessa de respirer. Ross adorait les chevaux, peut-être même davantage que les gens. Elle se souvenait encore de la sensation de sa paume calleuse de cavalier caressant sa peau, un contraste sensuel entre douceur et rudesse. C'était ainsi qu'était leur relation.

Une tendresse rugueuse.

Au moment où elle crut qu'il allait la toucher, faisant s'entrechoquer le passé et le présent, il laissa retomber son bras et fourra la main dans sa poche, comme pour s'empêcher de faire quelque chose qu'il regretterait.

— Si tu veux bien, dit-il, je t'appellerai demain matin pour avoir des nouvelles de Ben. Au moins pour lui dire bonjour, afin qu'il se familiarise avec ma voix.

— Très bien, répondit-elle.

Suivit un instant de silence. Sa fragrance de bois de santal et d'humus l'entourait de toutes parts, comme une délicieuse tentation. Elle brûlait de sentir son grand corps puissant et sensuel tout contre elle, de sentir son érection presser contre son ventre lui promettant un plaisir exquis.

Je le fais pour Ben, se répéta-t-elle mentalement comme un mantra. *Seulement pour Ben*.

À une autre époque de sa vie, elle aurait cédé à la tentation. Elle se serait blottie contre sa peau chauffée par le soleil. Elle se serait donnée à lui. Mais, frissonnant de tout son corps, elle recula d'un pas.

— Je t'appellerai bientôt, promit-il de sa voix grave.

Elle s'écarta pour le laisser sortir et referma la porte avant d'oser respirer.

Ross représentait un danger pour elle.

Certaines choses ne changeaient jamais.

- 6 -

Ross arrêta son Aston Martin devant la grille de fer forgé du ranch Elegance, et, actionnant sa télécommande, il attendit qu'elle coulisse avant de rouler jusqu'à l'allée circulaire devant la maison. Laissant tourner son moteur ultra-silencieux, il resta là un instant à observer les derniers rayons du coucher de soleil, au-delà de la somptueuse villa, qui illuminaient les pâtures du ranch d'une lueur d'incendie.

C'était l'heure de la journée qu'il préférait. Pour lui, cela signifiait la fin d'une autre journée de dur labeur, de réussite et d'objectifs atteints. La satisfaction d'avoir fait sa part en tant qu'homme, et pas seulement en tant qu'Edmond. Et la beauté du soleil couchant était sa récompense.

Poussant un soupir, il rentra sa voiture dans le garage climatisé et coupa le contact. Il venait de rentrer de Dallas où il avait passé trois jours, entre réunions et dîners d'affaires, à la fois pour le compte de l'organisation Edmond et pour le festival qu'il préparait. Tout s'était déroulé sans accroc, et il était fier de ce qu'il avait accompli. Même son père n'y trouverait rien à redire. Enfin si. Rusty Edmond trouverait toujours une critique à lui faire, parce qu'il était ainsi.

Et, concernant Rusty…

Ross ouvrit brusquement sa portière. Il repoussait la conversation qu'il devait avoir avec son père depuis des jours parce qu'il devait lui parler face à face, pas au téléphone. Il tenait à regarder Rusty droit dans les yeux pour étudier chaque nuance de son expression lorsqu'il l'informerait qu'il était au courant de tous les mensonges qu'il lui avait débités au sujet de Charlotte, ces trois dernières années.

La rage qui couvait en lui comme un incendie jamais tout à fait éteint se mit à flamber d'un coup alors qu'il sortait du garage. Et ce feu gagna en intensité tandis qu'il traversait l'immense et luxueuse maison. À cette heure de la soirée, son père ne pouvait être que dans son cabinet de travail, à déguster un verre de scotch avant de continuer le travail qu'il n'avait pas eu le temps de terminer au bureau.

Aussi loin que Ross remonte dans ses souvenirs, le travail avait été l'unique obsession de son père. Exception faite des femmes, bien entendu. Il avait été marié quatre fois, mais chacun de ces mariages avait échoué, parce qu'il traitait ses épouses de la même manière qu'il traitait ses enfants. Comme des employés qui n'étaient là que pour obéir à ses ordres, subir ses critiques, et, éventuellement, être congédiés.

Lorsqu'il arrivait qu'elles se plaignent, il leur rappelait que le luxe où elles vivaient, les somptueux vêtements et les coûteux bijoux, les fêtes extravagantes qu'elles organisaient, dans le pavillon du jardin, étaient financés par son travail.

Oui, Rusty était un salaud arrogant et sarcastique.

Ce qui expliquait, bien sûr, qu'il se soit marié quatre fois.

En chemin vers le cabinet de travail de Rusty, Ross passa devant la luxueuse cuisine ultramoderne disposant d'un office séparé et d'une cave à vin. Il se souvint de voir Charlotte s'affairer dans cet espace avec l'aisance d'une professionnelle accomplie. C'était cela qui avait d'abord éveillé son attention. Son assurance imperturbable. Son calme au milieu du chaos contrôlé. Sa beauté sauvage.

Ses mains rapides et précises, capables de trancher

des légumes, de remuer des sauces, de préparer des mets exquis, et, avec la même dextérité, de le faire monter au paradis lorsqu'ils étaient au lit.

Ce qui l'avait attiré vers elle comme un papillon de nuit vers une flamme, ce n'était pas seulement ses courbes délicieuses et son ravissant visage. Il était entouré de jolies femmes depuis son adolescence. Mais Charlotte, c'était plus que cela. Il n'avait toujours pas percé le mystère de ce qui la rendait différente des autres, mais elle l'avait *ensorcelé*. Les autres femmes n'avaient été que des distractions passagères, il revenait toujours à Charlotte. Il lui était impossible de résister, de renoncer à ce sentiment de complétude qu'elle seule semblait pouvoir lui procurer.

Puis, un jour, elle était partie.

Mais c'était son père qui l'avait exclue de sa vie.

Son père qui l'avait empêché de connaître son fils.

Son père qui avait une énorme dette envers lui.

Ross entra sans frapper dans le cabinet de travail. Assis devant son ordinateur en manches de chemise, son père, ne quitta même pas des yeux l'écran en l'entendant entrer.

— Ah, te voilà, dit-il de sa voix basse, rocailleuse, qui savait donner des ordres abrupts, ou offrir de charmants compliments lorsque l'occasion l'exigeait. As-tu oublié la politesse, à Dallas ? Quand une porte est fermée, on frappe avant d'entrer.

— Désolé, marmonna Dallas. J'ai besoin de parler avec toi.

— Je suis occupé. Cela va devoir attendre.

— Non. Je dois te parler maintenant.

Son père se raidit visiblement, et, durant une poignée de secondes, ils se dévisagèrent comme des adversaires sur le point de livrer bataille. Habituellement, Ross détournait les yeux le premier pour mettre un terme à ces stupides démonstrations de machisme.

Mais pas aujourd'hui.

Son père avait dû le sentir, parce qu'il esquissa un sourire sarcastique et s'adossa à son fauteuil de cuir, qui ressemblait plus à un trône qu'à un simple meuble de bureau.

— Puisque tu insistes, assieds-toi, dit-il en désignant le siège des visiteurs. Allez, assis !

Comme s'il parlait à un chien.

Mais une rage brûlante bouillonnait en lui, et Ross n'était pas d'humeur à obéir. Ignorant le fauteuil, il s'avança jusqu'à la table de travail, posant ses poings sur la surface de verre.

— Es-tu allé au Sheen, ces temps derniers ?

— Le restaurant ? fit son père, fronçant les sourcils. Non. Pourquoi donc ? Es-tu venu te plaindre de leur cuisine ?

— Dans ce cas, tu ne sais pas à qui le propriétaire a confié la direction de la cuisine ?

— Non, Ross, je n'en sais rien, grogna Rusty. Je n'ai pas investi dans ce lieu et je me fiche de savoir qui en est la cuisinière.

— La cheffe, corrigea Ross. Et il s'agit de Charlotte Jarrett.

Une lueur de surprise, vite réprimée, traversa le regard de son père. Rusty aurait été un rude adversaire au poker. À présent, son expression ne révélait déjà plus rien.

— Charlotte Jarrett, vraiment ? dit-il d'un ton indifférent. J'ignorais qu'elle était rentrée en ville.

— Eh bien, je te l'apprends.

— Et alors ? En quoi cela nous regarde-t-il ? Elle était employée ici il y a des années de cela. Nos employés de maison vont et viennent, et je n'ai jamais essayé de garder le contact avec eux. Pourquoi m'intéresserais-je à elle ?

Ross n'était pas du tout étonné par cette réponse. Il

n'avait jamais espéré que son père lui avouerait ce qu'il avait fait. Rusty se considérait comme un maître des échecs, y compris dans la vraie vie. Il permettait à l'adversaire d'avancer ses pions afin de pouvoir le contrer, l'esquiver ou le piéger.

— Comme tu voudras, répondit Ross, se préparant pour la bataille imminente. Nous jouerons à ta façon. Il y a trois ans de cela, après avoir démissionné, Charlotte a appelé ici pour me parler, mais c'est toi qu'elle a eu au téléphone.

Rusty n'eut aucune réaction, et ses yeux gris continuèrent à dévisager son fils, le défiant de poursuivre.

Ross refoula sa colère derrière un masque glacé, refusant de lui fournir des munitions contre lui, et il ajouta :

— Elle t'a parlé de sa relation avec moi.

— Elle m'a informé que vous couchiez ensemble, précisa son père d'un air goguenard.

Ross fut à deux doigts de donner libre cours à la rage qui l'étouffait. Mais il s'en garda bien. *C'est exactement ce qu'il veut*, songea-t-il. *Je ne lui ferai pas ce plaisir.*

— Mais elle t'a dit autre chose, n'est-ce pas ?

Une nouvelle fois, Rusty ne répondit pas, mais l'expression de son regard trahissait clairement son irritation.

— Elle était enceinte, gronda Ross. Et toi, tu lui as conseillé de se débarrasser du bébé. De se débarrasser de *mon* bébé.

— Et alors ?

Tu ne dois pas frapper ton père.

Ross se répéta plusieurs fois ces mots mentalement, comme s'il récitait un mantra, avant d'être réellement convaincu que cette action lui était interdite.

— Alors, tu lui as suggéré de se débarrasser de mon bébé. *Pas du tien*. Tu n'en avais pas le droit.

— Et pourquoi pas ? grogna Rusty. Tu es mon fils, et je n'allais pas laisser une fille de rien te prendre au piège.

— Et ce bébé *est mon fils*, répliqua Ross. Tu n'as même pas jugé utile de m'informer de son existence. Tu ne m'as pas laissé l'opportunité de choisir moi-même. C'était à moi de prendre cette décision. Pas à toi.

— *Est ton fils ?* répéta Rusty d'une voix trop douce, annonciatrice de danger.

— C'est exact, papa, déclara Ross avec une amère satisfaction. Cet enfant *est* mon fils. Charlotte n'a pas fait ce que tu lui avais ordonné de faire, au téléphone d'abord, puis dans cette lettre minable que tu lui as envoyée en falsifiant ma signature. Malgré toutes tes tentatives de manipulation, elle a mis au monde mon bébé. Mon fils.

— Et comment peux-tu en être sûr, Ross ? rétorqua Rusty en se levant lentement, les poings serrés sur la table.

— Parce que je l'ai vu. Je l'ai rencontré.

— Tu mens ! éructa Rusty. Elle n'a pas eu ce bébé !

— Si, répondit Ross en souriant avec une fierté non dissimulée. Elle l'a mis au monde.

Charlotte avait fait ce qu'il avait lui-même toujours trouvé si difficile de faire. Tenir tête à l'invincible Russell Edmond Sr, et le défier.

— Pour une fois, ajouta Ross, quelqu'un n'a pas obéi à tes lois. Et cet enfant est de moi, cela ne fait aucun doute.

— Pourquoi ? Parce qu'une fille facile que tu as troussée l'affirme ? Si elle a écarté ses jambes pour toi si facilement, avec combien d'autres l'a-t-elle fait ?

— Surveille tes paroles ! riposta Ross.

— Alors, te voilà le champion de la femme que tu as engrossée ? répliqua Rusty avec un rire insultant.

Son père était ainsi. Il ne savait se battre que dans la boue.

— Cette fille était une *domestique*, fils, poursuivit-il.

Crois-tu vraiment qu'elle n'a pas vu en toi une opportunité de s'élever dans une position sociale où elle n'a pas sa place ? Ne sois pas idiot ! Elle s'est servie de toi alors, et elle le fait encore aujourd'hui, en réapparaissant tout à coup avec un gosse dont elle essaye de t'attribuer la paternité. Crois-tu vraiment que tu es sa première cible ? Sûrement pas.

— Dernier avertissement, papa, lâcha Ross, les dents serrées. Ne dis plus un mot à son sujet. Et Ben est mon fils, j'ai un test ADN pour le prouver. Et, même si cela te chagrine, j'ai la ferme intention de reconnaître mon fils et de me rapprocher de lui.

— Sûrement pas ! rétorqua Rusty d'un ton féroce. Je ne te permettrai pas de salir le nom de notre famille en fréquentant cette femme et son bébé.

— Tu ferais mieux de t'y habituer, répliqua Ross en imitant la pose de son père, penché en avant, les poings sur la table, leurs visages à quelques centimètres l'un de l'autre. Parce que j'ai demandé à Charlotte de venir vivre avec moi au ranch. Avec Ben. J'ai l'intention d'être un vrai père pour mon fils, que cela te plaise ou non.

— Je te l'interdis, Ross ! C'est exactement ce qu'elle veut. C'était déjà ce qu'elle voulait lorsqu'elle a téléphoné ici pour te parler, il y a trois ans. Ne le vois-tu pas ? Tu es en colère à cause de cette lettre que je lui ai envoyée, mais cette femme, a-t-elle mentionné le chèque que j'y avais inclus ? Dix mille dollars, fils ! Et elle a touché l'argent. Réveille-toi, Ross ! Cette femme est une intrigante.

— Est-ce tout ce que tu as trouvé pour me pousser à la mépriser ? s'exclama Ross avec un rire sans joie. Elle était seule et enceinte, et elle avait tout laissé derrière elle – sa famille, sa maison, son emploi. Crois-tu vraiment que je la blâmerais pour avoir dépensé ton sale argent pour ses besoins et ceux de son fils ? Une intrigante, crois-tu ? Jamais au cours de ces trois années elle ne m'a demandé un cent.

Charlotte n'était pas comme sa mère.

Elle n'avait pas abandonné son enfant. Elle n'avait pas accepté l'argent et disparu dans la nature. Charlotte avait peut-être quitté Ross, mais pas son enfant. C'était une énorme différence.

— Cela se fera, papa, insista-t-il. Elle n'a pas encore accepté, mais ce n'est qu'une question de temps.

— Pas sous mon toit, riposta Rusty. Et n'essayons pas de prétendre que cette maison, ce domaine, cette entreprise, et même *ta vie*, ne m'appartiennent pas. C'est à moi que tu dois de pouvoir parcourir le monde en grand seigneur, sans aucun souci. Et les coûteux costumes, les montres que tu aimes à exhiber ? Tout cela, c'est grâce à moi. Et si tu persistes dans cette… imbécillité consistant à reconnaître l'enfant de cette femme, à t'ingénier à l'introduire chez nous, attends-toi à des répercussions. Tu n'as littéralement pas les moyens d'ignorer les conséquences d'une telle décision. Ne me force pas la main, Ross. Coupe tous tes liens avec elle et avec ce garçon. Et fais-le *tout de suite*.

— Deux ans, murmura Ross en se levant lentement sans quitter son père du regard. C'est l'âge de mon fils. Deux ans sans savoir qu'il existait. Deux ans de sa vie que tu m'as volés. Que tu *nous* as volés. Vas-y, papa, crache-nous ta bile. Menace-nous. Mais tu ne nous sépareras pas un seul jour de plus, ou même une heure…

— Bon sang, Ross…

— Salut, les gars.

Ross se retourna juste à temps pour voir Billy entrer dans le cabinet de travail et refermer la porte derrière lui.

— Je vous ai entendus crier de l'autre bout du couloir,

remarqua-t-il, fronçant les sourcils d'un air soucieux. Et le personnel aussi. Que se passe-t-il, ici ? Tout va bien ?

— Bien sûr que non, grogna Rusty. Cela ne va pas bien du tout. Parle à ton ami, Billy. Vois si tu peux le ramener à la raison, parce que, moi, j'en suis incapable. Mais il vaudrait mieux pour tout le monde que quelqu'un le fasse.

— Ross ? fit Billy.

— Plus tard, répondit Ross, se retournant vers son père. Nous terminerons cette conversation plus tard.

— Pas question, gronda Rusty. Ne me pousse pas, Ross !

— Toi non plus, papa. Ne me pousse pas.

Ross traversa la pièce à grands pas, ouvrit la porte d'un geste brusque et sortit. Aux prises avec un mélange de colère, de déception, et... de tristesse, il se rua vers l'escalier pour redescendre au premier étage, où se trouvait sa suite. Il s'était attendu à la réaction de son père, mais il n'avait jamais songé que Rusty exigerait de lui qu'il abandonne son fils – un enfant de leur sang. Durant toute sa vie, Rusty avait répété à qui voulait l'entendre qu'il avait enseigné à son fils à « se conduire comme un homme ». Mais un homme acceptait ses responsabilités. Un homme subvenait aux besoins de son fils. Un homme protégeait les faibles.

Bien sûr, son père et lui avaient eu des divergences d'opinions, mais Ross avait toujours pensé que son père défendait réellement ces valeurs.

À présent, la tristesse avait supplanté la colère en lui. Tristesse pour la mort d'une croyance. Son père n'était pas l'homme qu'il avait imaginé qu'il était.

— Ross, que diable se passe-t-il ?

Une main vigoureuse s'était refermée sur son bras, l'obligeant à s'arrêter, et Billy apparut alors, s'interposant entre l'escalier et lui.

Sans lui laisser le temps de répondre, son ami l'entraîna

à travers un salon d'apparat jusqu'aux grandes portes de l'une des terrasses face aux écuries. Lorsqu'ils eurent gagné l'allée éclairée, et qu'ils se furent un peu éloignés de la maison, Billy s'immobilisa et, fourrant les mains au fond de ses poches, il se planta face à lui.

— Parle-moi, Ross. Que diable s'est-il passé avec Rusty ?

Initialement, Ross n'avait pas eu l'intention de parler de Charlotte et Ben avec qui que ce soit. Tout du moins, pas avant de s'être calmé. Mais toute l'histoire jaillit de son cœur comme un torrent que rien ne pouvait endiguer. Lorsqu'il eut terminé, il respirait par saccades, luttant contre un flot d'émotions incontrôlables.

— Fichtre ! murmura Billy. Si je m'attendais à cela…

Pour la première fois depuis qu'il était entré dans le cabinet de travail de son père, Ross retrouva son humour.

— Oui, dit-il. Lorsqu'il s'agit de théâtre, je choisis invariablement la tragédie.

Il redevint sérieux presque aussitôt, pour ajouter :

— Dis-moi simplement ce que tu en penses, Billy.

— Je n'approuve pas la façon dont ton père a géré la situation autrefois, dit Billy en soupirant. Les mensonges finissent toujours par faire mal. Mais, si l'on considère la situation de son point de vue, ses motivations sont compréhensibles.

— Parles-tu sérieusement ? s'emporta Ross. Il a…

— Attends une seconde, l'interrompit Billy. J'ai dit que je comprenais ses motivations, pas que je les approuvais. Ben est ton fils, et aucun homme ne devrait se détourner de son enfant. Je respecte ton père, mais je ne peux pas être d'accord avec lui sur ce sujet. Tu es mon ami, et je suis de ton côté.

— Merci, Billy, répondit Ross, en soupirant. Je t'en suis reconnaissant. Je vais avoir besoin du soutien moral de tous mes amis, surtout lorsque cette histoire deviendra publique. Car je refuse de cacher l'existence de Ben ou de Charlotte.

— Tout cela, c'est à cause de Rusty, n'est-ce pas ?

— Oui, murmura Ross. Pourquoi ai-je l'impression de partir en guerre contre mon père ?

— Cela ne durera pas, tu verras, assura Billy. En ce moment, il est furieux, mais il finira par entendre raison.

— On dirait que tu ne connais pas du tout Rusty Edmond, observa Ross avec un rire amer.

Rusty n'oubliait jamais, et il ne pardonnait jamais les offenses qu'on lui avait faites. Son fils autrefois obéissant l'avait ouvertement défié, et il s'en souviendrait.

Mais c'était une bataille que Ross ne pouvait pas se permettre de perdre.

- 7 -

Cette fois-ci, lorsque Ross arriva devant la petite maison dans ce quartier ancien mais coquet de Royal, il était attendu.

Dès son retour en ville, le soir précédent, il avait appelé Charlotte pour l'informer qu'il était rentré et lui demander s'il pouvait passer le lendemain matin pour voir Ben.

Au cours des trois jours qu'il venait de passer à Dallas, il l'avait appelée quotidiennement et il avait même parlé à Ben en visioconférence avec son téléphone. La conversation avec un garçon de deux ans était limitée, bien sûr, mais Ben lui avait dit *bonjour*. Et ce souvenir l'avait aidé à affronter ces trois interminables journées. Un jour – qu'il espérait prochain –, son fils sourirait en voyant son visage et en entendant sa voix. Il se précipiterait en courant vers lui.

Ross ne vivait plus que pour cet moment-là.

Il en tremblait. Il ne s'était jamais senti aussi nerveux depuis l'instant où il avait compris que Charlotte allait se donner à lui. Mais il s'agissait alors d'anticipation, de désir. Pas de cette délicieuse impatience. Et, aujourd'hui, ce n'était pas pour une femme, mais pour un petit garçon, presque un bébé, qui avait conquis son cœur à tout jamais.

Il grimpa les quelques marches du porche et, prenant une profonde inspiration, il frappa à la porte. Celle-ci s'ouvrit presque aussitôt, comme si la personne à l'intérieur l'attendait, la main sur la poignée.

Charlotte apparut devant lui, ses cheveux sombres noués en une longue tresse unique posée sur son épaule. Sa robe émeraude à manches longues d'un tissu doux et soyeux moulait amoureusement ses seins superbes avant de retomber jusqu'au sol. Ross en avait le souffle coupé, et une érection instantanée distendit son pantalon. Cette femme aurait pu être follement sexy même dans un habit de nonne.

— Bonjour, Ross, dit-elle en s'écartant pour le laisser passer. Entre, je t'en prie.

— Merci, répondit-il, faisant de son mieux pour ne pas fixer son corps magnifique avec trop d'insistance.

Il n'aurait pas dû la trouver sexy. Il ne devrait pas la désirer. Il ne devrait *rien* ressentir pour elle.

Il avait accepté le fait qu'elle ne lui avait pas menti, et qu'elle n'avait pas éloigné son fils de lui par simple malice. Mais il ne lui faisait toujours pas confiance. Elle était encore capable de disparaître. Elle l'avait déjà fait une fois. Il n'était toujours pas convaincu qu'elle ne renierait pas sa promesse de lui permettre de voir son fils.

C'était peu dire qu'il était furieux contre son père. Mais Rusty Edmond l'avait élevé. Et, si Ross avait retenu une leçon de ses enseignements, c'était qu'on devait comprendre les besoins de l'opposition et trouver un moyen de les satisfaire. Considérer Charlotte comme son adversaire semblait certes condamnable d'un point de vue moral, mais il désirait qu'elle et Ben viennent vivre avec lui, et elle y était opposée. Alors, il avait cherché son point faible et il était décidé à ne pas relâcher la pression jusqu'à ce qu'elle cède. Elle lui avait montré qu'il n'était pas une raison suffisante pour qu'elle choisisse de rester à Royal. La proposition qu'il s'apprêtait à lui faire la convaincrait peut-être.

Était-ce un combat loyal ? Non, bien sûr. Était-il le digne fils de son père à cet instant précis ? Probablement. Cela le tracassait-il ? Absolument pas.

— Où est Ben ? s'enquit-il, parcourant le salon du regard.

— Je travaille souvent tard le vendredi, et mes parents m'ont offert de me le garder jusqu'à ce matin, expliqua-t-elle. Ils doivent arriver d'une minute à l'autre pour me le ramener.

Sa déconvenue devait être évidente, car elle ajouta :

— Je t'ai envoyé un texto hier soir pour te le signaler, au cas où tu préférerais passer plus tard. Je suis désolée.

— Oui, dit-il en soupirant. Je ne l'ai pas lu.

Dans son impatience de se confronter à son père dès son retour, il avait oublié son téléphone dans sa voiture et il n'avait lu ses messages que ce matin, au moment de partir.

— Mais c'est peut-être mieux ainsi, poursuivit-il. Cela nous donnera l'occasion de parler un peu avant son arrivée.

Elle le dévisagea un instant, puis elle hocha la tête.

— Très bien.

Sans attendre davantage, elle se dirigea vers le salon, et Ross lui emboîta le pas. Ignorant le sofa et la causeuse, elle se tourna face à lui. Son expression résolue et son maintien altier suggéraient qu'une rude bataille s'annonçait. Il n'avait pas prévu que cela se passe ainsi.

— J'ai parlé avec Billy pendant mon séjour à Dallas, dit-il, choisissant de commencer par un sujet inoffensif. Il m'a informé que tu avais accepté de participer au comité d'organisation du festival.

— C'est vrai, affirma-t-elle. J'ai abordé le sujet avec Jeremy, le propriétaire du restaurant, et avec Faith, la manageuse, et ils ont convenu avec moi qu'un restaurant sous chapiteau et la participation de la cheffe du Sheen au comité d'organisation ne pourraient que nous être bénéfiques. Billy m'a promis que ma présence aux réunions du comité n'interférerait pas avec mon travail. Pourvu que ces activités n'empiètent pas trop sur le temps que je passe avec Ben, je suis prête à essayer.

— Nous t'en sommes reconnaissants, Charlotte. Les idées que tu pourras nous apporter nous seront précieuses. Merci.

— Nous verrons bien comment cela fonctionnera, répondit-elle, haussant les épaules. Mais cesse de tourner autour du pot, Ross. Tu veux savoir si j'accepterais de cohabiter avec toi, et ma réponse est encore la même. Non, je ne peux pas.

— Écoute-moi d'abord, Charlotte, s'il te plaît !

Il s'était rapproché d'elle, mais, après une seconde de réflexion, il fourra les mains au fond de ses poches. Cela devenait une habitude lorsqu'elle était près de lui. Il devait occuper ses mains, ou les immobiliser avant qu'elles n'aillent commettre une action scandaleuse, comme caresser sa joue veloutée, effleurer du bout d'un doigt la courbe sensuelle de sa lèvre inférieure. Ou empoigner cette tresse et tirer sa tête en arrière pour l'embrasser.

Que lui prenait-il ?

Faisant un effort pour se ressaisir, il fixa son regard au fond de ses magnifiques yeux bruns, et il lui proposa l'arrangement auquel il avait réfléchi ces trois derniers jours.

— Je comprends que tu hésites à venir vivre avec moi, compte tenu de notre… passé. Mais j'ai une contre-proposition à te faire.

Les battements précipités de son cœur contredisaient le ton calme de sa voix. Il avait *absolument besoin* qu'elle accepte, mais il ne pouvait pas le lui avouer. D'après son expérience, exprimer à voix haute ses besoins, *supplier* l'autre de les satisfaire, était totalement inefficace. L'unique fois où il s'y était laissé aller, sa mère les avait quand même abandonnés, Gina et lui. C'était la leçon la plus importante et la plus cruelle qu'il ait jamais reçue.

— Venez vivre avec moi, Ben et toi, durant une année poursuivit-il. Un an seulement, pour me permettre de mieux connaître mon fils et organiser notre coparentalité. À la fin de ce délai, si tu décides que cela ne fonctionne pas entre nous, tu seras libre de partir.

Comme elle ne répondait pas, il osa se rapprocher un peu, et sa merveilleuse fragrance épicée – figues, sucre brun et pure féminité – vint caresser ses narines. À cet instant, il aurait tout donné pour la goûter sur sa peau brune satinée.

— Autre chose, ajouta-t-il, s'arrachant à cette délicieuse vision. À la fin de cette année, je te remettrai cinq cent mille dollars, que tu pourras utiliser pour réaliser n'importe lequel de tes projets… ouvrir ton propre restaurant, par exemple.

Il s'était attendu à ce qu'elle soit surprise, ou qu'elle résiste un peu pour la forme, avant une rapide capitulation. Mais il n'avait certes pas anticipé l'indignation qui brûlait tout à coup au fond de ses yeux sombres.

— Un pot-de-vin ? gronda-t-elle. C'est *cela*, ta contre-proposition ? La solution au problème que je représente pour toi ? M'acheter ?

— Il ne s'agit pas d'un pot-de-vin, riposta-t-il.

— Oui, bien sûr, dit-elle d'un ton coupant. C'est un *cadeau*. Comme ceux que tu offres sans doute aux autres femmes avec qui tu couches et que tu ne te donnes pas la peine de rappeler. Même principe, plus gros chèque. Non, merci. Je n'ai pas besoin de tes cadeaux de culpabilité.

Son accusation était totalement injuste, et il faillit lui

faire une réplique acerbe. Il lui avait offert exactement ce dont elle avait besoin, et elle…

Puis, tout à coup, il comprit qu'elle avait raison. Il contempla son visage et, pour la première fois il se vit tel qu'elle le voyait. Il lui était souvent arrivé de faire de somptueux cadeaux aux femmes qui partageaient son lit. Ces gestes ne signifiaient rien pour lui. Il avait les moyens. Mais aucune d'elles ne s'était plainte lorsqu'il leur envoyait un bijou accompagné d'un mot de remerciement pour une merveilleuse nuit.

Ce n'était pas une marque de mépris pour elles, ou un manque de respect. C'était… tout ce qu'il savait faire. Ross avait vu son père agir ainsi en d'innombrables occasions avec ses épouses et ses maîtresses, et il avait constaté que leurs relations avec Rusty s'en trouvaient souvent apaisées.

Sa mère, elle aussi, avait accepté un très généreux règlement de divorce, et elle s'était empressée de disparaître, libre de vivre sa vie sans être encombrée d'une famille.

Pourtant, cette explication lui restait en travers de la gorge. À d'autres moments de ses relations avec Charlotte, après l'amour, par exemple, lorsque l'air de leur chambre était saturé des parfums du désir, leurs corps rassasiés luisants de transpiration et Charlotte allongée nue sur les draps froissés du lit, dans ces moments d'intimité où ils se confiaient leurs pensées les plus intimes, il aurait pu reconnaître ce qu'il venait de comprendre lui-même – qu'il faisait ces cadeaux pour se donner bonne conscience.

Mais plus maintenant.

— Pardonne-moi, Charlotte, murmura-t-il, espérant toujours la convaincre d'accepter son plan. Je n'avais pas l'intention de t'offenser. J'ai seulement pensé que, outre ton travail au Sheen, tu serais obligée de réorganiser ta vie pendant toute une année à cause de moi. Le moins que je puisse faire en retour, c'est de t'aider à atteindre l'objectif dont tu as toujours rêvé. C'est seulement un cadeau. Que tu restes avec moi ou que tu partes, cet argent sera à toi.

Elle se contenta de le dévisager sans un mot durant un long moment, avant d'observer d'une voix douce :

— Et après cette année-là, Ross ? Laisserons-nous cette petite expérience derrière nous, comme s'il ne s'était rien passé ? Ferons-nous semblant de croire que nous n'avons pas laissé Ben s'habituer à un style de vie où il a ses deux parents auprès de lui chaque jour de sa vie ? Retournerons-nous simplement aux deux foyers séparés et aux visites bihebdomadaires ?

Elle secoua la tête en soupirant avant d'ajouter :

— Et toi ? Après avoir été un papa à plein temps, pourrais-tu accepter de ne voir ton fils que certains jours précis ? As-tu réfléchi à ce que tu ressentirais ?

Une nouvelle fois, elle le laissait sans voix.

En abordant un sujet auquel il n'avait pas pensé, mais aussi parce qu'elle s'inquiétait… pour lui.

— C'est vrai, marmonna-t-il, la gorge serrée. Je n'y avais pas réfléchi. Personnellement, je préférerais profiter de cette année où je verrai Ben en me réveillant chaque matin, prendre mon petit déjeuner avec lui, être là dans ses moments de joie et de peine… l'entendre m'appeler papa. J'aimerais mieux profiter de ces douze mois-là, même en sachant que cela pourrait être différent par la suite.

Elle détourna son regard un instant, puis elle lui fit à nouveau face et chuchota :

— Et que fais-tu de Ben ?

— Tu es une maman merveilleuse, Charlotte, répondit Ross, je l'ai su après ces quelques minutes que j'ai passées avec vous deux. J'espère que tu m'enseigneras à être un bon papa. Et, à nous deux, je suis sûr que nous pourrons l'aider à gérer toutes les situations de sa vie.

Il marqua une pause et reprit d'une voix émue :

— Il a besoin de me connaître, Charlotte. Et moi aussi.

Il ne l'avait pas dit à voix haute, mais il supposait qu'à la fin de ces douze mois, elle désirerait s'en aller. Mais… Et s'il s'était trompé ? Et si elle s'apercevait qu'elle aimait sa vie au ranch, avec davantage de luxe, sans se soucier des factures, ou du coût de la garde d'enfants ? Ils pourraient continuer leur arrangement sans aucune limite. Y compris, même… en se mariant ? En somme, vivre des vies séparées tout en restant une famille dans l'intérêt de Ben.

Toutefois, avant d'avancer cette possibilité, il avait d'abord besoin qu'elle ait accepté.

— Cela me semble incroyable, mais je peux y réfléchir, dit-elle, le faisant tressaillir de bonheur malgré son air visiblement peu convaincu. À deux conditions.

Rassemblant son courage, il acquiesça.

— Premièrement, il n'est pas question que j'habite sur la propriété de ta famille. Je serai ferme, là-dessus. Je ne vivrai pas sous le même toit que ton père. J'ai travaillé trop dur pour gagner mon indépendance. Je n'y renoncerai pas pour dépendre de toi ou de Rusty.

— Où vivrions-nous, dans ce cas ? lança-t-il, balayant du regard son salon confortable mais de taille modeste. De combien de chambres disposes-tu ?

— Deux.

— Je ne dis pas non à ta condition, mais, ne pourrions-nous pas chercher une maison plus grande pour nous trois ? Si je confisque la chambre de Ben, il devrait dormir dans la tienne. Et c'est injuste pour vous deux.

Elle le dévisagea un instant en silence, puis elle opina.

— D'accord. Je peux m'accommoder de cela.

— En outre, vous êtes locataires de cette maison, n'est-ce pas ? Je réglerai vos loyers jusqu'à la fin du bail. Ne proteste pas, Charlotte. J'y tiens beaucoup. C'est sur ma demande que tu vas devoir déménager, et c'est le moins que je puisse faire.

— Si tu y tiens, répondit-elle en soupirant.

— Quelle est ta seconde condition ? s'enquit-il, anxieux d'entendre toutes ses réserves pour les éliminer une à une.

— Je n'accepterai pas ton argent, ton… *cadeau*, précisa-t-elle d'un ton ferme.

— Ah, non ! protesta-t-il d'un ton véhément. Pendant deux ans, tu as assuré tous les besoins de Ben sans aucune aide financière de ma part. Si j'avais été au courant de son existence, j'aurais été heureux de payer une pension alimentaire. Considère que cette somme n'est qu'un règlement global de ma dette. Cet argent est à toi et à Ben. C'est un point que je refuse de négocier.

Il la vit hésiter de nouveau, mais, enfin, elle hocha la tête.

— D'accord. Cela me semble juste.

— Parfait, répondit-il. Et à présent, c'est *moi* qui vais poser une dernière condition.

Il marqua une pause, avant d'ajouter :

— Je veux que Ben porte mon nom.

Il se prépara à entendre ses protestations, mais il avait déjà des réponses toutes prêtes pour chacune d'elles. Après tout, n'était-il pas le digne fils de son père ?

Mais, à son immense stupéfaction, elle hocha la tête.

— D'accord.

— Merci, murmura-t-il.

Ils se dévisagèrent mutuellement en silence, la tension entre eux plus forte à chaque seconde, devenant insupportable. Sans en être réellement conscient, il abaissa son regard vers ses lèvres sensuelles. Il croyait presque sentir leur douceur, leur élasticité. Leur passion dévorante.

Il voulait tout d'elle. Cette spontanéité sans aucun artifice, ces gémissements de volupté qu'il croyait encore entendre aujourd'hui. Cette sensualité addictive qui lui faisait compter les heures qui la séparaient encore de lui. Pour se délecter d'elle. Pour la *dévorer* de nouveau.

Il n'avait jamais été homme à frustrer ses envies. Et il ne comptait pas commencer aujourd'hui.

Une fièvre de désir pulsant dans ses veines, il se rapprocha d'elle. Et, aussitôt, la chaleur de son corps, le parfum capiteux de sa peau, devinrent son unique horizon. Il inhala profondément sa fragrance enivrante, ressentant un plaisir viscéral, grisant. Presque… sexuel. Comme lorsqu'il lui faisait l'amour, autrefois, lorsqu'il était en elle.

Il lui laissa le temps de se reculer, de l'éviter – ou, en tout cas, il se convainquit lui-même qu'il le faisait. Constatant qu'elle ne bougeait pas, qu'elle se contentait de lever ses magnifiques yeux bruns vers les siens, comme des abîmes sans fond où il se noyait, il succomba au désir qui le torturait depuis qu'il l'avait vue traverser cette salle de restaurant pour venir vers sa table d'un pas assuré, incroyablement sexy.

Un feu insensé rugissait en lui comme une bête féroce, mais il ne bondit pas sur elle comme la bête l'exigeait. Il venait de traverser trois années de privation sensorielle, à souffrir de l'absence de ces caresses qui hantaient ses rêves érotiques les plus secrets.

Après avoir attendu si longtemps, il voulait la *savourer*.

Laissant remonter ses doigts sur l'élégante colonne de son cou, il les glissa sous sa longue tresse jusqu'à sa nuque, et il l'entendit gémir doucement. Et, lorsqu'il posa sa bouche sur la sienne, il absorba en même temps ce son de plaisir.

Lorsque ses douces lèvres s'entrouvrirent, comme si elle avait attendu cet instant avec une impatience égale à la sienne, il lui fut impossible de contrôler son désir plus longtemps. Il l'embrassa passionnément, la serrant tout contre lui, ses courbes voluptueuses épousant parfaitement son propre corps, sa bouche brûlante lui rendant son baiser avec abandon. Cette femme était faite pour lui.

C'était *cela* qu'il avait recherché sans aucun succès durant ces trois dernières années chez la cohorte de femmes sans nom et sans visage qui avaient défilé dans son lit. Cet éblouissement, comme une puissante drogue qui déferlait dans ses veines, qui affolait les battements de son cœur et qui palpitait dans son sexe en érection.

Un simple baiser. Elle avait failli déclencher un orgasme en lui avec *un simple baiser.*

Il saisit son visage entre ses mains pour se donner un meilleur accès. Pour mieux la *conquérir.* Il désirait graver ce baiser dans sa conscience afin que Charlotte n'oublie jamais que son corps s'était convulsé de plaisir entre ses bras, qu'il l'avait fait crier de jouissance jusqu'à en avoir la voix rauque.

Et il était prêt à recommencer. Pour elle, et pour lui aussi.

— Ross ! gémit-elle en détournant sa tête.

Il laissa glisser ses lèvres encore humides sur sa joue et déposa un baiser près de son oreille, en chuchotant :

— Pars avec moi ce week-end.

Ces mots, qui avaient franchi ses lèvres avant qu'il y ait réellement réfléchi, déclenchèrent une sonnerie d'alarme dans son esprit, mais il ne retira pas son invitation. Pas même lorsqu'il la sentit se figer dans ses bras.

— J'ai un chalet au Colorado, ajouta-t-il. Toi, Ben et moi pourrions prendre un avion ce soir, après ton service et y passer la journée de demain. Je te promets de te ramener lundi, à temps pour ton travail. Nous pourrons discuter des détails du déménagement et réfléchir à ce que nous allons raconter à nos familles. Je désire passer du temps avec mon fils et avec sa maman. Ose prendre une journée de congé, Charlotte.

— Ce ne sera pas nécessaire, murmura-t-elle. Mon contrat stipule que j'ai droit à mes dimanches, pour être avec Ben.

Qu'elle le comprenne ou non, elle avait à moitié accepté de l'accompagner ce week-end. Il poussa donc son avantage.

— Dis oui, Charlotte, insista-t-il, s'écartant d'elle malgré les protestations indignées de son corps, de ses mains qui brûlaient d'étreindre à nouveau ces hanches voluptueuses. Pour le bien de Ben. Et ce qui se passera ensuite,s'il se passe quelque chose, ne dépend que de toi.

Son regard s'assombrit et elle baissa les paupières, mais il avait eu le temps de surprendre une lueur de désir dans ses yeux. Et aussi d'incertitude. Elle avait compris ce qu'il voulait. Qu'il ne parlait pas de leur coparentalité, ou du besoin d'annoncer à ses parents qu'il était le père de Ben.

Qu'il pensait à ce baiser.

Et à la brûlante étreinte qui avait suivi.

Lorsqu'il lui avait proposé de… cohabiter avec lui, il avait stipulé que ce serait platonique. Et c'était réellement ce qu'il pensait. Jusqu'à ce qu'il l'entende gémir contre sa bouche.

La suite lui appartenait. La balle était dans son camp. Et si elle souhaitait jouer, il ne lui nierait pas ce plaisir. Une année de libre accès à son corps ? À ses caresses ?

Il la désirait à en mourir.

Lui faisait-il confiance ? Non. Rêvait-il de se perdre en elle ? Mille fois oui !

— Pars en week-end avec moi, répéta-t-il.

Ses lèvres s'entrouvrirent, mais aucun son n'en sortit. Elle baissa la tête d'un air pensif, et Ross attendit sa réponse, tremblant d'impatience derrière sa façade de sérénité.

Il devait lui laisser du temps. La décision devait venir d'elle. Et elle devait la prendre en toute liberté.

Puis, enfin, elle releva la tête et rencontra son regard. L'envie et le doute se livraient encore bataille dans son esprit.

Mais sa résolution n'avait pas faibli. Il lut sa réponse dans ses yeux avant même qu'elle n'ait murmuré :

— Oui.

— Parfait, dit-il, recommençant à respirer. Appelle-moi au moment de quitter ton travail. Je passerai vous prendre chez toi ce soir, Ben et toi.

— D'accord, lâcha-t-elle en soupirant. J'espère que nous ne commettons pas une erreur, Ross.

Il aurait pu lui répondre que c'était tout le contraire, mais il s'en garda bien. Car cela aurait été un mensonge.

En réalité, il n'en savait rien.

Mais, à cet instant précis, cela lui était complètement égal.

- 8 -

Un petit chalet, disait-il.

Charlotte esquissa un sourire mélancolique, portant sa tasse de café fumant à ses lèvres.

Il fallait être Ross pour décrire ainsi ce luxueux chalet sur quatre niveaux situé dans le très exclusif village de Telluride, au Colorado, songea-t-elle.

Accoudée à la balustrade de bois, elle contemplait la beauté du mont Wilson en sirotant un café. Curieusement, ce breuvage avait bien meilleur goût ici, avec l'air vif des montagnes qui fouettait ses joues. Il aurait dû faire trop froid pour rester dehors, mais, bien emmitouflée dans son gros pull et une veste de duvet que Ross lui avait trouvée dans l'un des placards parfaitement achalandés du chalet – et grâce à la cheminée qui flambait au centre de la pièce derrière elle –, Charlotte se sentait parfaitement à l'aise.

Mais, même s'il avait gelé à pierre fendre, elle serait restée là, sur cette somptueuse terrasse, à observer son fils et son papa en train de jouer ensemble.

Ben, qui n'avait jamais vu la neige auparavant, avait été très excité par ce manteau blanc, et ses cris de joie balayèrent les réserves que Charlotte avait pu avoir au sujet de ce voyage.

Ross lui avait toujours semblé être un homme plein d'assurance. Quasiment arrogant. Mais, depuis le moment où il était passé les chercher chez elle pour les conduire à l'aéroport, puis durant leur vol dans le jet privé des Edmond, il s'était comporté d'une manière très différente. Il avait paru un peu… nerveux. Et elle en connaissait la raison.

Ben.

Ce tout petit garçon avait rendu Ross Edmond humble. Son attitude devant Ben était un mélange de crainte et d'admiration, et cette admiration était visiblement mutuelle. Depuis le début de ce voyage, Ben avait perdu toute sa timidité et il suivait Ross partout comme son ombre. Dans l'avion, il s'était endormi sur les genoux de son père, et à cet instant, ils étaient dehors ensemble, occupés à bâtir un impressionnant château de neige.

Une histoire d'amour était née entre eux.

En proposant ce voyage, l'une des motivations de Ross avait été de créer des liens avec son fils. De ce point de vue, c'était une réussite. L'autre raison – clarifier les détails de leur arrangement – n'était pour le moment qu'un projet.

Charlotte s'étonnait encore d'avoir accepté de vivre sous le même toit que lui. Avant son arrivée chez elle, ce jour-là, elle avait été bien décidée à préserver son propre espace, mais Ross était un homme éloquent, et elle avait fini par céder.

Lorsqu'il l'avait embrassée, à l'instant où ses lèvres avaient effleuré les siennes, un tsunami de désir avait balayé les dernières traces de son orgueil et de sa prudence. Avait-il deviné à sa réaction qu'elle n'avait plus jamais fait l'amour avec un homme depuis qu'ils s'étaient quittés ? Cela aurait été humiliant pour elle. Surtout si ce qu'elle avait lu dans les journaux à scandale et sur les sites en ligne, au sujet des innombrables conquêtes de Ross, était vrai.

Les occasions ne lui avaient pourtant pas manqué. Mais Ben et sa carrière avaient été ses deux principales priorités. Elle n'avait plus aucun temps à consacrer aux relations, même occasionnelles. En outre, la dernière fois où elle avait fait suffisamment confiance à un homme pour lui confier son corps, il l'avait laissée tomber sans la moindre hésitation.

Bien sûr, sa libido s'en moquait. À cet instant même, le seul fait de penser à lui faisait durcir les pointes de ses seins, et générait une chaleur liquide au centre de son corps. Cet homme avait toujours eu le pouvoir de la rendre folle de désir. Avec lui, elle oubliait toutes ses règles et toutes ses inhibitions. Elle devenait… sa chose. Qu'il pouvait, à son gré, utiliser, corrompre ou emprisonner dans un univers de plaisir dont elle ne voulait jamais se libérer.

Et, lorsqu'il en aurait assez d'elle… il pouvait la jeter.

Cette dernière vérité lui fit l'effet d'un coup de poing.

Car, c'était ce qu'il ferait un jour. Comme trois ans plus tôt, lorsqu'il ne lui avait pas demandé de rester. Qu'il n'avait rien fait pour la retrouver. Même leur arrangement présent avait déjà une date de péremption.

Ross Edmond pouvait peut-être la faire défaillir de plaisir, mais elle ne pouvait pas compter sur lui. Il n'était pas un homme pour le long terme.

Il n'était pas *son* homme.

— Maman, 'garde !

Le cri joyeux de son fils l'arracha à ses amères réflexions. Posant sa tasse sur la balustrade, elle sourit malgré sa tristesse. Ben était perché sur les épaules de Ross, ses petites jambes dodues autour du cou de son papa, ses mains serrées contre ses joues, telles de petites étoiles de mer.

Un grand sourire aux lèvres, Ross avait commencé à tournoyer lentement sur lui-même, faisant hurler de joie le petit garçon comme s'il avait été sur un manège de foire. Charlotte remarqua alors l'expression de pur bonheur sur le visage de Ross, et elle exhala un long soupir tremblant.

Dans un élan spontané, elle avait décidé le matin même d'informer Ben que Ross était son « papa ». Et, la joie évidente de Ross à être reconnu comme tel – et à recevoir des ordres de son fils – suggérait qu'elle avait pris la bonne décision.

À ce sujet, en tout cas.

— N'as-tu pas faim ? lança Ross, levant la tête vers elle.

— Un peu, dit-elle. Je vais voir ce que nous avons au réfrigérateur et je nous cuisinerai quelque chose.

— Inutile, indiqua Ross, faisant descendre son fils. Tu es censée te reposer durant ce séjour. Je nous ai déjà mitonné quelques petits plats. Rassure-toi, je m'occupe de tout.

Et il n'avait pas exagéré.

Une demi-heure plus tard, elle était assise devant le gigantesque îlot central de marbre d'une cuisine dotée d'équipements qui auraient fait le bonheur d'un grand chef. Mais, bien sûr, on ne pouvait pas s'attendre à moins dans une maison comportant cinq chambres, chacune avec sa salle de bains indépendante, une salle de médias, une bibliothèque… et même un *ascenseur* !

Elle secoua la tête devant tout ce luxe, et Ross, qui s'apprêtait à placer un plat dans le four, haussa les sourcils.

— Quoi ? fit-il. Ne me crois-tu pas capable de faire réchauffer des plats préparés plus tôt ?

— Je n'ai jamais mis en doute tes capacités culinaires, répliqua-t-elle. Je pensais à tous les équipements de cette maison. Ai-je bien vu un téléviseur dans les toilettes de l'une des suites ?

— Bien sûr, répondit-il. Si mes deux équipes de football favorites disputent un match de championnat et que j'ai un besoin naturel pressant, suis-je censé manquer un but ?

— Ce serait trop horrible, reconnut-elle en riant.

— Ben s'amuse beaucoup, murmura-t-il en tournant

son regard vers l'enfant, assis sur le tapis devant un grand sofa d'angle brun sombre, très occupé à jouer en babillant devant la montagne de jouets qui l'attendait au chalet à leur arrivée.

— Comment pourrait-il en être autrement ? Pour lui, c'est Noël avant l'heure.

— Je me suis peut-être un peu laissé aller, au magasin de jouets, admit-il. Mais j'ai manqué des anniversaires, des Noël et d'autres occasions de lui offrir des cadeaux. J'ai beaucoup à rattraper. Tes parents savent-ils que vous êtes ici avec moi, tous les deux ?

— Non, avoua-t-elle. Je leur ai dit que je partais en voyage d'affaires, et que le mari de ma manageuse nous accompagnait pour s'occuper de leurs enfants et de Ben.

Il hocha la tête, affichant un masque impassible qui ne laissait rien voir de ses pensées.

— Quand comptes-tu leur dire la vérité à mon sujet ?

— Bientôt, promit-elle. D'autant plus qu'apparemment nous allons vivre ensemble. Comme je te l'ai déjà dit, mes parents et moi… essayons de reconstruire notre relation. Je ne sais pas trop quelle sera leur réaction lorsque je les mettrai au courant de notre situation, mais je m'inquiète un peu.

— Oui, dit-il en s'adossant au plan de travail de marbre, les bras croisés sur son torse. Tu m'as parlé de votre histoire.

Charlotte fit de son mieux pour ignorer le roulement de muscles puissants sous les manches de sa chemise blanche, alors qu'il ajoutait :

— Si je me souviens bien, vous étiez proches, autrefois.

— Cela, c'était avant que je les couvre de honte, en mettant un enfant au monde hors des liens du mariage. Je les ai beaucoup déçus, et ils ne se sont pas gênés pour me le dire.

Même si elle avait pardonné à ses parents depuis longtemps, une note de chagrin était encore parfaitement perceptible dans sa voix.

— Nos relations sont restées très tendues jusqu'à la naissance de Ben. Mes parents l'ont aimé au premier regard, J'ai encore refusé de leur dire qui était son père, mais ils ne m'ont plus posé la question.

Elle marqua une pause et elle exhala un soupir, avant de poursuivre :

— Il n'empêche qu'ils vont devoir fournir quelques explications à leurs amis. Ces gens ont supposé que je m'étais mariée en Californie, et que j'ai divorcé. Et mes parents ne les ont jamais détrompés. Quand ils sauront que tu es le père de Ben, et que nous n'avons jamais été mariés, cela va jaser.

— Es-tu en colère contre eux ?

Charlotte ne répondit pas tout de suite. Que lui prenait-il ? La dernière fois qu'elle s'était laissée aller à faire confiance à cet homme, tout ce qu'elle avait récolté c'était un chagrin d'amour qui avait failli la détruire. Croire à nouveau en lui serait une erreur stupide, qu'elle s'était juré de ne jamais répéter avec aucun homme. Et surtout pas avec *celui-ci*.

Et cependant… Dans peu de temps, ils allaient à nouveau vivre ensemble. Élever un enfant ensemble. Ils devaient construire une relation cordiale entre eux – et se faire mutuellement confiance – afin que Ben puisse s'épanouir dans un environnement serein. Pour cela, elle allait devoir entrouvrir à Ross la porte de son cœur – même si ce n'était qu'un peu.

— Je l'ai été, répondit-elle en soupirant Ils m'ont abandonnée, sur le plan émotionnel, pour l'unique raison que j'ai fait quelque chose qu'ils désapprouvaient. Et, pour être sincère, il m'arrive encore d'avoir du mal à me convaincre que je leur ai pardonné. Mais, je me suis guérie presque entièrement de ma colère.

— Pour le bonheur de Ben, pourras-tu me pardonner aussi ?

Elle le dévisagea, le souffle coupé. Dans ses yeux bleus électriques, elle lisait une intensité qui rallumait en elle les braises du désir, et, simultanément, l'effrayait de façon inexplicable.

Découvrir qu'il ignorait tout de sa grossesse et qu'il ne l'avait pas rejetée pour cette raison avait beaucoup fait pour calmer sa colère et son ressentiment. Mais son amertume ne s'était pas totalement effacée. Elle ne lui avait pas pardonné de ne pas l'aimer, de n'avoir pas besoin d'elle, de l'avoir laissée partir alors qu'elle désirait seulement être à lui.

Mais, avant qu'elle n'ait pu répondre, Ben apparut sur le seuil du salon et se précipita vers elle, nouant ses petits bras autour de ses jambes.

— Aller au pot, maman !

Immensément soulagée par cette interruption qui tombait à pic, elle prit sa petite main potelée dans la sienne.

— Oui, je viens avec toi, déclara-t-elle.

Consciente du regard brûlant de Ross fixé sur elle, elle battit en retraite vers la salle de bains. Elle allait avoir besoin de temps pour renforcer ses défenses contre cette force de la nature qu'était Ross Edmond. Ce n'était qu'un répit temporaire, mais elle l'appréciait.

— S'est-il enfin endormi ? s'enquit Charlotte.

Le ton était un peu sarcastique, car Ross avait quitté le salon pour aller coucher Ben une bonne demi-heure plus tôt.

— Oui, dit-il en s'affalant à l'autre bout du sofa sur lequel elle était pelotonnée. Par simple curiosité, as-tu l'habitude de lui lire trois livres de contes avant qu'il ne s'endorme ?

— Non, s'exclama-t-elle en riant. Jamais.

— J'ai eu le pressentiment qu'il m'exploitait, observa-t-il, esquissant un sourire. Cet enfant sait être adorable.

— J'ai deviné que tu aurais besoin d'un remontant, annonça-t-elle en lui tendant le second verre de vin posé sur la table basse

— Merci, fit-il, sirotant une gorgée de muscat d'Italie.

Le spectacle de ces lèvres fermes et douces sur le bord de son verre, le mouvement de déglutition de sa gorge puissante lui firent l'effet d'un aphrodisiaque, et elle s'efforça désespérément de se ressaisir.

— Nous devrions peut-être discuter des modalités de notre future cohabitation, suggéra-t-elle, faute d'un meilleur sujet.

— C'est vrai, convint-il, en prenant une autre gorgée. À notre retour, nous chercherons une maison. Mais, en attendant de l'avoir trouvée, le plus logique serait de loger au ranch.

— J'ai déjà dit non, riposta Charlotte d'un ton sans réplique. Je croyais que nous avions épuisé le sujet.

— J'aimerais comprendre pourquoi tu es tellement opposée à cette solution. Est-ce parce que tu y as travaillé ? Ou est-ce parce que toi et moi y avons fait…

— Non, l'interrompit-elle, peu désireuse d'entendre qualifier ce qu'ils avaient fait – *Se rencontrer ? Faire l'amour ? Une partie de jambes en l'air ?* – J'ai toujours été une personne indépendante. Tu connais ton père, Ross. Si nous vivons sous son toit, il essayera de gouverner nos vies.

Elle n'avait pas osé s'approcher plus près de la réalité.

Comment pourrait-elle lui expliquer qu'elle craignait de se retrouver à la merci de Rusty ? Car, si celui-ci reprenait son manège avec elle, s'il recommençait à flirter avec elle à chaque occasion, il ne trouverait plus devant lui la même jeune fille vulnérable. Elle n'aurait plus peur de lui. Elle se verrait obligée d'avouer à Ross la vraie raison de son départ précipité du ranch. À savoir que Rusty ne pouvait s'empêcher de lui faire des propositions déplacées, et qu'elle craignait qu'un jour il ne se contente pas de simples paroles.

Malgré leurs relations tumultueuses, Ross aimait son père et espérait encore une relation apaisée avec lui. S'il existait encore une chance pour que ce vœu se réalise, Charlotte ne voulait pas la leur gâcher.

Mais, au plus profond d'elle-même, elle avait une autre raison. Trois ans plus tôt, elle n'avait pas cru Ross capable de la défendre contre son père, de se dresser face à lui. Et, aujourd'hui encore, elle n'était pas convaincue qu'il le ferait, s'il lui fallait choisir entre son père d'un côté, et Ben et elle de l'autre. Rusty était un personnage puissant et charismatique, une force dominatrice. Ross, un fils qui admirait son père et qui avait soif de son affection, désirait peut-être que Charlotte et Ben fassent partie de sa vie. Mais, si cela devenait nécessaire, se battrait-il pour eux ?

Elle n'en était pas sûre.

Et elle n'avait pas envie de le découvrir.

Ce qui signifiait qu'il était hors de question qu'ils aillent s'installer au ranch Elegance.

— J'ai simplement besoin que tu acceptes ma décision, déclara-t-elle. C'est tout.

Ross la dévisagea un instant, et elle s'efforça de ne pas flancher sous ce regard bleu de glace.

— Très bien, murmura-t-il. Mais j'ai une demande à te faire. À notre retour à Royal, je voudrais que tu viennes avec moi pour présenter Ben à ma famille. Nous ne serons pas obligés de rester au ranch, mais je tiens à ce que tu sois là.

— Soit, répondit-elle sans enthousiasme. Cela, je peux le faire.

Si Ross était prêt à accepter un compromis au sujet du ranch, elle lui ferait ce plaisir, pourvu qu'elle ne soit pas obligée de passer plus de temps que nécessaire en compagnie de Rusty.

— Quels sont tes horaires de travail ? s'enquit-il.

— Du lundi au samedi, je commence à midi et demi pour la mise en place et je reste jusqu'à l'heure de la fermeture.

— Ce sont de très longues heures, répliqua-t-il. Comment te débrouillais-tu en Californie, avec un bébé ?

— Disons seulement que je n'ai pas dormi une nuit entière depuis deux ans, confia-t-elle, haussant les épaules. Mais ma sœur et sa famille m'ont beaucoup aidée. Aujourd'hui, j'ai une baby-sitter pour Ben, et mes parents le prennent aussi fréquemment chez eux.

— J'ai une autre proposition à te faire, à ce sujet, déclara Ross. Laisse-moi m'occuper de Ben durant tes heures de travail. Mon emploi du temps est plus flexible que le tien. Nos bureaux disposent d'une garderie pour les employés, et je pourrai lui rendre souvent visite pendant la journée. Et, à la fin de ma journée, Ben et moi pourrions venir au restaurant et dîner avec toi, à l'heure de ta pause.

Stupéfaite par cette proposition, elle le dévisagea un instant en silence. Combien de fois n'avait-elle pas rêvé que ses parents amènent Ben au restaurant pour qu'elle puisse le voir ? Maman célibataire avec une profession exigeante, elle se sentait constamment coupable de n'être pas assez présente pour son fils. Mais, si elle désirait réussir dans sa carrière, ce n'était pas seulement pour elle, mais aussi pour Ben, pour lui montrer qu'aucun objectif n'est hors d'atteinte si l'on y met tout son cœur. Plus encore que devenir une cheffe étoilée, elle espérait être une inspiration pour son fils.

— Je… heu… Si tu es sûr que cela ne te dérange pas…

— Mon fils ne me dérangera jamais.

Son fils, songea-t-elle. Pas *elle*. Au fond, c'était mieux ainsi. C'était un rappel du fait que le seul lien existant entre eux était cet enfant qu'ils avaient conçu ensemble.

— Merci, alors, dit-elle, les yeux fixés sur le liquide rubis au fond de son verre. Mais j'ai peur de trop espérer.

— De cette proposition… ou de moi ? s'enquit-il.

Elle releva vivement la tête et, face à son regard scrutateur, elle fut tentée de battre en retraite, de retourner à la conversation polie sur des sujets légers.

— Des deux, convint-elle, sentant revenir sa nervosité.

— Tu as pardonné à tes parents pour le bien de Ben, observa-t-il, faisant tournoyer le vin dans son verre. Es-tu prête à faire de même avec moi ?

— Et toi, l'as-tu fait ? rétorqua-t-elle, évitant d'avoir à répondre à cette dangereuse question.

Quelques secondes s'écoulèrent dans un silence à peine rompu par le craquement des bûches dans la cheminée. Charlotte attendit, retenant son souffle.

— Oui, lâcha-t-il enfin. À présent que je sais comment cela s'est passé, et que tu ne m'as pas intentionnellement éloigné de mon fils, je ne t'en veux plus.

— Menteur ! ne put-elle pas s'empêcher de s'écrier.

Ross la dévisagea d'un air… surpris ? Intrigué ? Irrité ? Ou était-ce une autre émotion plus sombre… Un farouche désir ?

— Une partie de toi m'en voudra toujours de t'avoir fait manquer les deux premières années de la vie de Ben, affirma-t-elle. Mais ce n'est pas à ce sujet que tu me mens.

— Vraiment, Charlotte ? Et si tu m'éclairais, alors ?

— Tu ne m'as pas encore pardonné d'être partie en Californie, déclara-t-elle. Avant d'avoir appris l'existence de Ben, tu étais fou de rage, Ross. Et tu l'es encore.

Ross reposa posément son verre sur la table basse avant de répondre, son regard fixé sur les flammes de la cheminée :

— Crois-tu vraiment me connaître, Charlotte ? chuchota-t-il d'une voix dénuée de rancœur. C'est présomptueux de ta part.

— Je te connaissais mieux que la plupart des autres.

— Nous avons couché ensemble, Charlotte, dit-il crûment.

C'était la vérité, bien sûr, mais cette réponse la blessa profondément. Car elle venait confirmer ce qu'elle avait toujours su, et qui la désolait. Pour lui, cela n'avait été qu'une coucherie avec la cuisinière, mais pour elle, cela avait été infiniment plus. C'était *sa* faute, pas celle de Ross. Mais, heureusement pour elle, elle avait cessé d'être aussi naïve.

— Et pourtant, tu m'en veux encore, remarqua-t-elle d'un ton amer. Allons, Ross, libère-toi de ce poids, dis-moi tout.

— Que fais-tu, Charlotte ? murmura-t-il, abaissant son regard vers sa bouche puis, descendant encore, s'attardant sur ses seins, devenus tout à coup hypersensibles, et plus bas encore, vers l'espace brûlant à la jonction de ses cuisses. Lorsque ses yeux rencontrèrent à nouveau les siens, l'incendie qu'elle vit brûler au fond de ses prunelles lui brûla la peau.

Elle désirait se plonger dans sa chaleur. S'y consumer.

Et tant pis si son instinct de préservation lui criait de se protéger à tout prix.

— Je ne comprends pas ce que tu veux dire, répliqua-t-elle d'un ton qui démentait ses paroles.

— Vraiment ? susurra-t-il, avec un sourire de carnassier. Veux-tu lutter avec moi, bébé ? Est-ce cela ? Ou n'est-ce qu'une excuse pour poser ta bouche sur moi ? Inutile de jouer cette comédie, Charlotte. Si tu as envie de me goûter sans devoir te sentir coupable, cela pourrait être notre petit secret.

Notre petit secret. Ces mots déclenchèrent une sonnerie d'alarme dans son esprit.

C'est tout ce que tu es pour lui. Ce que tu as toujours été.

C'était la vérité. Elle le *savait.* Et cependant... un torrent de désir faisait brûler son sang, hors de tout contrôle.

Il avait peut-être raison. Elle souhaitait que la colère l'amène à prendre cette décision à sa place, afin de pouvoir capituler en blâmant ses émotions, au lieu d'accepter son désir de sentir une fois encore sa bouche sur la sienne. Ses mains caresser son corps.

Un baiser. C'était tout ce qu'elle se permettrait. Un autre baiser. Ensuite, elle pourrait assouvir le désir qui la torturait depuis la veille. Durant trois ans, elle s'était sacrifiée – pour sa carrière, pour son fils.

Cette nuit serait pour elle toute seule. Une nuit seulement.

À qui cela pourrait-il nuire ?

À elle-même.

Balivernes. Parce qu'elle ne le permettrait pas.

— Cela n'aurait rien de nouveau pour nous, n'est-ce pas ? remarqua-t-elle, se levant du sofa, pour s'approcher lentement de lui. Les secrets, nous en avons beaucoup, toi et moi. Qu'est-ce qu'un petit secret de plus ?

Elle appuya un genou sur le coussin, tout contre sa cuisse, avant d'ajouter d'une voix de séductrice :

— Seulement, cette fois-ci, c'est toi qui es à moi, et pas le contraire.

— Charlotte ! gémit-il, empoignant ses hanches alors qu'elle levait son autre jambe pour s'installer à califourchon sur lui, l'enserrant entre ses cuisses. Qu'est-ce que tu...

— Je te prends, l'interrompit-elle.

Sans le quitter une seconde du regard, elle porta son verre à ses lèvres et sirota une gorgée de vin. Puis, tournant le verre afin que ses lèvres se posent à la même place que les siennes, elle le lui tendit. Il but à son tour, et l'intimité de ce geste fit naître un torrent de feu liquide en son centre.

Sitôt qu'il releva la tête, elle plongea le bout d'un doigt dans son vin et le remua lentement. Puis, elle se tourna vers lui pour lui effleurer les lèvres de son doigt humide, l'une après l'autre, le regard rivé sur sa bouche sensuelle.

À présent, sa respiration était hachée, rapide. Elle se dressait au-dessus de lui, son visage tout près du sien, s'attendant à chaque instant à ce qu'il commence lui-même ce baiser, la privant de ce plaisir. Mais ses yeux bleus, pareils à des flammes de cristal dans un visage aux traits presque sévères, continuèrent simplement à la fixer. À attendre. Et, chez un homme comme lui, habitué à exercer le contrôle dans la chambre comme partout ailleurs, cette apparence de soumission était exceptionnelle… et très, très excitante.

Peu désireuse qu'il soupçonne la tempête érotique qui faisait rage en elle, Charlotte réprima le gémissement qui montait dans sa gorge. Et elle ne l'avait même pas encore embrassé. Mais elle comptait bien corriger cet oubli.

Tout de suite.

Elle rapprocha son visage du sien pour lécher sa lèvre inférieure charnue à petits coups de langue gourmands. Le goût du vin qu'elle y détecta faillit à nouveau la faire gémir, et elle répéta l'opération avec sa lèvre supérieure.

Elle sentit les mains de Ross se resserrer sur ses hanches, et, à son grand embarras, elle s'aperçut qu'elle désirait qu'il serre plus fort, laissant sa marque sur sa peau comme un témoignage de ce moment interdit. Elle désirait qu'il la possède.

Refoulant cette idée dérangeante, elle s'abandonna tout entière à ce baiser, goûtant avec délices la fragrance épicée de bois de santal, de pluie et de vent du Texas. Elle aurait pu se noyer dans cette senteur. Se fondre dans cette irrésistible sensation de chaleur, de volupté et de plaisir aigu.

Le gémissement qu'elle essayait vainement de contenir franchit enfin ses lèvres, tout contre les siennes. Le baiser de Ross se fit passionné, exigeant, et elle ne fit rien pour se défendre. Elle rendit les armes, renonça au contrôle qu'elle avait exercé jusque-là, mais qu'elle voulait qu'il assume à son tour, à compter de cet instant.

Comme s'il avait senti ce changement de cap, il empoigna fermement sa queue-de-cheval et tira sa tête en arrière, faisant jaillir des fulgurances de désir dans tout son être. Le gémissement qui lui échappa alors serait peut-être un souvenir humiliant plus tard, mais, à cet instant précis, les yeux fermés, elle se délectait de ce picotement sur son cuir chevelu, de la délicieuse vulnérabilité de sa gorge exposée.

— Si tu dois regretter demain ce que nous faisons, murmura Ross, son souffle tiède tout contre sa peau, je vais te donner quelque chose que tu pourras réellement regretter.

Il laissa glisser ses dents sur son cou, la légère brûlure se réverbérant dans tout son corps, des pointes de ses seins à ses reins et au centre de sa féminité. Puis, elle sentit une morsure de possession au creux de son épaule et de son cou.

— Ross ! gémit-elle, insinuant les doigts dans ses épais cheveux blonds pour le retenir contre sa peau.

— Cela m'a tellement manqué ! grogna-t-il, déposant un doux baiser là où il l'avait mordue. T'entendre prononcer mon nom de cette voix voilée par la passion au moment où je m'apprête à te donner ce que tu désires. Car tu le désires, n'est-ce pas, mon bébé ?

— Oui ! répondit-elle, haletante, les derniers vestiges de sa raison balayés par le torrent incandescent qui cascadait librement dans tout son corps. Donne-le-moi, vite !

— Tu dois me le demander gentiment, répliqua-t-t-il, d'un ton empreint d'un mélange de douceur exquise et de vague menace.

— Es-tu sérieux ? s'étonna-t-elle.

Elle serra les dents, réprimant son envie de protester. Parce que ses expériences passées avec Ross lui avaient appris que, lorsqu'il était de cette humeur, lorsqu'il la provoquait, avec ce fond de colère juste sous la surface de son désir, il était prêt à faire durer cette torture jusqu'à ce qu'elle le supplie de lui donner ce que lui seul pouvait lui offrir. Un moment d'extase qui la laisserait brisée.

— Ross, j'ai besoin de…

Le mot *toi* refusa de franchir ses lèvres. Ce n'était pas de lui qu'elle avait besoin, mais de ce qu'il faisait à son corps. Deux choses tout à fait différentes, comme il le lui avait si expertement prouvé.

— J'ai besoin que tu me fasses jouir, murmura-t-elle.

— Oh ! oui, je le sais, dit-il d'une voix rauque, écrasant sa bouche contre la sienne pour l'embrasser passionnément.

Ce fut un baiser de feu et de glace. D'essence explosive et d'eau fraîche. Des retrouvailles et une perte douloureuse.

Il dévora ses lèvres, et elle s'offrit aux assauts de sa gourmandise. Puis, abandonnant sa bouche à vif et humide, il traça un chemin de baisers le long de son cou, s'attardant pour lui infliger un suçon dans le creux délicat à la base de sa gorge, lui imprimant sa marque. Et elle était au paradis, l'invitant silencieusement à continuer à butiner sa peau. Plus fort. *Plus longtemps*.

Des doigts impatients retroussèrent son pull et le firent passer par-dessus sa tête. À cet instant, elle éprouva un accès de panique et elle faillit porter ses mains à son cou. Puis elle se souvint avec soulagement qu'elle avait retiré son collier au pendentif de diamants avant de quitter la maison. *Dieu merci.* Comment aurait-il réagi en constatant qu'elle l'avait gardé ?

— Qu'est-ce qui ne va pas ? murmura-t-il en l'allongeant sur le sofa, la laissant uniquement vêtue d'un petit débardeur et d'un soutien-gorge de dentelle noire festonnée. À quoi pensais-tu ?

Elle était une cheffe qui travaillait de longues heures et, la plupart du temps, son corps ne connaissait que les vestes de cuisine, les T-shirts et les pantalons noirs. Unique concession à la femme qu'elle était, et qui adorait la mode, elle avait une passion pour les jolis dessous. Et le désir qu'elle voyait brûler dans les yeux de Ross disait éloquemment qu'il approuvait ses choix.

— À rien, assura-t-elle, effleurant ses larges épaules du bout de ses doigts, en évitant soigneusement son regard.

Il ne releva pas son mensonge. Au lieu de cela, il glissa sa main sous son débardeur et le remonta, exposant sa peau à la chaleur de la cheminée. Charlotte cessa de respirer. Cela faisait si longtemps ! Elle désirait qu'il la caresse. *Elle en avait désespérément besoin.*

À cet instant, ses lèvres effleurèrent la pointe d'un sein, lui arrachant un cri, la faisant fondre tout contre lui.

— Chut ! murmura-t-il, mordillant le bouton durci à travers la dentelle de son soutien-gorge.

Le débardeur et le soutien-gorge s'avérèrent être de piètres obstacles aux assauts de sa bouche passionnée. Ses grandes mains si douces l'attirèrent à lui, et il mordilla, lécha tour à tour les pointes durcies, la faisant mourir de plaisir.

Elle s'installa à califourchon sur lui, ondulant des

hanches contre sa monumentale érection, et, renversant sa tête en arrière, elle laissa échapper un gémissement. La passion, on le sait, fait vite oublier le bon sens, la honte et l'inhibition. Voguant sur la crête d'une vague de plaisir inouï, Charlotte se donna tout entière à cet instant magique, ondulant des hanches contre lui, et, voguant toutes voiles dehors vers une apothéose des sens, elle les oblitéra sans aucun regret.

Ross écarta le bonnet du soutien-gorge avec des doigts impatients, exposant son autre sein à ses assauts érotiques. la faisant trembler de tout son corps, puis sa main descendit vers son ventre, et, sans s'arrêter à la ceinture élastique de ses leggings noirs, elle se glissa, toujours plus bas, pour la caresser plus intimement.

— Ross ! murmura-t-elle dans un souffle, incapable de détacher son regard du sien.

Le contact doux et ferme de ses doigts entre les plis de sa féminité humide et brûlante la fit presque défaillir de plaisir.

— Oui, oui, j'en ai besoin ! le supplia-t-elle d'une voix mourante. S'il te plaît !

Sa passion avait réduit son orgueil en cendres. Trop désespérée pour écouter la voix de la prudence, elle désirait cet homme avec une intensité qui aurait dû l'effrayer. Cela viendrait peut-être plus tard, mais pas à cet instant, avec ces doigts élégants dansant une ronde diabolique autour du bouton de chair hypersensible. Pas alors que ses caresses la conduisaient au bord de l'explosion finale pour la première fois depuis trois longues années.

Il la fit taire avec un baiser, sa bouche sensuelle se révélant un délectable complément à la caresse de ses doigts, qui s'immisçaient lentement dans sa féminité palpitante, un d'abord, puis un second.

Elle cria tout contre sa bouche, et une gigantesque vague de plaisir monta en elle, toujours plus puissante, toujours plus éblouissante, qui menaçait de l'emporter si haut qu'elle ne redeviendrait jamais la femme qu'elle était avant d'avoir imprudemment décidé de se lancer dans cette aventure.

Ses doigts accrochés à ses épaules, elle ondulait des hanches contre sa main. Au bord d'un orgasme qu'elle savait inévitable, alors même que son corps exigeait déjà davantage, elle luttait encore contre cette issue. Elle craignait de ne plus jamais ressentir cela. Ne jamais plus le *vivre*.

Refoulant cette pensée, elle enfouit son visage contre son cou en gémissant contre sa peau, et il dut prendre cette réaction pour un signal, car les mouvements de ses doigts se firent plus rapides, plus profonds, plus délectables.

Et elle rendit les armes.

Elle s'abandonna à ce plaisir divin. À cette sensation de pouvoir. À ce désir dévorant.

Elle explosa, et, encouragée par sa voix grave contre son oreille, elle se laissa basculer dans les flammes de sa passion, sachant pertinemment qu'elle en ressortirait déchirée, marquée…

Changée.

Et pas en mieux.

- 9 -

— Merci d'avoir quitté ton travail plus tôt pour faire ceci avec moi, dit Ross en se tournant vers la femme silencieuse assise sur le siège passager de l'Aston Martin.

Charlotte regardait par la fenêtre, les mains posées sur les genoux, le dos bien droit, et il contempla un instant son chignon serré, la beauté presque fragile de son profil et la moue sensuelle de sa bouche, avant de reporter prudemment les yeux sur la route devant lui.

Il était plus sage de se concentrer sur sa conduite, plutôt que de se remémorer la douceur de cette bouche sous la sienne, son goût enivrant qui brûlait dans sa mémoire presque deux jours après les faits. Il croyait encore sentir sa féminité palpitante, soyeuse, se resserrer autour de ses doigts. Il avait cru se consumer dans ce feu. Ses souvenirs du temps où ils étaient ensemble ne pouvaient se comparer à la réalité de Charlotte dans ses bras, ondulant des hanches à califourchon sur ses genoux, laissant échapper un long cri au moment de l'extase.

Ce souvenir le fit frissonner sur son siège, et il ressentit à nouveau l'aiguillon du désir dans son corps. Charlotte avait cet effet-là sur lui. Et il était effrayé à l'idée de tout ce qu'il ferait – de tout ce à quoi il était prêt à renoncer – pour avoir une nouvelle chance de la sentir sur lui. Sous lui.

Pour être en elle.

— J'ai accepté de t'accompagner au ranch, et de présenter

Ben à ta famille, murmura-t-elle, l'arrachant à ses pensées érotiques, mais l'heure normale de son coucher est passée depuis longtemps.

Il était 21 heures, et leur fils dormait à l'arrière dans son siège adapté. À leur retour de Telluride, la veille, Rusty était absent, et il n'était rentré que cet après-midi-là. Mais Ross ne voulait pas retarder ces présentations plus longtemps. Son père, Gina et Asher devaient absolument faire la connaissance de son fils, pour commencer le processus qui ferait d'eux une famille. Il ne se faisait aucun souci pour sa sœur ou pour son frère, mais, dans le cas de Rusty, les choses n'étaient pas aussi simples. Toutefois, Ross s'accrochait à l'espoir que, dès que son père aurait posé les yeux sur ce merveilleux petit garçon, il oublierait son entêtement et sa colère, et qu'il accueillerait cet enfant au sein de sa famille. Et qu'il y accueillerait aussi la maman de Ben.

— Rusty sait-il que nous arrivons ? s'enquit-elle d'un ton détaché, totalement dénué d'émotion.Ross coula un nouveau regard dans sa direction. Cette note dans sa voix le mettait mal à l'aise. Autant que sa réticence à se rendre au ranch, même pour une courte visite. Il avait accepté ses raisons de refuser de venir vivre chez lui, même s'il ne les approuvait toujours pas. Mais un sentiment indéfinissable continuait à le tarauder, l'irritant à la façon d'une piqûre d'abeille. Comme si elle avait d'autres raisons de ne pas vouloir vivre au ranch. Des raisons dont elle ne lui avait pas parlé.

— Ross ? insista-t-elle.

— Oui, fit-il, serrant plus fort son volant. Je lui ai parlé tout à l'heure, et je l'ai informé que nous allions venir au ranch. Et pour quelle raison.

— J'espère que tout se passera comme tu le souhaites, observa-t-elle. Pour ton bien, je l'espère sincèrement.

Ross ne répondit pas, car l'allée conduisant au ranch Elegance venait d'apparaître devant lui. Mais un frisson glacé lui parcourut le dos. Faisant un effort pour se ressaisir, il roula lentement jusqu'aux grilles monumentales de fer forgé. Rusty et lui avaient eu leurs moments difficiles, ils avaient été en désaccord sur bien des questions, mais, au bout du compte, la famille et le nom des Edmond comptaient plus pour son père que quoi que ce soit d'autre. Rusty menaçait, mais il ne l'abandonnerait jamais comme sa mère l'avait fait. Retrouvant une sombre assurance, il actionna la télécommande de l'ouverture automatique des grilles. Non, décidément, Rusty était coupable de bien des maux, mais jamais…

— Oh ! non ! murmura-t-il.

Il pressa de nouveau le bouton d'un geste impatient, mais les grilles demeurèrent obstinément fermées.

— Il l'a fait, gronda-t-il, partagé entre choc et incrédulité. Le vieux salopard l'a fait.

Le chagrin et la colère suivirent immédiatement sa surprise initiale. Ne venait-il pas de penser que son père, qui professait de placer la famille au-dessus de tout, ne le laisserait jamais tomber ? Gina et Asher étaient-ils au courant de ce nouveau plan ? Allaient-ils l'abandonner aussi ?

Un gouffre béant s'ouvrait au creux de sa poitrine. *Seul.* Il était seul, et ce vide menaçait de l'engloutir tout entier. L'espace d'une seconde, il redevint le petit garçon de dix ans qui regardait sa mère quitter leur maison sans se retourner. Ce vide immense l'avait submergé ce jour-là aussi, et il avait essayé de le remplir avec l'affection et l'approbation, accordées avec avarice, du seul parent qui lui restait. Son père. Et, désormais, il n'avait même plus cela.

Il avait été rejeté. Abandonné.

Une nouvelle fois.

— Ross, que se passe-t-il ?

Une main venait de se poser sur son bras crispé, et c'est seulement alors qu'il se rendit compte qu'il serrait si fort son volant que ses jointures avaient blanchi. Laissant retomber ses mains, il se tourna vers Charlotte, qui le considérait dans la pénombre, le front barré d'un pli soucieux.

— Je ne peux pas ouvrir la grille, expliqua-t-il avec un rire amer. Mon père a fait changer la serrure pour m'interdire l'accès à la propriété. Il m'a jeté dehors. Hors de la maison. Hors de la famille.

— Je suis désolée, Ross, chuchota-t-elle. Je…

— Cela ne fait rien, coupa-t-il, passant la marche arrière et se retournant sur son siège pour faire demi-tour, repoussant son bras par la même occasion.

À cet instant précis, il n'avait pas envie de sa sympathie – ni de sa pitié.

Pas au moment où la personne qui était censée l'aimer, le soutenir, *l'accepter* l'avait trahi. Cette blessure était comme un poison dans son sang. Il fut brièvement tenté de s'arrêter sur le bord de la route pour appeler Rusty et essayer de le faire revenir sur sa décision. Mais son père ne lui avait pas seulement légué son nom. Ross avait aussi hérité son opiniâtreté. Et il refusait de s'abaisser à mendier devant lui.

Il n'avait pas supplié sa mère.

Il n'avait pas supplié Charlotte.

Et il ne ferait sûrement pas ce plaisir à son père.

— Ross ? murmura Charlotte d'une voix douce. Je…

— Désolé de t'avoir détournée de ton travail sans motif valable, l'interrompit-il de nouveau, le cœur serré. Je vais vous ramener chez toi, tous les deux.

— Où comptes-tu aller ?

— Je vais prendre une chambre dans un hôtel pour le moment, indiqua-t-il, haussant les épaules avec une nonchalance feinte. De toute façon, nous avions prévu de chercher une maison ensemble, n'est-ce pas ?

Durant un long moment, seul le silence lui répondit. Puis, elle déclara :

— Nous allons venir avec toi.

Il tourna vivement la tête vers elle pour river son regard au sien une seconde, puis il fixa à nouveau la route devant lui. Mais ce bref contact avait suffi à lui confirmer qu'elle parlait sérieusement.

— Non, dit-il, secouant la tête. C'est inutile.

— Peut-être. Mais c'est ce que nous allons faire.

— Charlotte ! gronda-t-il.

— Je ne te laisserai pas tout seul ce soir, insista-t-elle. Ta famille vient tout juste de rompre ses liens avec toi. Je sais ce que l'on ressent lorsqu'on se retrouve seul, privé de ces ancrages que l'on avait crus permanents. Ben et moi venons avec toi, un point, c'est tout. Et, dès demain matin, nous commencerons à chercher une maison.

— Je n'ai pas besoin de ta pitié, marmonna-t-il.

— Mais peut-être de mon amitié ? suggéra-t-elle après un court instant de silence.

Il faillit objecter une nouvelle fois, mais une partie de lui-même... celle qui s'était constamment entourée de gens, de fêtes, *de bruit*, celle qui détestait le silence assourdissant, insupportable, de la solitude, fit taire son orgueil.

— D'accord, répondit-il en soupirant.

Ross marchait nerveusement de long en large dans le salon de sa luxueuse suite, un verre de scotch à la main, et il s'arrêta brièvement devant les immenses baies vitrées offrant une vue spectaculaire des jardins du Bellamy, le palace cinq étoiles de Royal. L'établissement s'enorgueillissait de vingt-cinq hectares de magnifiques jardins, d'un spa, d'un restaurant étoilé et de cinquante suites somptueuses dotées de toutes les nouvelles technologies. Le Bellamy Resort Hotel était l'orgueil de Royal.

Et, pour la première fois depuis son arrivée dans ce luxueux établissement, sa carte bancaire avait été refusée.

Il avala une nouvelle gorgée de son scotch, et la brûlure de l'alcool vint s'ajouter à la rage qui bouillonnait encore dans son cœur. Non seulement son père l'avait exclu du seul foyer qu'il ait jamais connu, mais il lui avait aussi coupé les vivres. Il essayait de le mater, de l'obliger à lui obéir comme un vilain petit chien.

Mais Ross n'était l'animal de compagnie de personne.

Et il avait des ressources, des investissements que son père ne pouvait pas toucher. C'est avec cela qu'il allait acheter une maison pour lui, pour Charlotte et pour leur fils.

De plus, il avait toujours le nom que Rusty lui avait donné. Ross s'en était servi pour mettre la note de leur séjour sur son propre compte.

Par une amère ironie, Rusty n'avait pas pu priver Ross de ce qui comptait le plus au monde pour lui.

— Ben s'est endormi, murmura Charlotte derrière lui, sa voix douce, capiteuse, lui faisant l'effet d'une caresse. Comme il est déjà tard, il n'a pas beaucoup résisté. Comment te sens-tu, Ross ?

— Tout va bien, assura-t-il, fixant le fond de son verre.

— C'est faux, répliqua-t-elle en venant se planter devant lui. Tu ne vas pas bien du tout. Comment le pourrais-tu ? Écoute, je sais que nous cherchons encore le moyen d'être de bons parents pour Ben, et peut-être de bons amis l'un pour l'autre, mais tu peux continuer à me parler comme tu le faisais auparavant.

— Nous étions nus, toi et moi, et le sexe m'avait délié la langue, grogna-t-il.

Il savait qu'il se comportait comme un imbécile, mais il avait eu tort d'accepter qu'elle s'installe à l'hôtel avec lui. Il était trop tendu. Trop furieux. Il souffrait trop. Et avec sa douce fragrance qui l'entourait, ses beaux yeux fixés sur lui, ce corps sublime si près du sien, il était prêt à commettre toutes les folies.

Elle aurait eu parfaitement le droit de le remettre à sa place après cette réponse grossière. Au lieu de cela, elle se contenta de l'observer en silence. Et lui, comme un lâche, il tourna les talons pour s'approcher du bar et se resservir un verre. Et, surtout, pour éviter son regard scrutateur.

— Maintenant, qui cherche le conflit ? remarqua-t-elle, lui renvoyant les paroles qu'il lui avait lancées lui-même au chalet. C'est une manœuvre classique des Edmond.

Cette remarque l'emplit d'amertume, mais il se tut. La colère valait mieux que ce besoin débilitant de la serrer dans ses bras et d'accepter le soutien qu'elle lui offrait, jusqu'à ce que ce sentiment de solitude ne l'empêche plus de respirer.

— Attaquer le premier, poursuivit-elle. Les blesser avant qu'ils ne puissent te blesser. T'éloigner afin que personne ne voie ce que tu ressens réellement. Tu m'as dit un jour qu'il était présomptueux de ma part d'affirmer te connaître. Mais certaines choses n'ont pas changé ces trois dernières années.

Il ne la vit pas s'approcher derrière lui, mais l'épaisse moquette crème ne pouvait pas étouffer tout à fait le bruit de ses pas. La main qui se posa sur son épaule brûla sa peau comme un fer rouge à travers le tissu de sa chemise.

Soudain nerveux, il renversa quelques gouttes de son

scotch en essayant de se servir un nouveau verre. Reposant la carafe d'un geste brusque, il avala l'alcool d'un trait.

Ce n'est qu'alors qu'il s'éloigna d'elle – d'elle et de ces doigts délicats qu'il aurait préféré ailleurs que sur son épaule, le serrant très fort, échangeant une douleur pour une autre.

— Je ne veux pas me disputer avec toi, Charlotte, dit-il en se retournant face à elle, son verre à la main. Mais je commence à soupçonner que tu as une autre raison pour être ici avec moi. Peut-être attends-tu autre chose de moi que… la simple honnêteté.

Il l'examina posément de la tête aux pieds, promenant son regard sur le chemisier à jabot bleu et blanc, le pantalon bleu marine très ajusté et les escarpins noirs à talons aiguilles qu'elle avait choisis pour leur entrevue avec sa famille.

Et ,lorsque ses yeux remontèrent lentement le long de ces courbes délicieuses, il fit de son mieux pour dissimuler l'effet qu'elle produisait sur lui. Il en tremblait presque. L'incendie ravageur qui brûlait en lui allait bien au-delà du simple désir physique. Que diable croyait-il faire ? À quel danger s'exposait-il ? Dans l'état où il se trouvait, elle était comme des brindilles sèches jetées sur un feu qui couvait déjà. Il ne faudrait pas longtemps avant que des flammes dévorantes rugissent hors de tout contrôle.

— Tu faisais cela aussi, remarqua Charlotte soutenant tranquillement son regard, nullement offensée.

— Faire quoi ? répliqua-t-il, espérant que l'ennui qu'il feignait dans sa voix dissimulerait sa panique.

— Utiliser le sexe pour éviter une conversation.

— Allons, bébé, si j'utilisais le sexe, tu le saurais, crois-moi. As-tu oublié si facilement ? Pour commencer, nous n'aurions pas besoin de parler. Pas si ta petite bouche gourmande dévorait la mienne, me rendant fou. Et puis, ces vêtements si jolis mais si encombrants auraient disparu, révélant ce corps délicieux. Ensuite, j'entendrais ce râle sensuel montant du fond de ta gorge tandis que je butinerais les pointes de tes seins en caressant tes fesses superbes. Puis, enfin, je te sentirais frissonner de cette façon si particulière qui m'annonce que tu vacilles au bord de l'orgasme. Il suffirait dès lors d'un simple contact, d'une caresse de plus pour que tu…

— *Arrête !* l'interrompit-elle d'une voix faible.

Il aurait dû exulter en entendant sa respiration un peu haletante. Mais ce qu'il ressentait n'était pas du triomphe.

C'était un désir insensé.

Une fringale.

Son plan de la faire taire, de l'éloigner de lui avait misérablement échoué, se retournant contre lui.

— Je préfère t'entendre me supplier de ne pas m'arrêter. Me murmurer que tu désires davantage. C'est la seule conversation que nous aurions.

— Ross, crois-tu vraiment que je ne sais pas à quel point tu te sens malheureux ? observa-t-elle. Combien tu souffres ?

Elle insistait bravement, mais la flamme qu'il voyait briller dans ses beaux yeux bruns, les pointes durcies de ses seins qui tendaient le tissu de son chemisier la trahissaient.

— Je n'ai jamais prétendu que je ne souffrais pas, rétorqua-t-il, reposant son verre sur le bar avant de s'approcher d'elle, si près qu'elle dut lever la tête pour le regarder dans les yeux. Laisse-moi te montrer où je souffre le plus.

Saisissant son poignet, il attira sa main vers lui, assez lentement pour lui laisser largement le temps de comprendre ses intentions. Et pour libérer son bras si elle le désirait.

Mais elle ne résista pas lorsqu'il posa sa main sur son

sexe. Ne manifesta pas la moindre gêne lorsqu'il la pressa plus fort contre lui.

Ce fut lui qui grogna un juron. Ce fut sa main à lui qui repoussa la sienne.

Lui qui tourna les talons et qui s'éloigna d'elle.

— Va dormir, Charlotte, ordonna-t-il d'un ton las. Cette journée a été longue pour nous deux.

Il avait besoin qu'elle soit loin de lui, de préférence derrière une porte fermée à double tour. Il sentait encore la chaleur de sa paume sur son sexe et il ne pouvait pas garantir qu'il ne la toucherait pas. Et rien de bon ne pourrait en résulter. Pas alors que le désir et la colère se disputaient la première place dans son esprit, et qu'il était tenté de rompre la trêve fragile qu'ils avaient négociée avec une rencontre sexuelle brûlante et débridée. Ce qu'il lui ferait maintenant ne lui apporterait pas la paix de l'âme. *La prendre. La conquérir. La corrompre.* C'était tout ce qu'il avait à offrir.

— Pas avant que tu ne m'aies parlé, décréta-t-elle.

Réprimant un juron, il pivota vers elle et retraversa la pièce à grands pas. *Reste calme*, chuchota la voix de sa raison. *Garde tes distances.* Mais le tumulte de ses émotions eut tôt fait de réduire ces sages conseils au silence. Lorsqu'il fut tout près d'elle, il ne s'arrêta pas avant de l'avoir adossée contre la baie vitrée, ses paumes appuyées de part et d'autre de sa tête, l'emprisonnant comme dans une cage entre son corps et la surface de verre.

— Pourquoi insistes-tu ? grommela-t-il, effleurant de ses lèvres la courbe de son oreille. Qu'attends-tu de moi ? Que je te dise que mon père est un salaud ? Qu'il m'a expulsé comme un locataire en retard de paiement ? Qu'il m'a renié et que je suis furieux ? Oui, bien sûr, je le suis ! Es-tu satisfaite ? Je suis choqué et en colère, et j'ai aussi un peu peur. Tout cela à la fois. Mais il n'est pas le premier à m'avoir abandonné, Charlotte. Je suis expert en la matière. Alors, garde ta sympathie, ta pitié. Je n'en ai pas besoin. Ce que j'ai besoin que tu fasses, c'est que tu emportes tes charmes dans la chambre, que tu te couches près de notre enfant et que tu me laisses seul. Dans ton intérêt et dans le mien.

Il s'écarta de la baie vitrée, la respiration haletante, furieux contre lui-même. Il n'avait pas voulu lui dire toutes ces choses. Mais sa proximité, son désir inextinguible et sa souffrance s'étaient combinés pour leur faire franchir ses lèvres, et, maintenant, il était trop tard pour reprendre cette confession trop révélatrice. Il recula à pas lents, s'éloignant d'elle, son regard toujours rivé à son visage. Un visage où il lisait la surprise – et aussi une totale détermination.

Il battit en retraite – une nouvelle fois. Si elle refusait de le laisser, c'est lui qui s'en irait. Son orgueil avait déjà été réduit à néant. Quelle différence pouvait faire une retraite de plus ?

La main de Charlotte saisit fermement son poignet.

Et les derniers vestiges de son self-control s'écroulèrent.

Il pivota vers elle et s'approcha pour recueillir son visage entre ses mains, inclinant sa tête en arrière. Elle posa ses mains fines sur son torse, froissant le plastron de sa chemise entre ses doigts. C'était probablement pour garder son équilibre, car il se tenait si près au-dessus d'elle qu'elle devait cabrer le dos pour le regarder en face, ses seins superbes pressant contre son torse. Il frissonna de la tête aux pieds.

— Bon sang, Charlotte ! gronda-t-il, ses lèvres tout contre les siennes. Laisse-moi ou reste, mais, dans ce cas, prépare-toi à ce que je me serve de toi pour évacuer cette… chose qui m'étouffe. Ne t'attends pas à de la douceur de ma part. Je n'en suis pas capable à cet instant. Je prendrai et je ne peux pas te promettre de te donner quoi que ce soit en retour. Je veux me délecter de ton corps et ne pas m'arrêter jusqu'à ce que nous soyons l'un et l'autre trop épuisés pour même respirer.

Il posa ses lèvres sur les siennes et il l'embrassa, sans que cela atténue le moins du monde le désir dévorant qu'il ressentait pour elle.

— C'est ta dernière chance de te retirer, mon bébé, murmura-t-il d'une voix rauque. Car, moi, j'en suis incapable.

Il sentait sa respiration précipitée tout contre ses lèvres. Ses doigts délicats serraient ses poignets, mais ce n'était pas pour éloigner ses mains de son visage. Cette femme si brave, aussi ravissante qu'imprudente, se haussait sur la pointe des pieds pour recevoir son prochain baiser. Elle s'offrait à lui, lui ouvrait toutes les portes. Elle l'invitait à la dévorer.

Et, gémissant de désir, de besoin – et de gratitude –, il accepta son invitation.

Ce baiser charnel, brûlant, vorace, l'enflamma dès la première seconde. Le goût de sa bouche lui fit abandonner toute raison, toute mesure, faisant monter son désir à des hauteurs vertigineuses. Qu'avait-elle de tellement spécial pour le transformer ainsi en animal féroce, insatiable, prêt à tout pour être seul à la posséder ?

Cette nuit seulement, argua ce qui lui restait de raison. Ici et maintenant, pas davantage. Seule comptait cette nuit. Ben était l'unique lien permanent entre Charlotte et lui.

Porté par cette idée, Ross la fit reculer en direction du sofa, et, sans jamais abandonner sa bouche, il la guida jusqu'aux coussins. Sitôt qu'elle fut assise, il se glissa entre ses jambes, lui écartant largement les genoux afin de faire de la place à son torse.

Il mit alors fin à son baiser et il se recula pour voir ses mains remonter le long de ses cuisses fermes et parfaites, effleurant du bout des doigts le pli où sa cuisse rencontrait le haut de son corps. Qu'elle soit encore habillée importait peu. Il sentait sa chaleur à travers le tissu et il aurait pu jurer que sa fragrance de figues et de sucre brun devenait plus intense, plus dense… plus enivrante. Dirigeant son regard plus haut, il se concentra sur la chair gainée de soie au sommet de ses cuisses. La source de cette fragrance merveilleuse.

Et il désirait s'en repaître.

— Si tu tiens à ce chemisier, tu ferais mieux de l'enlever tout de suite, déclara-t-il, détournant son regard de son sexe pour le lever vers son visage. Je ne le ménagerai pas.

Ses lèvres encore gonflées et humides de leur baiser s'entrouvrirent, et elle exhala un soupir. Puis, dans le brûlant silence de la pièce, son cœur battant à tout rompre, Ross observa ses longs doigts élégants qui défaisaient un à un les boutons invisibles sous le jabot du chemisier. Les deux pans s'écartèrent, révélant un soutien-gorge sexy à damner un saint. Cette fois-ci, il était vert pâle, fait de soie et de dentelle, moulant amoureusement ses seins magnifiques. Ross en avait l'eau à la bouche. Et il n'attendit pas qu'elle ait fini de l'ôter pour se pencher et prendre l'une des pointes goulûment dans sa bouche.

Comme elle s'escrimait à défaire les boutons à ses poignets avec des doigts tremblants, et qu'elle avait les mains occupées, il en profita pour s'attaquer à ses deux seins simultanément, pinçant l'une des pointes et suçotant l'autre. Il éprouva une sombre satisfaction en l'entendant gémir. Et, lorsqu'il sentit ses doigts se crisper dans ses cheveux, il défit l'agrafe sur le devant de son soutien-gorge, et il la libéra.

Aucun mot ne pouvait décrire une telle beauté.

Sa bouche alla se poser sur son autre sein, effleurant sa rondeur jusqu'à sa pointe, la parcourant de petits coups de langue gourmands. Elle creusa les reins pour se rapprocher de ses caresses, murmurant son nom comme une litanie, attirant sa tête contre elle.

— Je ne me lasserai jamais de toi, murmura-t-il, effleurant de ses lèvres la pointe humide d'un sein, avant de tracer un chemin de baisers sur le doux arrondi de son ventre, où il remarqua quelques vergetures presque invisibles sur sa peau, témoins de la précieuse vie qu'elle avait créée.

— Ross ? dit-elle dans un souffle, tiraillant doucement ses cheveux afin qu'il lève son regard vers son visage.

Il s'y refusa. Il en était incapable. En cédant à cette tentation, en plongeant son regard dans ces doux yeux bruns, il tomberait peut-être dans le piège de croire que ceci n'était pas uniquement une rencontre sexuelle. Ce qu'il voulait, c'était se perdre dans son corps, dans le plaisir. Pas s'égarer dans des rêves imbéciles et trompeurs en désirant *davantage*. Effleurant d'une dernière caresse les lignes à peine visibles sur son ventre, il poursuivit son exploration plus bas. Et, lorsque ses lèvres rencontrèrent la ceinture de son pantalon, il la déboutonna sans hésiter, descendit la fermeture à glissière et lui retira le vêtement presque dans le même geste.

Alors, il se figea un instant pour la boire des yeux. Pour admirer cette peau veloutée, soyeuse, couleur d'amande, uniquement parée de dentelle verte. Puis d'un seul geste, il la débarrassa aussi de cette dernière barrière.

— Bébé, grogna-t-il laissant glisser ses dents sur sa hanche, lui arrachant un petit cri. Ne crains rien. Reste avec moi.

Dans le même temps, ses mains s'étaient posées à

l'intérieur de ses cuisses et les écartaient largement. Puis il y posa sa bouche. Il entendit à peine son cri, et c'est tout juste s'il sentit ses ongles s'enfoncer dans ses épaules. Tout son être était concentré sur sa fragrance, sur le goût de sa chair brûlante. Il faisait de son mieux pour se contrôler, pour ralentir, mais c'était impossible. À chaque seconde de ce festin divin, il s'oubliait davantage. À cet instant, il avait une seule mission dans sa vie : lui donner du plaisir. Entendre sa voix tremblant de désir crier son nom. Sentir la contraction de ses muscles autour de ses doigts en elle.

Elle serra sa tête entre ses mains, ondulant des hanches de plus en plus vite, de plus en plus fort, suppliant, exigeant qu'il la libère, vacillant tout au bord de l'orgasme. Et, lorsqu'il accentua la pression de ses lèvres sur le bouton de chair ultrasensible, que les caresses de ses doigts en elle s'accélérèrent, elle bascula dans un abîme vertigineux de plaisir. Ses cuisses tremblantes étreignirent sa tête, et ses cris d'extase résonnèrent dans l'air de la pièce, tandis qu'il savourait son goût sur sa langue.

Ross était au paradis. Il avait trouvé son sanctuaire.

Ici, entre ses jambes, rien ne pouvait l'atteindre.

Un torrent de désir plus brûlant, plus exigeant, déferla dans tout son corps, exigeant un exutoire. Il ôta ses vêtements à la vitesse de l'éclair, ne s'arrêtant qu'une seconde pour extraire une protection de son portefeuille.

Toutefois, il ne déchira pas tout de suite l'emballage. Levant ses yeux vers elle, il effleura ses lèvres pulpeuses du bout de ses doigts, puis, aussi délicatement que le lui permettait sa passion dévorante, il l'embrassa.

— Si ce n'est pas ce que tu désires, tu peux partir, suggéra-t-il, sachant que ce serait une catastrophe pour lui.

— C'est ceci que je veux, murmura-t-elle, effleurant

son érection avant de la serrer doucement, lui coupant le souffle. Je veux te sentir en moi.

Il déchira l'emballage du préservatif avec des doigts tremblants et il se couvrit sans plus attendre. Puis, il prit sa main et, empoignant un coussin de l'autre, il lui fit quitter le sofa pour la guider jusqu'au sol. Agenouillé sur la luxueuse moquette, il se pencha au-dessus d'elle. Ses beaux yeux bruns vinrent se fixer aux siens, et il ne détourna pas le regard en se positionnant à l'entrée de sa féminité, guettant le moindre signe d'inconfort sur son ravissant visage. Mais, lorsqu'il entra lentement en elle, elle ne broncha pas. Ce fut lui qui ferma les yeux le premier lorsqu'il sentit sa moiteur brûlante se resserrer autour de lui.

Ross frissonna de tout son corps, luttant contre son envie de plonger tout au fond d'elle, de la ravager comme un sauvage, n'écoutant que son propre plaisir. C'était une sensation extraordinaire. Il n'était pas encore entièrement en elle, et il était déjà au bord de l'orgasme.

— Ross, regarde-moi, murmura Charlotte, posant sa main fine sur sa joue. Je ne suis pas fragile. Prends ce que tu désires de moi Je ne me briserai pas.

Exhalant l'air qu'il retenait dans ses poumons, il enfouit son visage dans le creux de son cou – et, d'un nouveau coup de reins, il entra profondément en elle.

Ils gémirent ensemble. Ross tremblait comme une feuille. Charlotte était la perfection même. Forte. Délicate. Humide. Brûlante. Elle était *tout*.

Incapable de retenir un gémissement rauque, il leva ses hanches et replongea fiévreusement en elle. Charlotte leva ses hanches pour venir à sa rencontre, nouant ses jambes autour de sa taille, et il entra tout entier dans sa féminité palpitante, encore et encore, souhaitant se perdre en elle.

Elle scandait son nom, ses ongles lui labourant le dos.

Lui imprimant sa marque. Et, en vérité, il désirait cette appropriation physique…

Mais son esprit se rebellait encore à cette idée, alors même qu'il possédait son corps. Il ne s'agissait pas de propriété, mais de plaisir. Il avait besoin de la preuve physique qu'il était capable de lui faire perdre la raison avec ses caresses.

Retrouvant toute sa détermination, il se recula un peu pour lui soulever les jambes et les écarter largement, puis il se replongea fiévreusement en elle. Leurs gémissements se mêlaient dans l'air de la pièce. Il sentait des décharges électriques parcourir tout son corps, mais il résista bravement, luttant contre l'extase finale qui le mettrait hors course. Pas sans elle. Jamais sans elle.

Glissant la main entre leurs deux corps il trouva le bouton de chair ultrasensible, et il en fit lentement le tour avec son pouce avant d'appuyer plus fort.

Charlotte se raidit, le dos cambré, ses seins magnifiques dressés. Incapable de résister à leur attrait, il se pencha au-dessus d'elle, et, prenant l'une des pointes dans sa bouche, il entra de nouveau tout au fond d'elle. Un cri étranglé monta du fond de sa gorge, et elle fut prise d'un tremblement, tandis que sa féminité se resserrait presque douloureusement autour de lui. Mais il avait besoin de cette divine souffrance. Il désirait conserver le souvenir de cette union de la soie et de l'acier.

Et, lorsque ses tremblements s'espacèrent, il donna libre cours à ses propres besoins. Abandonnant son sein, il accéléra ses coups de boutoir, chaque coup de reins le rapprochant du bord de cet abîme sans fond où il désirait se perdre. Jusqu'à ce qu'un tsunami de plaisir déferle sur lui. Alors, il cessa de lutter.

Contre l'extase.

Contre elle.

Contre lui-même.

Il rendit les armes, et, pour cette nuit – pour ce moment –, cela lui suffisait.

- 10 -

Ross était planté face à la fenêtre, dans la salle de réunion du Texas Cattleman's Club, luttant contre une impression de déjà-vu. Était-il possible que quelques semaines seulement se soient écoulés depuis qu'il s'était trouvé au même endroit, avec son père, le reste de sa fratrie et Billy, pour signer le contrat de la Soirée dans la Baie ? Tant d'événements s'étaient produits durant ce temps… Il avait revu par hasard la femme qui hantait toutes ses nuits depuis trois ans, découvert qu'il était papa et avait été déshérité. Il lui semblait incroyable qu'en signant ces documents, tout ce qu'il voyait alors devant lui, c'était l'argent, le succès et les fêtes.

Avec un sourire de dérision, il se détourna de la fenêtre pour se servir une tasse de café sur le plateau que le personnel du Club avait apporté sur la petite table de conférences. Sirotant une première gorgée, il consulta sa montre. Il était presque 13 heures. Il s'étonnait de se sentir aussi nerveux à l'idée de revoir sa sœur et son frère. Cela ne lui était jamais arrivé. Ils étaient ses meilleurs amis – et même plus que cela. Lorsque des personnes ont survécu ensemble à des guerres, leurs liens sont plus forts que les liens du sang, parce qu'ils ont été forgés dans le conflit, dans la souffrance et le chagrin. Les mariages de Rusty et ses divorces avaient été les combats dont ils avaient souffert, leur enfance le champ de bataille où leurs liens s'étaient consolidés.

Mais, depuis que son père l'avait déshérité, Ross n'avait pas souvent parlé avec son frère ou sa sœur. Bien sûr, il était lui-même responsable d'une grande partie de cette distance. Il avait été trop occupé à chercher une maison pour Charlotte, Ben et lui-même, et à faire le bilan de ses ressources financières personnelles, pour avoir le temps de s'asseoir avec eux pour discuter. En outre, il redoutait cette conversation. Gina et Asher avaient toujours été ses alliés, mais, dans cet affrontement entre Rusty et lui, resteraient-ils de son côté, au risque d'encourir la colère de leur père ?

Ross n'en savait rien et il avait peur de le découvrir.

La porte de la salle s'ouvrit, et Gina et Asher entrèrent. Planté au bout de la table, les nerfs tendus, Ross scruta leurs visages, cherchant... la colère ? La tristesse ? La résignation ? Lui en voulaient-ils de les obliger à prendre parti ?

— Ross ! s'exclama Gina en se jetant à son cou. Où étais-tu ? Nous nous sommes beaucoup inquiétés pour toi.

Une vague de soulagement déferla sur lui, et il serra sa sœur dans ses bras – sans doute trop fort, car il ne s'était jamais senti aussi reconnaissant. Gina leva ses yeux vers les siens, avant de poursuivre :

— Heureusement que tu nous as donné rendez-vous ici, car j'étais prête à donner l'assaut au Bellamy. Sans la rumeur publique je n'aurais jamais su où tu te trouvais.

— Elle voulait déjà se précipiter là-bas il y a cinq jours, observa Asher d'un ton bourru qui cachait mal son affection pour leur sœur. C'est moi qui lui ai conseillé d'attendre, en lui rappelant que tu avais déjà fort à faire – avec ta nouvelle famille et papa qui t'a déshérité. Mais nous ne comptions pas attendre beaucoup plus longtemps.

Son frère lui asséna une claque amicale sur l'épaule, mais, Ross lut dans son regard qu'il était encore préoccupé.

— Cesse d'étouffer Ross comme une pieuvre, Gina, ironisa Asher en allant remplir deux tasses de café.

Il en tendit une à Gina et sirota une gorgée de la sienne avant de se retourner vers lui.

— Et si tu nous disais ce qu'il se passe, Ross ? suggéra-t-il. Papa ne décolère plus. Il se plaint de ton ingratitude, de ta stupidité et de ton manque de loyauté envers la famille. Il dit que tu laisses tes hormones te dicter ta conduite, au lieu de te servir de ton cerveau. Alors, où est la vérité ?

— Comment sais-tu que ce qu'il dit n'est pas vrai ? répliqua Ross avec un sourire soulagé.

— Lorsque Rusty se met à rechercher mon approbation au lieu de me traiter comme la cinquième roue du carrosse, je sais qu'il me joue la comédie et qu'il veut quelque chose. Par exemple, pouvoir compter sur mon soutien pour t'obliger à rentrer dans le rang. Et, même si je n'étais pas ton frère, cela seul suffirait à me placer dans ton camp.

— Pareil pour moi, assura Gina. Depuis que tu es banni du bureau, il fait semblant d'écouter mes opinions sur la conduite des affaires, alors que nous savons tous qu'il s'en fiche éperdument. Il essaye de nous acheter.

Elle esquissa une moue dégoûtée, avant d'ajouter :

— Comme si nous étions trop stupides pour remarquer qu'il tente seulement de nous manipuler. Alors, raconte-nous tout. Et, pour commencer, dis-nous pourquoi nous apprenons seulement maintenant que nous avons un neveu.

Ross accéda à leur demande. Et, comme ils étaient les deux personnes en qui il avait le plus confiance au monde, il leur avoua tout ce qui s'était passé depuis l'instant où Billy avait aperçu Charlotte au restaurant Sheen. Et, lorsqu'il termina son récit avec sa découverte qu'il avait été banni du ranch, que sa carte bancaire avait été annulée et qu'il avait été éjecté de l'entreprise familiale, ils étaient tous trois assis sur le sofa, dans un coin de la salle de réunion.

— Et, si j'avais encore douté du sérieux de sa démarche, le paquet que papa a fait déposer au Bellamy me l'aurait confirmé. Il y avait inclus une lettre stipulant que je n'étais plus le bienvenu au ranch Elegance et que je ne faisais plus partie du Groupe Edmond. Et il y avait aussi joint une copie de son nouveau testament, où il me déshéritait.

Ross tourna son regard vers sa sœur et reprit :

— Au fait, permets-moi de te féliciter, Gina. Tu es désormais l'actionnaire principale de l'entreprise et de son empire immobilier.

— C'est fantastique, dit-elle sans la moindre trace d'humour dans sa voix. Un fils, Ross. Tu as un petit garçon. Comment gères-tu cette nouvelle ?

Ross prit une profonde inspiration, avant de déclarer :

— Gina, Ben est…

Il marqua une pause, esquissa son premier sourire sincère de la journée, puis s'exclama :

— Il est magnifique. Extraordinaire. Il n'a que deux ans, mais il est déjà brillant, et il me fait rire. Je n'aurais jamais imaginé aimer quelqu'un aussi vite. Aussi totalement. Mais… c'est la vérité. C'est fou, non ?

— Pas du tout, répliqua Gina, posant sa main sur la sienne, ses yeux emplis d'affection. Tu parles seulement comme un papa. Et je suis très heureuse pour toi.

— Moi aussi, assura Asher. Et pour Charlotte ? Que ressens-tu pour elle ?

Au lieu de s'expliquer, Ross se leva et retraversa la salle pour aller se servir une seconde tasse de café. Il repoussait le moment de répondre à la question de son frère. Car, si l'amour qu'il ressentait pour son fils était indiscutable, ses sentiments envers Charlotte n'étaient pas aussi clairs. L'aimait-il ? Non, parce que pour aimer une personne, pour s'engager avec elle, il fallait pouvoir lui faire confiance. Et, même si son corps la désirait, il n'avait pas confiance en elle.

Mais son besoin d'elle, la fringale de désir qu'elle éveillait en lui, n'avaient pas diminué, bien qu'ils aient encore fait l'amour depuis cette première fois. Ce désir insensé venait compliquer l'équation de ce qui aurait dû être un simple arrangement de coparentalité. Loin de satisfaire sa fringale d'elle, cette première nuit au Bellamy n'avait fait que la rendre plus intense. Il aurait pu citer mille raisons pour lesquelles il aurait été préférable que sa relation avec Charlotte reste platonique, mais il les avait ignorées. Tout comme elle. Ils n'avaient jamais discuté des suites possibles de cette coparentalité doublée d'érotisme, mais chaque fois qu'il passait la nuit chez elle et Ben, ou qu'ils venaient chez lui à l'hôtel, ils cédaient invariablement à ce besoin mutuel.

— Elle est la mère de Ben, lâcha-t-il enfin, fixant la tasse de café qu'il remplissait. Nous avons un arrangement mutuellement satisfaisant. Durant l'année à venir, nous allons essayer de vivre ensemble. Ensuite, nous verrons.

— Ce n'était pas ce qu'Asher t'avait demandé, observa Gina en s'approchant de la table. Mais cette non-réponse me suffit. J'ai compris. Et que comptes-tu faire au sujet de papa ? As-tu l'intention de l'approcher de nouveau ? Au cas où tu en douterais encore, Asher et moi sommes de ton côté. Dis-nous seulement ce que tu attends de nous.

— Je vous remercie tous les deux de me soutenir, répondit Ross en la serrant brièvement dans ses bras. Mais je ne veux pas que vous soyez impliqués dans ce gâchis.

C'est une histoire entre papa et moi, et je ne veux pas que vous deveniez des victimes collatérales.

— Comment t'en sors-tu, financièrement ? intervint Asher en les rejoignant près de la table alors que Gina s'apprêtait à protester. Pouvons-nous t'aider, dans ce domaine ?

— Non, de ce côté-là tout va bien, assura Ross, touché par l'offre de son frère.

Sincèrement, il ne souhaitait pas que les vies de sa sœur et de son frère soient affectées par ses décisions. Rusty pouvait se montrer vindicatif, et, même si Asher était son aîné, il se sentait tenu de les protéger, Gina et lui, contre de possibles représailles de la part de Rusty.

— J'ai quelques investissements dans plusieurs entreprises sans aucun lien avec le Groupe Edmond. Et j'ai toujours la Soirée dans la Baie. Tous les contrats ont été signés, et papa ne peut pas m'en exclure comme il m'a exclu de l'entreprise.

Côté positif, son licenciement avait obligé Ross à ne compter que sur lui-même. Par bonheur, il avait diversifié ses investissements des années auparavant et il ne comptait plus uniquement sur l'entreprise familiale. Il n'était pas pauvre, tant s'en faut. D'après son portefeuille d'actions, il était même encore millionnaire, mais... il n'aurait peut-être pas assez de cash disponible pour donner à Charlotte les cinq cent mille dollars qu'il lui avait promis.

— Je déteste te voir traverser cette mauvaise passe, gronda Gina. Je suis furieuse contre papa, mais pas vraiment surprise. Souviens-toi de la façon dont il a traité maman lorsqu'elle a osé le défier.

Ross se figea, et une colère ancienne mais très familière resurgit en lui, faisant bouillonner son sang.

— Cette situation est totalement différente, grommela-t-il.

— Pas tant que cela, répliqua sa sœur. Elle a demandé à papa de lui accorder le divorce, et il le lui a fait payer avec tous les moyens à sa disposition. Il lui importait peu qu'elle soit la mère de ses enfants. Il l'a expulsée de la maison et a fait changer toutes les serrures. Il s'est arrangé pour qu'elle ait toutes les peines du monde à voir ses enfants. Il lui a pris tout ce qui était important pour elle.

— Elle a choisi d'empocher une grosse somme plutôt que de voir ses enfants, observa-t-il d'un ton amer Personne ne l'a obligée à quitter Royal. À nous quitter, *nous*. Elle avait divorcé de papa, pas de nous. Ben ne fait partie de ma vie que depuis quelques semaines, mais je ferais n'importe quoi pour ce petit garçon. Je détruirais quiconque s'en prendrait à lui. On doit lutter pour ceux qu'on aime.

Il marqua une pause avant d'ajouter :

— *Sarabeth* – il avait prononcé ce nom d'un ton de dérision parce que, pour lui, elle n'était plus *maman* depuis très longtemps – a choisi de partir. De sortir de nos vies, à part de rares visites et quelques coups de fil. Si elle avait réellement désiré être là pour nous, aucune force au monde, pas même le pouvoir de Rusty, n'aurait pu l'en empêcher. Alors, oui, je maintiens que ce n'est pas du tout pareil.

Asher s'approcha de leur sœur pour étreindre sa main d'un geste rassurant, et Ross se détourna d'eux. Il avait soudain l'impression d'être un monstre. Ses problèmes avec sa mère ne regardaient que lui. Il n'avait pas le droit de s'en prendre à Gina pour la seule raison qu'elle avait gardé de leur mère un souvenir plus charitable que lui.

— Quand l'as-tu vue pour la dernière fois, Ross ? s'enquit Gina d'une voix douce. Quand as-tu parlé avec elle ?

— Des années, convint-il. Et c'est très bien ainsi.

— Tu pourrais l'appeler, suggéra Gina. Lui parler. Je pense que les réponses qu'elle pourrait t'offrir t'étonneraient.

Des réponses ? songea-t-il. Ses *réponses* pourraient-elles leur faire remonter le temps ? Remplir le vide que son absence avait laissé dans sa vie ? Pourraient-elles lui faire oublier qu'elle l'avait rejeté, le faisant douter de sa propre valeur ? Comment pouvait-il se sentir important alors que les deux personnes qui étaient censées l'aimer inconditionnellement l'avaient rejeté à chaque occasion ?

Sa mère avait choisi la liberté plutôt que lui. Quant à son père… Rusty était Rusty, voilà tout. Ross, Gina et Asher n'avaient jamais été sa priorité absolue. Ils comptaient moins que son entreprise, ses femmes, et même moins que son taureau de concours. Son père n'était pas venu à sa cérémonie de remise des diplômes, au lycée, pour ne pas manquer une vente de bétail. Et, aujourd'hui encore, il plaçait son orgueil au-dessus du bonheur de son fils.

Non, il n'avait aucune question à poser à Sarabeth. Son absence et le manque total d'affection de Rusty lui avaient appris tout ce qu'il avait besoin de savoir.

— Assez parlé d'elle, dit-il d'un ton las. Avez-vous envie de faire la connaissance de votre neveu, tous les deux ?

Il avait amené Ben avec lui, au Club, et il l'avait laissé à la halte-garderie pendant son entretien avec Gina et Asher. Gina fut la première à répondre :

— Bien sûr, murmura-t-elle en s'approchant pour le serrer dans ses bras. Je suis désolée d'avoir abordé le sujet de maman et d'avoir fait pression sur toi.

— Pas de problème, assura-t-il, déposant un doux baiser au sommet de sa tête.

— Allons-y, intervint Asher. J'ai hâte de rencontrer officiellement mon neveu. Tu nous as dit que c'est un beau garçon, et j'en déduis qu'il ne peut tenir que de sa maman.

— Très drôle, espèce de crétin ! répliqua Ross en souriant.

— Cela, c'est une tare familiale, déclara Asher, une main sur la poignée de la porte de la salle de réunion. Raison de plus d'espérer qu'il tient de sa mère.

— Pas de *toute* la famille, observa Gina, d'un air ton faussement outré, passant devant Asher pour gagner le couloir. Moi, je sais simplement ce que je pense, et je n'ai pas peur de le dire haut et fort.

— Et moi, ajouta Asher d'un ton tragique, je me fais insulter chaque fois que j'essaye d'exprimer mon opinion.

Ross rit de bon cœur, emboîtant le pas à son frère et à sa sœur – sa famille – en direction de la garderie à l'entrée du bâtiment.

Il les aimait de tout son cœur.

- 11 -

— Tout cela est absurde, grommela Charlotte, contemplant son image dans le miroir de son placard.

Placard ? Ce mot ne semblait pas convenir pour décrire un espace plus vaste que sa chambre dans son ancienne maison. Elle n'avait même pas suffisamment de vêtements pour remplir tous ces tiroirs, étagères et penderies. Sans même mentionner les piles de coffrets à bijoux. À part ses clous d'oreilles de diamant, un cadeau de ses parents pour son diplôme, et le collier que Ross lui avait offert, elle ne possédait que des bijoux de pacotille qui seraient ridicules dans ces coffrets.

Et ce collier, justement… Elle laissa glisser ses doigts sur le pendentif en forme de cœur, puis elle l'ôta et le posa sur l'îlot derrière elle. Jusque-là, elle avait réussi à le cacher à Ross, même si désormais ils vivaient ensemble.

Et dormaient ensemble.

Enfin, pas exactement.

Ils faisaient l'amour, puis chacun dormait dans sa propre chambre.

Et, le matin venu, l'un et l'autre prétendaient n'être que les parents de Ben, et rien de plus. Des étrangers bien élevés qui partageaient un même espace. À un moment indéterminé, entre son entrevue avec son frère et sa sœur au TCC et ce même soir, lorsqu'elle était rentrée de son travail, Ross était devenu distant, d'une politesse pointilleuse. Plus froid. Mais uniquement avec elle.

Avec Ben, il était tout simplement merveilleux. Après la naissance de son fils, lorsque Charlotte avait dû gérer seule les biberons de minuit, les pleurs inexplicables et les couches souillées, elle s'était souvent demandé si les choses auraient été différentes avec la présence de Ross à ses côtés. Si elle aurait pu compter sur lui pour partager son fardeau. Désormais, elle n'avait plus à l'imaginer. S'il restait distant avec elle, Ross déversait des trésors d'affection sur leur fils.

Ses parents eux-mêmes, qui avaient été choqués et stupéfaits d'apprendre qu'il était le père de Ben, respectaient Ross aujourd'hui pour avoir assumé ses responsabilités et pour l'enthousiasme qu'il mettait à être un bon papa. Si Charlotte redoutait encore de possibles représailles de la part de Rusty, elle ne pouvait pas nier que Ben adorait son père.

Pas plus que les sentiments qu'elle commençait à ressentir pour Ross.

Stupide. Stupide. Stupide.

Pourquoi tombait-elle constamment amoureuse du même homme inabordable et totalement inapproprié ? Qu'est-ce que cela révélait chez elle ? Pourquoi se laissait-elle croire qu'elle n'était pas digne de l'attention d'un homme qui soit fier de l'avoir pour compagne, et qui lui soit totalement dévoué ?

Durant la plus grande partie de sa vie, elle avait rêvé d'une relation comme celle de ses parents. Une dévotion mutuelle. Pourtant, lorsqu'elle était tombée amoureuse pour la première fois, c'était d'un homme qui avait préféré garder leur relation secrète avec sa famille, ses amis, le monde entier. Bien sûr, elle aussi avait ses propres raisons pour accepter leur aventure clandestine. Mais, tout au fond d'elle-même, là où se dissimulaient les désirs les plus vulnérables de son cœur, elle espérait qu'il en aurait assez de ces cachotteries, qu'il crierait au monde entier qu'ils étaient ensemble. Elle avait espéré qu'il la dissuaderait de partir en Californie. Qu'il lui demanderait de rester pour lui. Pour *eux*.

Elle s'était promis de ne jamais plus se placer dans cette pénible situation. Mais, aujourd'hui, elle était là, dans cette magnifique maison du quartier exclusif de Pine Valley qu'elle n'aurait jamais eu les moyens de s'offrir, et qu'elle partageait avec Ross Edmond, au titre de mère de son bébé. Et, une nouvelle fois, elle était en train de tomber irrémédiablement amoureuse du même homme.

Et son amour pour lui était toujours un secret.

— Tu es ravissante.

Elle releva vivement la tête, son cœur battant à tout rompre, et elle le vit. Ross était adossé au montant de la porte, les mains au fond des poches de son pantalon de smoking, et ce spectacle suffit à déclencher une véritable révolution dans ses hormones.

Elle tourna précipitamment son regard vers son reflet dans le miroir, mais cette image de lui était restée gravée dans son cerveau. Des cheveux blonds bouclés tirant sur le châtain, un visage énergique tout en angles arrogants et en courbes sensuelles, une haute silhouette en chemise blanche, nœud papillon et pantalon noir qui mettaient en valeur la perfection de sa musculature. Elle connaissait intimement la force de ce corps. Qu'elle savait capable de retenue, mais qui pouvait aussi à tout moment libérer cette puissance indomptable.

Une sensation de chaleur la parcourut tout entière,

comme un souffle tiède caressant les pointes de ses seins, descendant vers le vide douloureux de sa féminité.

Mais elle savait que ce compliment n'était pour lui qu'une routine, et qu'il avait probablement répété ces mêmes mots à des centaines de femmes.

— Merci, répondit-elle d'un ton dont la sérénité la surprit elle-même. Mais c'est sûrement à cause de la robe… et tu le sais bien, puisque c'est toi qui me l'as fait livrer.

La robe longue de soirée d'un violet intense, rehaussée de sequins, effleurait ses courbes comme la caresse d'un amant. Elle était dotée de manches longues bouffantes resserrées aux poignets, et son décolleté plongeant se rétrécissait en pointe en dessous du niveau de ses seins. Une mince ceinture du même tissu nouée autour de sa taille soulignait sa finesse.

C'était la plus belle chose, la plus chère, qu'elle ait jamais possédée, exception faite du collier qu'il lui avait offert.

À cet instant, il entra dans le dressing, et elle le vit apparaître derrière elle dans le miroir. Pour une femme, elle était plutôt grande, mais, près de lui, elle se sentait minuscule. Puis, presque aussitôt, elle se revit la nuit précédente avec lui, tremblant de plaisir entre ses bras.

Elle ferma les yeux un bref instant, mais cette image refusa de s'effacer, brûlant plus fort dans sa mémoire. Et, lorsqu'elle les rouvrit, elle se trouva face aux yeux bleus de glace de Ross qui la fixaient sous des paupières lourdes.

Non, pas de glace, mais de chaleur brûlante et de fumée.

À l'intérieur de cet espace clos, l'air s'était chargé d'électricité, et elle sentait le feu de son regard glisser sur sa peau révélée par le décolleté hardi. Elle s'efforça de réprimer le frisson qui parcourait son corps. En vain.

Une appréhension purement féminine s'empara d'elle, et elle ne put que lui rendre son regard en silence. Attendre sa prochaine action. Moitié espérant, moitié redoutant, qu'il lui arrache sa robe et qu'il lui fasse l'amour à même le sol du dressing, pour éteindre l'incendie qui brûlait en son centre.

Et la dépouiller de sa dignité par la même occasion.

— Qu'est-ce qui est absurde ? s'enquit-il.

Soulagée et déçue à la fois, elle se ressaisit rapidement, et elle comprit qu'il devait être planté devant la porte du dressing depuis plus longtemps qu'elle ne l'avait supposé.

— Tout ceci, répondit-elle, désignant sa coiffure élaborée et sa robe longue. Je suis une cheffe, pas une femme du monde. Un samedi soir, je devrais être à mon restaurant, devant mes fourneaux. Pas à une soirée de gala. Je ne suis pas très bavarde par nature, et peu douée pour les conversations mondaines. Tout cela, ce n'est pas *moi*.

— Comment le sais-tu ? répliqua-t-il en se rapprochant d'elle, si près qu'elle sentait son large torse contre son dos. Ce que tu vis maintenant n'est peut-être qu'une facette de la personne que tu es. Ton rêve est de devenir une célèbre cheffe étoilée. Cette ambition pourrait t'entraîner dans le monde entier, devant les caméras de télévision, dans des partenariats avec des grandes marques. Et tout cela nécessite de socialiser avec des gens, de les convaincre. Considère ce que tu fais comme un entraînement pour le futur.

Il venait de décrire un avenir dont elle avait toujours rêvé. Croyait-il que cet avenir soit réellement à sa portée ? Croyait-il en *elle* ?

À cette idée, elle sentit son cœur se serrer et elle s'en voulut de se soucier de son opinion – d'avoir besoin de son estime. Elle n'avait besoin de personne, point final.

— Et Jeremy est visiblement du même avis, ajouta-t-il. La preuve, c'est qu'il t'a encouragée à participer au festival. Il comprend que tu es le visage du Sheen, et les contacts que tu pourras établir ce soir augmenteront son standing à Royal, ainsi qu'au niveau national. Peut-être même international.

Il effleura sa joue d'une caresse, et, même après qu'il eut laissé retomber son bras, elle sentait encore le contact de ses doigts sur sa peau, comme une brûlure.

— De plus, les autres membres du comité, Brett Harston, Lila Jones et Valencia Donovan seront là, ajouta-t-il.

Charlotte soupira. Qui aurait cru qu'un millionnaire autodidacte, une employée de la chambre de commerce et la fondatrice d'une œuvre caritative deviendraient ses amis ?

Mais elle était là, dans cette robe somptueuse, prête à se rendre au fameux festival, la Soirée dans la Baie. Et elle faisait de son mieux pour dissimuler sa nervosité.

— Qu'est-ce que c'est que cela ? s'écria Ross derrière elle.

Charlotte se retourna et elle cessa de respirer en reconnaissant le collier, qu'elle portait encore quelques minutes plus tôt, serré dans le poing de Ross.

Elle avait pourtant été si prudente ! Mais, bien sûr, elle ne s'attendait pas à ce qu'il fasse irruption dans son dressing.

— Pourquoi as-tu gardé ce collier ? gronda-t-il.

Mais, dans sa voix, il n'y avait pas seulement de la colère, mais aussi… de l'émotion ?

— Il est à moi, répondit-elle, fixant le bijou qui se balançait au bout de sa chaîne devant ses yeux. Tu me l'as offert.

— Cela, je le sais, bon sang ! Je me souviens de *tout* ce que je t'avais offert. Mais, lorsque tu t'es enfuie en Californie, tu as laissé tout le reste. J'ai retrouvé les boucles d'oreilles, les bracelets, tous les vêtements que je t'avais achetés. Comme si tu m'envoyais un message. Comme si ces cadeaux étaient comme moi, qu'ils ne représentaient plus rien pour toi.

— Ce n'est pas vrai, se défendit-elle d'une voix faible.

En laissant tous ses présents derrière elle, Charlotte avait désespérément cherché à se protéger. C'était une question de survie. Les garder aurait été une torture, un douloureux rappel des jours heureux. Elle ne pouvait pas les conserver, et se construire une nouvelle existence dont il serait absent. Elle était loin de se douter qu'elle emportait son souvenir de lui le plus permanent dans son ventre.

— Alors, qu'est-ce qui est vrai ? s'enquit-il avec un rire sans joie. Ce collier a-t-il fait le voyage en Californie tout seul ?

— Dans un sens, oui. Je me suis aperçue en arrivant qu'il était resté dans ma valise.

Elle se rappelait le moment exact où elle l'avait découvert. Elle avait pleuré toutes les larmes de son corps, allongée sur le lit, le collier serré contre sa poitrine.

— Et tu l'as gardé ? ironisa-t-il Pourquoi ne pas l'avoir vendu ? Il t'aurait rapporté quelques centaines de milliers de dollars. Réponds-moi franchement, Charlotte.

— Pourquoi es-tu si fâché, Ross ? demanda-t-elle, s'obligeant à soutenir son regard de glace et de feu. Quelle importance ?

— Tu es partie, riposta-t-il, la fixant d'un regard accusateur.

On arrivait enfin à la véritable raison pour laquelle il ne lui pardonnerait jamais. Pas pour avoir mis au monde un bébé sans l'en informer. Pas pour lui avoir fait manquer deux ans de la vie de son fils. Non, c'était parce qu'elle avait eu l'audace de le quitter, *lui*. De le priver de son jouet favori avant qu'il ne s'en soit lassé.

— Je suis désolée de ne pas être restée à Royal pour continuer à être ton sale petit secret, répondit-elle, luttant contre un nouvel accès de souffrance. La maîtresse que tu avais honte de reconnaître devant ta famille et tes amis.

Elle redressa les épaules, s'efforçant de dissimuler sa douleur derrière un masque d'indifférence, avant d'ajouter :

— Tu exiges une réponse franche ? Eh bien, tu as raison. J'aurais pu jeter ce collier ou le vendre. Cet argent m'aurait beaucoup aidée. Si je l'ai gardé, c'est parce que chaque fois que je le voyais, que je le touchais, je me souvenais que, durant presque un an, j'avais accepté une relation humiliante. Que je m'étais abaissée à devenir le jouet d'un homme qui ne me jugeait digne d'intérêt que dans son lit. Ce collier me rappelle de ne pas commettre deux fois la même erreur.

L'air autour d'eux crépitait de leur furie, de sa peine, de sa souffrance. Ses paroles amères avaient laissé un goût de poison dans sa bouche, que même ses excuses n'auraient pas pu effacer.

Elle ne pensait pas ce qu'elle lui avait dit.

Mais elle ne pouvait pas le reconnaître. Parce qu'une partie d'elle-même – la femme enceinte solitaire qui s'était sentie trahie par l'homme qu'elle aimait – pensait chaque mot de cette déclaration.

— Au moins, nous savons maintenant où nous en sommes, toi et moi, observa Ross dans le silence assourdissant, reposant le collier sur la tablette de marbre. Prends-en bien soin. Je ne voudrais pas que tu le perdes.

Sur ces mots, il tourna les talons et se dirigea vers la porte du dressing. Charlotte le suivit des yeux, s'efforçant de se convaincre que ses mains ne brûlaient pas de caresser son corps magnifique. Sur le seuil, Ross lança sans se retourner :

— Préviens-moi quand tu seras prête. Il ne faut pas que nous soyons en retard.

Puis, il sortit, la laissant seule.

Avec l'écho de ses paroles cruelles revenant sans cesse dans sa mémoire.

- 12 -

— Passez-vous une bonne soirée, Charlotte ? s'enquit Billy Holmes, l'ami et associé d'affaires de Ross en apparaissant à son côté, un verre de champagne dans chaque main.

Elle accepta l'une des flûtes, qu'elle porta à ses lèvres. Pour survivre à cette soirée, l'alcool serait une aide précieuse.

— C'est une soirée très réussie, répondit-elle, balayant du regard la foule qui se pressait dans la grande salle.

Le décorateur de Ross avait fait des miracles, transformant une salle austère avec son plafond cathédrale aux poutres apparentes et ses parquets de chêne en une scène d'hiver au pays des merveilles. Des lucioles et des fleurs blanches, mêlées de feuillages vert tendre, s'enroulaient autour des hautes colonnes, et des vases de cristal trônaient au centre des tables rondes. Des brochures, des dépliants et des échantillons, apportés par les commerces partenaires de l'événement, étaient placés à des endroits stratégiques. Charlotte avait préparé elle-même les spécialités du Sheen : crabes d'Alaska accompagnés d'une sauce aigre-douce et de dés de jambon fumé, et quiches à la patate douce. Presque tous ses plats étaient déjà partis.

— Excellents vins, excellente cuisine, murmura Billy comme s'il avait lu dans ses pensées. Vos préparations ont déjà disparu, et le dîner n'a même pas encore été servi. J'y vois un succès éclatant pour le Sheen et pour sa cheffe. Toutes mes félicitations.

Il fit tinter sa flûte contre la sienne, avant d'ajouter avec un sourire qui fit briller ses yeux bleus :

— Je n'aime pas me vanter, mais je suis assez fier de vous avoir convaincue de vous joindre à nous.

— J'avoue qu'au début j'avais quelques doutes au sujet de ce festival, répondit Charlotte en riant. Mais, aujourd'hui, je suis convaincue. C'est une excellente opportunité pour le Sheen.

— Et pour vous, Charlotte, observa Billy. Votre réputation d'artiste culinaire vous a précédée. Merci d'avoir pris le risque de participer à la Soirée dans la Baie avec nous.

Elle hocha la tête, ne sachant trop quoi répondre à cette avalanche de compliments. Les paroles que Ross lui avait dites resurgirent dans sa mémoire. *Considère cela comme un terrain d'entraînement pour l'avenir.* Selon lui, c'était ici qu'était sa vraie place, et ces compliments lui étaient dus.

Bien sûr, c'était avant l'explosion de colère qui leur avait fait perdre tout le terrain qu'ils avaient reconquis.

Billy toussota, fixant le fond de son verre, avant de murmurer, relevant les yeux vers elle :

— Je ne veux pas être indiscret, mais Ross est mon meilleur ami. Je n'ai pas pu m'empêcher de remarquer qu'il y avait… une sorte de distance entre vous, ce soir. Tout va bien ?

Elle faillit mentir, mais elle en fut incapable. Elle détourna les yeux pour fuir ce regard scrutateur, et, bien entendu, ce fut Ross qui apparut dans son champ visuel. Il était entouré de son demi-frère, sa sœur et un petit groupe d'amis, redevenu le play-boy charismatique qu'elle avait toujours connu. Sans le moindre souci. À cet instant une jolie jeune femme brune vêtue d'une robe de lamé très affriolante posa la main sur son bras. Ross inclina la tête vers elle, et…

Non. Elle s'était détournée de lui pour avaler une bonne gorgée de champagne.

— C'est la fille de l'un des plus riches investisseurs de l'État, lui chuchota Billy d'un ton presque douloureux. Croyez-moi, il ne se passe rien d'inapproprié entre eux.

Était-elle transparente à ce point ? songea-t-elle, atterrée. Comment l'ami de Ross pouvait-il avoir deviné ce qu'elle essayait si fort de dissimuler ?

— Cela n'a aucune importance, assura-t-elle précipitamment. Ross et moi ne sommes que les parents de Ben. Il est libre de vivre sa vie.

— Depuis que je connais Ross, tout a toujours semblé lui réussir, remarqua Billy en souriant. En partie grâce à son nom, mais si vous y ajoutez un physique de rêve et ce magnétisme qui attire les gens vers lui, il y a de quoi complexer un homme moins bien loti. Je n'insinue pas qu'il ne travaille pas dur, ce serait mentir. Mais c'est seulement depuis que vous êtes de retour à Royal et qu'il a appris l'existence de Ben que je l'ai réellement vu faire de vrais efforts. La paternité lui a insufflé une nouvelle détermination, et pourtant ce doit être une situation terrifiante pour lui. Alors, je vous en prie, soyez son amie. Ne renoncez pas à lui. Ben et vous avez une influence bénéfique sur lui.

— À tel point bénéfique que son père l'a déshérité à cause de nous, répliqua-t-elle, n'osant pas s'accrocher à cet espoir. Ce soir, Rusty n'a pas jeté un seul regard dans sa direction.

— J'admire Rusty, reconnut Billy en soupirant. Il est un brillant homme d'affaires, mais cette personnalité qui fait sa force dans l'industrie est la même qu'il présente à sa famille. Vous avez travaillé dans cette maison, Charlotte.

Vous savez qu'ils ont déjà eu des disputes, et qu'ils en auront encore. Mais ils résoudront leurs problèmes... ils sont forts, et, derrière tout cet entêtement, il y a beaucoup d'amour. Malgré tout, je ne suis pas sûr que Ross puisse s'en sortir sans Ben et sans vous. Vous êtes la raison de ces changements. Il a besoin de vous deux.

Il haussa les épaules, avant de conclure :

— J'ignore ce qui a pu se passer entre vous, mais Ross est plus concentré et plus heureux depuis votre retour. S'il vous plaît, soyez patiente avec lui. Ne renoncez pas.

Là-dessus, Billy étreignit brièvement sa main et s'éloigna.

Lorsqu'il eut disparu dans la foule, ses paroles résonnaient encore dans son esprit. *Ne renoncez pas à lui.*

Il y avait tant d'obstacles entre eux... Méfiance. Chagrin. Ressentiment, comme l'avait prouvé l'incident du dressing.

Et pourtant... Son regard traversa toute la salle, et elle le repéra aussitôt. Il était toujours entouré de gens, mais, pour une fois, il ne souriait plus. Il était planté là, parmi ses nombreux admirateurs et les candidates à son lit. Seul, hors d'atteinte, comme une île au milieu de l'océan.

Parmi ces personnes, qui voyait l'homme qu'il était réellement derrière le smoking et l'image du play-boy ? L'homme qui avait toujours désiré l'approbation d'un père dominateur et qui cachait sa déception derrière une fausse indifférence ? L'homme qui avait accepté un fils dont il ignorait l'existence, et qui l'avait aimé de tout son cœur, sans aucune réserve ?Aucun d'eux ne voyait *cet homme-là*. Elle seule avait eu la chance de l'entrevoir. Et elle en avait gardé un ardent désir de mieux le connaître.

Ne rêvait-elle pas l'impossible ? Espérait-elle réellement que Ross l'aimerait d'un amour aussi sincère, aussi généreux que celui qu'il prodiguait à Ben ?

Que serait sa vie si elle pouvait l'aimer sans craindre

d'être rejetée, sans revivre les souvenirs amers du passé ? Sans avoir peur que des forces extérieures les séparent ? En étant sûre qu'elle pouvait le rendre heureux ?

C'était le genre de rêve qui se dissiperait certainement avec le matin, mais, durant ces quelques précieux instants, elle s'y accrochait avec l'énergie du désespoir.

Comme s'il avait senti son regard rivé sur lui, Ross se retourna, et leurs yeux se rencontrèrent.

Et, même s'ils étaient séparés par la largeur de la salle, elle vacilla sous l'intensité de ce regard. Malgré les mots blessants qu'elle lui avait lancés plus tôt, elle avait besoin de se reconnecter avec lui. De le sentir proche d'elle.

Elle avait désespérément besoin de lui.

Son cœur battant à grands coups dans sa poitrine, elle inclina la tête pour lui faire signe de la suivre, espérant qu'il comprendrait le message, puis elle quitta la pièce sans se retourner. Dans le couloir, elle dépassa plusieurs portes fermées et elle en poussa une au hasard, le plus loin possible de la grande salle. Et elle entra.

Une immense baie vitrée occupait tout le fond de la pièce, et la pâle lueur de la lune illuminait ce qui semblait être un petit salon privé, avec une cheminée, quelques fauteuils, un petit sofa et deux tables basses.

Elle n'avait pas dépassé le premier fauteuil lorsque la porte se rouvrit derrière elle, puis se referma doucement. Elle se figea, puis, prenant une profonde inspiration, elle pivota face à Ross. Dans cette pénombre, sa haute silhouette était plus impressionnante encore, et elle sentit un frisson la parcourir tout entière. Son expression impassible ne révélait rien de ses pensées, ni de ses émotions. Mais il était là. Et elle décida que c'était un bon signe.

— Ross, je… désirais te demander pardon pour ce que je t'ai dit tout à l'heure, dit-elle d'un ton hésitant. Cette soirée est importante pour toi, et je regrette que ce qui s'est passé entre nous soit venu la ternir. J'en suis désolée.

— Est-ce de cela que Billy et toi parliez ensemble ?

— Euh… Non, répondit-elle, surprise par le ton abrupt de cette question. Enfin, pas vraiment…

— De quoi parliez-vous, alors ? insista-t-il d'une voix trop douce. Cela semblait très sérieux, en tout cas, vu la façon dont vous étiez blottis l'un contre l'autre.

— Attends ! gronda-t-elle. Que diable veux-tu insinuer ?

— Il m'a déjà demandé si je verrais un inconvénient à ce qu'il te demande de sortir avec lui, ne te l'ai-je jamais dit ?

Il s'éloigna de la porte pour s'avancer vers elle à pas lents, avant d'ajouter :

— C'était juste après t'avoir rencontrée, au Sheen. Il a dit que tu étais très belle, qu'il te désirait.

— Que lui as-tu répondu ? murmura-t-elle, sentant distinctement l'onde de désir qui les poussait l'un vers l'autre et qui menaçait de la submerger.

En apparence, Ross était l'image même du détachement serein. Mais ses yeux… Un incendie brûlait au fond de ses pupilles. Colère ? Désir ? Cela importait peu, car l'un et l'autre lui coupaient le souffle, rendaient ses paumes moites. Les pointes de ses seins étaient devenues des boutons durs, et une chaleur liquide pulsait au centre de son corps.

Quel genre de femme était-elle donc ?

Aucun des qualificatifs n'était très joli.

— Je lui ai dit de tenter sa chance, rétorqua Ross, se rapprochant encore, jusqu'à ce que les revers de son smoking effleurent les pointes de ses seins.

Son cœur cessa de battre, mais, déjà, Ross poursuivait :

— À ce stade, j'ignorais encore que tu étais la mère de mon fils, mais la raison reste la même. Nous sommes quelquefois des connaissances, quelquefois des ennemis.

Deux parents qui n'attendent rien l'un de l'autre, mais qui désirent tous deux le bonheur de leur enfant. Nous sommes une erreur, mais nous sommes liés l'un à l'autre pour les seize prochaines années, n'est-ce pas ?

— Ross, murmura-t-elle d'une voix brisée. Je…

— Billy a-t-il flirté avec toi ? coupa-t-il. T'a-t-il demandé où en était notre relation ?

— Oui, mais pas de la façon que tu sembles insinuer.

— Vraiment ? ironisa-t-il. Et que crois-tu que j'insinue ?

— Si je n'étais pas persuadée que c'est impossible, je jurerais que tu es jaloux, observa-t-elle. Ce qui est ridicule, bien sûr, lorsqu'on sait que, tout à l'heure encore, tu étais entouré de jolies femmes qui ne buvaient pas seulement tes paroles, mais qui appréciaient beaucoup ton *physique*.

Elle regretta ces paroles sitôt qu'elle les eut prononcées. Elle ne se mettait pas souvent en colère, mais, dans ces rares occasions, elle se laissait invariablement aller à trop parler.

— Et, si je ne savais pas que c'est impossible, je dirais que c'est *toi* qui es jalouse, répliqua-t-il d'un ton moqueur. Heureusement, je sais la vérité, moi aussi. Mais, au cas où tu en douterais encore, ces femmes ne m'intéressent que pour ce qu'elles peuvent apporter au festival. Rien d'autre. Et je n'ai absolument pas envie de partager mon lit avec elles. Cette place-là est pour toi. Tu es la seule à me rendre fou de désir par le seul fait de respirer.

Il glissa ses doigts dans sa longue chevelure et tira sa tête en arrière jusqu'à ce que sa bouche soit à portée de la sienne, avant de chuchoter :

— Et tu te trompes, Charlotte. Je suis réellement jaloux. Billy t'a touchée deux fois, et deux fois j'ai résisté à mon envie de traverser la salle au pas de course pour l'éloigner de toi et le plaquer au mur.

— Tu… plaisantes, n'est-ce pas ? balbutia-t-elle le dévisageant d'un air incrédule.

— Je suis sérieux, insista-t-il. Pour toi, je suis peut-être une erreur, mais pour tous les autres, mon ami y compris, tu es à moi. La nuit, lorsque ton corps tremble sous le mien et que tu gémis mon nom, lorsque je suis en toi et que je sens les contractions de ton orgasme, tu es à moi. Rien qu'à moi.

Il se rapprocha, et elle sentit distinctement son imposante érection presser sur son ventre, alors qu'il susurrait :

— N'est-ce pas la vérité, mon bébé ?

— Oui, reconnut-elle dans un souffle, fermant les yeux.

Sa bouche se posa sur la sienne, passionnée, dominatrice. C'était un baiser de pur désir, un assaut qui ne laissait aucune place à la tendresse. Glissant les doigts dans ses cheveux soyeux, Charlotte s'y abandonna tout entière avec délices.

Il lui était égal qu'à l'autre bout du couloir des centaines de personnes soient assemblées. Que n'importe qui puisse ouvrir cette porte à tout moment. Ce qui comptait, c'était cet homme qui dévorait sa bouche comme s'il avait jeûné très longtemps et qu'elle était son premier repas.

Son bras vigoureux resserra son étreinte autour de sa taille, la plaquant plus fort contre lui. Son grand corps l'entourait. La protégeait. Elle sentait déjà venir l'explosion de désir incontrôlable qu'il ne manquait jamais de déclencher en elle, mais elle ne lutta pas. Elle n'avait pas peur. Il était son ancre dans la tempête, et elle avait confiance en lui.

— Serre tes jambes autour de moi, ordonna-t-il, quelques secondes à peine avant de la soulever du sol.

Elle fit ce qu'il lui demandait, nouant ses jambes autour de sa taille, confiante en sa force, en sa puissance. En quelques pas, il l'adossa contre le mur. Jetant un bref regard par-dessus son épaule, elle nota qu'ils étaient presque invisibles, dans le seul coin d'ombre que la lune n'éclairait pas. Ross tenait visiblement à ménager sa pudeur.

Avec le mur derrière elle et le corps de Ross pressant contre le sien, elle ne pouvait plus lui échapper. Et elle n'en avait aucune envie. Serrant ses joues entre ses mains, elle attira sa bouche à elle, exigeant qu'elle s'ouvre à ses baisers. Et elle ressentit un merveilleux moment de triomphe lorsqu'il inclina sa tête pour lui permettre de le dévorer plus commodément de ses baisers.

Elle ne se lasserait jamais de cet homme. Elle le savait avec la même certitude qu'elle savait qui était le père de son enfant. Ross avait laissé sa marque sur elle, sa marque personnelle de passion, de possession. Ce qui l'avait empêchée de nouer une relation romantique avec un autre homme, durant ces trois années, ce n'était peut-être pas le manque de temps, le travail ou la maternité. C'était plus probablement la certitude que personne ne pourrait jamais le remplacer.

— Caresse-moi, le supplia-t-elle, révélant son désir sans honte, déposant une pluie de baisers fiévreux sur ses joues, sur son cou. S'il te plaît, caresse-moi.

Lors de leur nuit au Bellamy, c'était elle qui avait essayé de l'aider à tout oublier dans la passion. À présent, c'était elle qui avait besoin qu'il lui rende le même service. Qu'il l'aide à oublier qu'elle l'avait blessé avec ses paroles de colère. Qu'il l'aide à oublier qu'elle s'était blessée elle-même.

— Comment ? s'enquit-il, recueillant l'un de ses seins dans sa paume à travers le tissu de la robe. Comme ceci ?

— Non, répondit-elle, guidant sa main pour écarter plus largement son décolleté, exposant son soutien-gorge et sa peau. Comme cela.

Il inclina sa tête vers elle, parcourant sa peau de la bouche avec un murmure de satisfaction. Avec les lèvres, avec la langue, la soumettant à une douce torture, lui arrachant des gémissements de délices. Elle aurait voulu qu'il ne s'arrête jamais. Ils avaient laissé tomber les barrières, ils avaient rendu les armes. Ils aimaient.

En tout cas, *elle* aimait.

Elle tremblait dans ses bras, ondulant des hanches contre lui, pressant sa féminité contre son érection. Et, même si des couches de vêtements les séparaient encore, chaque contact générait de nouvelles ondes de plaisir dans tout son corps, l'entraînant irrésistiblement vers l'explosion finale.

— Poche arrière, murmura-t-il, abandonnant ses seins pour s'emparer derechef de sa bouche. Mon portefeuille. Sors une protection. Maintenant, Charlotte !

Des doigts impatients glissèrent vers ses cuisses, et ils remontaient déjà sa robe autour de ses hanches lorsqu'elle posa les mains à plat sur son torse pour le repousser.

— Non, dit-elle dans un souffle. Pas encore.

Il releva vivement la tête pour la dévisager d'un air incrédule, mais elle le repoussa de nouveau, et il n'eut d'autre choix que de s'écarter d'elle.

Et, à sa grande stupéfaction, elle s'agenouilla devant lui.

Un gémissement rauque monta du fond de sa gorge lorsqu'elle tira la fermeture à glissière de son pantalon, mais, au lieu de l'arrêter, il appuya ses deux mains au mur au-dessus d'elle alors qu'elle introduisait les mains dans son boxer noir pour libérer son érection douloureuse.

— Tu n'as pas besoin de faire cela, mon bébé, chuchota-t-il.

— Au contraire, rétorqua-t-elle. J'en ai besoin, et toi aussi.

Et, sans la moindre hésitation, elle le prit dans sa bouche. Leurs deux gémissements se mêlèrent dans le silence de la pièce, suivis par son grognement de plaisir. Ou de douleur ?

Fermant les paupières, elle s'abandonna au goût, à la texture douce et ferme à la fois, à sa densité, dans sa bouche et entre ses mains.

— C'est si bon ! susurra-t-elle. Je l'avais presque oublié. Je veux tout de toi.

Il supposait probablement qu'elle faisait allusion à son sexe, son corps, le plaisir qu'ils se donnaient, l'un à l'autre. Mais ce n'était pas seulement cela. Elle désirait *tout*. Son corps. Ses caresses. Son temps. Son rire.

Son cœur.

Et, alors même qu'elle lui donnait du plaisir, des larmes brillaient dans ses yeux. Parce qu'une partie d'elle-même savait que c'était probablement tout ce qu'ils auraient. Trop de mots, trop blessures les séparaient. Trop de secrets.

Une vague de désespoir l'engloutit, et, pour la combattre, elle le prit tout entier dans sa bouche.

— Assez ! gronda-t-il en se libérant brusquement pour saisir ses bras et l'obliger à se relever. Je veux me sentir en toi.

Il tâtonna à la recherche de son portefeuille dans sa poche arrière, en sortit une protection, et, quelques secondes plus tard, il était prêt pour elle. Il la souleva dans ses bras, ses mains empoignant fermement ses fesses rondes.La respiration haletante, elle glissa la main entre leurs deux corps, et, écartant la soie de sa culotte, elle prit son sexe entre les doigts et le guida vers son centre brûlant. Et, nouant les bras autour de son cou, elle se souleva, puis se laissa retomber sur lui jusqu'à ce qu'il soit tout entier en elle.

Défaillant de plaisir, elle enfouit son visage contre son cou. Ils avaient fait l'amour en de nombreuses occasions, depuis leur nuit au Bellamy. Elle le connaissait bien. Mais elle s'émerveillait encore à chaque fois de sentir à quel point il la comblait. Laissait sa marque sur elle. La *complétait.*

— Je veux voir ton visage, dit Ross en lui relevant la tête.

Lorsqu'il commença son va-et-vient en elle, alternant lenteur et passion brûlante, elle laissa échapper un cri, ses lèvres entrouvertes, ses yeux clos. C'était un combat sans merci de deux corps, de deux peaux, dans une même passion. Il l'emmena jusqu'au bord de l'abîme, et elle lutta un moment pour retarder l'instant, avant de s'y abandonner avec délices.

Elle ne pouvait plus respirer. Elle ne pouvait plus penser. Elle ne pouvait plus rien, hormis exploser en mille éclats.

Et, cette fois-ci, ce fut mémorable.

Une éruption. Elle tremblait de tout son corps, se convulsait dans ses bras, plongeant dans un abîme d'extase sans se demander si elle en ressortirait jamais. Sa féminité serrée autour de lui comme un étau, elle l'entendit émettre un gémissement sourd, et, avec ses dernières forces, elle lui rendit le plaisir qu'il lui avait offert.

Son nom, crié d'une voix rauque, résonna dans le silence de la pièce, et elle se laissa enfin aller contre lui, privée de toute force, confiante qu'il ne la laisserait pas tomber.

Tout du moins, pas physiquement.

Car, pour son cœur, il était déjà trop tard.

- 13 -

Ross était assis dans sa voiture, garée à la place de parking qui avait été la sienne depuis qu'il avait commencé à travailler pour le Groupe Edmond, six ans plus tôt. C'était ironique. Son père l'avait déshérité et licencié, mais il n'avait pas assigné cette place à une autre personne.Tournant les yeux vers l'immeuble qui avait été son second foyer, il soupira. Aujourd'hui, il n'en avait plus aucun.

Que faisait-il ici ? Qu'espérait-il de cette visite ?

Aussitôt, l'image de Ben resurgit dans son esprit. Juste avant qu'il ne le dépose chez ses grands-parents pour l'après-midi, Ben avait noué ses petits bras autour de sa jambe, levant son petit visage pour lui offrir un sourire rayonnant. Aucune incertitude dans son expression. Aucune hésitation. Il avait totalement confiance en l'amour de son papa.

— Papa ! Bisou !

Dans le silence de la voiture, Ross rit tout bas. Cette innocente manifestation d'amour avait fait naître en lui un ardent désir – et c'était celui-ci qui l'avait poussé à prendre sa voiture pour venir ici, au lieu de se rendre à son rendez-vous avec Billy. Ben avait le droit de connaître toute sa famille. Et tout spécialement son grand-père. Rusty et lui n'avaient jamais eu une relation très affectueuse, mais peut-être serait-ce différent entre son fils et son grand-père.

Même si cela signifiait ravaler sa fierté, il devait essayer. Pas seulement pour son fils, mais pour lui-même aussi.

Ayant retrouvé toute sa résolution, il descendit de la voiture et entra dans l'Edmond Building. L'équipe de sécurité avait parfaitement le droit de le stopper et de lui faire signer le registre des visiteurs, mais le garde en faction se contenta de saluer Ross alors qu'il gagnait les ascenseurs. Et, plus surprenant encore, même son pass personnel donnant accès à la suite du P-DG fonctionnait toujours.

Étonné mais heureux de sa chance, il sortit de l'ascenseur à l'étage silencieux et cossu qui abritait les bureaux de sa famille. Quelques personnes parurent un peu surprises de le voir alors qu'il se dirigeait vers le bureau de l'assistante de son père, mais il les ignora et continua d'avancer à grands pas vers son but. Parce que être reçu par Rusty sans avoir pris rendez-vous serait le plus difficile.

— Bonjour, Lisa, lança-t-il, souriant à la jolie blonde. Croyez-vous que mon père puisse m'accorder un petit instant entre ses rendez-vous ?

— Bonjour, Ross, répondit-elle en lui rendant son sourire.

Ross lisait sa curiosité dans ses grands yeux bruns. Elle se demandait sûrement ce qu'un fils déshérité pouvait bien avoir à faire avec son père.

— Il n'a aucun rendez-vous jusqu'à 14 heures, affirma-t-elle, tapotant le clavier de son ordinateur. Il a donc une demi-heure de libre, mais…

— Merci, dit-il en dépassant sa table de travail pour se diriger vers les doubles portes closes. Inutile de m'annoncer.

— Mais…

Sans attendre la fin de sa phrase, il entra sans frapper. Il savait qu'il se comportait comme un enfant gâté mais, s'il avait laissé cette jeune femme prévenir Rusty que son fils désirait le voir, Ross aurait passé le reste de l'après-midi assis sur l'un des sofas à attendre d'être reçu. Rusty était ainsi.

Son père leva les yeux en entendant la porte s'ouvrir, et son expression s'assombrit.

— Ross ? Que fais-tu ici ?

Refermant la porte derrière lui, Ross traversa l'immense bureau pour se planter devant la table de travail de Rusty.

— Je suis venu pour parler avec toi, papa. Nous n'en avons pas eu l'occasion, samedi soir.

— Vraiment ? répondit son père d'un ton empreint d'ironie. Ne serait-ce pas parce que le reste d'entre nous travaillait pendant que tu fricotais avec cette femme ? Crois-tu que personne ne vous ait vus disparaître ? Ou, même avant cela, qu'il se passait quelque chose entre vous ?

Ross fut tenté de lui répondre vertement, mais il se retint. Il était là pour combler le fossé entre son père et lui, pas pour le creuser davantage. Il prit une profonde inspiration pour se calmer, avant de déclarer :

— Je suis venu pour te parler de Charlotte.

— Qu'y a-t-il de plus à dire d'elle ? gronda Rusty en se levant brusquement. Elle est à la racine de tous nos problèmes. Pour commencer, elle a manqué à toutes ses obligations en couchant avec mon fils. Ensuite, elle tombe enceinte, sans doute délibérément, et, lorsque je lui conseille de se débarrasser du bébé, elle me ment en prétendant l'avoir fait. Aujourd'hui, voilà qu'elle a le culot de réapparaître à Royal pour essayer de t'embobiner, toi, un Edmond, avec un gosse dont elle seule est responsable, et pas toi, puisque c'est elle qui a décidé de le garder.

— Quel genre d'homme serais-je si je reniais mon enfant, si je l'abandonnais ? répliqua Ross. Si je faisais cela, je ne vaudrais pas mieux que Sarabeth.

— Ne prononce pas le nom de cette femme devant

moi ! éructa son père. Ta mère aussi était l'une de ces femmes qui utilisent leurs enfants pour faire fortune avant de disparaître. Et tu peux être sûr que c'est ce qui se passera avec Charlotte.

À présent, il était vraiment furieux et il pointa un doigt menaçant vers Ross, avant de poursuivre :

— Tu crois avoir créé une charmante petite famille, n'est-ce pas ? Que fera-t-elle lorsqu'elle apprendra que je ne te laisse pas un sou, Ross ? Que ma décision est irrévocable ? Crois-tu vraiment qu'elle restera ? Tu te fais mener par le bout du nez par une intrigante, et je ne vais pas rester là à vous regarder sans rien faire. Et, lorsqu'elle sera partie avec ce gamin, ne viens pas me supplier de te pardonner.

Chacune de ces insultes lui faisait l'effet d'une gifle. Il n'était pas pauvre. Il avait des titres, des investissements et des propriétés. Mais, avec la maison qu'il avait achetée pour Ben et pour elle, Ross craignait de ne pas avoir assez de liquidités pour lui remettre les cinq cent mille dollars qu'il lui avait promis à la fin de leur première année ensemble.

Lorsqu'il lui dirait la vérité, s'en irait-elle en emmenant Ben ? Après tout, elle avait respecté sa part du contrat – elle avait renoncé à son logement, elle était venue vivre avec lui et elle s'était chargée de toutes les formalités pour que Ben porte son nom – alors que lui ne pouvait même pas tenir l'unique promesse qu'il lui avait faite.

Je m'étais abaissée à devenir le jouet d'un homme qui ne me jugeait digne d'intérêt que dans son lit. Ce collier me rappelle de ne pas commettre deux fois la même erreur.

Les paroles de Charlotte revenaient le torturer. Oui, ils avaient disparu pendant le festival et ils avaient fait l'amour. Et, plus tard cette nuit-là, de retour à la maison, il s'était perdu de nouveau en elle. Mais il ne pouvait pas oublier ces mots qu'elle lui avait jetés au visage. Et, même si elle s'était excusée ensuite, ne les pensait-elle pas vraiment ?

Elle avait parlé de lui comme d'une erreur, et il ne pouvait pas la contredire là-dessus. Il était une erreur pour elle, pour sa mère, et même pour les femmes qu'il avait eues dans son lit et oubliées. Car, s'il avait été aussi important pour elles, pourquoi l'avaient-elles quitté aussi facilement ?

Si Charlotte lui offrait son corps, elle ne lui offrait pas sa loyauté, et certainement pas son amour, même s'il ne l'avait jamais demandé. Et moins encore depuis qu'elle lui avait dit clairement qu'il était une erreur qu'elle ne répéterait pas. La vérité, c'était que leur fils était le seul lien qui aurait pu l'obliger à rester avec lui. Or, Charlotte avait déjà prouvé qu'elle était parfaitement capable d'élever Ben toute seule.

Non ! décida-t-il. Ben était son fils. Qu'elle parte ou qu'elle reste, il ne lui permettrait pas d'éloigner son fils de lui.

— Ne t'inquiète pas, papa, dit Ross s'efforçant d'adopter un ton indifférent. Je ne reviendrai pas te supplier. Et je veillerai toujours à vous citer en exemples, Sarabeth et toi.

Et, sur ces mots, il tourna les talons et quitta le bureau de Rusty à grands pas. Toutes ses bonnes intentions, concernant cette visite, avaient lamentablement échoué. Mais il en ressortait avec une certitude.

Il ne pouvait pas compter sur son père.

Et il ne pouvait pas non plus compter sur Charlotte.

Il ne pouvait avoir confiance qu'en lui-même.

- 14 -

Charlotte ouvrit sa porte en soupirant. Généralement, la soirée du lundi était calme, mais, pour une raison mystérieuse, ce soir-là, on aurait cru que tout Royal s'était donné rendez-vous pour dîner au Sheen. Jeremy attribuait cette affluence inhabituelle à sa présence à la Soirée dans la Baie, ce week-end-là, et aux échantillons de ses spécialités qu'elle y avait présentés. C'était peut-être vrai, et elle l'avait mentionné à Ross, lorsqu'il était passé au restaurant avec Ben, tout à l'heure.

À la réflexion, songea-t-elle en poussant la porte, Ross s'était montré distant, ce soir. Depuis samedi, ils avaient conclu une trêve fragile, mais il était à nouveau l'homme froid et réservé qu'elle avait rencontré au Sheen des semaines plus tôt. Durant le restant de la soirée, un vague sentiment d'appréhension ne l'avait jamais quittée. Et c'est donc avec soulagement qu'elle avait soudain décidé, entre deux commandes, qu'elle devait se montrer honnête avec lui.

Elle devait lui avouer que, malgré tous ses efforts, et même si elle était furieuse contre lui, elle n'avait jamais pu cesser de l'aimer.

En entrant dans la maison, elle tremblait d'appréhension, mais un autre sentiment s'y mêlait – une étrange excitation. Il s'était montré jaloux, possessif, le samedi précédent. Et il avait souffert à cause d'elle, c'était indéniable. Cela devait signifier qu'il *ressentait* quelque chose pour elle, non ? Elle espérait ne pas se tromper, car elle avait déjà vécu cette situation avec lui, trois ans plus tôt. L'incertitude. La peur. L'espoir.

Seulement pour finir brisée, dévastée. Seule.

Survivrait-elle une nouvelle fois à une telle agonie ?

Elle n'était pas certaine que son cœur puisse supporter de le perdre à nouveau, mais… et si elle ne le perdait pas ?

Cette lueur d'espoir était peut-être un mirage, mais elle ne pouvait pas continuer à vivre dans cette espèce de purgatoire. Ce soir, elle aurait sa réponse. Ce soir…

Au même instant, son pied buta contre un obstacle dans le hall d'entrée, et, lorsqu'elle baissa les yeux, elle vit des valises noires posées sur le sol devant elle.

— Charlotte, j'ai besoin de parler avec toi.

Ross se tenait à l'entrée du salon. Il était un peu plus de minuit, et généralement, lorsqu'elle rentrait de son travail, à cette heure-là elle le trouvait en jean ou en pantalon de pyjama. Mais, ce soir, il portait un costume gris impeccable.

— Salut, dit-elle en posant son sac sur le guéridon près de la porte. Ai-je oublié que tu partais en voyage d'affaires ?

— Non, répondit-il d'un ton aussi froid que son expression, et qui lui glaça le sang. Pourrions-nous parler dans le salon ?

Sur ces mots, il tourna les talons, mais elle ne bougea pas.

— Non, répliqua-t-elle. Ce que tu as à me dire, tu peux le dire ici même. D'autant plus que tu comptes partir tout de suite après ton discours, n'est-ce pas ?

Son visage était un masque de pierre, mais elle avait entrevu la lueur au fond de son regard. Soudain, elle suffoquait, au bord de la crise de panique, mais elle lutta pour la refouler. Se concentrant sur l'homme silencieux, d'une cruelle beauté, planté devant elle, elle ajouta :

— Finissons-en tout de suite afin de ne pas trop te retarder.

— Parfait, lâcha-t-il d'un ton glacial. Je n'ai pas été tout à fait honnête avec toi. D'après mon conseiller financier, je ne dispose pas d'assez de liquidités pour tenir ma promesse de te donner cinq cent mille dollars. Il serait donc injuste de ma part d'exiger de toi que tu respectes ta part de notre contrat. Mais, naturellement, Ben et toi pouvez continuer à vivre ici.

— Menteur.

Ross releva la tête comme s'il avait reçu une gifle.

— Je ne t'ai jamais demandé cet argent, poursuivit-elle. N'essaye pas de me rendre responsable de ton départ. Tu as rendu visite à ton père aujourd'hui, n'est-ce pas ?

— J'ignore comment tu l'as appris, mais c'est vrai, convint-il.

— Gina m'a appelée, car elle cherchait à te joindre et tu ne répondais pas au téléphone. Apparemment, après ta visite à son bureau, ton père était sur le sentier de la guerre, et elle voulait s'assurer que tu allais bien.

Charlotte secoua tristement la tête, avant de conclure :

— Et moi qui avais cru que ce serait différent, cette fois-ci…

— J'ignore quelles conclusions tu en as tirées, Charlotte, coupa-t-il. Mais, comme je te l'ai dit, cela n'a aucun rapport avec Rusty. Je m'efforce seulement de faire ce qui est juste.

— J'ignore si tu crois vraiment ce que tu dis, ou si tu cherches seulement à t'en convaincre, répondit-elle en soupirant. Lorsque je suis partie pour la Californie, j'avais désespérément besoin que tu me défendes. Que tu me demandes de rester. Que tu déclares à ton père que nous étions ensemble, et que rien ne pourrait nous séparer. Mais tu ne l'as pas fait. Je t'en ai voulu longtemps à cause de cela. Cette fois-ci, en revanche, c'est exactement ce que tu as fait. Peut-être pas pour moi, mais pour Ben. Il demeure que tu as affronté Rusty et cela m'avait rendu l'espoir…

Elle hésita, avant de conclure avec un rire sans joie :

— Mais c'était stupide de ma part, bien sûr. Une seule visite à Rusty a suffi pour te faire rentrer dans le rang.

— Tu te trompes, rétorqua-t-il furieux. Je ne vous abandonne pas, ni Ben ni toi. Je désire toujours que nous partagions la garde de notre fils. Ou tentes-tu de me dire que si je ne peux plus vivre dans cette maison, je ne peux pas non plus continuer à voir mon fils régulièrement ? Je te préviens, je n'accepterai pas que tu essayes de l'écarter de ma vie.

— Fichtre ! murmura-t-elle. Durant un instant, j'ai cru que c'était Rusty lui-même qui se tenait devant moi. J'ignore ce que ton père a pu te raconter à mon sujet, mais, je n'ai jamais convoité ton argent et je ne t'ai jamais empêché de voir Ben pour l'obtenir. Je ne ferais jamais cela à Ben. Ton fils t'adore. Et je ne te ferais pas cela, à toi non plus.

Elle ferma brièvement les yeux, refusant de verser une seule larme devant lui. Il ne méritait pas de voir sa douleur.

— Tu n'as toujours rien compris, Ross, reprit-elle. Il y a trois ans de cela, je suis tombée amoureuse de toi. Un Edmond. Un homme que j'aurais dû éviter à tout prix. Mais j'en ai été incapable, parce que sous le masque de bravade, j'ai senti un homme unique, vulnérable, drôle, un homme doux qui m'a fait me sentir spéciale. Malgré tous les efforts de Rusty pour te plier à ses standards, tu étais différent de lui. Et c'était cela que j'aimais chez toi.

Ross la dévisagea d'un air stupéfait.

— Tu ne m'avais jamais dit… Pourquoi n'as-tu pas…

— Parce que ce n'était pas ce que tu désirais de moi, l'interrompit-elle. Ton père ne m'aurait jamais acceptée, et, lorsque tu as cédé à ses exigences, et que tu as rompu avec moi parce qu'il ne me trouvait pas digne d'un Edmond, j'ai dû m'enfuir pour ne pas être brisée, mais mon cœur ne l'entendait pas ainsi. Puis, j'ai appris que j'étais enceinte et, malgré cette lettre, j'ai accepté le fait que tu serais pour toujours en moi. C'est pourquoi, lorsque tu es réapparu dans ma vie et dans celle de Ben, je me suis convaincue que notre coparentalité un peu spéciale suffirait à me rendre heureuse. Mais je me mentais à moi-même, et c'est ce que j'avais l'intention de te dire, ce soir. Je te veux tout entier ou pas du tout. Mais je vois que tu avais déjà pris ta propre décision.

Elle ne lui laissa pas l'occasion de répondre. Qu'aurait-il pu dire alors que ses valises étaient déjà faites ? Elle se dirigea vers l'escalier et, une main sur la rampe, elle murmura sans se retourner :

— Te souviens-tu du jour où tu m'as offert ce pendentif de diamants en forme de cœur ? Tu m'avais emmenée à Appaloosa Island, et, une nuit, après avoir fait l'amour, tu me l'as donné. Tu disais que ce cœur te faisait penser au mien… parce qu'il était magnifique et précieux. C'est pourquoi j'ai conservé ce collier, Ross. De tous les bijoux que tu m'avais offerts, c'était celui qui avait le plus de sens pour moi. Parce que tu me l'avais offert sans rien attendre en retour. Simplement parce que tu avais pensé à moi. Et à mon cœur.

Et, là-dessus, elle monta l'escalier sans se retourner.

- 15 -

— Ross ? Puis-je te dire un mot ?

En entendant la requête de son père, Ross se figea. *Requête ?* Quelle plaisanterie ! Rusty avait donné un ordre et il entendait être obéi. Tournant son regard vers la porte de la salle de réunion, Ross pesa rapidement le pour et le contre, mais, finalement, sa curiosité lui fit momentanément oublier son animosité et son amertume, et il resta où il était.

— Ça va ? murmura Asher, près de lui.

Asher, Gina, Billy et Rusty s'étaient retrouvés au TCC, car Ross refusait de remettre les pieds dans l'immeuble de l'entreprise familiale. Il n'avait pas l'habitude d'aller là où on ne voulait pas de lui.

— Je peux rester avec toi, si tu veux, suggéra Asher.

— Non, répondit Ross sans quitter son père des yeux. Tout va bien. Je t'appellerai plus tard.

Son frère lui asséna une claque amicale sur l'épaule, Gina étreignit sa main en passant, et Billy lui sourit. Puis, tous trois disparurent à l'intérieur, et Ross resta seul avec son père.

— Alors, qu'y a-t-il ? s'enquit Ross, les bras croisés.

Rusty le dévisagea un long moment en silence, et Ross soutint tranquillement son regard. Si son père s'attendait à ce qu'il se laisse impressionner, il allait être déçu.

— On m'a rapporté que tu ne vivais plus à la colle avec cette femme et son enfant, remarqua Rusty, goguenard.

— Tu es bien informé, marmonna Ross, serrant les dents.

Trois jours gris, interminables, s'étaient écoulés depuis qu'il avait quitté la maison qu'il avait achetée pour sa famille, qu'il était privé du rire de Ben lorsqu'il se réveillait le matin.

Trois jours sans voir Charlotte, sans entendre sa voix, sans sentir sa fragrance. Sans caresser son corps.

Trois jours depuis qu'elle lui avait déclaré qu'avec lui, ce serait tout ou rien. Depuis, il ne dormait plus. Pourquoi ne pouvait-il se guérir de cette douleur au creux de sa poitrine ? L'oublier ? Seul son travail l'y aiderait peut-être. Et Ben.

— Ce genre de nouvelle circule vite, fils, observa Rusty.

— *Fils ?* répéta Ross d'un ton sarcastique. Depuis quand ?

Depuis trois jours, par exemple ?

— Tu as fait ce qu'il fallait, Ross, insista Rusty. Je regrette d'avoir dû prendre des mesures aussi radicales pour te convaincre que tu commettais une erreur, mais, au moins, tu es revenu à la raison, et c'est cela qui compte. Tu as besoin d'une femme qui accroîtra ta fortune, ton statut social et ta réputation, pas d'une *cuisinière*. Dis-moi seulement que tu as géré la situation, et nous pourrons regarder vers l'avenir.

Ross fixa son père, choqué par le venin qu'il entendait dans sa voix lorsqu'il parlait de Charlotte. Qu'avait-elle bien pu faire pour mériter cette détestation de Rusty ?

— C'est ce que tu penses ? rétorqua-t-il avec un rire amer. Que j'ai quitté Charlotte parce que tu m'avais déshérité ? Je suis navré, papa, mais je dois encore te décevoir. Tout cela n'a rien à voir avec toi. Je l'ai fait parce que c'était mieux pour elle. Charlotte et Ben ne sont pas une *situation à gérer*. Ben est mon fils, et elle est la mère de mon fils. Elle et moi ne vivons plus ensemble, mais je n'abandonne pas mon fils. Tes félicitations sont peut-être un peu prématurées.

Une expression de rage déforma les traits de Rusty, qui se dressa devant lui de toute sa masse menaçante. Mais Ross ne se sentait plus intimidé par son père. Son approbation, son estime, avaient cessé depuis longtemps d'être les moteurs de sa vie. Seules deux personnes comptaient pour lui. La première l'aimait sans condition. Et il avait si gravement blessé l'autre qu'il n'y aurait plus de retour en arrière.

— Bon sang, Ross, tu dois te ressaisir ! tonna Rusty, rouge de colère. Tu n'auras aucune relation avec cette femme ou avec son fils. Point final !

— Tu me demandes de te choisir, *toi*, plutôt que Charlotte et mon fils ? rétorqua Ross, dévisageant son père comme s'il le voyait réellement pour la première fois. Tu ne m'as jamais accordé une telle faveur. Les affaires d'abord. Les femmes d'abord. Toi-même d'abord. Jamais mon bonheur.

Il marqua une pause, avant de poursuivre :

— Non, je refuse. Tu peux garder ton argent, ton héritage, ton empire. Quand mon fils me regardera avec amour et respect, je me sentirai beaucoup plus riche qu'avec cet héritage que tu me fais miroiter. Au revoir, papa.

Là-dessus, il tourna les talons et gagna la porte.

— Ne t'en va pas ! hurla Rusty derrière lui, comme un enfant frustré. Nous n'en avons pas fini, ici !

— Si, papa, nous en avons terminé.

Et, sur ces mots, il sortit, refermant la porte derrière lui. Refermant la porte sur son passé.

Ross tendit ses clés au voiturier du Bellamy et s'achemina vers l'entrée de l'hôtel. Son téléphone vibra dans sa poche, et, comme les trois autres fois où sa sœur avait tenté de le joindre depuis sa confrontation avec Rusty, il l'ignora. Il adorait Gina, mais, à cet instant précis, il souffrait encore trop pour avoir une conversation avec elle.

Il traversait le lobby en direction des ascenseurs lorsqu'une femme quitta l'un des fauteuils pour venir vers lui.

Et soudain il se figea. *Non !* songea-t-il. *Pas aujourd'hui !*

Toute la souffrance, toute la colère, toute la tristesse d'un petit garçon trahi et abandonné remontèrent dans sa conscience. *Sarabeth.*

Le sourire de sa mère, d'abord hésitant, gagna vite en assurance, sans doute grâce à son expérience des concours de beauté. C'était ainsi que Rusty l'avait rencontrée. Il l'avait sortie de son milieu petit-bourgeois pour la faire entrer dans l'élite sociale de Royal. Et, au lieu de l'épouse et de la maman qu'il espérait avoir trouvée, il avait seulement eu droit à une croqueuse de diamants au cœur froid.

À l'époque, Ross n'en était pas conscient. Il avait dix ans, et tout ce qu'il voulait, c'était sa maman.

Il observa attentivement la haute silhouette sinueuse de la femme blonde qui s'avançait vers lui. À presque cinquante ans, elle en paraissait dix ou quinze de moins. La belle vie, libérée des obligations maternelles, avait ses avantages.

— Ross, je suis désolée de t'aborder de cette façon, déclara Sarabeth, ses yeux du même bleu que les siens fixés sur lui.

Elle paraissait nerveuse, mais c'était normal, face à un fils avec lequel elle n'avait eu aucun contact depuis des années.

— À bien des égards, tu n'as pas changé, ajouta-t-elle. Je t'aurais reconnu n'importe où. Si tu préfères que je m'en aille, je le ferai. Mais j'apprécierais beaucoup que tu m'accordes quelques minutes de ton temps.

Il fut d'abord tenté de refuser, puis il hocha la tête en silence, et, faisant demi-tour, il se rendit au bar de l'hôtel, sachant qu'elle le suivrait. Il était 14 heures, et presque toutes les tables étaient libres. Il se dirigea vers le coin du fond, où ils seraient le plus tranquilles.

Ils s'assirent dans le box et passèrent leurs commandes – une bière pour lui et un verre de vin blanc pour elle – et, croisant ses mains fines sur la table, Sarabeth contempla son fils durant un instant.

— Désolée de te dévisager ainsi, dit-elle d'un ton embarrassé. Mais, cela faisait si longtemps… Tu m'as manqué.

— J'ai vécu à la même adresse durant tout ce temps, observa-t-il. Si je t'avais manqué, tu aurais su où me trouver.

— Je mérite tes reproches, chuchota-t-elle. J'ai tant de choses à te dire… Consentiras-tu à m'écouter ? S'il te plaît ? Lorsque j'aurai terminé, si tu désires toujours t'en aller et ne plus rien avoir à faire avec moi, je comprendrai.

— Très bien, fit-il alors que la serveuse apportait leurs consommations. Je t'écoute.

— Merci, répondit-elle avec un soupir de soulagement. Pour commencer, je ne cherche pas à excuser mon absence dans ta vie. Je voudrais seulement t'exposer mon côté de l'histoire, en espérant que tu me pardonneras.

Elle sirota une gorgée de son vin – pour se donner du courage ? C'était la raison pour laquelle il avalait sa bière si vite. Pour rassembler le courage de rester là à entendre sa mère lui expliquer pourquoi il n'était pas assez important pour qu'elle soit restée dans sa vie.

— Je n'avais que dix-neuf ans lorsque j'ai épousé ton père, murmura-t-elle. Il m'a enlevée comme dans un conte de fées pour m'emmener dans une somptueuse maison.

Il m'a offert la vie dont j'avais toujours rêvé. Rusty m'a gâtée, c'est vrai. De beaux enfants, un foyer, des vêtements, des bijoux, des voitures, des vacances au bout du monde. Tout ce que j'aurais pu désirer. Tout, sauf un mari fidèle.

Elle porta son verre à ses lèvres pour une nouvelle gorgée, plus longue, cette fois-ci. En le reposant, sa main tremblait.

— Je ne pouvais plus rester dans un mariage sans amour, reprit-elle d'un ton grave. Pas après avoir surpris Rusty dans les bras d'une autre femme. La perspective du divorce me terrifiait, mais, au moins, je vous avais, toi et ta sœur. C'était ce que je croyais, dans ma naïveté. Mais, pour me punir de l'avoir quitté, Rusty a fait intervenir un juge de ses amis pour obtenir ta garde et celle de Gina. J'ai reçu une compensation financière, bien sûr, mais j'ai perdu ce à quoi je tenais le plus… mes enfants.

Ross s'efforça de ne pas se laisser attendrir par cette histoire, que Rusty lui avait déjà racontée en partie. En oubliant, bien sûr, de mentionner ce juge complaisant. Mais ce n'était pas étonnant de sa part. Rusty jouait pour gagner.

Sarabeth avait tout de même quitté son père. Pourquoi, après cela, avait-elle divorcé aussi de ses enfants ?

Comme si elle avait lu dans ses pensées, elle poursuivit d'une voix plus basse, douloureuse :

— J'ai essayé de maintenir une relation avec Gina et toi. J'ai réellement essayé. Mais vous grandissiez, tous les deux, et vous préfériez la compagnie de vos amis à celle d'une femme qui vous devenait de plus en plus étrangère avec le temps. Et Rusty n'a rien fait pour m'aider. Il se moquait bien des règles de notre arrangement de garde alternée. Ensuite, il m'est devenu impossible de trouver un emploi ici, à Royal, où tout le monde me traitait comme une pestiférée. Pour survivre, je n'ai eu d'autre choix que de quitter la ville.

Ayant été lui-même la cible des tactiques d'intimidation de Rusty, Ross ressentit pour la première fois une profonde empathie pour cette femme qui était sa mère.

Il comprenait ce besoin de survivre, de s'échapper du piège étouffant où Rusty enfermait son entourage.

— Avec le recul, je m'en veux de ne pas avoir lutté davantage pour vous garder. De ne pas avoir contesté la décision devant un autre tribunal. Mais le pouvoir des Edmond dépasse les limites de Royal, et je n'avais pas les moyens pour me battre contre lui. Mais je t'assure que si j'avais su que je vous perdrais, toi et ta sœur, je serais restée mariée avec lui malgré ses mauvais traitements et ses infidélités.

Elle hésita une seconde, puis, s'emparant de ses mains par-dessus la table, elle ajouta, une larme roulant sur sa joue :

— Ross, je regrette profondément de ne pas avoir été là pour toi, durant toutes ces années. J'avais peur que tu me rejettes, si j'essayais de te contacter. Je te demande pardon.

Ross sentit un sentiment inconnu germer dans sa poitrine. Il en avait assez de vivre dans l'amertume. La colère qu'il portait en lui l'avait rongé si longtemps qu'il ne reconnaissait plus l'homme qu'il était devenu. À cause d'elle, il n'avait cessé de punir tout le monde – son père, Charlotte, lui-même.

Comment avait-il pu traiter Charlotte de cette façon ?

Trois ans auparavant, il n'avait pas osé l'aimer parce qu'il avait trop peur qu'elle le quitte un jour. Et, lorsqu'elle l'avait fait, il n'en avait pas été étonné. Ensuite, lorsqu'elle était réapparue dans sa vie, lui offrant une seconde chance de fonder une famille avec elle, il avait cédé à ses anciennes craintes et il l'avait quittée avant qu'elle n'ait pu le faire.

Il en avait assez d'avoir peur. Assez de cette amertume, de cette colère qui l'empêchaient de vivre.

Il désirait seulement être aimé. Être… heureux.

Face à cette femme dont il avait tant espéré être aimé, accepté, il refoula les larmes qui montaient à ses paupières.

Elle ne l'avait pas assez aimé à l'époque, mais, aujourd'hui, elle était là.

Comme Charlotte avait désiré être là pour lui.

Il s'était vraiment comporté comme un imbécile. Mais il était encore temps de corriger ses erreurs. Et ce processus de guérison devait commencer avec Sarabeth – avec sa mère.

— J'ai justifié beaucoup de mes actions par le fait que tu m'avais abandonné, commença-t-il. J'ai fait souffrir la mère de mon fils, la femme… que j'aime, parce que j'étais incapable de grandir et d'accepter mes responsabilités. Mais je regrette que tu aies dû traverser tant d'épreuves, toi aussi. Je ne peux pas oublier mes souffrances d'enfant abandonné par sa mère, mais je te pardonne. Parce que en te pardonnant, je me pardonne à moi-même.

— Oh ! mon chéri ! murmura Sarabeth, prenant son visage entre ses mains, de grosses larmes ruisselant sur ses joues. Je ne peux malheureusement pas modifier le passé, mais, si tu me le permets, je serai là pour toi dans le présent. Et ne commets pas la même erreur que moi, Ross. Cours la retrouver. Bats-toi pour elle.

J'avais désespérément besoin que tu me défendes. Que tu me demandes de rester.

La voix de Charlotte résonnait dans sa conscience, et il fit silencieusement le serment de ne plus jamais faillir à ses devoirs avec elle comme il l'avait fait par le passé. Il était prêt à partir en guerre pour elle et pour Ben, et c'était une bataille qu'il ne pouvait pas se permettre de perdre. Car il se battait pour la femme qu'il aimait et pour son fils.

Il se battait pour sa survie.

- 16 -

— J'ai besoin du bœuf braisé pour la table 2 ! lança Charlotte dans la cuisine bourdonnante d'activité.

— Oui, cheffe, répondit le second de cuisine. Ça vient !

Satisfaite, Charlotte tourna son attention vers les plats qu'elle vérifiait avant de les laisser servir en salle. Depuis le festival Soirée dans la Baie, le Sheen ne désemplissait pas. Ce vendredi soir, une foule de clients faisait même la queue devant le restaurant, attendant leur tour d'entrer pour dîner. Ce succès aurait dû la remplir de joie, mais, depuis une semaine – depuis que Ross était parti –, elle vivait dans une sorte de grisaille émotionnelle. Et c'était mieux ainsi, car elle avait peur de *ressentir* quoi que ce soit. Peur qu'en donnant libre cours à ses sentiments, la souffrance, la déception et le chagrin surgissent pour la dévorer.

Pour le moment, ce manteau d'insensibilité la protégeait.

— Cheffe, un client souhaite vous parler à sa table.

Aïe.

Plaquant sur ses lèvres un sourire qui ressemblait davantage à une grimace, elle tourna la tête vers Carlie, plantée à l'entrée de la cuisine.

— Très bien, fit-elle. J'arrive dans une minute.

Elle changea de veste, puis elle donna rapidement quelques instructions au second de cuisine. Plus vite elle en aurait terminé avec cette corvée, et plus vite elle pourrait retourner dans sa cuisine – son sanctuaire. Là où elle pouvait s'immerger dans son travail et ne penser à rien d'autre. À *personne* d'autre.

— Par ici, cheffe, dit Carlie en la guidant vers le fond de la salle.

Charlotte la suivit, se frayant un chemin entre les tables, ralentissant au passage pour saluer quelques clients, mais sans jamais s'arrêter. Elle espérait que le client qui la réclamait ne serait pas trop bavard. À cet instant précis, elle n'était pas d'humeur à écouter d'interminables discours.

— Bonsoir, Charlotte.

Elle s'arrêta net, le souffle coupé en reconnaissant l'homme qui n'avait pas quitté ses pensées une seconde depuis une semaine. Ses jambes tremblaient. Que se passait-il ? Pourquoi Ross était-il ici ?

Elle tourna la tête vers Carlie, mais la serveuse avait déjà disparu. Ce devait être une erreur…

— C'est bien moi, dit-il en se levant, comme s'il avait lu dans ses pensées, sa haute silhouette se dressant devant elle. Lui rappelant irrésistiblement le sentiment de sécurité qu'elle éprouvait toujours dans ses bras.

Non, décida-t-elle. *Pas question de rouvrir cette page-là.*

— Que fais-tu ici, Ross ? s'enquit-elle d'une voix mal assurée.

Elle nota avec consternation que de nombreux regards se tournaient vers eux. Demain, cette petite visite serait le sujet de conversation principal de toutes les commères de la ville.

— Je suis venu pour te voir, répondit-il comme si cette explication suffisait.

Dans ses yeux d'azur, elle voyait briller une lueur de… Au fond, cela lui importait peu.

— Tu es très belle, ajouta-t-il.

— Sérieusement ? répliqua-t-elle avec humeur. Après avoir quitté la maison où vit la famille que tu prétendais désirer ? Est-ce cela que tu es venu me dire sur mon lieu de travail ? J'ignore à quel jeu tu joues, Ross, mais, moi, j'arrête.

— Il ne s'agit pas d'un jeu, mon bébé, murmura-t-il. J'ai renoncé à mon privilège d'aller et venir à ma guise dans cette maison, et j'ai préféré monter mon embuscade ici. Car il s'agit bien d'une embuscade, je le reconnais.

— Quoi ? répliqua-t-elle. Me crois-tu incapable de faire un scandale devant tous ces clients et de te faire jeter dehors ?

— J'espérais que tu ne le ferais pas, répondit-il en soupirant. Deux minutes, Charlotte. Peux-tu m'accorder deux minutes ?

Il tendit son bras d'un geste hésitant, puis il effleura délicatement sa joue du dos de sa main. Le souffle coupé, elle s'immobilisa, furieuse contre la réponse programmée de son corps, alors qu'une onde de désir la parcourait tout entière, comme si elle n'attendait que ce contact pour resurgir, plus brûlante que jamais.

Elle recula d'un pas.

Ross hocha la tête, et la flamme dans son regard s'éteignit.

— Je suis venu pour te faire des excuses et, au besoin, te supplier de me pardonner. Je sais que je ne le mérite pas, Charlotte, mais je te le demande quand même. Je suis parti pour une unique raison – j'étais terrifié de te perdre. Je suis parti avant que tu ne me le demandes, car j'étais persuadé que tu le ferais éventuellement. Dans un jour, une semaine, un mois, ou à la fin de cette année, tu me quitterais. C'est encore plus vrai maintenant que j'ai été déshérité et que je n'ai plus ni fortune ni riches relations à t'apporter.

Il réprima une grimace, avant de poursuivre :

— J'avais si peur de ne plus pouvoir me passer de toi que je me suis convaincu qu'il valait mieux mettre fin à notre relation avant de me laisser aller à croire que Ben et toi pouviez faire partie de ma vie pour toujours. Avant de tomber irrémédiablement amoureux de toi. Mais il était déjà trop tard. J'étais retombé amoureux de toi à la seconde où tu t'es approchée de cette même table, il y a quelques semaines de cela. J'étais seulement trop lâche et trop têtu pour le reconnaître.

Il baissa les yeux vers ses poings serrés, avant de poursuivre :

— J'étais si déterminé à m'accrocher au passé… au jour où tu m'as quitté, aux années que j'avais manquées avec Ben, à l'idée que tu ne m'aimais pas pour moi-même, que j'ai gâché mon futur. Et, si tu ne peux vraiment pas me pardonner, j'en assume la responsabilité et je devrai vivre avec. Mais je ne peux pas retarder davantage le moment de te dire que je t'aime, et que je n'ai jamais aimé d'autre femme que toi. Durant ces trois années, j'ai été hanté par ton souvenir. Que tu sois finalement revenue était un miracle, et je l'ai stupidement ignoré.

— Ross ! souffla-t-elle.

Muette de stupéfaction, elle ne put que le dévisager. Elle avait peur de le croire. De faire le dernier pas vers lui.

Elle était terrifiée de se retrouver de nouveau dévastée.

— Je nous ai détruits, mon bébé, dit-il d'un ton douloureux, se rapprochant lentement d'elle. Je te supplie de m'accorder une chance de réparer le mal que je t'ai fait. Laisse-moi te prouver que je suis l'homme de ta vie. Permets-moi de vous donner mon nom, à Ben et à toi. Laisse-moi vous aimer. Je n'ai pas besoin d'un héritage si je vous ai tous les deux. Vous suffisez à mon bonheur. Et j'ai besoin de toi, mon bébé.

Son orgueil aurait pu la pousser à le rejeter devant tous ces gens. Lui donner une leçon. Mais elle n'avait pas envie de le punir, car cela aurait été se punir elle-même.

Elle l'aimait.

— Ton argent ne m'a jamais intéressée, déclara-t-elle plongeant son regard au fond de ses yeux d'azur. C'était l'homme qui m'attirait… qui m'attire encore. Si tu venais à nous sans un sou, cela ne m'inquiéterait pas du tout. Ben et toi êtes tout ce qui compte pour moi. Si je vous ai auprès de moi tous les deux, j'aurai tout ce que je désire au monde.

— Bébé ! murmura-t-il.

La seconde suivante, il recueillit son ravissant visage entre ses mains, et, posant sa bouche sur la sienne, il l'embrassa avec une passion qui acheva de la priver de ce qui lui restait de raison. Puis, appuyant son front contre le sien, il ajouta d'une voix douce :

— J'ai tant de choses à te dire… Accepterais-tu de t'asseoir avec moi ? De dîner avec moi ?

— Si je le pouvais…

— Dans l'espoir que tu m'accorderais une nouvelle chance, j'ai déjà tout arrangé avec Jeremy, l'interrompit-il, effleurant ses lèvres d'un doux baiser. Tu as quartier libre, ce soir, afin de te permettre de partager un dîner romantique avec moi.

— On dirait que tu as pensé à tout, remarqua-t-elle en souriant. J'accepte avec joie.

Elle le prit par la main pour le ramener vers la table, et, lorsqu'ils furent assis, Carlie réapparut, un sourire rayonnant sur ses lèvres, et elle posa devant chacun d'eux un plat de la spécialité de la maison.

— Tu ne vas pas croire ce qui s'est passé…

Pendant leur dîner, Ross lui raconta sa confrontation avec son père et la visite surprise de sa mère. Charlotte l'écouta, sa main dans la sienne, lui expliquer qu'ils essayaient de réparer leur relation, et que Sarabeth lui avait conseillé de tout faire pour que Charlotte reste avec lui.

— J'ai une dette de gratitude envers ta mère pour ses conseils, dit-elle en caressant sa main. Je suis désolée de ne pas avoir eu l'occasion de la rencontrer.

— En réalité, elle a l'intention de revenir s'installer à Royal, annonça-t-il avec un sourire qui réchauffa le cœur de Charlotte comme un rayon de soleil. Elle a très envie de mieux connaître son nouveau petit-fils.

— C'est merveilleux, Ross !

Elle redressa le buste et prit une profonde inspiration, serrant toujours la main de Ross dans la sienne. S'ils devaient commencer une nouvelle relation, il avait le droit de connaître toute la vérité. Et ce, sans plus attendre.

— Je ne veux plus de secrets entre nous, alors, je dois t'avouer que je ne t'ai pas dit toute la vérité, concernant les raisons de mon départ, il y a trois ans.

Elle s'interrompit, le cœur serré à l'idée de lui faire mal, puis elle déclara d'un trait :

— Rusty me harcelait.

— T'a-t-il touchée ? gronda-t-il.

— Non, assura-t-elle, soulagée qu'il la croie, car, à l'époque son incrédulité était ce qu'elle avait redouté le plus.

Et elle ne l'en aima que davantage.

— Il ne m'a jamais agressée physiquement, précisa-t-elle mais il devenait très insistant, et cela me mettait mal à l'aise. D'autant plus que nous avions une liaison, toi et moi. Je savais que Rusty était un homme puissant. Je ne t'ai rien dit parce que tu aimais ton père et que votre lien était très important pour toi. Mais, si nous écrivons une nouvelle page de notre histoire, nous devons tout nous dire.

Elle ferma les yeux une seconde, puis son regard revint se river au sien, et elle chuchota :

— Pardonne-moi de t'avoir rendu responsable de tout.

— Inutile de t'excuser, mon bébé, dit-il en quittant son siège et en la faisant se lever à son tour. Ceci est notre premier jour. Le passé ne compte plus, et tu es mon avenir. J'ai besoin de toi, Charlotte Jarrett... bientôt Edmond. Je t'aime.

Portant sa grande main à ses lèvres, elle déposa un baiser dans sa paume, et, les yeux au fond des siens, elle murmura :

— Je t'aime aussi, Ross. Je t'ai toujours aimé et je t'aimerai toute ma vie.

SANDRA STEFFEN

Un homme de confiance

Traduction française de
CAROLE PAUWELS

PASSIONS

HARLEQUIN

Titre original :
A MAN OF HIS WORD

En souvenir aimant de ma sœur, Deanna.

Tu me manques tous les jours, Dee,
et j'espère que tes chemins sont bordés
de pâquerettes aussi jolies que toi.

À Kinsley, ma huitième merveille, et aux sept premières, Anora, Leah, Landen, Anna, Erin, Dalton et Brynn. Chacun de vous est un don du ciel.

- 1 -

Va la voir.

Au début, cette pensée n'était qu'un murmure à l'oreille de Cole Cavanaugh. Mais, ces derniers temps, elle se faisait plus insistante. Comme un moustique, c'était agaçant quand elle bourdonnait à son oreille, et déconcertant quand elle ne le faisait pas.

Va la voir.

Il s'était habitué à cette idée, tout comme au fait de la repousser. Cela faisait maintenant huit mois qu'il s'efforçait de ne pas en tenir compte.

Et pourtant cette petite musique persistait à jaillir dans sa tête à tout moment.

Va la voir. Va la voir. Va la voir.

Il y avait eu de l'orage cette nuit mais, ce matin, la pluie avait laissé place à une épaisse nappe de brouillard, qui flottait au-dessus de Genesee River et s'étirait le long de ses rives escarpées.

Cerné par la blancheur cotonneuse, Cole se plut à imaginer qu'elle surplombait tout New York et s'étirait jusqu'en Nouvelle-Angleterre, s'insinuant même jusqu'aux Grands Lacs et au Michigan.

Là où elle vivait.

Ici, à Rochester, la brume noyait la charpente de la luxueuse maison que bâtissaient Cole et son associé,

Grant Maloney, dans ce secteur très recherché au cœur des collines.

Douze ans plus tôt ils n'étaient encore que colocataires à l'université. On pouvait dire qu'ils en avaient fait, du chemin, depuis leurs premières constructions qui se résumaient à quelques terrasses, à des garages ou à des bungalows. Cette splendeur donnerait un sérieux coup de pouce à leur réputation.

Ce matin, Cole et Grant étaient tous les deux sur le chantier, afin de faire le point avec leurs clients, un couple entre deux âges, avec une liste d'exigences longue comme le bras. Tandis que ces derniers se dirigeaient vers leur SUV hybride, accompagnés de leur fille, et discutaient avec enthousiasme de leur future maison, Cole fit signe aux charpentiers de se remettre au travail. On entendit alors les sifflements des scies électriques et les claquements secs des pistolets à clous.

Va la voir. Va la voir.

Lorsque cette pensée lui était venue pour la première fois, il se trouvait à l'hôpital militaire, dans un état second à cause des antalgiques. Il ne l'avait pas mise à exécution, bien sûr – il lui faudrait des mois avant de marcher à nouveau.

Et, de toute façon, c'était trop tôt. Jay était mort depuis six mois à peine. Sa femme April était probablement toujours anéantie par le deuil. Quant à lui, il vivait très mal la situation.

Cela ne l'avait pas empêché de réfléchir à ce qu'il dirait à April, s'il allait la voir.

Durant les mois de rééducation intensive qui avaient suivi son opération, cette pensée n'avait cessé de le tarauder. Il avait été persécuté par la kinésithérapeute la plus exigeante qui soit, mais personne plus que lui-même n'aurait pu le pousser à aller au-delà de ses limites. Adeline, sa kiné, avait pleuré de joie la première fois qu'il était arrivé tout seul en haut de l'escalier. Ce palier représentait le fruit de ses efforts et prouvait sa détermination.

Va la voir. Va la voir.

Pour la première fois ce jour-là, il l'avait réellement envisagé. Mais ce n'était toujours pas le bon moment.

Plus rien ne semblait juste ni sensé depuis que Jay était tombé au champ de bataille. C'est pourquoi, plutôt que d'aller voir la veuve de son ami et compagnon d'armes, il avait terminé sa convalescence avant de retourner à Rochester, où il s'était investi corps et âme dans l'entreprise de construction que Grant et lui avaient fondée.

Va la voir. Va la voir.

— Regarde-moi ça !

Le timbre grave de Grant perturba sa rêverie.

— Elle a une sacrée allure, ajouta ce dernier.

Cole glissa un regard en coin à son ami, qui observait la fille de leurs clients, une beauté tout en jambes, qui se hissait dans le SUV de son père.

— J'ai vu, répondit-il. Elle vient de me parler.

— Tu l'as peut-être vue, mais tu ne l'as pas vraiment *regardée*. Si cela avait été le cas, tu aurais écrit ton numéro de portable au dos de la carte de visite qu'elle t'a demandée. Et, avant la fin de la journée, elle t'aurait appelé pour prendre un verre… entre autres choses.

Cole secoua lentement la tête.

— Même toi, tu n'es pas du genre à mélanger les affaires et le plaisir, fit-il remarquer.

Grant sourit, non sans une certaine vanité. Avec son physique avantageux, ses yeux bleus et sa personnalité chaleureuse, il n'était pas en manque de femmes lui demandant son numéro.

— C'est vrai, dit-il, mais j'y aurais longuement réfléchi

avant. J'aurais pesé le pour et le contre. J'aurais même fantasmé un peu, je te l'avoue.

Les pensées de Cole s'orientèrent aussitôt dans une tout autre direction…

Va la voir. Va la voir. VA LA VOIR.

Heureusement, son téléphone sonna. Puis celui de Grant.

Ils prirent chacun leur appel, Cole de leur électricien, et Grant de leur secrétaire.

Ils avaient tous les deux des plans à étudier, des mails auxquels il leur fallait répondre, des plannings à ajuster et des solutions à trouver.

En d'autres termes, ils avaient du travail. Beaucoup de travail.

Tandis qu'ils se dirigeaient vers leur pick-up, Cole s'arrêta brusquement et se tourna vers son ami.

— J'ai quelque chose à te dire, dit-il.

Grant lui jeta un regard intrigué.

— Tu as l'air sérieux. Terriblement sérieux. J'espère que c'est bien pour la raison que j'imagine. Si tu as finalement décidé d'aller la voir, laisse-moi te dire qu'il était grand temps.

Un mois auparavant, Cole avait fait l'erreur de parler à Grant dc Jay, et du rêve qu'il avait fait lorsqu'il avait été blessé pour la deuxième fois.

— Ça m'apprendra à me confier à toi, marmonna-t-il en se remettant à marcher. Mais oui. J'y vais. Je vais la voir.

Grant ajusta ses pas sur les siens.

— Tu pars quand ? s'enquit-il.

— Dès que j'aurai fini de régler certains détails ici.

— Demain, alors, décréta Grant, en ouvrant la portière du côté passager.

— Tu es impossible !

— Fais ce que tu as à faire et ne t'inquiète pas pour

moi. Je vais me débrouiller, comme je l'ai fait quand tu étais en mission. Fais-moi plaisir, coupe ton téléphone et laisse ton ordinateur éteint.

Cole haussa les épaules et se mit au volant.

Tandis que son ami roulait lentement dans le brouillard, Grant reprit :

— Je suis content que tu ailles là-bas. C'est la seule façon pour toi de trouver enfin la paix. Et ça l'aidera peut-être aussi.

Cole eut soudain la vision de longs cheveux châtains bouclés et de prunelles noisette piquetées de paillettes d'or…

Il n'avait jamais rencontré April Avery, mais il avait vu tant de photos d'elle qu'il lui semblait la connaître.

Que lui dirait-il ? Que pouvait bien dire un homme à la veuve d'un frère d'armes perdu sur le champ de bataille ?

Ce voyage leur apporterait-il la paix à tous les deux ?

Cette question se logea dans son esprit, dans sa gorge, au cœur de sa poitrine.

Baissant la vitre, il laissa l'air frais entrer dans l'habitacle et, pour la première fois depuis longtemps, respira pleinement.

Le pied sur le frein et la bouche soudain aussi sèche que du carton, Cole était arrêté devant le 404 Baldwin Street, à Orchard Hill, dans le Michigan.

Il savait qu'il pouvait faire demi-tour et rentrer à Rochester, ou simplement reprendre la route et rouler au hasard. Mais il savait aussi, même si l'envie de battre en retraite le taraudait, qu'il n'irait nulle part.

Il ignorait combien de temps il resterait ici, mais il était possible que son séjour se prolonge. Il ne lui avait pas fallu beaucoup de temps pour régler les affaires en suspens, jeter quelques vêtements dans deux sacs de voyage, mettre ces derniers dans le coffre de son pick-up, à côté de sa caisse à outils, poser la sacoche de son ordinateur sur le siège à côté de lui, et prendre la route du Michigan.

Maintenant, il était arrivé et regardait la maison où vivait April.

Les fleurs qui poussaient dans les grands bacs en bois bordant le trottoir lui semblaient aussi familières que les vergers qu'il avait longés au nord de la ville, ou que la vieille église en pierre située juste après le panneau d'entrée de ville.

Tout était exactement comme Jay l'avait décrit. D'ailleurs, il s'attendait presque à ce que son ami vienne à sa rencontre en descendant l'allée de la maison…

Sauf que Jay n'était plus là. Cette idée lui était aussi douloureuse qu'un coup de couteau.

Il descendit de la cabine du pick-up et, en un geste désormais inconscient, s'assura que ses deux pieds étaient fermement plantés au sol avant d'esquisser un premier pas. Ses jambes le portèrent sans difficulté le long de l'allée légèrement en pente et s'arrêtèrent net au bas du perron.

Il savait ce qu'était le courage, comment il se manifestait et ce que cela signifiait. Et pourtant, il était figé à l'ombre d'un érable, en proie à une peur qui le faisait trembler.

Expirant lentement, il réfléchit à nouveau à divers scénarios.

Tandis qu'il tâtait sa poche pour y vérifier la présence du papier qu'il avait pris avec lui, il entendit des rires d'enfants et une voix de femme douce et mélodieuse.

L'instant d'après, il était devant la porte.

Sans la brûlure des muscles de sa cuisse gauche, il aurait pu croire qu'il s'était téléporté sur le seuil, où le seul obstacle le séparant de la famille qui se trouvait dans la maison se résumait à un écran de moustiquaire.

Il frappa sur l'encadrement en bois, et les rires se turent aussitôt, laissant place à un martèlement de petits pieds.

Un ferme rappel à l'ordre se fit entendre.

— Les filles, attendez-moi !

Quelques secondes plus tard, April Avery le regardait à travers l'écran grillagé, accompagnée de deux petites filles. Ses cheveux châtains étaient longs et bouclés, son nez retroussé couvert de taches de rousseur, et ses yeux…

Il fut médusé par leur expression.

— Oh. C'est vous, dit-elle, d'une voix tremblante.

Ainsi, elle l'avait reconnu.

Une douce brise estivale agita le feuillage de l'érable, laissant filtrer quelques rais de soleil. Quelqu'un dans le quartier passait la tondeuse. Une voiture roulait au pas dans la rue. Des voix s'interpellaient, un chien aboyait. Pour les voisins, c'était probablement un jour d'août ordinaire.

— J'aurais dû appeler avant… Mais j'ai pensé… C'est-à-dire…

Il chercha son souffle et s'encouragea à continuer.

— Je suis Cole Cavanaugh.

Même si elle l'avait reconnu – sans doute l'avait-elle vu sur des photos en compagnie de Jay –, c'était la première fois qu'ils se rencontraient.

— Bonjour, April… Ou vous préférez peut-être que je vous appelle Mme Avery ?

— Seigneur, non ! April, c'est très bien.

— Tu connais le monsieur ? demanda une des jumelles

Cole baissa les yeux sur la fillette. Il s'agissait de Violet. Jay l'avait abreuvé d'anecdotes à propos de ses filles, en expliquant comment les différencier.

Comme April paraissait avoir du mal à parler, Cole se pencha vers la fillette, dont les cheveux châtains, semblables à ceux de sa mère, étaient retenus par une tiare en plastique violette, sur laquelle des autocollants imitaient des pierres précieuses.

— Je suis un ami de ton papa.

Plus d'un an s'était écoulé, et il parlait toujours de Jay au présent.

— Notre papa est mort, dit l'autre fillette.

Affublée d'un boa en plumes rose, Grace ressemblait tellement à son père, avec ses cheveux blonds et ses yeux gris-bleu, que Cole sentit son cœur se serrer.

— Il est au ciel, avec les anges, précisa la fillette.

— Oui, je sais.

— Tu crois au ciel ? demanda Violet. Parce que Maddie, notre copine, elle a sept ans, et elle dit que ça n'existe pas.

À presque cinq ans, les jumelles attendaient avec ferveur la réponse de Cole. Après avoir échangé un regard embarrassé avec leur mère, il se força à sourire.

— Oui, j'y crois, répondit-il. Je suis sûr que votre papa est au paradis.

— Il faut le laisser entrer dans la maison, décréta Violet. S'il te plaît, maman ?

— Oui, maman, s'il te plaît ! ajouta Grace.

L'insistance des fillettes était inutile car, déjà, April ouvrait la porte.

Au passage de Cole Cavanaugh, April respira son odeur boisée et légèrement mentholée, qui pour elle évoquait l'hiver. Jay sentait le printemps, comme une brise fraîche caressant l'herbe verdoyante qui pointait sous les dernières traces de neige.

Surprise par cette pensée, elle réalisa qu'elle devrait reprendre ses esprits, arrêter de renifler des inconnus et dire quelque chose d'intelligent.

Rien ne lui vint.

Elle continua à fixer son visiteur, en essayant de se concentrer sur un fait aussi simple que brutal. L'homme qui se tenait dans son salon se trouvait sur le champ de bataille avec son mari, le jour où celui-ci était mort.

Retrouvant un semblant de savoir-vivre, elle serra ses jumelles contre elle et fit les présentations.

— Ce sont mes filles, Grace et Violet. Mes poussins, je vous présente M. Cavanaugh.

— Cole, dit-il, d'un ton bourru.

Puis, comme s'il était gêné de sa brusquerie, son regard passa d'April aux filles, et il ajouta :

— Même mon père détestait qu'on l'appelle « M. Cavanaugh ». Si c'est d'accord pour vous, je préfère « Cole ».

Des fragments d'anecdotes mentionnées par Jay dans ses appels vidéo, ses mails et ses lettres traversèrent l'esprit d'April…

Une nuit, juste avant de prendre son tour de garde, son mari lui avait dit de ne pas trop s'inquiéter parce qu'un type de son unité, du nom de Cole Cavanaugh, veillait sur lui.« C.C. a un sens de l'écoute formidable, avait dit Jay, son beau visage légèrement brouillé sur l'écran de l'ordinateur. Et il est toujours de bon conseil. Imagine-toi le regard perçant de Clint Eastwood, dans ces vieux *Dirty Harry* que mon père adore regarder, et le même timbre de voix un peu râpeux. »

Cette nuit-là, April avait mieux dormi en sachant que son mari n'était pas seul à l'autre bout du monde.

— Cole et pas C.C. ? demanda-t-elle à l'ancien soldat qui se tenait devant elle aujourd'hui.

Il haussa les épaules, dans une attitude étonnamment timide pour un homme avec cette stature de colosse et ce regard auquel rien n'échappait.

— Jay était le seul à m'appeler comme ça, dit-il.

April esquissa un sourire.

— Vous pouvez l'appeler Cole si vous voulez, les filles.

Violet joignit les mains et se tourna vers sa sœur.

— Tu crois qu'on peut, Grace ?

Un peu plus grande que sa jumelle, Grace resta silencieuse un long moment.

Finalement, elle hocha la tête, et ce fut réglé.

Puis les deux fillettes commencèrent à bombarder Cole de questions sur ce qui était mieux : les princesses ou les fées, le rose ou le violet, les papillons ou les coccinelles… et ainsi de suite.

Ces deux-là ! songea April, avec un sourire indulgent. Elle ne savait jamais ce qu'elles allaient dire.

Cole faisait de son mieux pour répondre avec diplomatie. April en profita pour l'observer plus attentivement.

Il avait les cheveux sombres comme le café fraîchement moulu. En leur laissant la chance de pousser un peu, ils seraient probablement ondulés. Ses yeux étaient noirs, l'ossature de son visage puissante et comme taillée à coups de serpe. À en juger par le creux de ses joues et la légère ampleur de ses vêtements, il avait dû perdre du poids, récemment.

Elle se demanda depuis combien de temps il avait quitté l'armée, car il était retourné se battre après…

Elle se figea, comme si le moindre mouvement risquait de rouvrir la blessure à peine cicatrisée que lui avait infligée la mort de Jay.

Cole s'était battu aux côtés de Jay, il avait vécu avec lui, avait failli mourir avec lui, lui avait sauvé la vie des quantités de fois.

Sauf ce jour, il y a quatorze mois, où Jay avait sauvé la vie de Cole et perdu la sienne…

Grace et Violet allaient sur leurs quatre ans, à l'époque. Elles étaient trop jeunes pour comprendre. Et pourtant, elles avaient senti qu'il s'était passé quelque chose de tragique.

Blotties l'une contre l'autre sur le canapé, elles étaient restées silencieuses, les yeux écarquillés, tandis que la maison commençait à se remplir de monde.

April ne voulait pas revivre en pensée ce jour atroce, l'attente, les prières, l'angoisse... Elle ne voulait pas faire le décompte des minutes, des heures et des jours qui, dans un brouillard irréel, avaient suivi les mots incompréhensibles qui avaient changé à jamais le cours de sa vie.

Elle ferma les yeux.

Quand elle les rouvrit, elle était à nouveau dans le présent, ce mardi après-midi du mois d'août. Elle entendit Grace demander à Cole s'il voulait voir un film de princesses. Au même moment, Violet l'invita à jouer à la dînette. Remarquant que Cole l'appelait à l'aide silencieusement, elle intervint :

— Les filles, laissez Cole tranquille. Il n'est pas venu pour regarder des films ou pour jouer.

Le soulagement de Cole fut évident, et elle retint un sourire.

Elle se souvint que Jay lui avait dit que son ami n'avait pas de famille à proprement parler. Il n'était sans doute pas habitué aux jeunes enfants. Et, il est vrai, ses filles pouvaient être envahissantes.

— Pourquoi il est là, alors ? demanda Grace.

Songeant que la vérité sortait de la bouche des enfants, April fixa Cole d'un air interrogateur. Quelle était la raison de sa présence ?

Son apparente incapacité à parler fit monter une vague d'appréhension au creux de son estomac.

Comme elle suggérait à ses filles d'aller jouer, celles-ci échangèrent un coup d'œil et dirent d'une même voix :

— On n'a pas envie !

Elles ne purent toutefois résister à la suggestion d'April : une coupe de glace après avoir fait un joli dessin pour Cole.

Tandis que les fillettes s'affairaient avec leurs feutres, à l'ombre de la galerie ouverte qui entourait la façade de la maison, April retourna à l'intérieur avec Cole.

Lorsque ses yeux se furent habitués à la faible luminosité de la cuisine, elle l'observa de nouveau.

Il était plus grand que Jay, et elle n'avait jamais vu personne se tenir aussi immobile.

Tout à coup, il fit porter son poids d'un pied sur l'autre, comme pour soulager une douleur. Elle se rappela alors que Jay n'avait pas été le seul à être blessé dans cette horrible guerre.

— Vous étiez avec lui à la fin, murmura-t-elle.

Il ne dit rien, mais elle vit sa pomme d'Adam se déplacer dans sa gorge tandis qu'il avalait sa salive.

— Vous voulez boire quelque chose ? proposa-t-elle. Du thé glacé ? Un soda ?

— Vous n'auriez pas une bière sans alcool ?

C'était aussi la boisson préférée de Jay. Elle secoua la tête.

— De l'eau, dans ce cas, dit-il. Ce sera très bien.

Il jeta un regard à la cuisine, un coup d'œil dans le jardin, par la fenêtre ouverte, avant de reporter son attention sur elle.

— J'ai roulé pendant quatre heures, et ça me ferait du bien de me dégourdir les jambes, expliqua-t-il. Vous voulez bien me faire visiter la maison ? Pour ce que j'en ai vu, elle est tout à fait telle que Jay me l'a décrite.

— Jay vous a parlé de notre maison ?

— Quand il avait le mal du pays, il avait l'habitude de parler de sa vie ici. Il m'a décrit cette cuisine, et comment il a fait cette ébréchure dans le carrelage, la salle de bains, avec sa faïence rose des années 1950…

Il marqua une pause infime avant de reprendre :

— Et aussi, dans un tout autre domaine, la façon dont Grace et Violet communiquent sans dire un mot. J'avais du mal à y croire, jusqu'à ce que je le voie de mes propres yeux.

— Elles connaissent leur père grâce aux photos et aux histoires qu'elles ont entendues, mais elles se souviennent à peine de lui.

April n'avait pas prémédité de dire cela et elle imagina que Cole devait s'en douter. Peut-être parce qu'il ne disait pas les platitudes que la plupart des gens se croyaient obligés de formuler dans ce genre de situations, elle s'entendit demander :

— A-t-il souffert ?

Quelque chose passa dans les yeux de Cole, mais il ne détourna pas le regard.

Sa voix ne trembla pas non plus quand il répondit :

— La balle a sectionné une artère principale. S'il a souffert, il n'en a montré aucun signe.

Il suffisait à Cole de fermer les yeux pour voir le sang, le sien et celui de Jay, couler dans la terre en dessous d'eux. Une balle avait percé le flanc droit de Cole. La douleur était foudroyante, mais ce n'était rien comparé à la blessure de Jay.

Il avait essayé désespérément d'endiguer le flot de sang de son ami. Il avait dit à Jay de rester conscient, que les secours allaient venir. Mais il savait que cela ne servait à rien. Jay le savait aussi, car d'une voix à peine audible il avait murmuré : « Dis à April que je… »

— Il était incroyablement calme, dit Cole. Sa dernière pensée a été pour vous.

Cillant pour lutter contre ses larmes, April répliqua :

— L'imbécile !

Cole lui jeta un regard surpris, car ce n'était assurément pas ce à quoi il s'attendait.

— Il avait dit qu'il reviendrait, expliqua-t-elle, en allant à la porte pour vérifier ce que faisaient les jumelles. Il avait promis…

Après s'être accordé quelques secondes pour reprendre ses esprits, elle se tourna vers lui.

— Vous disiez que vous vouliez voir le reste de la maison ? lança-t-elle.

Cole hocha la tête. Si elle trouvait la requête étrange, et elle l'était, April n'en montrait rien.

— Donc, comme vous avez pu le constater, ici c'est la cuisine, dit-elle en agitant la main.

Elle passa dans le couloir et désigna une porte fermée tout au bout.

— La seule salle de bains. Vous avez déjà vu le salon. Je dois dire que la cheminée est une bénédiction, en hiver.

Elle tourna à droite, et Cole la suivit dans une chambre peinte en rose, meublée de deux lits identiques. Le sol était jonché dc poupées, de livres, de jouets, et de déguisements de fée et de princesse.

— Jay a fabriqué ces lits lui-même. Nous les avons peints quelques jours avant son départ. Nous avions tellement hâte de montrer aux filles leurs nouveaux lits superposés.

Elle soupira.

— Finalement, elles se sont disputées pendant des heures pour savoir qui dormirait dans le lit du haut, et Jay les a séparés pour les installer côte à côte. Il était la sagesse même.

Cole vit un sourire attendri apparaître sur ses lèvres, puis elle entrebâilla la porte d'une autre chambre. Par-dessus son épaule, il vit un grand lit avec des oreillers d'un seul côté.

— C'était notre chambre, dit-elle très vite.

Elle ferma la porte et se tourna vers lui.

— Un mois jour pour jour après sa mort, j'ai sorti notre matelas dehors, et j'y ai mis le feu, en y ajoutant un prospectus sur les sept étapes du deuil, qu'une âme charitable avait cru bon de me donner, raconta-t-elle.

— Vous avez *brûlé* votre lit ?

Elle haussa les épaules.

— Les flammes étaient immenses, et je n'avais jamais vu autant de fumée noire. J'ai tellement pleuré que j'ai cru que j'allais faire une crise cardiaque. Ma sœur m'a dit que j'avais eu de la chance que les voisins n'appellent pas les pompiers.

Que pouvait-il répondre à cela ? s'interrogea Cole.

— Vous devez me prendre pour une folle. Mais j'aimais Jay de tout mon cœur. Je l'aime encore.

Il la croyait.

— Il ressentait la même chose pour vous et pour vos filles. Il changeait complètement quand il parlait de vous trois.

— Il parlait de nous ? Et que disait-il ?

— Oh ! il racontait des petites anecdotes du quotidien… Sa rencontre avec vous, comment il a fait sa demande, votre danse sous la pluie le jour de votre mariage, la première fois qu'il a pris ses filles dans ses bras, votre coup de cœur pour cette maison…

Il y avait beaucoup de mélancolie dans le sourire d'April, beaucoup de tristesse aussi, et Cole ne savait pas s'il pouvait se risquer à lui réclamer de voir l'étage. Jay lui avait dit qu'ils avaient l'intention de transformer le grenier en suite parentale et qu'il s'attaquerait aux travaux dès son retour.

— Et le grenier ? lança-t-il. Jay m'a parlé de vos projets de transformation. Je travaille dans la construction. Ça m'intéresserait d'y jeter un œil.

Elle parut d'abord surprise, jeta un coup d'œil aux filles, qui dessinaient toujours sagement sur la terrasse, puis le conduisit au salon, où une échelle de meunier s'appuyait contre le mur du fond.

À l'étage, elle ouvrit une porte et ils entrèrent dans un vaste espace vide, où régnait une chaleur étouffante.

Typique des maisons de style Cape Cod, le toit était mansardé, avec des poutres apparentes, et le sol était en planches. La lumière entrait par deux fenêtres situées de part et d'autre, ainsi que par deux impostes de toit en façade.

Une toile vierge, avait dit Jay. Et Cole n'avait aucun mal à imaginer tout ce que l'on pouvait y faire.

— Vous en avez vu assez ? s'enquit April.

Il hocha la tête, et elle le précéda pour redescendre. Il la suivit avec mille précautions.

Arrivée en bas, elle se rua dans la cuisine pour vérifier à nouveau ce que faisaient les jumelles.

— Le temps peut sembler long quand on est coincé dans un bunker en plein désert, dit Cole, en la rejoignant. Jay passait beaucoup de temps à parler de la taille des placards, de l'équipement de la salle de bains…

Il sortit de sa poche le plan réalisé à l'aide d'un logiciel d'architecture en 3D, déplia la feuille et la tendit à April.

— Cela correspond bien à ce que vous imaginiez, Jay et vous ?

Le plan trembla légèrement dans la main d'April, et elle ne répondit pas, fixant la feuille de papier.

— Dites-moi si je me suis trompé, ou si j'ai oublié quelque chose, insista-t-il.

Elle secoua la tête, ce qu'il prit pour un encouragement à continuer.

— Si vous m'y autorisez, j'aimerais le faire, dit-il.

— Faire quoi ? demanda-t-elle en levant les yeux vers lui.

Il pouvait sentir l'odeur fruitée de son shampooing et voir les taches de rousseur sur ses épaules dénudées par sa robe d'été sans manches. Elle avait un long cou fin, un menton délicat, une jolie bouche pulpeuse, mais ce qui le fascinait le plus, c'était les paillettes dorées dans ses prunelles noisette…

Son intention n'était pas de se tenir aussi proche d'elle pour avoir cette conversation, mais il réalisa qu'il ne pouvait se résoudre à reculer.

Il finit par prendre conscience qu'il la fixait avec trop d'insistance et qu'il n'avait toujours pas répondu à sa question.

— J'aimerais aménager l'étage pour Jay, et pour vous et les filles. Je vous fais cadeau de mon temps et du matériel.

— Non ! s'exclama-t-elle.

Surpris par sa véhémence, il attendit qu'elle en dise plus, mais elle en resta là. Pas d'explication. Seulement « non. » Si on ajoutait la façon dont elle avait relevé le menton et son grand pas de côté pour s'éloigner de lui, c'était très clair.

— Pourquoi ? lança-t-il.

April le regarda comme elle devait regarder ses filles quand elles posaient une question stupide, mais ne répondit pas.

— Jay n'a pas pu le faire, reprit-il. Il le voulait plus que tout, mais il en a été empêché. Moi je peux le faire, April. Je suis un professionnel, copropriétaire d'une entreprise de construction à Rochester, dans l'État de New York. Jay avait prévu de le faire pour vous. Ces descriptions nous faisaient tenir le coup pendant ces longues nuits passées sous les bombardements. Il rêvait de rentrer chez lui, de réaliser ses projets d'aménagement de l'étage. Et parfois, je rêvais avec lui… Enfin, quand j'étais encore capable de rêver.

Il pinça les lèvres, mais trop tard. Bon sang ! Il n'avait pas prévu de se livrer ainsi.

— Vous avez arrêté de rêver ? lui demanda doucement April, en l'observant avec attention.

— C'est sans importance.

— Quand avez-vous cessé ?

Il ferma brièvement les paupières.

— Peu importe, marmonna-t-il.

— Jay disait que vous étiez un rêveur. Mais je suppose que c'était… avant ?

Il la contempla et finit par hocher la tête.

Quand elle lui tendit le plan, il le posa sur l'îlot central, à côté de son verre d'eau.

— Vous savez, reprit-il, je ne souffre pas de stress post-traumatique, comme beaucoup d'anciens soldats. Il se trouve simplement que je ne rêve plus.

Il ne savait pas comment ils avaient abordé ce sujet, mais il ne voulait plus en parler.

— J'aimerais que vous réfléchissiez à ma proposition, poursuivit-il. Vous n'auriez à vous inquiéter de rien. Comme je l'ai dit, cela ne vous coûtera pas un centime.

Elle le regarda si longuement qu'il se prépara à l'entendre dire qu'elle avait des choses à faire, qu'elle le remerciait d'être passé, et qu'elle lui souhaitait d'avoir une belle vie.

Mais elle dit tout autre chose :

— J'ai besoin de références et de photos de votre travail.

— Je peux vous les fournir très rapidement.

— Lundi, ce sera assez tôt.

— Et pourquoi pas vendredi ?

Puis, comme s'il cherchait vraiment à se faire sermonner, il ajouta :

— Qu'est-ce qui vous a fait changer d'avis ?

— Je n'ai pas dit que j'avais changé d'avis. Je veux seulement voir de quoi vous êtes capable. Et si je décide de vous confier les travaux, je veux les payer.

— April, je sais à quel point la pension d'une veuve de soldat est modeste. Je peux me permettre de vous offrir les travaux.

— Tant mieux pour vous. Mais si je décide de vous engager, je payerai la rénovation de l'étage. Je veux vos références, des photos, et un devis détaillé.

Elle le regarda droit dans les yeux.

— Et j'ai l'intention de demander un second devis à un entrepreneur du coin, conclut-elle. Donc inutile de minimiser les coûts.

Trente-trois minutes après être arrivé à Orchard Hill, Cole était de nouveau au volant de son pick-up. Les dessins de Violet et Grace étaient posés sur le siège passager.

Il allait tout mettre en œuvre pour qu'April l'engage.

Et peut-être, une fois que ce projet serait terminé, pourrait-il fermer les yeux la nuit sans voir la mort.

Peut-être cesserait-il aussi de se réveiller en sursaut quand, enfin, il parvenait à s'endormir.

Lorsqu'il aurait vu la merveilleuse famille de Jay confortablement installée dans leur maison réaménagée, peut-être réussirait-il à vivre en sachant que ce n'était pas Jay qui aurait dû mourir ce jour-là.

Massant sa cuisse d'un geste machinal, il réalisa que Jay ne lui avait jamais dit à quel point April était entêtée. Son meilleur ami aurait-il omis d'autres informations ?

Pour le moment, il n'y avait aucune raison pour qu'il ressente l'impression qu'un poids lui avait été ôté des épaules. Il était trop tôt pour ça.

Mais il sentait bien qu'il souriait en regardant vers le ciel.

- 2 -

— Dis-moi que tu n'envisages pas vraiment de l'engager pour ces travaux.

April ne répondit pas et continua à déambuler dans la cuisine, le téléphone collé à l'oreille.

Le jardin baignait dans la lueur d'un magnifique clair de lune. Par la fenêtre entrebâillée s'insinuait une brise fraîche qui caressait ses jambes et ses bras.

Sa sœur Marilee l'appelait tous les mercredis depuis son loft de Denver. Elles avaient toujours été proches mais, après la mort de Jay, ces appels avaient pris une plus grande importance encore aux yeux d'April.

Elle s'arrêta devant l'évier et rinça un verre, puis elle éteignit le plafonnier.

— Je suis sérieuse, April. Tu ne le connais même pas. D'accord, il a courageusement servi notre pays, et c'était un ami de Jay. Mais tu ne vas pas l'engager sur un coup de tête, alors que tu n'avais aucune intention de faire des travaux.

Ce soir, April regrettait presque d'avoir répondu au téléphone.

— Oui, c'est un héros de guerre décoré, dit-elle enfin. Et, d'une façon que je ne peux pas expliquer, Jay était plus proche de lui que de ses propres frères. Tu sais aussi bien que moi qu'il y avait un lien très fort entre eux.

April quitta la cuisine et suivit le couloir jusqu'à la

chambre de ses filles, effleurant silencieusement le parquet de ses pieds nus.

Marilee continuait à énumérer toute une liste de raisons justifiant qu'elle se méfie de Cole, mais April ne l'écoutait qu'à moitié.

Elle entra dans la chambre, où la lune faisait scintiller le sol comme si de la poussière de fées y avait été répandue, son halo argenté éclairant ses deux petites princesses qui dormaient à poings fermés.

Grace était sur le dos, serrant dans sa main droite l'oreille déchirée de son lapin en peluche préféré. Dans l'autre lit, Violet était sur le côté, tournée vers sa sœur, un bras pendant dans le vide.

April s'attendrit devant leurs cheveux emmêlés, leur bouche en forme de cœur, leurs cils incroyablement longs qui dessinaient des ombres sur leurs petites joues rebondies.

Elles avaient tellement grandi, cette dernière année. Bientôt, elles commenceraient l'école, perdraient leurs dents de lait, suivraient leur propre cœur et trouveraient leur propre voie.

L'absence de Jay était si douloureuse…

L'intensité de ce constat noua la gorge d'April et pesa sur sa poitrine jusqu'à l'oppression.

Elle effleura d'un baiser le front de ses filles et respira leur odeur. Bien que différentes, elles évoquaient toutes deux l'été : fraises et jacinthes, nichées d'oisillons, pluie légère et tiède.

Tandis que la voix de sa sœur bourdonnait de façon indistincte à son oreille, elle remonta la couette sur elles. Grace soupira et Violet remua. D'ici demain matin, la couette serait par terre.

— Ce n'est pas parce qu'il a combattu avec Jay que tu dois laisser un inconnu s'installer chez toi.

— Je ne me rappelle pas t'avoir demandé la permission, murmura-t-elle, en tirant la porte derrière elle, sans la fermer entièrement.

— Je le savais ! Tu lui fais confiance. Je sais comment tu fonctionnes. Tu poses les yeux sur une personne, et ta décision est prise. Tu es beaucoup trop naïve, ça te fera du tort un jour.

Bien que sa sœur ne puisse pas la voir, April leva les yeux au ciel, tandis qu'elle retournait dans le salon.

Elle envisagea un instant de monter au grenier, mais c'était poussiéreux et elle était pieds nus. En outre, elle n'avait pas besoin d'aller à l'étage pour savoir quelle décision elle allait prendre.

— Pour ton information, j'ai fait une enquête sur lui, dit-elle.

— Et ?

April songea au mail de Sam Lafferty, qu'elle avait reçu dans l'après-midi.

D'après le rapport du détective privé, que Marsh, Reed et Noah Sullivan avaient engagé l'été dernier pour retrouver la mère du bébé retrouvé devant leur porte, Cole Cavanaugh avait grandi dans le nord de l'Ohio.

— Sa mère est morte quand il avait quinze ans, et son père quelques années plus tard, expliqua-t-elle à sa sœur. Après le lycée, il a déménagé dans l'État de New York, où vivait un de ses grands-oncles. À part un excès de vitesse quand il avait vingt ans, son casier est vierge.

Elle reprit son souffle et précisa :

— Pas de femme, pas d'enfants, pas de cousins. Il est copropriétaire d'une entreprise de construction avec un ami rencontré au lycée, a reçu plusieurs distinctions militaires et a été blessé deux fois. La seconde fois a failli lui coûter sa jambe gauche. Je continue ?

— C'est drôlement détaillé.

— Sam Lafferty a fait une recherche très exhaustive.

— Sam ? C'est lui qui s'est occupé de l'enquête ? Pourquoi tu ne le disais pas ? Il t'a parlé de moi ?

Après s'être assurée que la porte principale et la porte de service étaient bien verrouillées, April entra dans sa chambre.

— Pourquoi l'aurait-il fait ?

Elle ne laissa pas à Marilee le temps de répondre et ajouta :

— Ne me dis pas que vous avez couché ensemble !

— Non, malheureusement. Il se trouve que je l'ai rencontré à la Bell's Tavern, mais j'étais venue pour m'occuper de toi et des filles, et il devait partir quelque part pour un client. Donc, il ne s'est rien passé entre nous.

Marilee soupira et, d'une voix légèrement déçue, reprit :

— Mais ce n'est pas de moi qu'il s'agit. Ce Cole Cavanaugh se traîne de sacrés bagages, et on peut le comprendre, d'ailleurs. Il n'empêche que je m'inquiète pour toi, April.

April soupira. Dieu la sauve de toutes les personnes qui l'aimaient et s'inquiétaient pour elle !

Derrière les stores à lames, ses fenêtres étaient noires car la lune n'avait pas encore atteint cette portion du ciel.

Elle alluma sa lampe de chevet et soupira à nouveau. Elle n'avait pas besoin de la lune pour être mélancolique.

Marilee interrompit sa rêverie.

— Alors, tu vas me le dire, ou pas ?

— Te dire quoi ?

— À quoi ressemble Cole Cavanaugh.

— Je te l'ai dit. Je t'ai décrit ses cheveux, ses yeux, la façon dont il a rencontré Jay.

— D'accord, mais il sent quoi ?

Marilee connaissait ses petites manies et cette façon très spéciale qu'elle avait d'attribuer une odeur particulière aux gens qu'elle rencontrait.

Et elle, elle connaissait aussi Marilee et savait qu'elle n'aurait pas la paix tant qu'elle n'aurait pas répondu à sa question.

— Si tu veux le savoir, il est hiver, dit-elle.

Certaines personnes voyaient les yeux en premier. D'autres n'oubliaient jamais une voix. D'autres encore reconnaissaient quelqu'un à sa démarche ou à son rire.

April associait les gens avec des odeurs. Ce n'était pas conscient. Ça se faisait comme ça. Et Cole lui faisait penser à l'hiver.

— Rappelle-moi... Ça sent quoi l'hiver, déjà ? demanda Marilee.

April leva les yeux au ciel, comme si sa sœur était assise sur le lit voisin du sien, dans la maison de la banlieue de Detroit où elles avaient grandi.

— Tu vis à Denver, tu es donc bien placée pour savoir ce que sent l'hiver, répondit-elle. Je vais quand même te le dire. Il m'évoque des branches de sapin et des flocons de neige flottant dans un timide rayon de soleil.

April s'approcha de la porte de sa chambre, où un peignoir bleu marine était toujours suspendu à une patère. Ses doigts glissèrent autour du col, et elle plongea le nez dans le tissu-éponge moelleux.

Des larmes lui montèrent aux yeux. L'odeur de Jay disparaissait peu à peu. Et elle ne pouvait rien y faire.

— Tu es toujours là ?

La voix de Marilee la rappela à la réalité.

— Oui, murmura-t-elle.

— Pourquoi aménager l'étage maintenant ? Tu n'as pas pu te résoudre à changer quoi que ce soit, à part ton matelas.

— Une sœur vraiment gentille ne dirait pas ça.

— Des deux, c'est toi la gentille. Je suis la cinglée qui s'est enfuie avec un garçon à seize ans, et qui l'a regretté trois semaines après. Jusqu'à sa mort, j'ai donné des ulcères à notre pauvre pasteur de père. Je suis la tempête et tu es le port d'attache. Tu es la plus raisonnable, et ce que tu as l'intention de faire n'a aucun sens.

April ne pouvait l'expliquer, mais elle avait vu quelque chose dans les yeux de Cole. Ou, plus exactement, elle avait vu... une absence. C'était le même vide qu'elle voyait chaque matin dans son propre regard, lorsqu'elle se contemplait dans le miroir.

— Sois prudente, April.

— Je suis toujours prudente.

— Entêtée et prudente, ce n'est pas la même chose. Accorde-toi une semaine pour y réfléchir. Si tu penses toujours que ça en vaut la peine, engage-le. Ou mieux encore, fais appel à un entrepreneur local que tu connais.

— Il revient demain matin.

— Oh bon sang !

April sourit malgré elle.

— Ne t'inquiète pas.

Marilee grommela, avant de faire remarquer :

— Que va dire la famille de Jay ?

L'amusement d'April s'évanouit, et sa gorge se serra en pensant au clan Avery, chaleureux, bruyant, et quelque peu envahissant, qui avait aussi souffert de la mort de Jay.

— Ils seront surpris, mais ils écouteront mes arguments, répondit-elle. Ils en discuteront entre eux, et ils me donneront leur avis, dont je ne tiendrai aucun compte. Et, bien sûr, ils voudront rencontrer l'homme qui était avec Jay dans les dernières minutes de sa vie.

Marilee soupira. Puis, comme si elles sentaient toutes

les deux qu'elles avaient suffisamment discuté pour cette fois, elles se quittèrent, en se disant qu'elles s'aimaient.

Perdue dans ses pensées, April se laissa tomber sur son lit.

Les parents de Jay étaient des promoteurs immobiliers très influents à Orchard Hill. Jim et JoAnn Avery avaient élevé leurs six enfants dans une grande maison victorienne où ils habitaient toujours.

Toute la famille avait chaleureusement accueilli April, la première fois que Jay l'avait présentée à ses parents. Elle considérait ses belles-sœurs comme ses meilleures amies. Les deux frères de Jay passaient la voir chaque semaine et en profitaient pour faire quelques réparations ou déplacer quelque chose de lourd. Outre que ça l'aidait incontestablement, elle les laissait faire parce qu'elle savait qu'ils en avaient besoin. En lui rendant de menus services, ils se sentaient plus proches de Jay.

Ils étaient toujours en deuil. Jay leur manquait terriblement. Et elle ressentait exactement la même chose.

Il lui apparut, tandis qu'elle se glissait sous sa couette, tapait ses oreillers et éteignait sa lampe de chevet, que tout le monde était coincé dans le bourbier du manque de Jay.

Et il n'existait, semblait-il, aucun moyen de s'en sortir.

Derrière ses paupières closes, elle visualisa son beau et jeune mari…

Jay avait une nature calme, et des yeux gris-bleu étoilés de fines rides d'expression. Chaque jour, quand il rentrait de son travail dans un cabinet d'architectes de Grand Rapids, il affichait un grand sourire. Ses cheveux blonds étaient emmêlés parce qu'il avait roulé la vitre ouverte, et il se dégageait de lui une énergie formidable. Sa simple présence lui donnait l'impression d'être chérie et protégée.

Elle se le représenta en train de discuter avec ses camarades soldats de douches à l'italienne, et de placards intégrés dans les murs, pour occuper leurs longues nuits passées loin de leur foyer.

Et elle imagina Cole ajouter son grain de sel, dans un bunker à des milliers de kilomètres de là…

Une idée en entraînant une autre, elle revit Cole en pensée, tel qu'il s'était présenté à sa porte. Elle l'avait reconnu aussitôt d'après la photo où Jay et lui se tenaient devant un char dans le désert.

Mais, même si cela n'avait pas été le cas, elle aurait su immédiatement que c'était un soldat. Cela tenait à sa posture : pieds fermement plantés au sol, épaules droites, menton haut et regard direct.

Quoi qu'il en soit, il ne lui avait fallu que quelques secondes pour avoir l'impression qu'elle le connaissait depuis toujours. Elle ne s'attendait pas à ça. Pas plus qu'elle n'était prête à laisser quelqu'un d'autre faire ce que Jay n'avait pu mener à bien.

Cole n'était probablement pas prêt non plus, en tout cas sur le plan émotionnel. Néanmoins, il était venu jusqu'ici. Il avait partagé son dernier souvenir de Jay, même si ça l'avait vidé de quelque chose de vital, tout comme le geste de brûler son matelas avait fait sortir quelque chose d'elle.

Pour une raison inexplicable, Cole avait besoin de se trouver là tandis qu'il réfléchissait à sa prochaine étape.

Et peut-être en allait-il de même pour elle…

Violet et Grace prenaient leur petit déjeuner lorsque Cole entra dans la cuisine à la suite d'April, à 8 heures précises, vendredi matin.

Trois jours s'étaient écoulés depuis sa première visite. On ne pouvait donc pas dire que ça faisait longtemps, et pourtant il avait pensé que ce moment ne viendrait jamais.

Après avoir quitté April, mardi, il avait circulé dans les rues d'Orchard Hill, qui portaient des noms d'arbres ou de présidents. Il avait traversé le pont surplombant Acorn River, et découvert l'université d'Orchard et ses bâtiments fraîchement rénovés. Puis il avait flâné dans le quartier historique, avec ses belles maisons anciennes entourées de vastes pelouses.

Au bout d'une heure, il s'était décidé à se rendre au cimetière. Il était resté garé devant un long moment. Un jour, il franchirait les grilles et irait se recueillir sur la tombe de Jay. Pas aujourd'hui. Alors il était retourné en ville et avait pris une chambre au Stone Inn.

D'après la réceptionniste, une excentrique septuagénaire aux cheveux teints en rouge, qui avait outrageusement flirté avec lui, l'endroit était hanté.

Pendant trois nuits, il s'était surpris à écouter le moindre bruit, craquements du plancher, grincement d'une porte, hululement du vent… Il n'avait pas peur des fantômes, mais la sensation que le temps s'était figé le rendait fou.

Finalement, le temps s'était écoulé quand même, et vendredi était arrivé. Il était là, devant la maison d'April, et ce serait le moment de vérité quand il montrerait son devis à la jeune femme.

Les filles étaient encore en pyjama. Leur mère portait un short en jean, un débardeur rose et des sandales à semelle compensée en liège.

Il serra un peu plus fort le dossier qu'il tenait à la main. À l'intérieur se trouvaient un plan d'ensemble de l'étage, une planche d'inspiration réunissant des illustrations et des croquis, ainsi que des photos de ses réalisations les plus importantes. Il y avait aussi quatre lettres de recommandation, ainsi que des dizaines de noms, de numéros de téléphone et d'adresses mail.

Les jumelles arrêtèrent de manger leurs céréales et le regardèrent en ouvrant de grands yeux. Il tendit gauchement le dossier à April et resta là, à hésiter.

Il devrait s'en aller, lui laisser le temps de jeter un coup d'œil à sa proposition… Et pourtant, ses pieds semblaient enracinés au sol.

Il réalisa que les jumelles avaient dit quelque chose, mais il était bien incapable de savoir de quoi il s'agissait.

— Il y a quoi pour le petit déjeuner ? lança-t-il, à court d'idées.

— Des céréales et du lait, répondit Violet.

— Tu en veux ? demanda Grace.

— Non merci.

Comme les fillettes continuaient à le regarder avec insistance, il ajouta :

— J'ai pris mon petit déjeuner avant de venir.

Il observa April qui consultait le dossier. Il lui faudrait probablement un peu de temps pour tout étudier, étant donné qu'il avait inclus des suggestions pour l'essence de bois pour le sol, le type de carrelage de la douche et le style de la robinetterie.

— Je vais y aller, marmonna-t-il.

Sans relever les yeux des documents, elle dit :

— Vous pouvez rester, si vous voulez.

La porte donnant sur le jardin était ouverte, et une brise tiède, annonciatrice d'une belle journée d'été, portait jusqu'à eux des chants d'oiseaux. Ce n'était pas suffisamment assez fort, toutefois, pour couvrir le tic-tac de l'horloge, ni le léger bruit que faisaient les doigts de Cole en tapotant nerveusement sur sa cuisse.

Quand l'une des fillettes l'invita à l'extérieur, pour voir leur cabane, et que sa jumelle insista avec enthousiasme, April lui sourit.

Il se laissa absorber par la lueur chaleureuse qui vibrait dans ses yeux, la tendresse de son sourire. Une douce chaleur se nicha dans sa poitrine, commença à descendre…

Oh non ! Ce genre de réaction n'avait pas du tout lieu d'être. Ça lui donna le coup de fouet nécessaire pour réussir à bouger.

Il suivit les fillettes dans le jardin, où il admira mollement la cabane, la balançoire, la piscine gonflable, leurs vélos équipés de stabilisateurs et de sonnettes dont elles firent amplement la démonstration.

De temps en temps, il jetait un œil à April, qui s'était installée à la table de la cuisine, d'où elle pouvait surveiller ses filles.

Il n'avait jamais réalisé que les enfants pouvaient parler autant ! Heureusement, les fillettes ne semblaient pas se formaliser qu'il ne réponde que par oui ou par non à leurs questions. Leur capacité de ravissement pour un rien le stupéfiait. Elles étaient fascinées par une plume bleue trouvée par terre, par la rosée sur l'herbe, par les traces humides que laissaient leurs pas sur les dalles du chemin…

Lorsqu'elles retournèrent dans la maison et disparurent dans leur chambre pour jouer, il les suivit, se rendit jusqu'à la cuisine et attendit sur le seuil.

April était toujours plongée dans la lecture des documents.

Les secondes s'écoulèrent. Il pianota du bout des doigts sur sa cuisse.

Finalement, il s'éclaircit la gorge.

— Vous avez mon numéro de téléphone en cas de besoin, dit-il. Je vais y aller.

April leva la main pour le retenir.

Il se surprit à la dévisager. Elle avait remonté ses cheveux sur le dessus de sa tête en une torsade souple retenue par une large barrette sertie de strass. Quelques mèches s'en étaient échappées, bouclant sur son cou et autour de ses oreilles.

— Quand pouvez-vous commencer ? demanda-t-elle.

Quoi ? Elle l'engageait ? Juste comme ça ?

Il savait qu'il devait répondre quelque chose. N'importe quoi. Lundi matin à la première heure. Ou demain. Ou, mieux encore, aujourd'hui.

Il se passa la main sur le visage.

— Euh…, dit-il.

Eh bien, bravo ! Il maîtrisait à la perfection l'art de la conversation.

April rassembla les documents et les tapota pour reformer une pile bien nette. Puis elle le regarda droit dans les yeux.

— Amelia Bradley a vanté la qualité de votre travail et, je cite, « vos bonnes manières de jeune homme comme il faut », fit-elle remarquer.

Cole s'étonna. Amelia Bradley était une dame de soixante-dix ans, qui n'avait eu de cesse de lui préparer de bons petits plats afin de le « remplumer », durant les quelques semaines où l'entreprise Cavanaugh & Maloney avait reconstruit sa maison après un incendie.

— Vous avez déjà appelé Mme Bradley ? s'enquit-il.

— Oui. Pendant que vous étiez dehors avec les filles.

— Et les autres références ? Vous ne voulez pas les vérifier ?

— Pourquoi ? Vous avez l'intention de partir sans terminer le chantier ?

— Bien sûr que non !

— De travailler comme un sagouin ?

Il secoua la tête.

— De commencer avant 8 heures ?

Cette fois, il hésita, se demandant si c'était une question piège.

— Vous voulez que je commence avant 8 heures ? interrogea-t-il.

— Oh ! Seigneur, non !

— Dans ce cas, je ne commencerai pas avant 8 heures.

Ils se regardèrent un instant en silence.

— Tout va bien, Cole ?

Avec ce monde de fous, les guerres, les maladies, les souffrances, il y avait, de son point de vue, quantité de choses qui n'allaient pas. Mais, pour le moment, il regardait la bouche d'April.

— Pourquoi souriez-vous ? lança-t-il.

Elle s'appuya contre le réfrigérateur et croisa les bras.

Bon sang, ce qu'elle était jolie… Il aurait été facile de continuer à la dévisager béatement. En fait, il était presque impossible de ne pas le faire…

— Peut-être parce que je pense que vous en avez besoin, répondit-elle. Tout comme vous avez besoin de ce travail.

— Je ne demande pas la charité, protesta-t-il.

— Je l'avais remarqué. D'ailleurs, moi non plus.

— Ce n'est pas une question d'argent, vous le savez bien.

C'était pour Jay.

Il ne le dit pas. Elle non plus. Mais ils le savaient tous les deux.

Il remercia April pour son temps, et traversa la cuisine pour rejoindre le couloir et sortir par la porte principale.

Elle le suivit.

— À lundi, dit-elle.

— À lundi.

April regarda Cole s'appuyer lourdement sur la rampe, tandis qu'il descendait les marches du perron, et se diriger vers son pick-up en boitant légèrement.

Il s'installa au volant et ferma sa portière avant de

tourner les yeux vers elle. Elle agita la main pour lui dire au revoir. Il se contenta d'un bref signe de tête.

Vaguement essoufflée, elle retourna dans sa cuisine, et parcourut en diagonale les deux pages de références que Cole lui avait fournies.

Arrivée au bout, elle réalisa qu'elle n'avait rien retenu.

Les filles jouaient tranquillement dans leur chambre. D'habitude, le fait d'entendre leurs voix l'apaisait.

Regroupant tous les documents dans la chemise cartonnée, elle posa le bout de ses doigts à la base de son cou. Sa respiration était irrégulière et son cœur battait trop vite.

Une crainte l'envahissait, et elle savait pourquoi.

Elle avait prêté attention à Cole.

Pas comme à un ancien soldat que ses blessures faisaient boiter légèrement. Pas comme à un charpentier venu terminer les travaux que son meilleur ami n'avait pas pu réaliser.

Non. Comme à un homme.

Respirer son odeur n'avait rien de tendancieux – elle le faisait avec tout le monde. Mais retenir les détails de son visage, noter la largeur de ses épaules, la force de ses cuisses… Cela n'avait rien d'anodin.

Elle avait remarqué ses mains aussi, puissantes, légèrement noueuses aux articulations, ses ongles courts, la pulpe de ses doigts d'aspect rugueux…

Il y avait aussi sa prestance, pieds écartés et fermement plantés au sol, épaules droites, regard fixe.

Il lui suffisait de se remémorer tout cela pour ressentir… quelque chose.

Une chaleur, un pincement au creux de son ventre.

Horrifiée, elle porta les mains à son visage. Elle ne voulait pas éprouver ce genre de sensation.

Jay, où es-tu ? hurla-t-elle en son for intérieur.

La seule réponse fut le soupir du vent. Et elle sentit à nouveau peser sur elle le poids du deuil.

Elle prit une profonde inspiration et posa ses deux mains sur son cœur.

Les yeux fermés, elle ressentit l'amour qu'elle éprouvait toujours pour son mari et y puisa du réconfort.

Cole Cavanaugh avait ses blessures et ses démons. Certaines personnes appelaient cela de lourds bagages à traîner.

Et elle-même avait ses propres fardeaux…

Ils étaient tous les deux entêtés, et bien décidés à ne pas accepter la pitié. Ils attendaient tous les deux quelque chose de l'autre. Pas un moyen de tourner la page – bon sang ce qu'elle pouvait détester cette expression. Et encore moins une relation sexuelle. Sûrement pas !

Seulement, Jay était parti, et Cole était là. Jay était mort, et pas elle.

La chaleur de ses joues et le rythme effréné de son cœur confirmaient qu'elle n'était pas morte.

En fait, elle ne s'était pas sentie aussi vivante depuis longtemps. Quatorze mois et six jours, pour être exacte. Et ça la terrorisait.

Déposant le dossier sur le dessus du four micro-ondes, elle regarda autour d'elle.

Les bols des filles étaient encore sur la table, maculés de céréales et de lait. Le robinet goûtait. Les dessins de Grace et Violet ornaient la porte du réfrigérateur. Un élastique à cheveux, quelques pièces d'un jeu de construction et une poupée mannequin traînaient sur les plans de travail. Ses lunettes de soleil étaient sur une étagère près de la porte, et son téléphone portable en charge à sa place habituelle.

Rien n'avait changé depuis la semaine dernière, et

même celle d'avant. Ce petit élan d'attirance pour Cole n'avait été qu'un moment d'égarement. Fin de l'histoire.

Forte de cette conclusion, elle rassembla la vaisselle sale dans l'évier, nettoya le dessus de la table et se consacra aux tâches habituelles de la matinée.

En dehors du léger craquement du sol sous ses semelles, tout était calme dans l'hôtel lorsque Cole sortit de sa chambre, peu après 10 heures samedi matin.

Il n'avait rencontré personne non plus quand, à l'aube, il s'était faufilé jusqu'à la machine à café qui se trouvait dans le hall. Il espérait qu'il continuerait à avoir de la chance.

La bâtisse avait été construite une centaine d'années plus tôt, par une riche famille du nom de Stone. Si Cole avait été chargé de la rénovation, il aurait fait certaines choses différemment. Mais, dans l'ensemble, le charme ancien avait été préservé, tout en offrant un confort moderne. Sa chambre était vaste et climatisée, avec une salle de bains attenante, du mobilier de qualité, des draps en coton bio et des plaids tissés par un artisan local.

Il ne regrettait pas d'avoir choisi cet endroit. Et, s'il parvenait à gagner le parking sans se faire accoster, il se considérerait comme un homme chanceux.

Son ordinateur glissé sous le bras, il tendit l'oreille tandis qu'il parvenait à l'angle du couloir.

Tout était calme à son étage.

Jusque-là, tout allait bien.

Tandis qu'il descendait péniblement l'escalier, il sentit flotter dans l'air une odeur de café, de bacon et de sirop d'érable. Mais la salle à manger était vide, et il n'y avait personne au comptoir de l'accueil.

Encore cinq marches et il serait dehors…

Il en avait descendu trois quand on l'appela.

— Vous voilà ! J'ai failli vous manquer.

Il y était presque, pourtant. Retenant un juron, il se tourna vers la réceptionniste aux cheveux rouges.

Vêtue de rose et couverte de bijoux, Harriet Ferris – soixante-dix ans au bas mot – tanguait sur des talons de dix centimètres.

Elle battit des paupières derrière ses lunettes à double foyer.

— Il est toujours plaisant de croiser un beau garçon comme vous. Mais dites-moi, où filez-vous en douce, comme ça ?

— Qu'est-ce qui vous fait penser que je file en douce ?

— Allons, allons, je vois bien que vous m'évitez. Pourtant, j'aurais été ravie de discuter avec un héros de guerre.

Cole écarquilla les yeux.

— Vous avez l'air surpris. Mais figurez-vous que je sais me servir d'un ordinateur. Il m'a suffi d'entrer votre nom dans un moteur de recherche pour tout savoir sur vous. Vous devriez laisser le mari de Summer faire un article à votre sujet.

— Qui est Summer ?

— Eh bien, la propriétaire de l'hôtel, voyons, répondit la vieille dame, comme si ça allait de soi. Et son mari, Kyle, possède la gazette locale.

Harriet joignit les mains de ravissement.

— S'ils savaient, les gens feraient des kilomètres pour venir vous remercier du sacrifice que vous avez fait pour notre pays, mon garçon.

Cole secoua la tête. Il n'avait aucune envie que des gens l'arrêtent dans la rue pour lui serrer la main. Il n'était pas venu ici pour chercher la gloire.

— J'aime mieux faire profil bas, dit-il.

Harriet soupira d'un air dramatique.

— Eh bien, je n'ai pas de chance, murmura-t-elle. D'abord mon fantôme qui décide de rester discret…

Cole se souvint vaguement que la fantasque vieille dame lui avait parlé d'un fantôme qui hanterait les lieux.

— … Et maintenant un héros de guerre décoré qui joue les timides, poursuivit-elle, pendant qu'il ne l'écoutait que d'une oreille.

Elle secoua la tête d'un air écœuré et reprit :

— Eh bien, allez-y, si vous le devez vraiment. Et ouvrez l'œil. Ce ne sont pas les jolies femmes qui manquent, dans la région. Vous pourriez faire des rencontres.

— J'y penserai, dit-il, avant de franchir la porte.

Il n'avait aucune envie de rencontrer des femmes. Il n'y en avait qu'une seule qui l'intéressait.

Voilà ! Il l'avait admis. Enfin, il se l'était avoué à lui-même.

Il attendit que le ciel lui tombe sur la tête, ou que le sol s'ouvre sous ses pieds.

Rien. Pas même un petit coup de vent plus fort.

Pourtant c'était grave, qu'il ait commencé à penser à April après la mort de Jay. Plus grave encore qu'il ait commencé à rêver d'elle… bien avant.

Bien sûr, il savait qu'un homme ne pouvait pas contrôler ses rêves. Mais cela ne l'empêchait pas de se sentir terriblement coupable.

Il pouvait en revanche se contrôler dans les autres domaines, et il le ferait. Car il ne voyait pas comment il pourrait encore se respecter, s'il ne le faisait pas.

Quelque chose pourtant le perturbait.

Il ne se l'expliquait pas mais, pour la première fois depuis la mort de Jay, il se sentait vivant. C'était comme si, jusqu'à présent, il avait vécu dans un brouillard, exécutant des gestes d'automate. Aujourd'hui, il avait conscience de la course du sang dans ses veines, de l'air qu'il respirait.

Oui, il était vivant.

Et cela le rendait heureux.

- 3 -

La porte du garage d'April était ouverte, et deux voitures étaient garées à l'intérieur. Deux petits vélos étaient couchés dans l'allée, mais leurs propriétaires n'étaient pas dans les parages.

Quelqu'un dans le quartier écoutait de la musique assez fort, comme il le faisait quand, jeune conducteur, il lavait sa première voiture.

Dans le jardin voisin de celui d'April, un arrosage automatique oscillait. À travers le feuillage ténu d'une haie vieillissante, on pouvait voir des fragments de maillots de bain aux couleurs vives, tandis que des enfants traversaient le jet en hurlant de joie.

Contournant la maison, il se dirigea vers la porte de service et frappa.

— Il y a quelqu'un, April.

C'était une voix d'homme, et elle venait de l'intérieur.

April apparut aussitôt.

— Ah, Cole. Bonjour.

Elle était essoufflée ou il se faisait des idées ?

Il n'avait pas envisagé qu'elle puisse voir quelqu'un.

— J'aurais dû appeler, dit-il, en résistant à la tentation de se dandiner d'un pied sur l'autre. Si vous êtes occupée, je peux revenir plus tard.

— Ne soyez pas stupide. Entrez.

— Mais vous avez de la compagnie.

Elle n'écouta pas ses protestations et s'écarta pour lui laisser le passage.

— Ce sont des journées comme celles-ci qui me font regretter de ne pas avoir de climatisation, dit-elle. Cette humidité est une catastrophe pour mes cheveux.

Il ne fit pas de commentaire, mais les cheveux d'April lui paraissaient parfaits, brillants et d'apparence soyeuse. Elle portait un short bleu marine aujourd'hui, et un court chemisier blanc sans manches boutonné dans le dos. Elle avait la peau moite, ce qui la rendait encore plus sexy, et… Et il aurait vraiment mieux fait de téléphoner avant de passer comme ça à l'improviste.

Dans la cuisine, un homme faisait couler de l'eau au robinet. Vêtu d'un T-shirt et d'un short de sport, il était athlétique et bronzé, et il semblait très à l'aise dans la maison.

— Will, voici Cole Cavanaugh. Il…

— Cole Cavanaugh. Le meilleur ami de Jay à l'armée ?

L'admiration de l'inconnu semblait sincère. Apparemment, il avait bien connu Jay. Et il connaissait suffisamment April pour l'interrompre.

Le souffle d'un ventilateur oscillant souleva les cheveux d'April, son vrombissement lancinant se mêlant à la musique dans la rue et aux cris d'enfants.

— Comme je viens de le dire à April, je peux repasser plus tard, si je tombe mal, dit Cole, d'un ton à peine aimable.

— Je ne peux pas parler à la place d'April, répondit l'homme, mais ça ne tombe pas mal pour moi. Je viens de finir de réparer la fuite du robinet.

Cole fit un pas en arrière et se tourna vers April.

— Il y a un problème pour la commande des fenêtres de l'étage, déclara-t-il. Compte tenu de leur taille bien spécifique, il faut les commander et je ne les aurai pas avant quatre semaines. Mais j'ai pensé à une autre solution.

April l'arrêta et expliqua à Will :

— J'ai décidé d'utiliser une partie de l'héritage de ta tante Lucille pour aménager l'étage.

— Ce n'était pas vraiment ma tante, mais la meilleure amie de ma grand-mère, précisa Will. Elle n'avait pas de famille, alors elle s'est prise d'affection pour le clan Avery.

Cole eut soudain une illumination.

— Will, comme William ? demanda-t-il. Vous êtes un des frères de Jay. Le petit Billy.

L'homme grimaça.

— Jay était le seul à m'appeler comme ça.

— Et moi, il m'appelait C.C., répliqua Cole, en acceptant la vigoureuse poignée de main de Will. Je crois qu'il avait un faible pour les diminutifs. Vous êtes plombier ?

— Amateur.

— Will enseigne la littérature au lycée, intervint April. Il vit juste à côté, avec Kristy et leurs trois garçons. Les jumelles jouent avec eux ce matin.

— Ah, alors ce sont eux qui font tout ce chahut ? fit remarquer Cole.

April hocha la tête en soupirant.

Tandis que Will rangeait ses outils dans une caisse métallique qu'il glissa dans le placard sous l'évier, Cole ajouta à mi-voix :

— Et ça explique pourquoi il n'y a pas de voiture dans votre allée. Il est venu à pied.

— Vous pensiez à quoi ?

— Aucune importante.

— Les deux frères de Jay m'aident à entretenir la maison, indiqua April. Will m'a aussi beaucoup aidée pour que je puisse recommencer à enseigner. Rien ne vaut un professeur de littérature pour rédiger une lettre de recommandation.

Cole la regarda d'un air étonné.

— Je ne savais pas que vous étiez professeur.

— J'ai arrêté de travailler à la naissance des jumelles et je vais reprendre cet automne.

Cole savait qu'elle était mère au foyer, mais il n'avait jamais demandé à Jay ce qu'elle faisait avant. Ce qui lui fit comprendre qu'il y avait beaucoup de choses qu'il ignorait à son sujet.

— J'avais prévu de rester à la maison jusqu'à ce que les jumelles soient un peu plus grandes, poursuivit-elle. Et puis…

Le frère de Jay se racla la gorge. Oh ! c'est vrai. Ils n'étaient pas seuls, songea Cole.

— Je vais y aller, April, dit Will. Je pense que Kristy ne serait pas contre un peu de renfort.

Il tira sur le devant de son T-shirt qui lui collait à la peau.

— Et je vais moi aussi traverser le jet en passant par le jardin, ajouta-t-il en riant. Heureusement que nous avons la climatisation. Ravi de vous avoir rencontré, Cole.

— Moi aussi.

April remercia son beau-frère pour son aide.

— Tu veux bien demander à Grace et Violet de rentrer ?

Dès qu'il fut parti, Cole posa son ordinateur sur la table et l'ouvrit.

— Que vous est-il arrivé ? s'enquit April, en effleurant la base de son cou.

— C'est juste une piqûre de guêpe J'avais laissé la vitre ouverte, en roulant.

Il se redressa, et la main d'April se retrouva sur son épaule.

Ils restèrent un long moment ainsi, et Cole se surprit à serrer les poings pour ne pas céder à l'envie de la toucher.

Pourquoi fallait-il qu'elle soit aussi belle ?

— Une guêpe vous a piqué ? J'espère que vous n'êtes pas allergique.

Tandis qu'elle parlait, les yeux de Cole furent tout naturellement attirés par ses lèvres.

Il détourna le regard et s'écarta.

— Je ne suis pas allergique, dit-il.

April se dirigea vers un placard et tendit le bras pour atteindre une étagère en hauteur. Le bas de son chemisier se souleva, révélant une bande de peau…

Cole n'était pas prisonnier de ses hormones, mais quand même… Ce ne fut pas facile pour lui de regarder ailleurs.

Elle prit un tube de pommade dans une trousse à pharmacie, revint à la table et tira une chaise.

— Asseyez-vous, dit-elle. Ce baume fait des miracles sur les piqûres de guêpe. Ça soulage les démangeaisons, c'est garanti.

Il tendit la main pour refuser, mais elle pressait déjà le tube et déposait une noisette de produit sur le bout de son index.

Il hésita, fixa la chaise qu'elle avait écartée de la table et finit par s'asseoir.

Placée derrière lui, April écarta le col de sa chemise, et appliqua délicatement l'onguent en un geste circulaire.

— Ça devrait agir très vite, dit-elle.

Malgré lui, il pencha la tête en avant et ferma les yeux, imaginant d'autres caresses plus audacieuses…

Il lutta de toutes ses forces contre cette pensée. April était la veuve de Jay. Il était venu pour trouver enfin la paix, et peut-être lui en apporter un peu.

April ferma le tube et retourna le ranger dans le placard. Cette fois, il ne regarda pas.

Quand il entendit la porte du placard se refermer doucement, il proposa :

— Vous voulez que je vous montre les idées que j'ai eues pour les fenêtres ?

— À propos de ça, je suis désolée de vous avoir fait perdre votre temps.

Il se prépara à de mauvaises nouvelles. Elle avait dû deviner le tour inapproprié que prenaient ses pensées et décider ne pas donner suite aux travaux.

Il ne l'en blâmerait pas, cela dit. Peut-être même que ce serait mieux ainsi. Il rentrerait chez lui avant d'avoir fait quelque bêtise irrémédiable, comme… embrasser April.

L'observant du coin de l'œil, il attendit qu'elle s'explique.

— Je pensais apporter quelques modifications à vos croquis, dit-elle.

Ce n'était que ça ?

Le soulagement l'envahit. Tous les projets de rénovation étaient sujets à des changements. Surtout au début.

— Aucun problème, assura-t-il. Que voulez-vous changer ?

— On est là, maman !

La porte claqua, et Grace entra comme une tornade dans la maison, dégoulinante et traînant sa serviette de plage derrière elle.

La porte claque une deuxième fois, et Violet apparut, dans le même état, sa serviette roulée en boule sous son bras.

— Oncle Jim a coupé le jet d'eau, et il a dit qu'on devait rentrer à la maison, dit Violet.

— On ne voulait pas, ajouta Grace, mais il a dit à tante Kristy que Cole était là. Alors, on a couru.

Violet leva vers lui des yeux emplis d'espoir.

— Tu veux nous regarder faire du vélo sans les petites roues ?

— On a appris hier, précisa Grace.

— Les filles, il vous regardera faire du vélo une autre fois. Vous laissez des flaques d'eau partout.

Tandis que les jumelles baissaient les yeux d'un air surpris et choqué si spontané que c'en était comique, leur mère les sécha sommairement avec la serviette de Violet et essuya le sol avec celle de Grace.

Cole constata qu'elles se ressemblaient plus qu'il l'avait pensé la première fois. Elles portaient le même maillot de bain une pièce, vert et jaune. Mouillés, les cheveux de Violet étaient raides, tandis que les cheveux blonds de Grace paraissaient plus sombres. Elles avaient le même nez et les mêmes petits pieds potelés avec, en l'occurrence, des brins d'herbe coincés entre les orteils.

Combien de fois Jay lui avait-il dit qu'il avait le souffle coupé et le cœur gonflé de bonheur en les regardant ? Jamais il n'oublierait l'émerveillement et la tendresse dans la voix de Jay quand il parlait de ses filles…

April demanda aux jumelles d'aller enfiler des vêtements secs.

— Est-ce que Cole va manger avec nous ? s'enquit Grace.

Trois paires d'yeux furent soudain sur lui.

— Je vais lui poser la question, répondit April.

Elle désigna le couloir, et les deux sœurs coururent faire ce qui leur avait été enjoint.

Avant qu'elle ait pu lancer son invitation à manger, Cole dit vivement :

— À propos des modifications…

— On peut en parler une autre fois ?

— Ah. Oui. Bien sûr. Pas de problème.

— En fait, j'organise un dîner ce soir, et j'ai plein de choses à préparer.

— Eh bien dans ce cas, je ne vais pas vous déranger plus longtemps.

— Ce que j'essaye de vous dire, c'est que nous serions honorés de votre présence.

Cole entendait les jumelles parler tout en claquant des tiroirs et il comprit qu'il n'avait plus beaucoup de temps pour refuser poliment l'invitation.

— Quand vous dites « nous » il y aura qui, exactement ? demanda-t-il.

— Ben, l'autre frère de Jay, sa femme, Gaby, et leur fille. Will, Kristy et les garçons. J'ai aussi invité les parents de Jay, deux de ses sœurs ainsi que leur mari et leurs enfants, quelques amis, et les voisins les plus proches.

Cole secouait déjà la tête bien avant qu'elle ait terminé. Enfant unique, il se tenait à l'écart des grandes familles et des foules bruyantes.

Le jour de l'enterrement de Jay, il était à l'hôpital pour une sévère infection de sa blessure au flanc et n'avait pas pu faire connaissance de ses proches. S'il se rappelait correctement ce que lui avait dit son ami, il avait deux frères, trois sœurs, des conjoints, toute une ribambelle de neveux et nièces…

— Je ne suis pas très à l'aise quand il y a beaucoup de monde, avoua-t-il.

— Vous voulez dire, depuis…

— Non. Enfin, oui, encore plus maintenant. En fait je n'ai jamais aimé les grandes assemblées.

C'était la vérité.

Il était enfant unique et n'avait pas de cousins. Il s'était fait quelques amis à l'école mais, depuis le lycée, il préférait la compagnie des adultes ou la solitude. Il était sorti avec des filles, avait cru être amoureux, quelques fois, mais ces relations n'avaient pas duré. Il avait fait partie de l'équipe de football, joué un peu au tennis mais, surtout, il avait travaillé nuit et jour pour créer son entreprise, et caser son engagement militaire dans ce programme.

Dans ces conditions, il avait été le premier surpris par son amitié avec Jay.

April se cala contre le réfrigérateur et croisa les bras, comme elle l'avait fait la première fois. Cette coup-ci, il savait que cette posture n'était pas aussi innocente qu'elle en avait l'air.

D'un instant à l'autre, elle allait essayer de le faire changer d'avis.

— Vous avez entendu ce qu'a dit Grace : Will a dit à Kristy que vous étiez là. Vous pouvez être sûr qu'elle a appelé Gaby, et qu'elles ont envoyé toutes les deux des messages à Beth et Regan. Tout le monde sait que vous êtes à Orchard Hill.

Elle lui adressa un regard narquois et poursuivit :

— Vous avez donc le choix entre les rencontrer tous ensemble, ou attendre qu'ils passent à la maison tour à tour pour voir à quoi vous ressemblez.

Cole la dévisagea avec incrédulité.

— Ce sont mes seules options ? s'enquit-il en grimaçant.

Le rire mélodieux d'April le frappa en plein cœur.

— Je crois que oui ! Faites-moi confiance, Cole. Ils viendront parce que vous êtes un lien avec Jay. Et le fait que vous alliez rénover l'étage vous rend encore plus sympathique à leurs yeux.

Il ne trouva rien à répondre.

— Ne vous inquiétez pas, précisa-t-elle. Ils sont tous très gentils. Peut-être un peu envahissants aussi, je l'admets. Ils ont tous des opinions bien tranchées et ils mettront leur grain de sel dans la rénovation. Mais, si vous ne dînez pas avec nous ce soir, ils trouveront tous un prétexte pour s'arrêter à la maison quand vous serez en train de travailler.

Il tenta un dernier argument.

— J'essaye toujours de rester discret et de me faire oublier.

— Vous allez découvrir que c'est impossible.

Avant qu'il ait eu l'opportunité de dire qu'il n'assisterait pas au dîner, elle conclut :

— Eh bien, c'est d'accord ! Je vous dis à ce soir.

Cette femme était douée. Très douée !

Il attendit le retour des jumelles pour s'en aller. Et, même s'il était difficile de résister à leur adorable frimousse, leurs suppliques ne le persuadèrent pas de rester déjeuner.

Il fila avant d'avoir eu le temps de changer d'avis.

Une fois dehors, il prit une profonde inspiration. Il savait bien que sa décision de terminer les travaux de Jay mettrait à rude épreuve ses tendances solitaires, mais il était loin de s'imaginer qu'il devrait affronter le clan Avery dans son ensemble !

— Tu crois qu'il viendra ce soir, maman ?

— Dis, maman, tu crois qu'il viendra ?

Violet et Grace regardaient pensivement à travers l'écran de moustiquaire qui venait de se refermer sur le passage de Cole.

— Peut-être…

April ne savait pas quoi penser de cette sortie précipitée.

Serrant ses mains l'une contre l'autre, elle ne savait pas non plus ce qu'il fallait déduire de ce picotement au bout de ses doigts.

Elle appréciait Cole, c'est vrai, mais elle aimait la plupart des gens. Ce n'était pas comme si quelques battements de cœur un peu vifs et quelques picotements au bout des doigts déboucheraient sur quelque chose…

Viendrait-il ce soir ?

Elle l'espérait.

En tout cas, elle n'avait pas exagéré à propos de sa belle-famille. Ils étaient tous adorables et accueilleraient Cole à bras ouverts. S'ils avaient toujours été une famille unie, le décès de Jay avait encore resserré leurs liens et toutes les occasions leur étaient bonnes pour se réunir.

Et, en parlant de réunion, elle ferait bien de commencer à élaborer son menu pour le barbecue de ce soir.

Après avoir rapidement préparé des sandwichs au thon et aux œufs durs pour les filles, accompagnés d'un yaourt et d'un bol de myrtilles, elle commença à échanger des textos.

J'apporte une salade de pommes de terre.

Le message venait de Kristy, sa belle-sœur et voisine. Il fut suivi d'une réponse de Lacey, sa meilleure amie, qui, elle aussi, attendait des jumelles et devait bientôt accoucher.

J'ai prévu de faire mes fameux brownies au chocolat, avec des pépites de caramel au beurre salé et un glaçage blanc.

Son autre belle-sœur, Gaby, écrivit :

Maddie a une copine qui dort à la maison ce soir. Elle peut venir aussi ?

Pendant l'heure suivante, de nombreux messages furent échangés. Le menu d'April fut discuté, et des recettes supplémentaires furent proposées, rayées de la liste et remplacés par d'autres.

La famille de Jay était fidèle à elle-même : démesurée, aimante, bruyante et compréhensive. April ne savait pas comment elle aurait survécu à ces quatorze derniers mois, sans elle.

Son propre père était un pasteur extraordinaire, qui était mort trop jeune, malheureusement. Sa mère avait toujours été forte et indépendante. En ce moment, elle était en Afrique avec sa congrégation, afin de construire une école et un orphelinat. Même si elle était tout aussi attentionnée que celle de Jay, sa propre famille n'avait jamais été aussi omniprésente. Pourtant, April s'était vite acclimatée à leur enthousiasme.

Cole réussirait sans doute à survivre à cette soirée…

S'il venait.

Après le repas, les filles et April se rendirent au supermarché pour acheter du charbon de bois et tout ce dont elle avait besoin pour le barbecue. Puis elle fit un grand ménage dans la maison et prépara les assiettes en carton et les couverts en plastique.

Elle prenait un thé bien mérité quand un texto de sa belle-mère arriva.

Cole Cavanaugh est-il comme tu l'imaginais ?

L'était-il ?

April ne répondit pas au message et alla prendre une douche.

Puis elle baigna les filles et les aida à enfiler leur robe d'été et leurs sandalettes.

En dehors du fait qu'elle avait prié pour la guérison de Cole, l'année dernière, elle n'avait pas pensé plus que cela à lui. En tout cas, elle ne s'attendait pas à le découvrir sur son perron.

Elle ne savait pas non plus à quoi s'attendre ce soir.

Surprise, elle réalisa qu'elle avait envie de le revoir.

En tant qu'ami, bien sûr. En tout cas, elle espérait qu'il

ne s'agissait que de cela, parce qu'elle n'était pas prête pour autre chose. Le serait-elle jamais ?

Cole se gara à l'ombre d'un platane, sur la route qui longeait le cimetière avant de se perdre dans les collines. Puis il chaussa ses lunettes de soleil, franchit la grille et s'engagea dans l'allée principale. Puis il se dirigea vers une zone où les arbres n'avaient pas encore eu le temps de grandir.

D'autres personnes étaient en visite aussi, mais il n'y avait pas trop de monde. Ce qu'il apprécia.

Tandis que les oiseaux chantaient à tue-tête, il déambula dans les allées transversales, se penchant ici et là pour déchiffrer les noms.

Il finit par découvrir ce qu'il cherchait tout au fond de la parcelle. La première chose qu'il remarqua, au milieu des pots de fleurs, fut une plaque ornementale avec des empreintes de petites mains, et ces mots « Nous t'aimons, papa. »

S'approchant de la tombe, il déchiffra la plaque de marbre identifiant l'endroit où reposait le corps de Jay.

JASON MATTHEW AVERY
UN HOMME D'HONNEUR.
MARI, PÈRE, FILS, FRÈRE, AMI.
28 MAI 1986 – 2 JUIN 2018

Un insigne de l'armée des États-Unis y était gravé, affichant le grade de sergent de Jay, ainsi qu'une réplique de sa médaille pour acte de bravoure.

Tout en bas de la plaque figurait une citation de la Bible.

HEUREUX LES AFFLIGÉS CAR ILS SERONT CONSOLÉS.
MATTHIEU 5 : 4

Les mots étaient simples mais profonds.

Au garde-à-vous, Cole inspira profondément en fixant

la pierre tombale, jusqu'à ce que le nom de Jay se brouille et que son visage prenne forme dans son esprit.

— Je suis là, Jay, murmura-t-il. À Orchard Hill. Tu le sais sûrement. April a dû te le dire, ou bien tu me vois.

Il avait entendu dire que des gens recevaient des signes de la part des défunts. Le fait qu'il ne ressente pas de chair de poule, ne voie pas de flashs lumineux, n'entende pas de chuchotements à son oreille ne l'empêcha pas de continuer à s'adresser à son ami.

Il parla si longtemps, terminant par une promesse solennelle qui était un secret entre eux, qu'il ne se rendit pas compte que le ciel s'était assombri.

Une goutte d'eau s'écrasa sur son front. Il leva les yeux. Un éclair zébra le ciel, suivi par un roulement de tonnerre.

Du regard, il estima la distance à parcourir jusqu'à son pick-up. Même s'il était un sprinter, il n'arriverait probablement pas à temps pour éviter le déluge.

Il pressa le pas, mais bientôt une bourrasque et de pluie s'abattit sur lui.

Lorsqu'il atteignit sa voiture, il était trempé, et les muscles de sa cuisse le brûlaient. Le siège en cuir était mouillé car il avait laissé la vitre entrouverte.

Il s'installa au volant, mit le contact et actionna la commande électrique de la vitre. Puis il mit en marche les essuie-glaces.

Dehors, c'était un véritable déluge.

Vérifiant son téléphone, il vit qu'il n'y avait plus de signal.

De retour à l'hôtel, il se gara le plus près possible de l'entrée et courut vers le hall, aussi vite que le lui permettait sa jambe blessée.

Dégoulinant, il présenta ses excuses à Summer Merrick pour les traces qu'il laissait au sol. Elle les balaya d'un revers de main.

Il monta l'escalier avec raideur, ouvrit sa porte et ôta ses vêtements trempés. Puis il se glissa entre les draps et vérifia l'heure à sa montre, avant de la poser sur la table de chevet, à côté de son téléphone inutile.

Depuis deux ans, il n'avait cessé de repousser ses limites, d'abord au Moyen-Orient, puis durant sa rééducation.

Il était fatigué, tellement fatigué…

Il n'avait pas bien dormi la nuit dernière, mais il avait réussi à puiser un peu de réconfort dans cette visite au cimetière. Et la promesse qu'il avait faite à Jay lui avait apporté une forme d'apaisement.

Étendu sur le dos entre les draps de coton frais parfumés à la lavande, la tête au creux d'un oreiller incroyablement doux, dans une atmosphère à la température idéalement régulée par la climatisation, il se sentait détendu et en sécurité.

Dans cette vaste et confortable chambre d'hôtel, il s'endormit.

Dehors, l'orage se déchaînait, agitant la ramure des arbres, déchiquetant leurs feuilles.

- 4 -

Un soleil voilé tentait de percer derrière l'écran opaque des nuages, quand April s'engagea dans Jefferson Street. Au passage, elle salua les employés de la compagnie d'électricité qui s'activaient à rétablir les lignes.

Avec un peu de chance, elle ne tomberait pas sur d'autres rues barrées durant le dernier kilomètre qui lui restait à faire pour arriver au Stone Inn.

Tandis qu'elle préparait son barbecue, un violent orage avait éclaté, surgi de nulle part, avec une déflagration si forte que la maison avait tremblé. Elle était sortie sous un déluge de pluie pour fermer les volets, et la lumière s'était coupée tandis qu'elle descendait à la cave avec les jumelles.

Ses filles s'étaient blotties contre elle, Violet enfouissant son visage au creux de son épaule, Grace ouvrant des yeux ronds.

Quand elles étaient remontées, vingt minutes plus tard, un tapis de feuilles d'érable jonchait la pelouse, et la gouttière débordait.

La compagnie d'électricité avait estimé que le courant ne serait pas rétabli chez elle avant minuit, et elle avait reporté le barbecue au lendemain. Cole était le seul qu'elle n'avait pas réussi à contacter. Les jumelles et elles étaient donc en route pour l'hôtel.

— Regarde cet arbre, maman.

Violet avait le visage pressé contre la vitre.

— Comment ils vont le remettre dans le trou ?

— C'est impossible, décréta Grace. Tu vois bien que les racines ne sont plus dans la terre. Il est mort.

— C'est vrai, maman ?

Garant sa voiture bien au-delà du sycomore déraciné, April se dit qu'elle serait riche, si elle recevait un dollar pour chaque question posée par ses filles !

— Je pense que l'hiver prochain, quelqu'un sera très heureux de faire du feu dans sa cheminée avec ce vieil arbre, répondit-elle. Vous pouvez défaire votre ceinture de sécurité maintenant.

— Regarde la grosse voiture noire, dit Violette. On dirait celle de Cole.

— C'est possible.

— Tu le vois ?

— Pas encore.

Encadrée par ses filles qui lui tenaient la main, April observa les hommes qui se trouvaient dans la cour de l'hôtel. L'un d'eux tronçonnait une grosse branche à demi décrochée de son tronc.

Aucun n'était grand, avec la mâchoire carrée et le regard intense de…

— Allons voir à l'intérieur, décréta-t-elle.

Elle ouvrit la lourde porte en chêne. Elle avait participé à un enterrement de vie de jeune fille ici, quelques années auparavant. L'hôtel était beaucoup plus calme aujourd'hui et semblait même désert.

Elle se dirigea vers la réception et sonna.

Harriet ne tarda pas à apparaître, en trottinant sur ses talons. Mesurant un mètre cinquante-cinq, elle faisait tout pour se grandir et avait adopté un style vestimentaire pour le moins extravagant.

— Oh ! bonjour, ma chère petite. Que puis-je faire

pour vous ? Si vous voulez louer une chambre parce qu'il n'y a plus d'électricité chez vous, nous ne sommes malheureusement pas mieux lotis.

— Il ne s'agit pas de cela, Harriet. Je voulais savoir si vous pourriez transmettre un message à l'un de vos clients.

— Lequel, mon enfant ?

— Cole Cavanaugh.

Derrière les verres épais de ses lunettes, une lueur d'intérêt s'alluma dans les yeux bleus de Harriet.

— Vous connaissez Cole ?

Tandis qu'April se demandait s'il était bien judicieux d'entrer dans les détails, Harriet s'exclama :

— Mais bien sûr que vous le connaissez ! Sinon, pourquoi voudriez-vous lui laisser un message ? Eh bien figurez-vous que je ne l'ai pas revu depuis ce matin. Il est dans sa chambre. C'est bien le seul de nos clients à ne pas être descendu pour constater les dégâts. Le souci, c'est que Summer est sortie faire une course, et que je ne peux pas quitter mon poste…

— Ce sont des sucettes ?

— Grace ! protesta April.

Mais Harriet avait déjà ouvert le couvercle du bocal posé sur le comptoir et tendait une sucette à chacune des jumelles.

— Si vous alliez livrer votre message vous-même, pendant que je m'occupe de ces petits anges ? suggéra-t-elle. Tournez à droite en haut de l'escalier, puis allez jusqu'au bout du couloir.

— Mais je ne voudrais pas abuser…

— Sottises ! C'est la chambre 8.

D'âge incertain, Harriet Ferris était une figure d'Orchard Hill. Elle avait enseigné le catéchisme à Jay et deux de ses sœurs, et elle adorait les enfants. Cet emploi à l'hôtel n'était pas justifié par de quelconques soucis financiers, son mari bénéficiant d'une confortable retraite ; il lui permettait juste de voir du monde et de s'occuper.

— Ne vous inquiétez pas pour le fantôme, ajouta Harriet. Personne ne l'a jamais vu.

April sentit ses bras se couvrir de chair de poule. Un fantôme ? Elle n'y croyait pas vraiment, mais quand même…

S'exhortant à ne pas se laisser impressionner, elle monta l'escalier, tourna à droite… et frissonna quand l'ourlet de sa légère robe d'été frôla ses genoux comme une caresse.

La seule lumière à l'étage provenait d'un rayon de soleil filtrant à travers les vitraux de la fenêtre en ogive située à une extrémité du couloir. Au centre du parquet en acajou courait une longue et étroite bande de moquette qui étouffait le bruit de ses pas.

Elle arriva devant la chambre 8 et remarqua que la porte était entrebâillée.

Elle tendit l'oreille et perçut un froissement de draps et le bruit d'un matelas qui tanguait légèrement.

— Cole ? C'est April.

Il n'y eut pas de réponse.

Elle s'apprêtait à retourner à la réception pour demander un stylo et une feuille de papier à Harriet, quand elle remarqua une petite table près de la porte, à l'intérieur de la chambre. À côté d'une petite lampe, il y avait un bloc jaune de feuillets repositionnables et un crayon.

Elle appela à nouveau Cole et, n'obtenant aucune réaction, elle tendit le bras, sans franchir le seuil. Tâtonnant du bout des doigts, elle finit par toucher le stylo.

Il roula par terre.

Retenant un mouvement d'humeur, elle se pencha pour le ramasser. Son épaule heurta la porte qui s'ouvrit en grand.

Elle se redressa, le stylo à la main, et vit que la chambre

était grande et meublée d'une commode ancienne, d'un fauteuil capitonné, et d'un lit à baldaquin où dormait un homme aux cheveux noirs.

Le drap froissé avait glissé jusqu'à sa taille, révélant la peau hâlée de son torse, sous laquelle se dessinait une musculature impressionnante.

Son cœur s'affola, et le rouge lui monta aux joues.

Pour l'amour du ciel, ce n'était pas la première fois qu'elle voyait le torse nu d'un homme !

Avant que Cole se réveille et la surprenne à le regarder avec insistance, en rougissant comme une gamine, elle s'avança jusqu'à la table et, dos au lit, griffonna un mot.

— Cole est mort ?

April crut que son cœur s'arrêtait de battre. Grace se tenait dans l'embrasure de la porte. Une des bretelles de sa robe bleu ciel avait glissé sur son épaule potelée. Ses lèvres étaient violettes du sucre coloré de la sucette, et ses fins cheveux blonds de bébé entouraient son adorable petit visage.

— Chut, Grace !

— Alors, il est mort ou pas ?

— Non. Tais-toi, maintenant. Je lui laisse un mot.

— Cole est tout nu ?

Évidemment, Violet avait rejoint sa sœur.

— Cela ne te regarde pas, chuchota April.

— Oui, dit Grace. Il est tout nu.

Tendant le bras pour barrer le passage à ses filles, April s'empressa de signer le mot.

— Qu'est-ce que tu as écrit ? demanda Violet.

— Que le barbecue a été reporté à demain, murmura-t-elle. Partons, maintenant. Cole est fatigué, et il ne faut pas le réveiller.

— Pourquoi il est fatigué ?

— Je ne sais pas, Violet.

— Pourquoi il n'a pas mis son pyjama ? questionna Grace.

— Je ne sais pas.

— Et nous, on devra mettre un pyjama ce soir ? lança Violet.

— Oui.

April les tira presque hors de la chambre, et elles se tortillèrent pour regarder une dernière fois Cole endormi, avant qu'elle ferme la porte derrière elles.

Elles rencontrèrent Harriet dans le couloir.

— Ah, vous êtes là, petites chipies, dit la vieille dame, d'un ton faussement sévère que démentait son grand sourire. Vous l'avez trouvé ? ajouta-t-elle en se tournant vers April.

— Oui.

— Il est tout nu, déclara Grace.

Harriet haussa ses sourcils redessinés au crayon.

— Voyez-vous ça !

— Il est couvert et il dort profondément, précisa April, en se demandant pourquoi elle éprouvait le besoin de se justifier.

— Oui, mais il a juste un drap sur lui, insista Grace.

— Et c'est vrai qu'il est tout nu en dessous, renchérit sa sœur.

Puis toutes deux éclatèrent de rire.

April leva les yeux au ciel.

Harriet lui fit un clin d'œil, et elle se refusa catégoriquement à ajouter quoi que ce soit.

Cole ouvrit les yeux. Quelqu'un avait prononcé son nom.

Comme s'il émergeait des profondeurs d'un océan, il secoua la tête, groggy.

Tandis que les contours de la chambre gagnaient en

netteté, il constata que sa montre et son téléphone étaient toujours sur la table de chevet, là où il les avait laissés, et que la porte de la salle de bains était ouverte, là aussi comme il l'avait laissée.

Tout semblait normal, et pourtant il avait l'étrange sensation que quelqu'un était entré dans la pièce. Peut-être y avait-il vraiment un fantôme dans l'hôtel…

Du couloir provenaient des bruits étouffés de conversation et des rires. Il reconnut la voix mélodieuse d'April, le phrasé nasillard de Harriet, et les gloussements des jumelles.

Qu'est-ce qu'April et les filles faisaient à l'hôtel ?

Il se hissa sur un coude et vit une note autocollante jaune fixée à l'abat-jour de la lampe, sur la petite table près de la porte. Quelqu'un était donc venu. Il n'avait pas rêvé en entendant prononcer son nom.

Il s'assit au bord du lit pour enfiler son jean encore humide et traversa la pièce en boitant.

Récupérant le message, il esquissa un sourire. Le premier depuis très longtemps.

Samedi soir, la fête battait son plein dans le jardin d'April.

Ben et Will jouaient au croquet avec leur femme respective. Kristy et Gaby étaient en train de gagner et le faisaient savoir haut et fort.

Confortablement calé dans un fauteuil, Jim tenait son dernier petit-fils dans ses bras. Une douzaine d'enfants couraient en tous sens et poussaient des cris d'orfraie, tandis que les pères grimaçaient et que les mères faisaient mine de ne rien entendre.

Au milieu de ce vacarme, deux des voisines d'April et sa belle-mère discutaient d'un livre qu'elles avaient particulièrement aimé.

Affichant un grand sourire, April passait d'un groupe à l'autre avec des plateaux de boissons ou d'amuse-bouche.

Même si elle ne le disait pas, l'absence de Jay lui pesait. D'ailleurs, tout le monde ressentait la même chose.

Cole n'était pas encore arrivé.

Pendant la première heure, tous les invités avaient surveillé le portail du jardin, certains qu'il ne tarderait pas à arriver. Maintenant, ils n'en étaient plus aussi sûrs.

Ils commencèrent à faire griller la viande et à apporter les plats. La réception continua, et il y eut quantité de rires et de conversations enflammées.

Les parents aidaient les enfants à garnir leur assiette devant le buffet lorsque Will s'écria :

— Le voilà !

Il y eut un soupir de soulagement général quand un homme aux cheveux noirs passa l'angle de la maison. Voyant qu'il s'agissait de Marsh Sullivan, tout le monde fut déçu.

— Désolé pour le retard, dit Marsh. Julia avait besoin de se reposer.

Passant un bras protecteur autour de la taille de sa femme, il la guida vers les invités. Julia portait une casquette de base-ball orange qui ne cachait pas totalement son crâne chauve et, malgré les cernes noirs sous ses yeux, elle affichait un sourire courageux.

Tout le monde prit des nouvelles de la jeune femme, qui les rassura. En dehors d'un peu de fatigue résiduelle, elle se sentait parfaitement bien, la maladie n'étant désormais plus qu'un mauvais souvenir.

JoAnn, la matriarche du clan Avery, chassa un de ses petits-fils d'un fauteuil afin que Julia puisse s'asseoir, et insista pour caler un coussin dans son dos.

Lacey, la belle-sœur de Julia, qui était aussi la meilleure amie d'April, s'empressa de lui apporter un jus de fruits.

— Nous sommes tellement heureux que tu sois guérie, dit-elle.

Tout le monde savait qu'il était encore un peu tôt pour tirer une telle conclusion, mais on fit semblant d'y croire dur comme fer par égard pour Julia et Marsh.

Des steaks hachés arrosés de ketchup ou de moutarde furent déposés dans des petits pains briochés, de la salade de pomme de terre s'empila sur les assiettes, des poignées de chips furent englouties.

Et, pendant ce temps, une dizaine de paires d'yeux attendirent de voir apparaître un invité très spécial.

Une autre heure passa, et le soleil entama sa descente vers l'ouest.

La fête commença à donner des signes de lassitude. On se força à manger une part de tarte. Seuls les enfants trouvèrent la force d'engloutir une coupe de glace, avant de retourner se battre à grands coups de pistolets à eau, tout en hurlant avec une énergie qui semblait inépuisable.

April se laissa tomber dans un fauteuil à bascule installé sur la terrasse couverte. Avec un soupir, elle essaya de se convaincre qu'elle n'avait pas de raison d'être déçue si Cole n'était pas venu. Après tout, il n'avait jamais promis de le faire.

Mais elle avait pensé… Elle avait espéré…

Quoi ? Un miracle ?

— Cole ne viendra plus, maintenant, dit son amie Lacey, en prenant place à côté d'elle.

Tirée de sa rêverie, April regarda du côté du portail.

— On dirait que non, murmura-t-elle.

Elles se turent et observèrent Will, Ben et Noah, le mari de Lacey, qui avaient rejoint les enfants et qui, munis de pistolets à eau, n'étaient pas en reste de tactiques plus ou moins fair-play pour arroser leurs adversaires.

— Regarde-moi ce gamin, fit remarquer Lacey, en couvant son mari d'un tendre regard.

Touché au cou par une giclée d'eau glacée, Noah poussa un rugissement de lion et se vengea en arrosant Will.

— Alors dis-moi, à quoi ressemble Cole ? voulut savoir Lacey.

— Il est grand, calme, avec un regard très intense. Et il ne sourit jamais.

Un mouvement à l'angle de la maison attira soudain son attention.

— Et tu vas pouvoir le vérifier par toi-même. Le voilà.

Tandis que Lacey se tournait pour regarder, Will et Ben poursuivaient férocement Noah, qui zigzaguait pour leur échapper.

Trébuchant soudain, il s'étala de tout son long.

April retint son souffle.

Cole Cavanaugh allait recevoir de plein fouet tout le contenu de deux pistolets à eau.

- 5 -

Quand il arriva chez April samedi en fin de soirée, il y avait encore des voitures garées dans sa rue.

Pressant le pas, il suivit les rires et les cris jusqu'au jardin situé derrière la maison.

Il s'était préparé à être bombardé de questions par la famille de Jay à la seconde où il apparaîtrait.

Sûrement pas à recevoir un puissant jet d'eau en pleine figure.

S'ébrouant, il s'essuya les yeux du bout des doigts et prit la mesure de son environnement : une douzaine de gamins qui couraient partout et une vingtaine d'adultes.

April était habillée en jaune. Figée sur place, elle le regardait, horrifiée.

Un homme aux cheveux grisonnants s'approcha, la main tendue. En le voyant, Cole sut aussitôt à quoi aurait ressemblé Jay avec trente-cinq ans de plus.

Ce n'était pas de cette manière qu'il pensait rencontrer le père de son meilleur ami, mais il lui serra la main sans hésiter.

À presque soixante-dix ans, Jim Avery avait la poigne ferme et le regard perçant.

Cole avait préparé un petit discours à son intention, mais il n'eut pas la possibilité de dire un mot.

— Que l'on apporte une assiette de nourriture à ce garçon ! ordonna-t-il.

Puis il s'écarta pour laisser leur tour aux autres.

Cole croisa le regard d'April. Elle esquissa un sourire timide, mais ne se déplaça pas pour faire les présentations. Ce n'était pas plus mal. Il était venu seul, et c'était très bien que chacun puisse le constater.

On lui serra la main, on l'embrassa, on lui parla de choses et d'autres, qu'il ne retint pas tant il était occupé à observer April. Sa robe épousait à ravir ses courbes délicieuses. Ses cheveux prenaient des reflets cuivrés sous la lumière déclinante du soleil. Elle lui plaisait, c'était indéniable. Seulement, après son petit discours devant la tombe de Jay, il était plus déterminé que jamais à garder cela pour lui.

Après avoir rencontré tout le monde, il rejoignit April devant le buffet.

— Besoin de reprendre votre souffle ? demanda-t-elle.

— Quelque chose dans ce genre-là, oui.

Il accepta la canette de bière sans alcool qu'elle lui tendait et sentit un frisson courir le long de son bras quand leurs doigts se frôlèrent.

April sentait des dizaines de paires d'yeux braqués sur elle, maintenant qu'elle se retrouvait face à Cole. Elle avait l'intention d'être la première à l'accueillir quand il arriverait, mais, quand le père de Jay était venu lui tendre la main, elle s'était aussitôt mise en retrait. Après cela, Cole avait géré les présentations tout seul. Il avait beau dire qu'il n'aimait pas la foule, il s'était très bien débrouillé.

C'était un héros de guerre, et elle n'avait pas le droit de l'accaparer. Il n'était pas à elle. Bien sûr que non. Mais qu'il en soit conscient ou non, à l'instant où il avait serré la main de Jim, il avait été intégré dans le clan Avery.

Elle ne s'était pas encore remise de l'échange silencieux

entre les deux hommes. Elle avait toujours un peu de mal à respirer, et son cœur battait trop fort.

C'était comme si elle venait de tourner à l'angle d'un tunnel sombre et solitaire où elle errait, complètement perdue, et qu'elle apercevait soudain une lueur au loin.

Ses invités avaient des enfants à coucher, et des choses à faire le lendemain, et pourtant ils étaient restés pour rencontrer Cole. Certains lui avaient parlé seuls, d'autres en petits groupes. Tous s'étaient éloignés en avalant leur salive ou en cillant pour chasser leurs larmes.

Cole savait forcément ce que sa présence représentait pour chacun, mais elle avait du mal à deviner ce qu'il en pensait car son expression ne laissait rien filtrer de ses émotions. Il semblait attentif à ceux qui s'adressaient à lui, mais sur ses gardes.

De quoi se protégeait-il ?

Il leva sa canette, comme pour porter un toast, et elle remarqua qu'il avait des écorchures sur les jointures. Rien d'extraordinaire ou d'anormal. Même constat pour son jean délavé et sa chemise blanche aux manches roulées sur les avant-bras.

En fait, ce n'était pas son apparence qui lui faisait battre le cœur plus vite. C'était plus compliqué et plus profond que ça.

— Vous avez dû trouver mon mot, dit-elle.

C'était stupide, mais il fallait bien qu'elle dise quelque chose. Elle ne pouvait pas continuer à le dévisager comme ça.

— Effectivement.

Elle aimait le timbre rauque de sa voix, la forme de sa bouche et la couleur café de ses yeux. Et elle aimait tout spécialement les voir s'assombrir lorsque Cole plongeait son regard dans le sien.

— Votre porte était entrouverte, reprit-elle. Je vous ai appelé…

— Je pensais que je rêvais.

— Je me suis dit que vous ne viendriez plus.

— J'avais l'intention d'arriver plus tôt, seulement je n'ai pas vu le temps passer. Je suis désolé. Je ne voulais pas faire attendre vos invités.

Ses invités et pas elle ? Il avait fait la distinction, et elle l'avait relevé.

— Ça s'est bien passé, finalement, poursuivit-il. Vous aviez raison. Mais il reste une personne que je n'ai pas rencontrée.

— Oui. La mère de Jay.

April songea à le prévenir que sa belle-mère était une maîtresse femme. Elle était toujours prête à aider son prochain, mais elle ne se laissait pas marcher sur les pieds. Et elle disait toujours ce qu'elle pensait sans retenue. Et puis elle y renonça. Cole était un homme adulte, solide et capable de se débrouiller tout seul.

Ils marchèrent ensemble vers la terrasse, leurs ombres s'étirant sur l'herbe devant eux. Leurs épaules ne se frôlaient pas. Leurs coudes ne se touchaient pas, et pourtant April ressentait une connexion.

Elle ne savait pas comment elle allait gérer cela et paniquait un peu.

Plusieurs invités avaient commencé à rassembler leurs enfants, les restes de nourriture et les glacières. Tout le monde s'interrompit pour regarder Cole rencontrer la mère de Jay.

Le cœur d'April battait à tout rompre quand elle s'arrêta près de la table où JoAnn Avery était assise.

— JoAnn, voici…

— J'avais compris, ma chérie.

Sa belle-mère se leva souplement et se plaça face à Cole.

— Vous avez sûrement remarqué que nous ne faisons pas de chichis. Je suis JoAnn. Je suis heureuse de rencontrer le plus cher ami de mon fils.

Elle l'embrassa chaleureusement sur les joues, comme tout le monde s'y attendait.

La suite fut plus surprenante.

— Mes petites-filles m'ont dit que vous dormiez en tenue d'Adam. Voilà un homme comme je les aime !

April ouvrit de grands yeux.

— Ce qu'elles voulaient dire…

Sa belle-mère l'interrompit :

— Pour l'amour du ciel, il n'y a rien de mal à dormir nu. Moi-même, quand j'étais jeune…

Les sœurs de Jay restèrent bouche bée, comme si c'était une information qu'elles n'avaient pas forcément envie de connaître. Quelques hommes ricanèrent, tandis que Lacey éclatait de rire.

Les seules concessions à la surprise que fit Cole, devant cette révélation hautement personnelle, furent un léger haussement de sourcils, et un petit sourire narquois.

— Je ne m'attendais pas à avoir de la visite, dit-il.

April regarda ses filles qui encadraient leur grand-mère et souriaient d'un air angélique.

— Les filles, vous l'avez dit à quelqu'un d'autre ?

Elles ouvrirent de grands yeux innocents et restèrent muettes.

— Il est possible qu'elles m'en aient parlé, intervint Lacey.

— À moi aussi, renchérit Jim.

— Et à nous, avouèrent deux belles-sœurs d'April.

April se décomposa.

— Je suis désolée, Cole, murmura-t-elle. Les filles et moi n'avions pas l'intention d'exposer votre intimité.

— Allons, allons…, dit JoAnn en tapotant la joue de Cole. Vous ne vous sentez pas exposé, n'est-ce pas ? Et, entre vous et moi, ce qui est encore plus agréable que de dormir nu, c'est de nager nu.

Les filles de JoAnn poussèrent des cris horrifiés, que leur mère balaya d'un revers de main comme si elle écartait des moustiques.

— Au moins trois de vos voisins peuvent voir votre piscine depuis leur maison, fit remarquer Elizabeth, une des sœurs de Jay.

— Ton père et moi n'en connaissons aucun qui soit capable de voir la nuit.

— Parce que papa aussi ? demanda Regan, une autre des sœurs.

— Au moins, c'était la nuit, dit une autre. C'est déjà ça.

— Pas toujours, chérie. Je me souviens de vacances en Europe…

Regan l'interrompit d'un air horrifié.

— Pas question que je dise cela à Ryan. Il rêve d'aller sur une plage naturiste.

— Qu'est-ce que tu veux me dire, mon cœur ?

— Qu'il est temps de partir, répliqua Regan, tandis que son mari passait un bras autour de ses épaules.

— Nous devrions y aller aussi, décréta JoAnn.

Aussitôt, plusieurs invités se levèrent.

— Je crains d'avoir donné le signal du départ, ma chérie, fit remarquer JoAnn en souriant à April.

Les rides qui s'étaient creusées autour de la bouche et des yeux de JoAnn disaient sa tristesse, mais elle n'en faisait jamais étalage et s'efforçait d'aller de l'avant. April ne l'en admirait que plus.

Serrant sa belle-mère dans ses bras, elle murmura :

— Vous êtes vraiment une femme étonnante. Je vous aime.

— Mais oui, ma chérie, je le sais bien, répondit JoAnn.

Puis elle posa sa main sur le bras de Cole.

— Je suis contente que vous ayez pu vous joindre à nous ce soir, jeune homme. Jay était prévenant avec tout le monde, mais ses vrais amis étaient rares.

Elle cilla à plusieurs reprises.

— Eh bien, voilà maintenant que j'ai une poussière dans l'œil, précisa-t-elle, d'une voix un peu tremblante.

Tous ceux qui l'entendirent eurent soudain eux aussi une poussière dans l'œil.

JoAnn regarda autour d'elle.

— On dirait que Jim est prêt. Will et Kristy sont aussi en train de remballer. Eh bien, bonne nuit, tout le monde !

Le jardin fut rapidement rangé. Une chaussure perdue fut retrouvée. Les enfants furent rassemblés. Les poubelles furent vidées, un frisbee fut récupéré sur l'avant-toit du garage. Les chaises furent pliées et emportées par ceux qui les avaient apportées. Pour finir, on s'embrassa, on échangea encore quelques mots, puis ce fut un concert de portières claquées, de vrombissements de moteur et de coups de klaxon.

Et puis, soudain, il ne resta plus que Cole.

Il était presque 22 heures. Grace et Violet étaient accroupies côte à côte. Leurs têtes se touchaient tandis qu'elles contemplaient une cigale qui rampait dans l'herbe. Il ferait bientôt nuit, mais April n'était pas pressée de les détourner de leur découverte.

Cole observait les filles, et April observait Cole.

Il reposait son poids sur sa jambe droite. Le soleil

couchant nimbait sa silhouette d'un halo orangé. Des bribes duveteuses de graminées volaient autour de lui.

Il était beau, c'était indéniable. Le nez droit, le menton puissant, la mâchoire carrée… Son visage était tout en angles. Et que dire de ses larges épaules, de ses pectoraux qui se dessinaient sous sa chemise ajustée – et qu'elle avait vus à l'hôtel, quand il dormait… –, de ses hanches étroites et de ses cuisses puissantes…

Il se tourna, comme s'il avait senti l'examen dont il était l'objet, et commença à s'avancer vers elle, sans l'ombre d'un sourire sur son visage.

— Vous m'avez fait mentir ce soir, dit-elle.

Devant son air surpris, elle s'empressa d'expliquer :

— Quand on m'a demandé comment vous étiez, j'ai répondu que vous étiez calme et que vous ne souriez jamais. Pourtant, ce soir, vous avez ri avec la mère de Jay. Qui aurait cru que mes beaux-parents prenaient des bains de minuit ?

— Je pense qu'elle a dit cela pour me mettre à l'aise.

April se demanda quel était le secret de sa belle-mère, car Cole ne semblait pas du tout à l'aise, à présent.

Si elle ne faisait rien dans les prochaines secondes, il allait détaler comme un lièvre apeuré. Et elle n'avait pas envie qu'il s'en aille déjà.

— Voulez-vous entrer quelques minutes ? proposa-t-elle.

Elle perçut son hésitation et ajouta :

— J'aimerais bien savoir quelles sont les modifications que les frères de Jay vous ont proposées pour les travaux.

Son astuce fonctionna.

Tandis qu'elle le précédait à l'intérieur de la maison, elle songea que sa rusée belle-mère n'était pas la seule à avoir quelques tours dans son sac.

Cole ne comprit rien à la tournure que prirent les événements. Il s'apprêtait à partir, et voilà qu'il était en train d'expliquer les idées parfois saugrenues des Avery pour la rénovation de l'étage.

April et lui tenaient chacun un côté du plan, et leurs têtes penchées se touchaient presque, à l'image de celles de Grace et Violet qui poursuivaient leurs découvertes entomologiques.

April écoutait attentivement tandis qu'il détaillait les modifications : un placard plus grand ici, une porte plus large là, un autre emplacement pour la salle de bains…

Il se demandait par quel miracle ses explications pouvaient être cohérentes car il ne pensait à rien d'autre qu'à la beauté d'April dans sa robe jaune, à la douceur de ses cheveux qui lui effleurait le bras, à l'envie qu'il avait de…

Non, il ne pouvait laisser cette pensée prendre forme.

Elle fit passer la masse de ses cheveux d'un seul côté de son visage, révélant son oreille, la finesse de son cou… et le début de son décolleté.

Cole perdit ses esprits en imaginant qu'il posait les lèvres sur chacun de ces endroits…

Heureusement, April se dirigea vers la porte pour appeler les jumelles.

— Les filles ! Il commence à faire nuit. Il est temps de rentrer ! Laissez cette pauvre cigale tranquille. Elle est fatiguée et elle veut aller se coucher.

Les jumelles se levèrent d'un bond et coururent vers la maison.

— Elle est morte, annonça Grace.

— Parce que tu l'as serrée trop fort, dit Violet, d'un ton mécontent.

Laissant la porte claquer derrière elle, la fillette se tourna vers lui et précisa :

— Elle prend toujours les insectes dans ses doigts. Même les araignées. C'est dégoûtant.

Même si son rire lui apparut comme un peu rouillé, Cole sentit se libérer un peu de la tension qui s'était logée au creux de son estomac. April avait raison : il ne souriait pas souvent. Et il lui arrivait encore plus rarement de rire.

April envoya les filles se laver les mains et mettre leur pyjama, et lui demanda s'il voulait quelque chose.

— Un décaféiné ? Une tisane ?

Il regarda d'un œil envieux une assiette de brownies, mais répondit qu'il n'avait besoin de rien.

April déposa deux brownies sur une assiette, lava une fourchette à dessert et lui tendit le tout.

— Il y a du lait dans le réfrigérateur. Servez-vous si vous en voulez.

Sur cette proposition, elle quitta la pièce.

Cole observa l'assiette, essaya de résister et finit par planter sa fourchette dans un des brownies. La pâte était fondante, avec des petits éclats de caramel à l'intérieur, et un épais glaçage blanc sur le dessus. Il dévora les deux et, ne voyant pas de lave-vaisselle, posa son assiette sur la pile qui attendait dans l'évier.

Dans la salle de bains, April demandait aux jumelles de se laver les dents.

Laissant le plan de l'étage sur la table, il noua un sac-poubelle et alla le déposer dans le conteneur à côté du garage.

Désœuvré, il arpenta le salon et prit une photo encadrée, posée sur une des étagères de la bibliothèque. On y voyait April en robe blanche et Jay en costume sombre.

Il les fixa jusqu'à ce que leurs visages se brouillent et que la douleur dans sa poitrine devienne si forte qu'il eut du mal à respirer. Il reporta alors son attention sur des photos des jumelles à différents âges. Il y avait aussi un cliché d'un séduisant jeune couple, et de deux fillettes qui devaient être April et sa sœur. Sur d'autres photos, il reconnut des personnes qu'il avait rencontrées aujourd'hui.

Il entendit chuchoter dans une pièce au bout du couloir. Il lui sembla distinguer des bribes d'une histoire, puis April revint.

— Elles voudraient que vous alliez leur dire bonsoir.

Il n'avait jamais bordé un enfant et n'était pas sûr de savoir comment faire.

À la lueur d'une veilleuse en forme d'étoile, il enjamba les jouets qui jonchaient le sol et se dirigea en premier vers le lit de Grace.

La fillette leva les yeux et lui adressa un sourire endormi.

— Bonne nuit, dit-il, faute d'avoir une meilleure idée.

Apparemment, cela suffit.

Ses paupières se fermant toutes seules, Grace coinça un lapin en peluche miteux sous son menton.

— Bonne nuit, Cole.

Il se déplaça vers le lit de Violet.

À peine fut-il assis que la fillette se lança dans un grand discours.

— Maman dit que si j'enlève mon pyjama, je ne pourrai pas porter ma robe de princesse pendant une semaine. J'aimerais bien avoir un bébé chien comme Maddie. Maman a dit peut-être, mais ça veut toujours dire non. Tu pourras lui demander ? Je m'en occuperai toute seule. Je sais comment il faut faire. Maddie m'a bien expliqué. Je pense que je vais l'appeler Jasmine. Ou Belle. Ou peut-être Arielle. Ça doit être absolument une fille, parce que je n'ai pas trouvé de nom pour un garçon.

Elle continua à énumérer toutes les idées qui lui

passaient par la tête et, tout à coup, s'endormit au beau milieu d'une phrase.

Cole retrouva April dans la cuisine, en train de laver la vaisselle, et il l'observa un moment depuis le seuil.

Elle s'était brossé les cheveux. C'était peut-être bizarre de remarquer cela, mais il avait toujours prêté attention aux détails.

Tous les plans de travail étaient recouverts de restes de nourriture et de vaisselle sale. Il se demanda s'il devait proposer son aide.

— Vous savez, dit-il, en entrant dans la pièce, Violet vous ressemble, physiquement, mais je crois que la mère de Jay avait la même personnalité, quand elle était petite.

Il s'attendait à un rire, ou au moins à un hochement de tête, mais April continua à faire la vaisselle.

— Une information, en passant, poursuivit-il. Elle voudrait un chiot.

Il s'approcha de la paillasse, où s'empilait la vaisselle à essuyer.

— Elle a déjà réfléchi à des prénoms, précisa-t-il.

April soupira.

— Vous n'aimez pas les chiens ? s'enquit-il.

— Si, bien sûr. Ma sœur et moi avions une chienne quand nous étions petites. Marilee l'avait nommée Lady Godiva, mais nos parents avaient raccourci son nom en Lady. Ça a été un drame quand elle est morte.

Elle soupira derechef et fit rouler sa tête sur ses épaules.

— Des courbatures ? lança-t-il. Il est vrai que la journée a été longue.

— Et ces brownies ? Comment les avez-vous trouvés ?

— Excellents.

— C'est Lacey qui les a faits. C'est un délice, mais elle refuse de me donner la recette.

À nouveau, il fut surpris qu'April n'esquisse pas au moins un sourire. Il faisait nuit, maintenant, et il pouvait voir son reflet dans la fenêtre au-dessus de l'évier.

Il faillit parler de Jay. Est-ce qu'il lui manquait ? Le fait d'avoir passé du temps avec sa famille avait-il ravivé le sentiment de son absence ?

— Tout va bien ? demanda-t-il.

Elle hocha la tête, sans réussir à le convaincre.

Il s'approcha et posa sa main sur son épaule.

— Qu'est-ce qui ne va pas, April ?

— Pourquoi dites-vous ça ?

— Vous venez de laver ce verre pour la troisième fois.

Elle le regarda enfin, mais son expression ne laissait rien filtrer de ce qui la préoccupait.

Et, soudain, elle l'embrassa.

Ce fut un baiser furtif. Comme la caresse d'une plume sur ses lèvres.

C'était doux, tendre, et si troublant qu'il ne trouva pas la force de s'écarter.

Elle avait dû se hisser sur la pointe des pieds car il était beaucoup plus grand qu'elle.

Il ferma les yeux et retint son souffle. Leurs corps étaient pressés l'un contre l'autre, et il sentait la chaleur et le parfum d'April l'envelopper.

Au loin, un clocher sonna 23 heures. Le vent soufflait, faisant craquer la charpente. Des insectes nocturnes stridulaient dans le jardin.

Elle posa les mains sur ses épaules, se blottissant davantage contre lui, tandis que son baiser s'enhardissait.

Submergé de désir, il enroula un bras autour de sa taille et répondit avec ardeur à son baiser.

Il ne s'attendait pas à cela. Il ne s'y était pas préparé.

Il y avait pensé, il en avait rêvé… Ses rêves n'étaient pas à la hauteur de la réalité.

Cette pensée le ramena à la raison. Ce désir de la tenir contre lui et de l'embrasser remontait à bien longtemps, et il en avait toujours éprouvé de la culpabilité.

Il s'écarta brusquement.

April ouvrit les yeux, et il se noya dans un océan d'or. Elle avait les joues rosies, les lèvres moites et gonflées.

S'il posait le bout de ses doigts sur la veine qui battait follement à la base de son cou, il savait que son pouls serait à l'unisson du sien.

Le désir et l'honneur se livraient une rude bataille en lui. Il avait envie de l'embrasser à nouveau, de respirer sa peau, de la soulever dans ses bras et de l'étendre sur un lit…

— April…

— Je sais. Nous n'aurions pas dû.

C'était lui qui n'aurait pas dû. Il l'avait promis. Et pas seulement à lui-même.

Il aurait dû arrêter April avant que cela commence. En tout cas, il n'aurait pas dû l'encourager. Seulement il savait que rien n'aurait pu l'empêcher de répondre à son baiser.

Il recula d'un pas, puis d'un deuxième.

Maintenant qu'il était trop loin pour la toucher, il pourrait peut-être penser en toute sérénité.

Elle se sentait seule, voilà tout. Il le comprenait mieux que personne, mais il ne pouvait pas la laisser s'égarer ainsi.

— Je suis désolée, murmura-t-elle. Si ça se trouve, vous êtes marié.

— Je ne le suis pas.

— Quatorze mois… Cela fait quatorze mois que Jay n'est plus là. C'est beaucoup trop tôt pour…

— Oui.

Il voyait encore dans ses yeux les effets de leur baiser passionné.

— C'est ce que je n'ai cessé de me répéter tout l'après-midi, dit-elle.

— Je ne suis pas venu ici pour ça, vous savez.

April avait des dizaines de questions, mais elle se concentra sur la plus importante.

— Pourquoi êtes-vous venu ?

Elle eut le temps de compter jusqu'à dix avant qu'il réponde :

— Je voulais me rattraper vis-à-vis de Jay.

Le cœur d'April battait toujours follement, et elle ne savait pas quoi faire de ses mains tandis qu'elle attendait une explication plus précise. Elle finit par les croiser devant elle.

Obtenir des réponses de la part de Cole était comme arracher des mauvaises herbes. Certaines venaient facilement, mais d'autres se cassaient à ras de terre et la racine restait enfouie.

Il n'était pas comme les autres hommes qu'elle connaissait. Seigneur, il y avait tellement de gens qui la bombardaient d'informations personnelles dont elle se serait bien passée !

Cole était différent. Il était secret. Sur ses gardes.

Et elle ne le laissait pas indifférent.

— Comprenez-moi bien, reprit-il enfin. Le fait que vous ayez eu envie de m'embrasser est le plus beau cadeau que l'on m'ait fait depuis longtemps. Mais je sais ce que Jay représentait pour vous et je n'ai pas l'intention d'essayer de prendre sa place.

Elle ouvrit la bouche pour répliquer, mais Cole ne lui en laissa pas l'occasion.

— Dans ces conditions, je comprendrais très bien

que vous vouliez faire appel à quelqu'un d'autre pour aménager l'étage.

Elle lutta contre une soudaine vague de panique. Sans rien laisser paraître, elle rétorqua :

— Je pensais, en tant que meilleur ami de Jay, que vous étiez un homme de parole.

Elle vit, à la façon dont il carrait ses épaules et redressait le menton, qu'il était piqué au vif.

— Je le suis et je pense que vous le savez.

— En ce qui me concerne, notre accord tient toujours, dit-elle. Sachez seulement que j'ai décidé de faire deux chambres à l'étage, séparées par une salle de bains. Pendant que les hommes faisaient des suggestions pour rendre la suite parentale plus luxueuse, nous avons décidé entre femmes du risque qu'il y avait à laisser les filles dormir en bas quand elles seront adolescentes. Il faudra sans doute que je mette en place des couvre-feux, et que je surveille leurs allées et venues. C'est pourquoi je serai mieux en bas. Mais nous en reparlerons demain matin.

Il la toisa longuement, et une femme moins aguerrie qu'elle aurait sans doute frémi. Cole était un homme intimidant et, en tant qu'ancien officier, il ne devait pas avoir l'habitude que l'on aille contre ses décisions.

Elle campa sur ses positions et soutint son regard sans flancher.

— Très bien, April. Nous en parlerons demain.

Elle l'accompagna à la porte et la ferma aussitôt derrière lui, laissant les lampes extérieures allumées jusqu'à ce qu'elle entende son pick-up démarrer.

Après s'être assurée que toutes les fenêtres et les portes étaient bien fermées, elle jeta un coup d'œil aux plans de travail encombrés et à la vaisselle qui restait à faire et décida de s'en occuper… le lendemain.

Après avoir vérifié que les jumelles dormaient paisiblement, elle regagna sa chambre et se laissa tomber sur son lit.

Seigneur ! Elle avait embrassé Cole !

Cela lui ressemblait si peu d'agir ainsi !

Elle essaya de se convaincre que ce n'était rien du tout. Il n'empêche qu'elle n'avait pensé qu'à ça depuis le moment où Cole était arrivé à la soirée.

Il avait tenu à préciser qu'il n'avait pas l'intention de prendre la place de Jay. Pensait-il vraiment que c'était ce qui se produirait, s'ils avaient une aventure ?

Elle rougit.

Qui avait parlé d'une aventure ?

En tout cas, elle avait pris l'initiative de ce baiser, et ce n'était pas dans ses habitudes.

Certes, elle avait toujours eu le sens de la repartie, mais elle n'avait jamais pratiqué une séduction agressive, ni fait le premier pas. Les quelques garçons avec qui elle était sortie avant Jay étaient tous venus à elle et elle s'était laissé persuader.

Avec Jay, le coup de foudre avait été immédiat. Quand elle l'avait perdu, elle s'était dit qu'elle ne serait plus jamais intime avec un autre homme jusqu'à la fin de ses jours.

Encore aujourd'hui, il lui suffisait de fermer les yeux pour voir le visage si séduisant de son mari, les fines rides au coin de ses yeux, son sourire toujours si avenant…

Un grand vide se creusa dans sa poitrine tandis qu'elle allumait sa lampe de chevet.

Elle se leva et traversa la pièce pour aller caresser le peignoir accroché à la patère derrière la porte.

En enfouissant son visage dans le tissu-éponge, elle constata avec tristesse que l'odeur de Jay avait totalement disparu, maintenant.

Elle essaya de la recréer dans son esprit. Jay était la

première primevère dans l'herbe nouvelle, ce courageux rayon de soleil qui faisait fondre les dernières traces de neige…

Elle pouvait la décrire parfaitement, mais elle ne parvenait plus à faire revivre son odeur… Ce constat lui nouait la gorge et lui serrait le cœur.

Elle enfila le peignoir sur sa robe, roula les manches, croisa les pans et les noua. Puis elle sortit de sa chambre et déambula sans but dans la maison.

Si Jay n'était pas mort, elle n'aurait jamais embrassé un autre homme. Elle était sincèrement persuadée qu'elle n'en aurait jamais eu envie.

Vibrant d'un amour qui n'avait désormais plus d'objet, souffrant d'une absence irrémédiable, elle serra les bras autour de sa taille,

Si seulement elle pouvait le ressusciter.

Mais elle ne pouvait pas plus le faire revenir que faire revivre son odeur.

Le cœur déchiré, les joues couvertes de larmes, elle se retrouva, sans s'en rendre compte, en haut de l'escalier qui menait au grenier.

Elle alluma le plafonnier et tenta de s'imaginer à quoi cet endroit ressemblerait une fois quc Cole l'aurait transformé. Sans succès. Elle ne parvint pas à voir autre chose qu'une charpente nue et un sol poussiéreux.

Elle retourna finalement dans sa chambre, où elle ôta le peignoir et le suspendit à la patère où il se trouvait depuis que Jay était parti pour ne jamais revenir.

Elle prit une profonde inspiration et capta une fragrance boisée qu'elle associait à l'hiver.

Jay lui manquerait toujours, elle ne cesserait jamais de l'aimer, mais c'était maintenant l'odeur de Cole qui imprégnait ses vêtements, le baiser de Cole qui flottait sur ses lèvres, le souvenir de ses bras autour d'elle qui troublait ses pensées…

Elle savait ce que cela signifiait, quand un homme serrait la mâchoire comme Cole l'avait fait ce soir : il n'avait aucune intention de l'embrasser à nouveau, même s'il avait souhaité ce baiser, qu'il en avait eu besoin et qu'il l'avait apprécié.

Ça lui avait plu aussi. Beaucoup plus qu'elle n'aurait pu l'imaginer. Elle avait ressenti un élan de désir qu'elle pensait ne jamais voir refaire surface. Elle avait vu une étincelle derrière ses paupières fermées, qu'elle croyait éteinte à jamais.

Déjà, elle rêvait d'un autre baiser…

Comment faire pour convaincre Cole de changer d'avis ?

Elle soupira.

Quelque part, tout au fond de son cœur, une petite graine avait été plantée.

Elle la sentait déjà prendre racine.

Bientôt, elle le savait, il en jaillirait une aspiration à quelque chose de bien plus profond qu'un simple baiser…

- 6 -

C'était un de ces après-midi du milieu de l'été qui mettaient April d'excellente humeur. L'air était doux, le vent léger, et les pelouses nouvellement tondues du jardin municipal dégageaient une fraîche odeur acidulée.

Tenant ses filles par la main, elle déambulait paisiblement, en écoutant leur joyeux babil. Elle se sentait aussi libre que les nuages qui parsemaient le ciel bleu, semblables à de grosses boules de barbe à papa.

Elle ne trouva pas étrange de parvenir à voir la couleur des yeux de ses filles à travers leurs lunettes de soleil.

Elle ne s'étonna pas non plus de toutes ces luxuriantes fleurs exotiques qu'elle n'avait jamais vues parmi les habituels pétunias et dahlias.

Il n'y avait rien d'anormal à ce que les voitures, toutes vert amande, roses ou jaunes, glissent sans bruit dans la rue, comme portées par des coussins d'air.

Elle ne fut pas davantage surprise de voir son père prêcher la bonne parole, en haut de marches en marbre blanc qui ne menaient nulle part.

Des gens qu'elle ne connaissait pas étaient rassemblés autour de lui. D'autres entouraient la statue en bronze de Johnny Appleseed, qu'un mystérieux donateur avait offert à la ville. Près de la fontaine, deux femmes à la longue chevelure argentée, vêtues de robes blanches chantaient d'une voix incroyablement mélodieuse et apaisante.

Au loin, quelqu'un frappait sur quelque chose.

April ignora le fracas et continua à marcher en compagnie de ses filles.

Elle ne se demanda pas pourquoi Cole était avec elle, ni pourquoi il était en tenue militaire. Il lui souriait, et elle avait le cœur aussi léger que les ballons gonflés à l'hélium qui flottaient autour d'eux.

Les coups se répétèrent, de plus en plus insistants. Subitement, tous les nuages s'assombrirent et les fleurs exotiques se fanèrent. Les moteurs des voitures se mirent à rugir comme des bêtes féroces, et son père disparut.

Cole se mit à courir dans la rue en appelant quelqu'un, puis il y eut des crissements de frein et une explosion de verre brisé.

— Nooon !

April se réveilla brusquement et s'assit dans son lit, en sueur.

Son cœur battait à tout rompre, et elle avait mal à la gorge d'avoir crié. Il lui fallut quelques instants pour réaliser qu'elle était dans sa chambre. Le peignoir de Jay était accroché à la patère derrière la porte. Un roman était ouvert sur la table de chevet. Les draps étaient enroulés autour de ses jambes.

Elle avait rêvé.

Elle repoussa les cheveux de son visage, se frotta les yeux et tenta de libérer ses jambes prises entre les draps.

C'était la première fois que cela lui arrivait, depuis la mort de Jay.

Autrefois, elle faisait souvent des rêves prémonitoires. Quelques jours avant la mort de son père, elle avait rêvé de funérailles. Elle ne savait pas encore qu'elle était enceinte quand elle s'était vue en songe avec des jumelles.

Elle se figea, soudain glacée.

Mais alors…

Les coups de frein, les klaxons, le verre brisé, le choc d'une voiture heurtant quelque chose… ou quelqu'un…

Et Cole, qui avait disparu…

Non. Ce n'était qu'un rêve, et rien d'autre. Cela n'avait rien de prophétique.

On frappa encore mais, cette fois, le son était bien réel.

Quelqu'un cognait à la porte de la cuisine.

Elle jeta un coup d'œil à la pendulette sur sa table de chevet.

Elle se pencha et regarda à nouveau.

Ce n'était pas possible ! Il était 8 heures passées. C'était probablement Cole.

Elle se leva d'un bond et se rua vers la cuisine, où elle vit la silhouette d'un homme derrière le store de la porte vitrée.

— Un instant ! cria-t-elle.

Puis elle courut au fond du couloir et alla voir les filles, qui étaient généralement réveillées dès le lever du soleil. Ce matin, elles dormaient à poings fermés. La réception de la veille avait dû les épuiser.

Elle retourna dans sa chambre, où elle enfila un short et un fin gilet directement sur le boxer en coton et le débardeur qui lui tenaient lieu de pyjama. Puis elle courut à la salle de bains pour se passer de l'eau sur le visage, se laver les dents et se brosser hâtivement les cheveux.

Elle était rougissante et agitée quand elle ouvrit la porte. Mais, au moins, elle était présentable.

Cole la regarda et demanda aussitôt :

— Qu'est-ce qui ne va pas ?

Elle secoua la tête sans un mot.

— Que s'est-il passé ? insista-t-il.

Elle fut incapable de répondre.

— Il y a un problème avec les filles ?

— Non, lâcha-t-elle enfin. Elles dorment toujours.

Tandis qu'elle reculait pour le laisser entrer, elle surprit le coup d'œil appuyé dont il l'enveloppait. Elle s'était habillée sans se regarder dans un miroir, et elle baissa les yeux pour s'assurer que tout était zippé, boutonné et couvert. Elle avait enfilé le premier short qu'elle avait trouvé dans le tiroir. Il était blanc et un peu plus court que ceux qu'elle portait habituellement, mais pas trop sexy. Son gilet en coton couleur jade était boutonné correctement et, si elle n'avait pas pris le temps d'enfiler des chaussures, tout le reste était à sa place.

Sauf son cœur. Elle avait toujours l'impression qu'il était remonté dans sa poitrine.

— Vous avez l'air fatigué, fit remarquer Cole. Vous avez dormi, cette nuit ?

— Un peu.

— C'est-à-dire ?

— J'ai fait un cauchemar.

Pourquoi n'avait-elle pas revécu en rêve le baiser de Cole ? Où était passée la femme qui était si sûre d'elle, quelques heures auparavant ? Comment avait-elle pu se laisser aller à des sensations si intenses, en prenant le risque d'une nouvelle perte douloureuse.

— Ce baiser, c'était une erreur, décréta-t-elle.

— Tout va bien, April.

— Non. Tout ne va pas bien. Je pensais que c'était un nouveau départ, mais je me trompais. Ce n'est pas votre faute. Je n'aurais pas dû.

Elle savait que son discours était un peu décousu, mais elle avait du mal à recouvrer ses esprits.

Sans ajouter un mot de plus, Cole pivota sur ses talons et quitta la pièce.

Immobile au milieu de la cuisine, April contemplait la porte qui venait de se refermer.

Évidemment, il l'avait cataloguée comme folle et il prenait la fuite.

Elle ne pouvait même pas l'en blâmer.

Soudain, elle entendit frapper trois petits coups secs à la porte.

Elle comprit, et quelque chose de doux et d'apaisant se répandit en elle. Presque aussitôt, son cœur retrouva un rythme normal.

Ouvrant la porte, elle trouva à nouveau Cole sur le seuil. Un coin de sa bouche était remonté en un demi-sourire. C'était le premier sourire qu'il lui offrait, et c'était charmant.

— Bonjour, je suis Cole Cavanaugh.

Elle se perdit dans les profondeurs de ses yeux bruns.

— Pardon, que dites-vous ? Vous êtes April Avery ? Ravi de vous rencontrer, April.

Il marqua une nouvelle pause.

— N'hésitez pas à parler plus fort. Je ne suis pas sûr d'avoir compris. Vous disiez que vous aviez bien besoin d'un ami ?

Elle ne savait pas si elle devait rire ou pleurer et se retrouva à faire les deux.

— Vous voulez être mon ami ? demanda-t-elle.

— Vous voulez que je le sois ?

Cole était un petit malin. Il appartenait aussi à cette rare frange d'hommes que l'on appelait des héros. La combinaison ne manquait pas d'attraits. Cole ne manquait pas d'attraits. En fait, c'était un des hommes les plus séduisants qu'elle ait jamais rencontrés. Et cela ne se résumait pas seulement à son apparence physique.

— Je suppose que oui, répondit-elle.

— Amis, alors, dit-il, en lui tendant la main. Donc on se tutoie.

Elle posa sa main dans sa large paume et, tandis que ses doigts enveloppaient les siens, elle ressentit un léger frémissement et un inexplicable lien.

Son cœur s'emballa un petit peu, mais elle n'en fut pas effrayée car Cole et elle avaient maintenant un accord : amis.

Cole posa son ordinateur sur la table, et elle alluma la cafetière. Puis, comme elle n'avait pas eu le temps de mettre ses lentilles de contact, elle se précipita vers la chambre pour aller y prendre ses lunettes, rangées sur la table de chevet.

De retour dans la cuisine, elle versa du café dans deux tasses qu'elle apporta à table.

Cole était absorbé par sa tâche, et elle en profita pour le regarder.

Elle savait déjà qu'il avait un visage anguleux, un nez droit, des sourcils et des cils très noirs. Il y avait, au-dessus de sa lèvre supérieure, une petite cicatrice blanche qu'elle n'avait pas remarquée avant. Elle se demanda s'il se l'était faite dans une bagarre, ou si c'était le résultat de quelque chose de plus innocent, comme une chute quand il était enfant.

Il leva les yeux et, remarquant qu'elle l'observait, demanda :

— Un problème ?

Elle secoua la tête avant de boire une gorgée de café.

Il était vrai qu'elle avait très envie d'en savoir plus à son sujet, mais elle n'avait pas besoin de tout découvrir aujourd'hui.

Maintenant qu'ils étaient amis, elle pouvait prendre son temps.

Cole lui présenta le nouveau plan en 3D sur lequel il

avait probablement travaillé toute la nuit, et ils reportèrent tous les deux leur attention sur le projet de rénovation.

April se pencha, les coudes en appui sur la table et regarda l'écran de l'ordinateur.

L'étage se composait maintenant de deux chambres séparées par une salle de bains.

Cole avait pensé à tous les détails, du type de sol aux portes de placard, en passant par la robinetterie. Elle se demanda combien de temps il y avait passé.

— Tu n'as pas dû beaucoup dormir non plus, dit-elle.

Il secoua la tête et, fidèle à une personnalité qu'elle commençait à mieux connaître, n'apporta pas d'autre information.

— Qu'en penses-tu ? s'enquit-il. C'est ça que tu imaginais, pour les chambres de Violet et Grace ?

Il n'y avait aucune raison pour qu'elle ait soudain envie de pleurer. À part peut-être parce que ce n'était pas ainsi que Jay et elle avaient envisagé les aménagements, pour l'étage. Mais Jay n'était plus là, et elle devait être forte et offrir un avenir à ses filles toute seule désormais. Ces chambres seraient parfaites pour les adolescentes qu'elles allaient devenir.

— April ?

Elle regarda Cole et réalisa qu'il avait posé une question.

— Pardon ?

— Tu veux prendre quelques jours pour réfléchir ?

— Non. Inutile. C'est parfait comme ça. Quelle est la prochaine étape ?

— Eh bien, je vais prendre toutes les mesures, établir la liste des matériaux et les commander, passer à la mairie pour la déclaration de travaux, et faire venir une benne pour les débris.

— Je n'ai pas quelque chose à signer ?

— Je vais te fournir un devis, si tu veux, que tu pourras signer avec la mention « bon pour accord. »

— Combien de temps tu penses que ça prendra pour tout terminer ?

— Quatre semaines. Moins si les sous-traitants que Riley Merrick m'a recommandés peuvent nous caser dans leur emploi du temps entre deux chantiers.

Ils discutèrent des couleurs, des matériaux, puis Cole monta prendre les mesures.

Assise à la table, April sirota un deuxième café en l'écoutant marcher au-dessus de sa tête.

Quand il revint, ils parlèrent encore un peu, mais elle vit bien qu'il était pressé de se mettre au travail.

Il était déjà à la porte quand elle l'appela.

— Cole ?

Il se tourna lentement, et elle enregistra dans sa mémoire la façon nonchalante et sensuelle dont il se mouvait.

Il portait un chino beige taille basse et un T-shirt de la même couleur café que ses yeux. Sa ceinture et ses chaussures étaient en cuir brun.

Vraiment, il n'était pas désagréable à regarder.

— Tu as beaucoup d'amies femmes ?

Il réfléchit.

— À ce jour, j'en ai… une. Et toi ?

— J'ai beaucoup d'amies femmes.

Elle savait que ce n'était pas la réponse qu'il attendait, mais il rit, et elle eut l'impression d'entendre une voiture qui n'avait pas démarré depuis longtemps. Visiblement, il manquait de pratique.

— Je reviendrai plus tard, dit-il. Je ne sais pas à quelle heure.

Il partit avec un sourire qu'elle n'oublierait pas de sitôt.

Quatre semaines, songea-t-elle. C'était le temps qu'il

envisageait de consacrer aux travaux. Après cela, il reprendrait le cours de sa vie. Loin d'Orchard Hill.

Peut-être apprendrait-il à rire, pendant ce laps de temps...

Et peut-être découvrirait-elle que l'impression d'être déjà tombée amoureuse de lui n'était qu'une illusion.

Car tomber amoureuse de Cole, c'était s'exposer à souffrir.

Lundi, Cole déposa les documents à la mairie pour l'établissement de l'autorisation de travaux.

Mardi, il supervisa la livraison de la benne et d'une partie des matériaux. Puis il démonta la vieille gaine de ventilation hors d'usage qui courait sous la charpente et jeta tous les débris par la fenêtre, directement dans la benne placée en dessous.

Le travail physique lui faisait un bien fou et lui apportait la certitude de bien dormir, cette nuit. Pas comme la veille, où il s'était réveillé en sursaut, après un rêve érotique.

Il n'était pas question qu'il éprouve du désir pour April, alors qu'ils venaient de conclure une relation purement amicale.

En outre, il avait promis de ne pas essayer de prendre la place de Jay dans son cœur ou dans sa vie.

Sauf que...

Il s'était tourné et retourné dans son lit. Il avait fixé le plafond, s'était exhorté à dormir, avait tenté de lire, de regarder la télévision.

Mercredi matin, le temps était radieux. Il planta un piquet sur la pelouse devant la maison et y agrafa le document officiel l'autorisant à transformer l'étage. Des odeurs qui lui mirent l'eau à la bouche s'échappaient de la maison, et il se hâta d'aller frapper à la porte de la cuisine.

— C'est ouvert, Cole. Entre !

Il se rendit dans la cuisine, où il n'y avait personne.

Il vit un plateau de brioches à la cannelle, posé sur l'îlot central. Puis, tandis qu'il dégustait sa première gorgée de café, il vit que la table avait été dressée pour quatre, comme pour une famille.

Une curieuse sensation l'envahit, faite d'attendrissement et d'envie.

Il n'eut pas le temps de l'analyser. Grace et Violet venaient de surgir dans la cuisine.

— Comment aimez-vous votre café, mesdemoiselles ? demanda-t-il. Noir ou avec de la crème ?

Violet gloussa derrière sa main.

— T'es bête ! On boit pas de café. On a quatre ans.

— Presque cinq, corrigea Grace.

— C'est vrai ? Et c'est quand ton anniversaire ?

— Le même jour que Violet.

Il rit. Même si le son était aussi grinçant que des vieux gonds rouillés, il reconnut que cela faisait du bien.

Au même moment, April entra.

Elle ne portait pas ses lunettes et avait relevé ses cheveux en torsade souple. Quelques mèches s'en échappaient.

— Bonjour, Cole. Je vois que tu as trouvé le café.

Elle lui tendit une copie signée du devis qu'il avait imprimé.

— Le petit déjeuner est prêt, dit-elle. Assieds-toi.

À en juger par le plateau de brioches, la casserole de porridge qui mijotait sur le gaz et la salade de fruits frais, elle s'était levée de bonne heure.

Grace et Violet se hissèrent sur leur chaise, mais il resta debout.

— Rien pour moi, merci, dit-il.

April leva des yeux surpris vers lui.

— Tu as déjà déjeuné ?

Il avait avalé une barre protéinée à 5 heures, mais ce

n'était pas la question. Il ne pouvait tout simplement pas s'asseoir à la place de Jay. En outre, il avait promis de ne pas s'impliquer avec April sur un plan romantique. Or, il y avait quelque chose de trop intime dans le fait de prendre le petit déjeuner ensemble.

— J'ai de l'équipement à décharger, marmonna-t-il.

Puis il sortit précipitamment.

Dehors, il respira à pleins poumons l'air frais, ouvrit l'arrière du pick-up et tira à lui une lourde scie circulaire.

Lorsqu'il se retourna, il retint un juron. Il était nez à nez avec April. Les bras croisés, le menton levé, elle était fièrement campée sur ses pieds.

— Quoi ? dit-il, d'un ton bourru.

Elle leva les yeux au ciel.

— Tu m'as volé ma réplique, déclara-t-elle.

Il reposa la scie dans le coffre.

— J'ai du travail, April.

— Je vois ça. Mais maintenant que nous sommes amis, tu vas me dire ce que j'ai fait pour t'énerver comme ça.

— Rien.

— Alors de quoi s'agit-il ?

— Tu n'es pas obligée de me nourrir, c'est tout.

— Je nourris tous mes amis. Pose-leur la question, si tu ne me crois pas.

Un couple âgé qui promenait son chien passa à proximité et la salua.

Elle leur répondit chaleureusement. Donc, elle n'en voulait qu'à lui. Pas au monde entier.

— Tu fais asseoir tous tes amis à la place de Jay ? demanda-t-il.

Elle eut un mouvement de recul, comme si elle avait été repoussée par une forte bourrasque. Son expression lui fit comprendre qu'il avait dépassé les bornes.

— Nous n'avons jamais eu de place attitrée, rétorqua-t-elle sèchement.

Il se sentit stupide. Pour sa défense, s'il avait réagi avec excès, c'était parce qu'il savait qu'il lui serait difficile de se contenter d'une amitié alors qu'il voulait tellement plus.

Il se passa la main sur le visage et observa April.

Ses yeux étaient écarquillés, ses joues roses. Dans son chemisier en percale blanche et sa jupe grise, elle était incroyablement féminine, et plus sophistiquée qu'à l'ordinaire.

Elle semblait vexée, aussi. Terriblement vexée.

Il lui devait une explication et des excuses, seulement il n'avait jamais été très doué pour ça.

D'une voix qu'il reconnut à peine, il dit :

— J'ai rêvé de Jay, cette nuit.

April le contempla attentivement, et son regard se fit plus doux.

— C'était un cauchemar ? s'enquit-elle.

— Pas exactement. Et depuis ce matin, je n'ai pas arrêté de réfléchir…

Il ne jugea pas utile de lui dire pourquoi il s'était réveillé en sursaut ce matin.

— Cela ne change rien au fait que nous soyons amis, Cole. Et comme tous mes amis, tu es le bienvenu à ma table. J'adore cuisiner et faire de la pâtisserie, et cela me fait plaisir de savoir que mes amis apprécient mes créations culinaires.

Elle fit demi-tour et lança par-dessus son épaule :

— Fais comme tu le sens ! Tu peux manger à table, ou dans ta voiture, ou même sur le trottoir.

Puis elle regagna la maison, dans une attitude très digne. Mais la façon dont elle claqua la porte indiqua à Cole combien elle était contrariée.

Le soleil était déjà chaud. La journée allait être caniculaire. Il s'empressa de décharger son matériel et installa le chevalet de la scie près du garage, afin de pouvoir la raccorder à l'électricité. Puis il noua autour de sa taille sa ceinture à outillage fétiche, un modèle en cuir patiné par le temps mais toujours solide. Elle l'accompagnait depuis ses débuts dans le métier et, tout particulièrement aujourd'hui, elle lui rappelait qu'il avait été jeune, insouciant et heureux.

Hélas, cela appartenait au passé, désormais.

- 7 -

Alors qu'il faisait un aller-retour entre l'étage et le garage, pour se ravitailler en rouleaux de laine de verre, Cole aperçut April qui poussait Grace et Violet sur les balançoires. Mais, en dehors de cela, il ne la vit pas de la matinée.

De temps en temps, il entendait les rires des deux sœurs, qui couvraient la radio qu'il faisait fonctionner en sourdine.

Un peu avant midi, une odeur alléchante se propagea dans la maison. Il l'ignora et continua à travailler jusqu'à 15 heures.

En allant boire un verre d'eau dans la cuisine déserte, il remarqua une tarte aux pommes entamée, posée sur l'îlot central à côté d'une assiette et d'une fourchette à dessert. Il en engloutit deux parts et retourna au grenier.

Deux heures plus tard, il avait terminé l'isolation du toit et décida de s'attaquer à un premier mur.

Quand il descendit pour découper des panneaux de Placoplatre, Grace et Violet jouaient dehors. April vint vers lui avec un verre de limonade dans chaque main.

— J'ai vu que tu avais trouvé la tarte aux pommes, dit-elle.

— Effectivement. Je n'ai pas pu résister à en manger deux parts.

Prenant soin de ne pas effleurer ses doigts, il prit le verre qu'elle lui tendait et but d'un trait son contenu.

Qu'y avait-il chez elle pour lui inspirer cette sensation d'urgence et d'envie profonde qu'il ne parvenait même pas à nommer ? En tout cas, il l'avait ressentie à l'autre bout du monde, avant même de la connaître.

— Quelle est ta couleur préférée ? s'enquit-elle.

Il sursauta.

— Pardon ?

— Ta couleur préférée. Je me demandais, c'est tout.

Il ne répondit pas.

— Je sais déjà que tu aimes le sucré et, comme tu as lavé ton assiette et ta fourchette, je dirais que tu es plutôt bien élevé, poursuivit-elle. Quel genre de films aimes-tu ?

— Je n'ai pas vu de films depuis des années.

Elle soupira.

— Alors je suppose que l'on ne regardera jamais les Oscars ensemble. Et la musique ?

— Qu'est-ce que tu fais, April ?

— Je t'oblige à faire une pause et à boire pour ne pas t'évanouir de déshydratation. Et j'essaye de combler un silence gênant. Par ailleurs, j'aime en savoir le plus possible sur mes amis.

— Tu as toujours la langue aussi bien pendue ?

Elle rit.

— Toujours ! Tu sais à qui ressemble Violet, maintenant. Alors, ta couleur préférée ?

— Je n'en ai pas.

— Tout le monde en a une. Violet, c'est le pourpre, et Grace le rose. Jay, c'était le vert. Mon père, c'était le bleu. Ma sœur, Marilee, le noir. Si jamais tu la rencontres, tu comprendras.

Elle but une gorgée de limonade, et il ne put s'empêcher de regarder sa bouche.

— Mon amie, Lacey, c'est le turquoise.

— Le paon ? demanda-t-il.

Elle eut un petit mouvement de surprise.

— Lacey te fait penser à un paon ? répliqua-t-elle.

— Il se trouve que j'associe les gens aux animaux. Ce n'est pas délibéré. Ça me vient comme ça.

Elle parut fascinée.

— C'est une sorte de don, alors ?

Il haussa les épaules.

— Je suppose.

— Pour Grace, tu dirais quoi ?

— Une licorne.

Ils tournèrent la tête vers le jardin, où Grace essayait d'arracher un seau en plastique des mains de sa sœur.

— Rends-le-moi ! hurla-t-elle.

— Il est à moi ! protesta Violet.

— C'est pas vrai ! affirma Grace.

Les cris se transformèrent en hurlements.

— Une licorne, dit April, imperturbable. Et Violet ?

— Une libellule, même si, pour le moment, elles m'évoquent plutôt deux coqs de combat. Tu ne vas pas intervenir ?

— Je leur laisse encore quelques minutes pour régler le problème entre elles.

Ils observèrent Grace qui tirait de toutes ses forces sur le seau. Elle finit par l'arracher des mains de sa sœur qui hurla de plus belle.

— Il est à moi !

— Tu n'as pas le droit de voler les affaires des autres ! décréta Grace.

— C'est pas toi la chef !

Maintenant qu'elle avait récupéré son bien, Grace le posa par terre, prouvant qu'elle ne le voulait pas vraiment mais qu'elle cherchait plutôt à marquer un point.

— Tu veux jouer à la princesse ? proposa-t-elle.

Violet bouda quelques instants, puis elle rattrapa sa sœur qui se dirigeait vers la cabane que Jay avait construite avant de partir en mission. Il l'avait décrite dans ses moindres détails à Cole et, maintenant que ce dernier pouvait voir le toit pentu recouvert de shingle, les petites fenêtres avec leurs volets manœuvrables, et leurs jardinières en bois, la terrasse en planches de pin douglas, protégée par une pergola et entourée de petites barrières, il comprenait la fierté de son ami.

— Elles font ça souvent ? demanda-t-il.

— Se bagarrer ? Pas autant que ma sœur et moi. Et toi, tu te battais avec tes frères et sœurs ?

— J'étais fils unique. Jusqu'à ce que ma mère tombe malade, nous voyagions beaucoup pour le travail de mon père. Comme j'étais toujours le nouveau partout, je restais en retrait et j'observais beaucoup.

— C'est comme ça que tu as commencé à associer des gens avec des animaux ?

Il n'y avait pas pensé, mais c'était possible.

Il suivit le regard d'April vers le jardin voisin du sien, où son beau-frère Will remplissait au jet d'eau une piscine gonflable pour les enfants.

— Si Will était un animal, lequel serait-il ? s'enquit April.

— Un dauphin.

— Je suis d'accord. Will est intelligent, amical et joueur. Et les autres personnes que tu as rencontrées au barbecue ?

Cole ne savait pas comment ils en étaient arrivés là, mais il se prêta au jeu.

— Eh bien, pour ta voisine, celle d'en face, ce serait cet insecte qui ressemble à une brindille pourvue de pattes de sauterelle.

— Ah oui, je crois que cela s'appelle un phasme.

Il la vit réfléchir un instant, avant de tourner la tête vers la maison d'en face.

— Bernadette Fletcher est la discrétion même. Elle est grande et maigre, et elle parvient toujours à se rendre invisible dans la foule. Exactement comme le phasme, qui se confond avec son environnement.

Elle lui adressa un regard admiratif.

— Tu es doué.

— Je préférerais que tu le gardes pour toi. Je ne suis pas sûr qu'elle trouve la comparaison flatteuse.

— C'est d'accord, à condition que tu me nommes trois autres personnes.

— Qui, par exemple ?

April réfléchit. En dehors d'elle-même, elle n'avait jamais entendu parler de ce phénomène qui consistait à associer des êtres humains à un autre élément. Depuis qu'elle était toute petite, elle percevait l'odeur des personnes qu'elle rencontrait et les assimilait à des saisons.

Grace était le premier œillet à fleurir chaque été, et Violet une glace à la framboise faite maison et dégustée le 4 juillet.

Même si elle avait envie de savoir à quel animal Cole associait toutes les personnes invitées au barbecue, elle commença par le plus exubérant et sans doute le moins compris de tous.

— Noah Sullivan ?

— C'est le pilote, n'est-ce pas ?

Il réfléchit un bref instant avant d'annoncer :

— Un cheval des Outer Banks.

Oh ! Mais il avait raison, se dit April, en songeant à ces chevaux sauvages vivant en Caroline du Nord, et en particulier sur l'île de Shackleford.

— Et ma belle-sœur, Gaby ?

— C'est la blond platine ?

Elle hocha la tête et expliqua :

— Dès que nous nous sommes vues, nous sommes devenues les meilleures amies du monde. Elle possède un sixième sens, mais elle n'aime pas en parler, bien que ses prédictions soient toujours exactes. Je parie qu'elle te fait penser à un renard.

Il secoua la tête avec pitié, comme pour dire « amateur. »

— Un tigre blanc, dit-il.

— Ah oui. C'est vrai qu'elle est exotique, féline, et rare.

Après avoir hésité, elle demanda dans un souffle :

— Et Jay ?

— Un léopard, répondit-il, d'une voix émue.

April eut du mal à retrouver son souffle. Encore une fois, Cole avait raison. Tout comme un léopard, Jay était élancé, puissant et discret. Un proverbe disait que le léopard ne pouvait pas changer ses taches. De la même façon, Jay était toujours resté fidèle à ses opinions.

— Et moi ? s'enquit-elle.

— Tu m'empêches de travailler.

Il lui tendit le verre vide, souleva une plaque de Placoplatre et la posa sur le banc de scie.

— Si tu veux que tes filles s'installent dans leur chambre avant de partir pour l'université, il faut que je m'y remette, décréta-t-il.

Si April avait pu voir son expression tandis qu'il lui tournait le dos, elle aurait vu qu'il souriait.

De son côté, elle se sentait d'humeur légère.

Finalement, ce n'était pas mal d'être amie avec Cole Cavanaugh…

Vendredi après-midi, Cole avait déjà fini d'installer la climatisation et posé un faux plafond pour dissimuler les gaines.

Ça avançait beaucoup plus vite que prévu grâce à l'aide des frères de Jay, et en particulier de Will, qui vivait à côté et passait régulièrement donner un coup de main.

Ce matin, le mari de Bernadette Fletcher, Neil, avait proposé de monter les rails des futures cloisons.

Jour après jour, il réalisait que la porte d'April était réellement toujours ouverte. Elle n'avait pas exagéré en disant qu'elle avait beaucoup d'amis. Outre ceux qu'il avait rencontrés au barbecue, il fut présenté à Chelsea, une organisatrice de mariages, Yvette, une institutrice, et une journaliste dont il n'avait pas retenu le nom.

Concentré sur son travail, il reprenait les mesures d'une planche, avant de la scier, quand on tapa sur son épaule.

Il sursauta, se retourna et découvrit April, qui lui souriait.

Il ôta son casque antibruit et accepta le verre qu'elle lui tendait.

— Il est déjà cette heure-là ?

Elle hocha la tête. C'était le troisième jour qu'elle lui apportait une boisson fraîche vers 16 heures.

— Et le père de Jay ? s'enquit-elle, tandis qu'il avalait une gorgée de thé glacé à la pêche.

Chaque jour, la boisson avait un parfum différent. Et chaque jour elle lui demandait plus d'associations animalières.

Hier, elle l'avait interrogé sur la mère de Jay, qui le faisait penser à un cygne, la sœur de Jay, Elizabeth, qui lui évoquait un cacatoès, et l'organisatrice de mariages, qui avait l'élégance nonchalante et distinguée d'un chat balinais.

Vêtue d'un jean délavé, d'un haut en dentelle blanche à encolure bateau et manches bouffantes, et parée de bracelets en argent et turquoise, April sirotait son thé, en attendant patiemment sa réponse.

— Un aigle doré, répondit-il.

Le regard d'April se perdit loin au-dessus de son épaule, tandis qu'elle analysait cette association.

— Oui, c'est très bien vu, finit-elle par dire. Et Regan ?

Il lui fallut un moment pour se souvenir de laquelle des sœurs de Jay il s'agissait.

— Un zèbre.

Il ne se lassait jamais de la surprise d'April, puis de son sourire quand elle comprenait le sens de sa comparaison.

— J'ai lu qu'il n'y avait pas deux zèbres dont les rayures étaient identiques, fit-elle remarquer.

— Exact.

— Donc, tu la considères comme un individu original et différent du troupeau.

— Sans doute.

— Et moi ?

Il n'allait pas répondre et il était persuadé qu'April le savait.

Après l'avoir longuement observé, elle insista.

— S'il te plaît, Cole, dis-moi que tu ne me vois pas comme un serpent ou un rat, ou une dégoûtante créature poisseuse.

Elle souriait, et il savait qu'elle appréciait autant que lui ces petites pauses quotidiennes. Son seul regret était que le temps passait trop vite, et qu'il devrait bientôt quitter Orchard Hill.

— Rien de tout cela, assura-t-il.

Il finit son verre et le lui tendit en souriant, ce qui lui venait plus facilement maintenant. Puis il sortit son téléphone de sa poche et s'écarta pour appeler le plombier et l'électricien.

S'il avait été du genre à siffler, il aurait probablement entamé une ritournelle idiote.

Finalement, ce n'était pas mal d'être ami avec April Avery.

De retour dans la maison, April observa discrètement Cole par la fenêtre. Il lui semblait qu'il boitait moins depuis quelques jours. Il avait l'air aussi d'apprécier leurs pauses quotidiennes…

Petit à petit, elle en apprenait plus sur son histoire et sa personnalité. Par exemple, elle avait appris qu'il avait eu trente-quatre ans en juin. Sa mère était morte d'une leucémie quand il avait huit ans, et son père d'une rupture d'anévrisme dix ans plus tard. Il avait participé à une bagarre dans un bar, mais il n'avait pas été arrêté.

Il y avait encore tellement de choses qu'elle voulait apprendre sur lui. Mais on était seulement vendredi, et il restait encore trois semaines avant la fin des travaux.

Soudain, elle songea que cela ne faisait pas beaucoup de temps, et une étrange mélancolie l'envahit.

Bientôt, elle n'entendrait plus claquer la portière de sa voiture à 8 h 1, elle ne sentirait plus son cœur s'emballer à l'idée qu'il allait franchir la porte, elle ne pourrait plus observer à la dérobée son profil énergique, loucher sur les muscles de ses bras saillant sous l'effort quand il soulevait des matériaux lourds…

Son regard fut soudain attiré par ses filles, qui revenaient du jardin, en marchant tout doucement, la tête penchée sur leurs bras repliés contre elles.

Quelle trouvaille avaient-elles encore bien pu faire ?

Ouvrant la porte, elle alla à leur rencontre sur la terrasse.

Vêtues de façon identique aujourd'hui, d'un short orange et d'un T-shirt blanc, Grace et Violet s'approchèrent.

— Regarde ce qu'on a trouvé, dit Violet.

Elles se penchèrent, et April découvrit qu'elles tenaient chacune un minuscule lapereau dans le creux de leurs petits bras.

— Il y en a deux, expliqua Grace. Un pour Violet et un pour moi.

— Je voulais un chiot, mais un lapin c'est presque aussi bien, ajouta Violet.

April s'accroupit à la hauteur de ses filles.

— Ils sont adorables. Où les avez-vous trouvés ?

— Sous l'arbre de papa.

Les jumelles avaient nommé ainsi le cèdre bleu que Jay avait planté près de leur cabane.

Violet, qui avait deviné ce que pensait sa mère au sujet des deux lapereaux, referma les bras autour du lapin et recula d'un pas.

Grace n'avait pas compris qu'elles ne pourraient pas garder des lapins sauvages.

— Ils dormaient dans l'herbe, dit cette dernière. On n'avait jamais vu des lapins si petits.

— Et est-ce que vous avez vu aussi leur maman lapin ? demanda April. Elle va s'inquiéter pour eux.

Grace secoua lentement la tête, commençant à comprendre.

— Ils sont à nous ! décréta Violet. Le mien s'appelle Mini, et celui de Grace s'appelle Plume.

— Ce sont de jolis noms, mes chéries. Seulement vous ne pouvez pas les garder. Ils ont besoin de leur maman.

Du coin de l'œil, elle vit Cole glisser son téléphone dans sa poche et venir dans leur direction.

Il arriva à la hauteur de la terrasse quand les premières larmes jaillirent.

— Eh bien, eh bien, que se passe-t-il, ici ? lança-t-il, d'un ton bourru. Oh ! mais ce sont des bébés lapins. Vous devez être des petites filles vraiment spéciales car les mamans lapins n'aiment pas que les humains touchent à leurs bébés quand ils sont tout petits comme ça.

— C'est vrai ? murmura Grace, en ouvrant de grands yeux innocents.

Cole hocha la tête.

April observait ses filles boire les paroles de Cole. Elles étaient si jeunes et vulnérables, et lui accordaient une telle confiance.

Hier, elles étaient folles de joie quand elle les avait emmenées faire des courses en prévision de la rentrée scolaire. Aujourd'hui, elles avaient la tête baissée, les yeux tristes, et leur petit cœur était brisé.

Elles avaient follement envie d'un chiot, mais cela demandait énormément de temps et d'énergie, et April allait reprendre l'enseignement juste après la fête du Travail le 6 septembre. Elle ne voyait pas, dans ces conditions, comment assumer une responsabilité supplémentaire.

— Leur maman est sûrement en train de vous regarder depuis sa cachette, pour s'assurer que vous êtes gentilles avec ses bébés, reprit Cole. Mais il va falloir que vous les remettiez où vous les avez trouvés, pour qu'elle puisse leur donner du lait.

— On a du lait dans le réfrigérateur, décréta Violet.

— C'est du lait de vache, et ce n'est pas bon pour les bébés lapins, expliqua patiemment Cole. Ça peut les rendre très malades.

— Alors il n'y a qu'à aller dans un magasin et acheter du lait pour les lapins, suggéra Grace.

— Ce n'est pas possible. Cela ne se vend pas. Il n'y a que les mamans lapins qui en ont. Vous ne voulez pas qu'ils soient malades, n'est-ce pas ?

Les lapins commençaient à s'agiter dans les bras des fillettes.

— Ils ont faim et ils sont effrayés, dit gentiment April. Ils ont besoin de leur maman.

— Il faut les remettre à leur place, ajouta Cole.

Les fillettes échangèrent un regard et hochèrent la tête. Profondément déçues, elles se dirigèrent vers l'endroit où elles avaient trouvé les lapereaux.

Cole s'accroupit devant le cèdre bleu, qui était maintenant plus grand que les filles, et écarta les branches à l'endroit indiqué par Grace. Délicatement, April replaça les lapins dans l'herbe.

Les jumelles avaient le visage couvert de larmes et, le cœur serré, April songea qu'elle donnerait tout pour les protéger de la tristesse et des déceptions de la vie.

— Je pense que leur maman sera d'accord pour que l'on vienne leur dire bonjour tous les matins, déclara Cole.

— Tous les matins ? demanda Violet d'un ton plein d'espoir.

— Oui. Je pense que les lapins seraient très contents, dit April. Et maintenant, il faut leur dire au revoir.

— Au revoir, Plume.

— Au revoir Mini. À demain.

Cole rabattit les branches basses du cèdre et se leva avec raideur. April lui adressa un « merci » silencieux.

Se penchant vers elle pour essuyer une larme qui perlait à sa paupière, il lui murmura à l'oreille :

— Catastrophe évitée.

Puis il retourna travailler comme si de rien n'était.

Autour d'April, tout semblait absolument normal. Un rouge-gorge s'ébrouait dans le bain d'oiseaux, un rayon de soleil traversait un nuage au-dessus de sa tête. Dans le jardin d'à côté, ses neveux sautaient dans la piscine en poussant des hurlements de Sioux. Grace et Violet cueillaient des pissenlits.

Cole l'avait touchée.

Il avait essuyé du bout des doigts une larme sur sa joue.

Il l'avait touchée, et ce n'était pas comme le soir où ils s'étaient embrassés. Il y avait dans ce geste une tendresse infinie, et cela avait changé quelque chose au plus profond d'elle-même.

Tandis qu'elle accompagnait ses filles à l'intérieur de la maison, elle rangea chaque détail de cet interlude dans les casiers de sa mémoire. Elle les ressortirait plus tard pour les étudier un à un.

Et elle identifierait le moment précis où elle était tombée amoureuse.

Elle n'en avait pas l'intention. Et, si elle avait pu choisir, elle ne serait pas tombée amoureuse d'un homme avec des blessures émotionnelles aussi profondes.

Mais voilà, c'était fait. Elle aimait Cole.

Pourvu qu'il l'aime en retour !

Samedi après-midi, April avait invité trois de ses amies les plus proches à prendre le thé sur la terrasse. Sans elles, jamais elle n'aurait pu survivre aux quatorze mois qui venaient de s'écouler.

— Tu sais ce que Noah a fait, hier soir ? lança Lacey Sullivan.

— Je dois couvrir les oreilles de Joe ? demanda Julia, en ne parlant pas trop fort pour ne pas réveiller son fils qui dormait dans ses bras.

Chelsea Reynolds haussa les épaules.

— Je ne suis pas sûre d'avoir envie de le savoir. Les hommes sont tellement stupides, parfois.

— Il m'a verni les ongles des orteils, répondit quand

même Lacey. En sortant de la douche, je me suis plainte de ne plus voir mes pieds. Alors il m'a installée dans le nouveau rocking-chair que nous avons acheté pour la chambre d'enfant, et il m'a verni les ongles en rose, en hommage à nos futures filles.

Toutes les têtes se penchèrent pour admirer les pieds de Lacey qui portait de confortables sandalettes plates.

— Vous allez arrêter, grommela Chelsea.

La fourchette en suspens au-dessus de sa part de tarte aux pêches, elle ajouta :

— J'essaye de détester *tous* les hommes, et vous ne me rendez pas la tâche facile.

Parmi ses amies, Lacey était celle qu'April connaissait depuis le plus longtemps. Élevée dans un minuscule appartement, au-dessus d'un bar miteux, Lacey n'avait pas eu une enfance facile et elle avait dû apprendre très vite à se débrouiller toute seule. C'était aujourd'hui une femme équilibrée, avec un sens de la repartie jamais pris en défaut, et une volonté farouche de conserver son indépendance.

Elle appréciait aussi beaucoup Chelsea. Les cheveux noirs, la peau mate et la silhouette voluptueuse, elle avait beaucoup de succès auprès des hommes. Certains n'hésitaient pas à lui faire des avances après l'avoir consultée pour organiser leur mariage. Elle avait donc de bonnes raisons de se méfier du sexe opposé. Seules ses amies proches savaient qu'elle rêvait du grand amour.

Julia Sullivan ne s'était installée définitivement à Orchard Hill que depuis un an. Avant de la connaître vraiment, beaucoup de gens avaient été scandalisés d'apprendre qu'elle avait déposé le bébé qu'elle venait de mettre au monde chez son père biologique, en se désintéressant de son sort. Ils ignoraient alors qu'elle luttait pour sa vie en Caroline du Nord, où elle élevait aussi sa demi-sœur adolescente, Annalise.

Julia avait été sous le choc de découvrir qu'elle était enceinte, après une romance d'été idyllique. Dès le début, sa grossesse avait été truffée de complications. Elle entamait le quatrième mois quand on lui avait diagnostiqué un cancer du sein. Ses chances de survie s'amenuisaient avec chaque mois passé sans traitement. Mais c'était cela ou mettre un terme à sa grossesse.

Son amour pour son bébé avait été immédiat. D'une certaine façon elle savait que son enfant serait un guerrier, comme elle. Elle avait accepté l'opération pour retirer la tumeur, mais elle avait repoussé la chimiothérapie après la naissance.

Tout comme sa grossesse, son accouchement avait été compliqué aussi. Son bébé était né avec un mois d'avance. Dès qu'ils avaient été en mesure de voyager tous les deux, elle était allée le déposer chez son père. Puis elle était rentrée en Caroline du Nord pour y suivre un traitement, en espérant qu'elle vivrait assez longtemps pour voir grandir son fils.

Lorsqu'elle était venue s'installer à Orchard Hill, quelques mois plus tard, Jay venait de mourir. Ayant connu son propre enfer, elle avait su trouver les mots pour réconforter April.

Marsh avait convaincu Julia de l'épouser. Pendant un moment, il avait semblé que le bonheur était enfin au rendez-vous. Hélas, trois mois plus tôt, Julia avait dû subir une autre intervention et un nouveau protocole de soins.

Depuis, elle était en rémission, et tout le monde espérait que c'en était terminé pour elle des épreuves.

Lacey se leva maladroitement.

— Encore une visite aux toilettes ? demanda Chelsea.

— Je n'en peux plus, grommela Lacey, en posant les

mains sur son ventre. J'ai l'impression qu'il n'y a plus de place, là-dedans. Comme toutes les futures mères, j'ai vraiment hâte qu'elles soient là pour les tenir dans mes bras, m'occuper d'elles. Mais là, j'avoue que je rêve surtout de retrouver ma silhouette et ma mobilité. Et surtout, surtout, je voudrais dormir…

Julia croisa le regard d'April et lui adressa un clin d'œil. Même Chelsea, qui était célibataire et avait une expérience limitée des enfants, savait que l'on pouvait dire adieu au sommeil quand on avait un bébé. Et ne parlons pas de deux !

C'était un samedi après-midi chaud et ensoleillé. Dans le jardin d'à côté, Grace et Violet jouaient avec leurs cousins et quelques enfants du voisinage. Visiblement, tout ce petit monde s'amusait bien, vu l'intensité de leurs cris !

Marchant à petits pas, Lacey atteignit enfin la porte.

— Chelsea prétend que la galanterie est morte, déclara-t-elle. Vous voulez que je lui dise qu'elle se trompe ?

April tourna la tête et fut surprise de voir Cole tenir la porte pour Lacey. Elle le fut plus encore quand Lacey planta un baiser sur la joue de Cole.

— Ça, c'est pour avoir dit que je vous fais penser à un paon, et non à une baleine, dit-elle.

Et, sur ces mots, elle disparut à l'intérieur de la maison.

Croisant le regard embarrassé de Cole, April haussa les épaules.

— J'espère que tu ne m'en veux pas de le lui avoir dit. Elle se sent énorme, et j'ai voulu lui remonter le moral, expliqua-t-elle alors que Cole s'attardait près du petit groupe.

— Tu en as parlé aux autres ? s'enquit-il.

— Vous parlez de quoi ? demanda Chelsea.

— April a découvert que j'avais l'habitude d'associer les personnes à des animaux, répondit Cole.

— Et elle, elle vous a dit qu'elle percevait Lacey comme un vin chaud épicé une nuit d'automne ?

Il secoua la tête, et April adressa une grimace à Chelsea.

— Je te remercie, marmonna-t-elle.

— Je ne savais pas que c'était un secret, protesta Chelsea.

— C'est un secret ? lança Cole.

April soupira et secoua la tête.

— Et alors, à quoi associes-tu tes amies ? poursuivit-il.

— Chelsea est un champ de lavande au printemps, et Julia une brise océanique au coucher du soleil.

— Et moi ? ajouta-t-il.

— Bien essayé. Dis-moi quel animal je suis, et je te dirai à quelle odeur tu me fais penser.

Elle rit, et il y avait tellement de joie dans son rire que même Lacey, qui revenait en se dandinant, la dévisagea avec surprise.

— Que se passe-t-il ?

— Oh ! rien d'important, répondit-elle.

— Est-ce que Grace et Violet sont allées dire bonjour aux lapins, ce matin ? lui demanda Cole.

— Elles se sont levées de très bonne heure, mais je les ai fait attendre jusqu'à ce qu'il fasse jour.

Il sourit, ce qui n'aida pas son cœur à retrouver un rythme normal…

À la table, Chelsea agita la main sous les yeux de Lacey.

— Ma chérie, tu peux voir mes doigts ?

— Je suis enceinte, pas aveugle.

— Donc, nous ne sommes pas invisibles, déclara Chelsea, en désignant d'un signe de tête April et Cole.

— Ah, d'accord… J'ai compris, murmura Lacey.

Temporairement indifférente à ses amies, April contempla Cole se diriger vers son pick-up. Elle était convaincue que sa démarche était plus souple. Il portait un jean et un T-shirt noir. Sa ceinture à outils était fixée bas sur ses hanches. Il se pencha pour fourrager dans une caisse en métal, ce qui attira l'attention d'April sur son dos et ses bras…

Chelsea, qui regardait aussi, se mit à jouer avec ses bracelets. Julia berçait doucement le petit Joe, et Lacey massait son ventre proéminent.

Chelsea consulta l'heure sur son téléphone et se leva avec un soupir.

— J'adorerais rester un peu plus pour profiter du spectacle, mais j'ai un dîner de mariage pour soixante personnes à superviser, même si le futur marié est un crétin, et que je ne donne pas six mois à la mariée pour demander le divorce.

Elle embrassa ses amies l'une après l'autre et glissa à l'oreille d'April :

— Toi, il faudra que je te parle.

De sa démarche ultra-sexy, elle se dirigea vers sa voiture et dit quelque chose à Cole quand elle passa à sa hauteur. Puis, s'assurant qu'il ne la voyait pas, elle écarta les bras, paumes en l'air, en faisant une moue dépitée et en secouant la tête. Ils étaient rares, pourtant, les hommes qui restaient indifférents à son charme.

Lacey et Julia échangèrent un regard entendu, communicant silencieusement entre elles comme le faisaient souvent Grace et Violet.

— Qu'est-ce qu'il y a ? demanda April.

Cole fit claquer le couvercle de sa caisse et retourna à l'intérieur de la maison.

— Rien, répondit Lacey.

— Je te connais, protesta April. Quand tu fais cette tête, c'est qu'il y a quelque chose.

— D'accord, tu l'auras voulu ! Que se passe-t-il entre toi et le héros de guerre sexy ?

— Absolument rien.

— Oh ma belle, on ne me la fait pas, à moi. Vous vous dévoriez des yeux. Remarque, je te comprends. Si je n'étais pas follement amoureuse de Noah, j'aurais un gros coup de cœur pour Cole.

— Si seulement ce n'était qu'un coup de cœur…

Lacey ouvrit de grands yeux.

— Tu n'es quand même pas amoureuse ?

April ne put s'empêcher de remarquer que Julia gardait le silence.

— Je sais que cela ne fait que quatorze mois que Jay n'est plus là, et que je croyais ne pas être prête pour une nouvelle histoire, mais j'ai bien l'impression que je suis en train de tomber amoureuse, avoua-t-elle.

— Mais c'est formidable ! s'exclama Lacey.

— Pas vraiment. Je ne sais pas si c'est réciproque.

— Il n'a pas l'air indifférent, si tu veux mon avis…

— Sans doute, mais nous avons décidé d'être seulement amis. La décision a été prise après que je me suis jetée dans ses bras pour l'embrasser.

— D'habitude, on fait le contraire, non ? On est *d'abord* amis et on s'embrasse *après* ?

— Tu crois ?

— Et alors, c'était comment ? Le baiser, je veux dire ?

Le soupir d'April fut éloquent.

— Quel dommage qu'il ne ressente pas la même chose que moi, murmura-t-elle.

— À ta place, je n'en serais pas aussi sûre.

— Qu'est-ce qui te fait dire ça ?

— Tu as bien vu ce qui s'est passé quand Chelsea est partie. Ce visage parfait, ces grands yeux violets, cette crinière de rêve, ce corps voluptueux, cette robe, ces talons et ce déhanché… Les seuls hommes qui ne tombent pas à ses pieds sont ceux qui sont aveuglés par leur intérêt pour une autre femme. Et, pour ton information, Cole lui a dit au revoir du bout des lèvres et sans la regarder.

April regarda Julia et fut distraite un instant par la tristesse au fond des yeux bleus de son amie. Se sentait-elle bien ? Peut-être était-elle seulement un peu fatiguée ?

Comme Lacey continuait à parler, April reporta son attention sur elle.

— Ma belle, ce type est intéressé par toi.

— Il va partir dès qu'il aura terminé les travaux.

— C'est prévu quand ?

— Dans deux semaines.

— Alors tu dois avancer tes pions.

— Qu'est-ce que tu suggères ?

Au lieu de répondre, Lacey se leva, l'air embarrassé.

— Eh oui, je sais. Encore…

Et puis ses yeux s'arrondirent.

— Oh non…, dit-elle en gémissant.

— Qu'est-ce qu'il y a ? s'enquit Julia, sortant enfin de son silence.

— Je crois que j'ai une contraction.

— Tu crois ou tu en es sûre ? répliqua Julia.

— Mais ta césarienne est programmée dans dix jours, dit April, comme si Lacey n'était pas au courant de ce détail.

Une main à plat sur la table, l'autre soutenant le creux de son dos, Lacey grommela :

— Dis-le à ces deux-là.

Puis elle saisit son ventre à deux mains et gémit longuement.

— On a un problème.

Personne n'eut à demander lequel car la flaque qui se formait à ses pieds était éloquente. Lacey avait perdu les eaux. Ces bébés n'allaient pas attendre, pour naître.

Julia se leva si brusquement que son fils, qui dormait dans ses bras, se réveilla.

April aida Lacey à s'asseoir et se rua dans la maison pour aller chercher son téléphone.

Lacey gémissait. Joe pleurait.

Dans toute cette cacophonie, April se cogna contre Cole, qui s'apprêtait à sortir.

— Appelle une ambulance ! dit-elle.

— Pourquoi ? Que se passe-t-il ?

— Les bébés de Lacey arrivent !

Il jura entre ses dents et sortit son téléphone de sa poche.

Alertés par tout ce bruit, Will, Kristy et tous les enfants arrivèrent en courant.

April était au téléphone avec la gynécologue de Lacey.

Couvrant les pleurs de son fils, Julia parlait à son mari, qui essayait de joindre Noah, lequel testait un Piper Cherokee à cinq mille pieds au-dessus d'Orchard Hill.

En ligne avec le régulateur des services de secours, Cole annonça que l'ambulance serait là dans deux minutes.

Il écouta ce qu'on lui disait et s'adressa à Lacey.

— Il vous demande de rester calme et de respirer comme on vous a appris aux cours prénataux.

— Je devais avoir une césarienne, donc je n'y ai pas assisté ! rétorqua Lacey en grimaçant de douleur.

April et Julia lui firent une démonstration.

C'était officiel, le chaos s'était abattu sur le 404 Baldwin Street.

Et, comme si cela ne suffisait pas, April était maintenant absolument convaincue qu'elle était amoureuse.

- 8 -

L'ambulance s'engouffra dans l'allée d'April, toute sirène hurlante et gyrophare en action.

Joe cessa de pleurer. Grace et Violet, serrées l'une contre l'autre, contemplaient la scène, ouvrant de grands yeux.

Trois ambulanciers se précipitèrent vers Lacey, vérifièrent ses constantes et lui posèrent des questions, avant de l'installer sur une civière.

April se sentait impuissante. Julia était livide. Le nouveau-né de Will hurlait dans les bras de Kristy, tandis qu'il tentait de tenir à l'écart ses deux autres garçons et ses nièces.

Lacey était au bord de la panique.

— Je veux Noah ! hurla-t-elle, en tournant la tête de tous côtés, jusqu'à ce qu'elle repère April.

Cette dernière se précipita vers son amie.

— Julia a appelé Marsh, expliqua-t-elle. Il a pris contact avec Tom Bender, le gérant de l'aérodrome, qui a joint Noah par radio. Ton mari s'apprête à atterrir. Il sera à l'hôpital peu de temps après nous.

Elle retint un petit cri de douleur lorsque Lacey lui broya la main.

— Tu vas bientôt faire la connaissance de tes bébés, Lacey. Pense à ça. Deux belles petites filles qui te ressembleront et auront le caractère fougueux et aventureux de Noah.

— Tu essayes de me rassurer ou de me faire peur ?

Lacey fut sanglée sur la civière et hissée à bord de l'ambulance.

— Tu viens avec moi ? demanda-t-elle à April, d'une voix apeurée.

April hocha la tête.

Elle se tourna et inspecta la foule qui comprenait maintenant aussi des voisins. Julia, qui avait passé beaucoup trop de temps dans les hôpitaux depuis un an et demi, dit :

— Je prends le sac de change de Joe et je vous retrouve là-bas.

— Nous allons garder les filles jusqu'à ton retour, proposa Kristy.

— Non ! hurlèrent Grace et Violet.

— Tout va bien, les rassura April. Je pars en ambulance avec Lacey. Je vous raconterai tout à mon retour. Bientôt, il y aura deux nouvelles petites filles avec qui vous allez pouvoir devenir amies. En attendant, vous allez jouer avec Garret et Tyler chez oncle Will et tante Kristy.

— On veut aller avec toi !

Soudain, dans tout ce chaos, la voix de Cole s'éleva, calme et assurée.

— Et si elles restaient à la maison avec moi ?

Tous les regards se tournèrent vers lui. Il s'accroupit à la hauteur de Grace et Violet et, d'une voix très calme, leur dit :

— Nous allons aller voir les lapins pour être sûrs que leur maman leur donne bien à manger. Puis nous dessinerons des traits à la craie sur le sol de l'étage, et vous pourrez voir exactement où seront vos nouveaux lits, vos placards, et tout ce qu'il y aura dans la salle de bains.

Les fillettes le regardèrent avec le plus grand sérieux, puis Violet se tourna vers April.

— Tu vas revenir, maman ?

April comprit alors ce qui les tracassait. Elles avaient peu de souvenirs de leur père, mais elles savaient qu'il avait promis de revenir. C'était une promesse qu'il n'avait pas pu tenir.

— Bien sûr qu'elle va revenir, déclara Cole avec force. L'hôpital n'est pas loin du tout. Lacey va y rester quelques jours avec ses bébés pour se reposer, mais ils ne garderont pas votre maman. Vous avez compris ?

Sûres à présent que leur mère reviendrait dès que les bébés seraient arrivés, les fillettes hochèrent la tête.

— Au revoir, maman.

— Au revoir, mes poussins.

April leva les yeux vers Cole.

— Je donnerai ma vie pour les protéger, murmura-t-il.

Elle le regarda dans les yeux, un peu comme ses filles l'avaient fait.

— Je sais.

Elle serra les jumelles contre elle et monta dans l'ambulance.

Tandis que les voisins rentraient chez eux, Julia changea la couche de Joe et l'installa dans son siège bébé. Will et Kristy proposèrent à Cole de les appeler en cas de besoin.

Pendant ce temps, au nord d'Orchard Hill, Noah posait son Piper Cherokee sur la piste de l'aérodrome privé.

Lacey fut installée dans une salle d'accouchement flambant neuve, dans la nouvelle aile de l'hôpital.

Julia arriva avec Joe. Marsh Sullivan, son mari, fut le suivant. Il ne le dit pas, mais April devina qu'il avait tout laissé en plan dans ses vergers, à l'époque la plus occupée de l'année, pour soutenir sa femme tout autant que sa belle-sœur.

— Noah est arrivé ?

En l'espace de vingt minutes, Lacey avait posé la question trop souvent pour compter.

— Il est sur le parking, répondit Julia, en consultant le SMS le plus récent de Noah.

Quelques instants après, Noah fit irruption dans la pièce, si semblable à l'un de ces chevaux sauvages que Cole avait vu en lui.

Vêtu d'une blouse d'hôpital, d'une charlotte et de surchaussures, il s'installa à côté du lit de sa femme, repoussa ses cheveux plaqués sur son visage moite et lui prit la main.

— Je ne me suis jamais posé aussi vite, dit-il. J'avais peur d'arriver trop tard. Je suis là, maintenant, mon cœur. Tout ira bien.

Julia et April quittèrent la pièce, laissant au couple l'intimité que l'événement méritait. Marsh emmena Joe avec lui à la cafétéria, tandis que les deux amies s'installaient dans la salle d'attente.

— Qui était avec toi quand Joe est né ? demanda April.

— Ma demi-sœur de seize ans. Je crois que cette expérience a été pour elle la meilleure leçon de contrôle des naissances qui soit.

Elles échangèrent un sourire, puis Julia ajouta :

— Marsh a promis qu'il s'occuperait d'elle si…

Sa voix se brisa.

— J'espérais que…

Voyant son mari et son fils attendre l'ascenseur au bout du couloir, elle agita la main dans leur direction, en souriant avec tendresse.

— Tu espérais quoi ? s'enquit April d'une voix douce, devinant ce que son amie allait dire.

Julia soupira.

— Que Marsh et toi… Si le pire arrivait… vous pourriez…

— Quoi ? Tomber amoureux ?

— Vous auriez ma bénédiction ! répondit Julia avec un pâle sourire. Tu es merveilleuse avec les enfants. Tu es gentille, drôle, forte. Je ne vois personne d'autre à qui j'aurais plus envie de confier Marsh, Joe et Annalise.

April savait qu'elle n'avait qu'une seule chance de dire la chose juste. Combien de fois quelqu'un lui avait dit que Jay était dans un monde meilleur, maintenant ? Ou que son heure était venue. Qu'il veillait sur elle et les filles de là-haut. Que la première année était la plus difficile.

Même si cela partait d'une bonne intention, ces mots lui laissaient toujours un sentiment de grand vide.

Aujourd'hui, elle avait envie de dire à Julia qu'elle n'allait pas mourir, mais ce n'était pas ce que son amie voulait entendre. Le cancer était un ennemi sournois. Comme un serpent dissimilé dans l'herbe, il pouvait rester caché pendant longtemps, donnant de l'espoir aux malades et à leurs proches, avant de frapper à nouveau sournoisement.

Elle posa la main sur celle de Julia, plus froide que la sienne.

— Je me sens honorée et très touchée, dit-elle. Je te promets, si le pire arrivait, de tout faire pour aider Marsh et les enfants. Je serai une amie présente et dévouée, comme tu l'as été pour moi.

— Mais ?

— Je connais Marsh depuis sept ans. Il était célibataire depuis longtemps avant de te rencontrer. Je suis certaine qu'il est l'homme d'une seule femme. Ce qui veut dire que tu vas devoir vivre très longtemps.

Julia regarda au loin sans sourire.

— Et toi ? Tu vas suivre le conseil de Lacey ? demanda-t-elle.

April réfléchit à la question.

— Qu'as-tu fait quand tu es revenue chercher Joe ?

— J'avais l'intention de vivre en Caroline du Nord avec mon fils.

— Qu'est-ce qui t'a fait changer d'avis ?

— Marsh.

— Comment ?

— Il m'a ouvert les bras, et j'ai couru me jeter contre lui.

— Je ne crois pas que ce sera aussi facile avec Cole.

— Alors tu vas devoir faire en sorte qu'il soit impossible pour lui de te dire non.

À 20 h 22, Lacey avait fait mentir trois spécialistes, non seulement en réussissant à être enceinte contre tous leurs pronostics, mais en donnant naissance par voie basse à deux bébés, de frêle constitution mais en bonne santé.

Quand il fut enfin possible de la voir, elle semblait épuisée mais rayonnait de joie. Un bébé au creux de chaque bras, Noah était aux anges.

Après avoir félicité son frère et sa belle-sœur et admiré ses nièces, Marsh retourna avec sa femme et son fils dans ses vergers adorés.

Toujours émue par les nouveau-nés, Lacey s'émerveilla devant leur duvet de cheveux noirs, et leurs mains et pieds si petits.

— Les miracles, ça existe, April, dit-elle. Va réclamer le tien. Et ne fais rien que je ne ferais pas.

— Il n'y a rien que tu sois incapable de faire.

— Justement.

April promit de revenir le lendemain et se dirigea vers l'ascenseur.

Dehors, il faisait nuit. Elle aurait pu appeler quelqu'un pour venir la chercher. Après tout, ce n'était pas les amis et les proches qui manquaient. Elle préféra faire à pied les deux kilomètres entre chez elle et l'hôpital. Cela lui laisserait le temps de réfléchir à la façon de procéder avec Cole.

Il n'était que 22 heures, mais elle avait l'impression qu'il était plus tard. Un quartier de lune argenté s'élevait à l'est, et le ciel scintillait d'étoiles.

On était samedi soir. Quelqu'un donnait une fête un peu plus loin dans la rue, et pourtant sa maison semblait figée dans le silence.

Les lampes extérieures n'étaient pas allumées, et la lumière des réverbères au carrefour n'allait pas jusque-là. Son regard fut attiré par le halo doré d'une lampe dans le salon, dont les volets étaient ouverts. Elle prit le temps d'observer l'intérieur de sa propre maison.

Elle pouvait voir la splendide aquarelle réalisée par Julia au-dessus du canapé. Sur la table, un vase contenait les pissenlits cueillis la veille par Grace et Violet.

Il y avait de la lumière aussi à l'étage, et cela donnait une tout autre allure à la maison.

Empruntant le chemin qui menait à la porte de la cuisine, elle marqua un temps d'arrêt et renifla.

— Cole ?

— Je suis sur la terrasse.

Scrutant les ténèbres, elle devina sa silhouette assise à la table.

— C'est bien une odeur de cigare que je sens ? demanda-t-elle.

— Will en a allumé un avant de rentrer chez lui, il y a quelques instants. Il est passé sous prétexte de m'offrir un cigare qu'il lui restait de la boîte offerte pour la naissance de son petit dernier. Mais je suis à peu près certain que sa femme l'a envoyé voir si je m'en sortais avec les filles.

April sourit. Cela ressemblait bien à Will et Kristy.

— Ça s'est bien passé avec les filles ? s'enquit-elle.

— Très bien. Elles se sont endormies à l'étage. J'espère que cela ne te pose pas de problème ?

— Pas du tout. Les jumelles de Lacey et Noah sont arrivées.

— Je sais. Will l'a vu sur Facebook.

— Ah, alors je n'ai plus rien à t'apprendre. À part peut-être les prénoms. Olivia Rose et Lenora Renee.

— C'est joli. Comment Jay et toi avez choisi les prénoms des filles ?

— Grace est mon deuxième prénom, et Jay m'offrait toujours des violettes pour mon anniversaire.

Ce souvenir lui arracha un sourire attendri, puis elle rentra dans la maison, et Cole la suivit.

Aussitôt, ils montèrent à l'étage.

Les jumelles étaient endormies côte à côte, enroulées dans des sacs de couchage, l'un rose et l'autre jaune, sur le sol de ce qui serait bientôt une chambre. Les outils de Cole avaient été rangés et le sol nettoyé des débris et de la sciure. Les fenêtres étaient entrebâillées, laissant entrer une douce brise.

April avait contrôlé l'avancée des travaux chaque soir après le départ de Cole. Toutes les cloisons étaient montées. L'électricien avait terminé d'installer les prises et les interrupteurs. Lundi, le plombier s'attaquerait à la salle de bains.

Amusée, elle observa les dessins à la craie de toutes les couleurs : baignoire, douche, lavabo et toilettes en rose. Des rectangles verts représentaient les lits, complétés par des oreillers. Des formes jaunes figuraient les chevets, commodes et bureaux. Le tout était complété des habituels arcs-en-ciel, fleurs, cœurs et papillons un peu partout.

Si proche d'elle qu'elle sentit son souffle tiède sur son oreille, Cole murmura :

— Elles se sont installées chacune dans leur chambre. Quand je suis monté un peu plus tard pour vérifier que tout allait bien, Violet avait rejoint Grace. Elles dormaient toutes les deux profondément, et je n'ai pas eu le cœur de les réveiller.

April sourit. En effet, ses filles n'aimaient pas être séparées. Elles portaient toutes les deux leur nouveau pyjama. Elle se pencha pour soulever Violet dans ses bras, tandis que Cole faisait de même avec Grace.

Quand elles furent dans leur lit, April arrangea leur couette et alluma la veilleuse en forme d'étoile. Puis Cole et elle sortirent sur la pointe des pieds.

Quelque chose d'étrange flottait dans l'air. Peut-être était-ce l'obscurité du couloir, ou l'intimité qu'il y avait à partager quelque chose d'aussi précieux que de coucher deux petites filles endormies. Peut-être était-ce dû à ce qu'April avait en tête.

— Tu es probablement fatiguée. Je vais y aller, dit Cole.

— Tu veux bien rester encore quelques minutes ? lança-t-elle, en se dirigeant vers le salon.

— Euh… Oui… Je suppose.

On ne pouvait pas dire qu'il se montrait encourageant.

La lampe au-dessus de la table avait un variateur de luminosité, qui était réglé au plus faible. Appréciant le jeu d'ombre et de lumière sur le visage de Cole, elle l'observa sans hâte.

— Quelque chose ne va pas ? demanda-t-il. Il y a eu des complications à la naissance ?

— Tout s'est bien passé. Lacey et Noah sont aux anges. Les petites sont magnifiques et en parfaite santé.

Cherchant son souffle, elle fit appel à tout son courage et ajouta :

— J'ai quelque chose à te dire.

Une odeur boisée et légèrement mentholée flottait autour d'elle. C'était celle de Cole, unique et reconnaissable entre toutes.

— D'abord, je voulais te remercier d'être resté avec les filles. Je ne m'y attendais pas, mais tu m'as aidée, et je t'en suis sincèrement reconnaissante.

Il s'apprêtait à lui répondre, mais elle leva une main pour l'empêcher de parler.

— Tu es un ami formidable.

Elle sourit et y vit un encouragement quand le regard de Cole resta fixé sur sa bouche.

Il sourit à son tour. Cela lui arrivait de plus en plus.

Lorsqu'elle posa une main sur son bras, il n'eut pas de mouvement de recul.

— Tu es un homme exceptionnel.

— April, je…

Elle posa les doigts sur ses lèvres pour le faire taire. Si elle ne terminait pas maintenant, elle ne le ferait jamais.

— J'avais les meilleures intentions possible, vraiment.

Les yeux de Cole ne quittaient pas les siens.

— Mais l'amitié, ce n'est pas ce que je ressens pour toi, Cole. Ce n'est pas ce que je veux.

Bon. Il ne secoua pas la tête, ne la traita pas de folle, ne s'enfuit pas.

C'était déjà ça.

Il ne la prit pas non plus dans ses bras. N'avait-elle pas dit à Julia qu'il ne lui faciliterait pas la tâche, comme Marsh l'avait fait pour elle ?

— Je veux plus, Cole.

L'air se chargea d'électricité. Elle sentit son pouls s'accélérer.

Cole ouvrit la bouche, mais aucun son n'en sortit.

Ça tombait bien, elle avait encore quelque chose à ajouter.

— J'ai envie de toi, Cole.

Pendant cinq magnifiques et interminables secondes, elle crut qu'il allait l'embrasser.

Ses lèvres s'entrouvrirent, et une veine se gonfla le long de son cou puissant et hâlé. Dans le silence de la maison, le bruit des insectes nocturnes à l'extérieur lui parut assourdissant.

Elle aurait probablement pu se hisser sur la pointe des pieds et faire avancer les choses, mais elle lui ouvrait son cœur en toute honnêteté, et elle ne voulait pas l'influencer par des ruses féminines.

Il s'éloigna d'elle et commença à arpenter la pièce, comme un lion en cage.

— Je ne sais pas quoi dire, April.

Ce n'était pas exactement des paroles d'encouragement...

— Dis ce que tu as en tête, Cole.

— J'ai eu un coup de cœur pour toi.

Il disait cela comme s'il avouait qu'il était un tueur en série.

— Un coup de cœur ? répéta-t-elle.

— Des sentiments.

Elle se retint de sourire. C'était trop tôt. C'était possible, mais trop tôt.

— Il y a longtemps, précisa-t-il.

Là, elle ne comprenait plus.

— Depuis combien de temps ? murmura-t-elle.

Il eut un gémissement, comme s'il était à l'agonie.

— Avant la mort de Jay, avoua-t-il. Et je me sentais terriblement coupable.

— Comment pouvais-tu avoir des sentiments pour moi ? Nous ne nous étions jamais rencontrés avant que tu arrives à Orchard Hill, il y a trois semaines.

— Jay parlait de toi tout le temps. Certains des gars se moquaient de lui. Pour eux, une telle perfection n'existait pas, c'était le sentiment de solitude qui lui faisait embellir les choses. Moi je savais. Quand il parlait de toi, je t'imaginais comme si tu étais devant moi. Et puis, petit à petit, j'ai commencé à rêver de toi…

— Personne ne t'attendait, à la maison ?

— Non.

— Tu te sentais seul. Tu avais besoin d'imaginer une compagnie féminine. Il n'y a rien de mal à ça.

Elle vit bien que cela ne l'apaisait pas.

— J'aime Jay.

Elle vit la confusion dans les yeux de Cole.

— Je l'aimerai toujours, je crois que tu le sais. Seulement je t'aime aussi.

Il commença à venir vers elle, et elle retint son souffle.

Cette fois, c'était sûr, il allait la prendre dans ses bras.

Il s'arrêta à quelques pas d'elle et se tint parfaitement immobile, comme quelqu'un qui chercherait à conserver son équilibre au bord d'un précipice.

Puis, sans un mot, il bifurqua vers la porte et quitta la pièce sans un regard.

Médusée, April s'ingéniait à comprendre, quand il réapparut.

— Nous nous sommes mis dans un beau pétrin ! rugit-il.

Un lion en cage, vraiment.

— Je ne peux pas, April.

Puis il posa les mains sur ses épaules, l'attira à lui et l'embrassa.

C'était un baiser ardent, vibrant d'intensité, un baiser vital et essentiel.

Elle ferma les yeux et une chanson joyeuse monta dans sa poitrine, car c'était un véritable baiser, un baiser du cœur.

Elle avait tellement rêvé de ce baiser…

Rejetant légèrement la tête en arrière, elle noua ses bras autour du cou de Cole.

Cela faisait si longtemps qu'elle n'avait pas ressenti cette euphorie, ce besoin puissant, cet abandon et cette impression d'être à la juste place dans les bras d'un homme.

Elle laissa échapper un gémissement de plaisir.

Cela interrompit Cole comme s'il avait reçu une gifle.

Lorsqu'il s'écarta, elle vit qu'il était contrarié.

— Ne t'arrête pas, s'il te plaît, demanda-t-elle.

— J'ai promis à Jay.

Elle écarquilla les yeux.

— Il était au courant de ce que tu ressentais pour moi ?

— Non.

— Je ne comprends pas. Quand lui as-tu fait cette promesse ?

— Au cimetière, peu après mon arrivée à Orchard Hill. J'ai promis à Jay que je terminerais l'étage pour les filles et toi, que je m'occuperais de vous le temps de mon séjour, mais que jamais je n'essayerais de prendre sa place.

Il soupira, profondément malheureux.

— Je n'ai pas respecté ma promesse, April. Je ne suis pas le genre d'homme que tu mérites. Je suis dés…

— Je t'interdis de dire que tu es désolé !

Il secoua la tête avec obstination.

— Cole, tu comprends que l'on ne peut pas faire de promesses à un mort ?

Il ne répondit pas.

— Je suis moins désirable en vrai que dans ton imagination, c'est ça ?

— Bien sûr, que non ! s'exclama-t-il.

Elle attendit qu'il s'explique, puis elle comprit.

— C'est à cause de Jay, c'est ça ? Tu ne veux pas t'autoriser à m'aimer pour ne pas le trahir.

Il se remit à faire les cent pas sans un mot.

Elle savait qu'une terrible bataille faisait rage en lui. Elle ne la comprenait pas, mais elle savait que cela ne servirait à rien de tenter de le convaincre que personne ne prenait jamais la place de quelqu'un d'autre.

S'il ne voulait pas se laisser aller à l'amour, elle ne pouvait rien y faire.

Finalement, il revint près d'elle.

— Je sais que tu n'as pas envie d'entendre ça, mais je suis désolé, April. Tu mérites mieux. Tu mérites le bonheur, et je ne suis pas en mesure de te l'offrir.

Elle le regarda longuement et finit par soupirer.

— Très bien. Je crois que tu ferais mieux de partir, maintenant, murmura-t-elle.

— Je ne veux pas que nous nous quittions comme ça. Mon intention n'était pas de te faire de la peine. Je n'ai pas envie qu'il y ait une gêne entre nous.

— Je ne peux rien te promettre.

Elle avait besoin de réfléchir.

— April…

— On se voit lundi, Cole.

- 9 -

Cole rêvait.

Il ne s'attendait pas à dormir, et encore moins à rêver, mais c'était pourtant le cas.

April était là, dans sa chambre du Stone Inn. Ils étaient dans son lit, elle avait les mains sur son torse, ses cheveux lui caressaient le visage, ses jambes s'emmêlaient aux siennes. Ses vêtements à elle gisaient au sol. Lui, il était tout habillé.

Même dans son sommeil, il savait qu'il rêvait car ses vêtements n'étaient pas ceux d'un civil.

Petit à petit, le décor changea.

Il était dans le désert. On entendait des coups de feu. La chaleur était accablante. On donnait des ordres.

Jay était avec lui, leurs mouvements étaient synchronisés, leurs pensées à l'unisson.

Ils rampaient à travers une fumée noire, affrontant un ennemi qu'ils ne voyaient pas mais dont ils sentaient la présence.

Ils étaient encerclés, à bout de forces. Mais ils ne devaient pas céder à la panique. Ils ne pouvaient pas renoncer.

Au plus fort des combats, ils furent séparés.

Ce ne fut que bien plus tard, alors qu'il le cherchait désespérément, que Cole vit son ami étendu sur le sable. Le devant de son uniforme était rouge de sang.

Cole se précipita vers lui, lui prit la main.

Jay ouvrit les yeux et murmura :

— Je compte sur toi.

Sous ses yeux, Jay s'évapora comme de la vapeur d'eau

Cole se réveilla en sursaut, le cœur battant à tout rompre, et s'efforça de reprendre ses esprits.

La lampe était allumée sur la table de chevet. La télévision fonctionnait. Il s'était couché tout habillé.

Il saisit la télécommande et mit l'écran en veille. Puis il se leva, se dirigea pieds nus vers la fenêtre et tira le rideau pour observer la rivière qui serpentait sous la lune, tel un ruban argenté.

Il n'y avait d'autre guerre que celle qui se livrait entre son cœur et sa raison.

Les rêves étaient faits d'un assemblage d'images qui pouvaient donner lieu à toutes sortes d'interprétations, il le savait.

Il avait toujours essayé de se persuader qu'il ne croyait pas aux rêves prémonitoires. Pourtant, il y avait eu des moments dans sa vie où ce qu'il avait rêvé s'était produit. Quand il était enfant, cela le terrifiait. Plus tard, il avait appris à écouter son instinct, à réfléchir.

Pensif, il suivit des yeux la trace d'un avion dans le ciel.

Depuis presque quinze mois, il vivait avec la certitude que Jay était mort à sa place.

La veille de l'embuscade, il avait rêvé de sa propre mort. Sans l'intervention de Jay, qui était parti bravement à l'assaut pour protéger sa position, il y serait resté. Et tous ceux qui l'aimaient se seraient vu épargner un deuil terrible. Violet et Grace auraient encore leur papa. April aurait encore son mari. Jim et JoAnn auraient encore leur fils.

Et voilà qu'il rêvait à nouveau. Quel était le message, cette fois ?

April l'aimait…

Tout en lui l'exhortait à résister. Peu importait ce qu'il voulait, ce dont il avait besoin. Il devait s'en tenir à la promesse qu'il avait faite à Jay.

Alors il s'y tiendrait.

April finit de plier les dernières chemises de Jay et commença à retirer ses cravates du tiroir. Elle le revit en train d'en choisir une soigneusement et la nouer autour de son cou. Quelle que soit sa tenue, il était toujours incroyablement séduisant.

Émue, elle ferma les yeux un instant. Elle s'était dit qu'elle accomplirait cette tâche avec détachement, sans évoquer de souvenirs... Elle n'y parvenait pas.

L'été dernier, une adorable veuve de soixante-quinze ans, qui avait perdu l'homme avait qui elle était mariée depuis cinquante-quatre ans, lui avait dit qu'elle le saurait, quand le temps serait venu de franchir cette étape.

Il était temps. Et ce n'était pas facile.

La veille, elle avait mis les costumes de Jay dans un carton. Puis elle en avait rempli un autre de ses chemises et de ses cravates. Mais elle n'avait pas eu le courage de s'en débarrasser tout de suite et avait rangé les cartons dans un placard...

Ce matin, les filles l'avaient suppliée d'aller au parc. Elle avait donc préparé un pique-nique et les avait conduites à l'aire de jeux, puis à l'hôpital pour voir les bébés de Lacey.

Le tri des affaires de Jay en était resté là.

Aujourd'hui, par ce beau mardi d'été, elle terminait ce qu'elle avait commencé.

Elle mit tous les T-shirts de sport de Jay et ses sweat-shirts du lycée dans un carton qu'elle rangea dans le bas de son placard, au cas où les filles voudraient les récupérer un jour.

Puis elle ouvrit le premier tiroir de la commode.

Ses doigts tremblèrent en effleurant le portefeuille de Jay.

Comme elle l'avait fait si souvent, elle le porta à son nez et respira le cuir patiné, puis elle l'ouvrit et regarda les photos de ses filles et d'elle. Le permis de conduire de Jay était toujours dans sa pochette transparente, tout comme son billet porte-bonheur de cinquante dollars était à sa place dans un des compartiments.

Elle le sortit, et un petit bout de papier soigneusement plié vint avec.

Elle le déplia et porta ses doigts tremblants à ses lèvres quand elle découvrit le petit mot qu'elle avait secrètement glissé dans la poche de Jay, avant qu'il parte travailler, le lendemain de leur premier anniversaire de mariage.

Elle ignorait qu'il l'avait conservé.

L'ayant relu, elle se jeta sur le lit et pleura longuement.

Plus tard, elle remit le petit mot à sa place dans le portefeuille, alla se passer de l'eau fraîche sur le visage et se remit à la tâche.

Après avoir déposé le portefeuille de Jay dans une petite boîte, elle y ajouta un fuseau de lavande, ses plaques d'identification militaires, sa médaille Purple Heart et d'autres menus souvenirs dont elle ne voulait pas se séparer.

Ses vêtements de tous les jours iraient à une œuvre de charité locale. Les costumes étaient destinés à une association qui aidait les personnes défavorisées à préparer leurs entretiens d'embauche, et leur fournissait les tenues appropriées.

À présent, la partie du placard réservée à Jay était vide, ainsi que les tiroirs de sa commode.

Elle se demanda si elle serait capable un jour de les utiliser. Elle se sentait vide aussi, comme amputée d'un organe vital.

Espérant ne pas avoir l'air aussi dévastée qu'elle le

ressentait, elle jeta un coup d'œil dans le salon, où les jumelles regardaient un dessin animé.

Les voyant bien sages et occupées, elle transporta un premier carton jusqu'à sa voiture.

Prenant soin d'éviter la flaque que la pluie de la veille avait laissée, elle renouvela les voyages entre la maison et le coffre du SUV.

À chaque fois qu'elle revenait dans la chambre, son regard était attiré par le peignoir de Jay, suspendu derrière la porte. Elle l'avait délibérément laissé là. Le voir, le toucher, savoir tout simplement qu'il était là l'aidait à se sentir mieux. C'était sa place, et il n'en bougerait pas.

Il ne lui restait plus que deux cartons à charger quand elle croisa Cole. Il était arrivé ce matin quelques minutes après 8 heures, comme il le faisait toujours. Ils s'étaient dit bonjour, et il avait bu un café tandis que les jumelles lui parlaient du chien avec lequel elles avaient joué la veille au parc.

— Devine comment il s'appelle ? avait demandé Grace.

— Grizzli, avait répondu Violet, sans laisser une chance à Cole de faire une proposition. Il est immense et plus lourd que nous deux.

Cole lui avait adressé un sourire, mais April avait détourné les yeux.

À présent, elle ne ressentait plus de colère. Elle était triste, et surtout fatiguée de ressentir cela.

— Qu'est-ce que tu transportes ? demanda-t-il.

— Des affaires que je veux donner.

— Laisse-moi t'aider.

Ne lui laissant pas le choix, il lui prit le carton des mains.

En découvrant ceux qui s'empilaient déjà dans le coffre du SUV, il comprit.

— Tu te sépares des affaires de Jay.

Si seulement il n'y avait pas eu une telle déférence dans son intonation…

Avec un soupir, elle reprit le carton, le mit dans le coffre, en poussant un peu pour qu'il trouve sa place parmi les autres. Puis elle appuya sur un bouton, et Cole et elle reculèrent tandis que le hayon s'abaissait.

Ils se dévisagèrent longuement, aucun des deux ne trouvant le courage de rompre le silence.

Les jumelles apparurent soudain sur le perron. Criant assez fort pour que tout le quartier les entende, elles informèrent leur mère que le dessin animé était terminé.

April se hâta de rentrer pour leur expliquer qu'il était temps de donner les affaires de leur papa à des gens qui en avaient besoin.

Quitter la maison d'April samedi soir avait été une décision difficile pour Cole.

Il avait dit qu'il ne voulait pas qu'il y ait de la gêne entre eux, mais plus rien n'était comme avant.

Ils passaient une bonne partie de la journée dans la même maison, mais le contact était rompu. Leur camaraderie des dernières semaines avait disparu.

Elle ne lui demandait plus de faire des associations humain/animal. Elle n'insistait plus pour savoir comment il la voyait. Et, surtout, elle ne lui souriait plus.

Aujourd'hui, elle avait décidé de donner les affaires de Jay.

Une page se tournait. Elle était décidée à avancer dans la vie.

Avec ou sans lui.

Ses conversations avec April lui manquaient, tout comme ses questions anticonformistes et ses intuitions fulgurantes.

Ce n'était pas facile pour lui. Bon sang ! C'était même

une torture. Il avait envie de la prendre dans ses bras et il ne comprenait pas ce qui l'en empêchait.

Il était dehors, en train de changer la lame de sa scie, quand April et les jumelles sortirent de la maison. Grace et Violet portaient un jupon en tulle rose, un T-shirt blanc et des ballerines. Leurs cheveux étaient relevés en un petit chignon de danseuse. Grace avait un petit sac à main à paillettes, et Violet un boa en plumes mauve.

April avait les cheveux détachés jusqu'au milieu du dos, à l'exception d'une mèche relevée de part et d'autre de son visage, et maintenue par des pinces ornées de turquoises. Elle était vêtue d'un short blanc et d'un chemisier sans manches bleu lavande.

— Il y a quelqu'un, maman ! s'exclama soudain Grace.

Tout le monde tourna les yeux vers l'homme qui s'engageait à pied dans l'allée.

— Puis-je vous aider ? demanda April, d'un ton amical.

Il aurait été impoli de fixer l'inconnu, et Cole se remit au travail. Il avait eu le temps de noter que l'homme avait la trentaine, les cheveux blonds et qu'il portait un pantalon de toile beige et un polo bleu marine. De taille moyenne, il avait une allure passe-partout.

— Je suis Nathan Hampton. Je viens de rejoindre l'équipe de la clinique vétérinaire de Jake Nichols. Mais si je vous empêche d'aller à un rendez-vous, je peux repasser…

Cole dévissa le boulon qui retenait l'ancienne lame de scie usagée. L'homme était également poli. Normalement, il l'aurait déjà associé à un animal. Mais rien ne lui vint. Il avait peut-être perdu son don…

— Vous ne me dérangez pas du tout, monsieur Hampton.

— Nathan, s'il vous plaît.

Le sourire qu'il adressa à April déplut souverainement à Cole.

— Mon chien et moi avons emménagé dans la maison au coin de la rue, la semaine dernière, et…

— Tu as un chien ? intervint aussitôt Violet.

Nathan lui sourit gentiment.

— Oui. Un labrador. Elle s'appelle Roxie, et c'est à cause d'elle que je viens vous voir.

Il reporta son attention sur April.

— Je l'ai sauvée d'une situation dramatique. Il y a tellement de maltraitance animale.

Il balaya cette remarque d'un geste et poursuivit :

— Il n'y paraît plus, aujourd'hui. Elle a trois ans, et c'est le chien le plus doux que j'aie jamais connu.

Nathan enveloppait April d'un regard appréciateur, et Cole ressentit l'envie soudaine de le saisir par le col de son polo et de lui faire quitter les lieux.

— Quel âge ont vos filles ? demanda Nathan.

— Elles auront cinq ans, jeudi prochain, répondit fièrement April.

Cole n'avait pas réalisé, quand les jumelles avaient évoqué leur anniversaire, que la date était si proche.

Le boulon sur lequel il s'acharnait se libéra enfin et roula sur le plateau du pick-up, avec un bruit sonore que lui seul parut remarquer.

De plus en plus agacé, il retira l'ancienne lame d'un geste brusque

— C'est votre mari ? lança Nathan, en baissant la voix.

— Non, c'est un ami de mon défunt mari.

Un ami de Jay, nota Cole. Pas un ami à elle.

Les bonnes manières exigeaient maintenant qu'il remarque la présence du visiteur. Il se contenta d'un bref signe de tête.

— Votre deuil est récent ? s'enquit Nathan, qui semblait soudain très intéressé de savoir qu'April était célibataire.

— Un peu plus d'un an. Mais vous vouliez me dire quelque chose à propos de votre chien ?

— Ah. Oui. Il se trouve qu'elle a très peur de l'orage, et elle s'est enfuie, la nuit dernière. Depuis, je la cherche partout.

Il plongea la main dans la poche de son pantalon et en sortit son téléphone.

— Voici sa photo. Vous ne l'auriez pas vue ?

D'accord, ce type avait une bonne raison de se rapprocher d'April, songea Cole. Cela dit, il n'appréciait pas du tout ce rapprochement…

Il finit de resserrer le boulon sur la nouvelle lame et se retint de grincer des dents.

— Elle est adorable, fit remarquer April, après avoir jeté un coup d'œil à l'écran du téléphone, mais je ne l'ai pas vue.

Nathan montra la photo à Grace et Violet. Pressées contre Grace, les bras noués autour de ses jambes, elles ouvrirent de grands yeux.

— Je vais avoir un chiot pour mon anniversaire, dit Violet.

April corrigea.

— Ce que ma fille a voulu dire, c'est qu'elle a *demandé* un chiot pour son anniversaire.

Le vétérinaire sourit.

— Je serais heureux de vous aider dans cette démarche. En attendant, si vous voyez Roxie, pourriez-vous me prévenir ?

— Naturellement.

Il sortit une carte de visite de sa poche, chercha quelque chose pour écrire et aperçut le crayon de charpentier de Cole sur l'établi.

Il s'approcha en quelques enjambées souples.

— Ça ne vous dérange pas si je vous l'emprunte, mon vieux ?

Sans attendre la réponse, il prit le crayon et inscrivit quelque chose au dos de la carte, avant de la tendre à April.

— Il y a le numéro de la clinique, et j'ai rajouté le mien, dit-il. Vous pouvez m'appeler nuit et jour.Il lui adressa à nouveau ce sourire ultra-rayonnant, et elle lui sourit en retour.

— Quand j'aurai retrouvé Roxie, vous pourrez peut-être venir la voir à la maison avec vos filles.

April répondit peut-être quelque chose, mais Cole n'entendit pas car la rage faisait bourdonner ses oreilles.

Le vétérinaire reposa le crayon où il l'avait pris et s'éloigna en petites foulées sportives.

Cole vit rouge. La couleur de la jalousie.

— Au revoir, Cole ! dirent les jumelles en agitant leurs petites mains.

Il se força à sourire pour elles.

April ne le regarda même pas et installa ses filles dans la voiture.

C'était une bonne mère. Et une femme superbe.

Le sourire qu'elle avait adressé au vétérinaire était sincère, chaleureux, sans retenue. Elle ne lui avait pas souri de cette façon depuis samedi soir, songea Cole, que ce petit intermède avec ce Nathan il ne savait plus quoi rendait maussade.

Trois jours s'étaient écoulés depuis qu'il s'était enivré du parfum d'April, depuis qu'il avait senti ses mains douces peser sur ses épaules, depuis qu'il avait pressé contre son corps ses courbes délicieuses et pris possession de ses lèvres…

Ces trois jours ressemblaient à une éternité.

April s'installa au volant et quitta l'allée en marche arrière.

Les jumelles lui firent des signes de la main, avec leur enthousiasme habituel. April ne lui accorda pas un regard.

Il ne pouvait pas l'en blâmer.

Quelle femme pourrait donner le change après avoir dit à un homme qu'elle l'aimait et s'être vu repoussée ?

Aucune ayant son cœur et sa personnalité.

Cole s'était imaginé qu'il était tombé amoureux d'elle en écoutant Jay décrire leur façon de vivre, animée, excentrique pleine d'humour.

Maintenant qu'il connaissait April en personne, il comprenait que cela n'avait rien à voir avec les sentiments réels qu'il éprouvait aujourd'hui, si forts qu'ils en étaient douloureux physiquement.

April semblait vivre les derniers moments de son deuil.

Elle était prête à aller de l'avant. Et il ne savait pas comment il supporterait de rester en retrait, en la regardant tomber amoureuse d'un autre homme.

Il avait fait une promesse à Jay quand il se tenait devant sa tombe, et il avait respecté cette promesse. Il n'avait pas essayé de prendre sa place.

Ce n'était pas ce qu'April attendait de lui. Elle voulait quelque chose de différent. Cela, il l'avait bien compris. Et pourtant, il l'avait repoussée.

Quel était son problème ? Pourquoi ce blocage ?

Il avait intérêt à l'identifier avant qu'il soit trop tard.

- 10 -

April n'était plus elle-même.

Depuis des jours, elle errait sans but dans la maison, hésitant entre la morosité et l'envie de tout casser.

À cet instant, elle avait envie de lancer quelques assiettes contre le mur.

Ou alors, elle pourrait se couper les cheveux… Avec les ciseaux de cuisine.

Mais elle aimait bien ses assiettes.

Et aussi ses cheveux.

Elle savait quel était le problème. Cela rimait avec « folle ».

Oui, Cole la rendait folle.

Elle avait une terrible envie de l'embrasser. Et aussi de l'étrangler.

Pourtant, elle n'était pas quelqu'un de violent, d'ordinaire. D'accord, elle avait brûlé son matelas dans un accès de rage, mais là c'était différent. Cole n'était pas mort. Il était même bien vivant, ici, dans sa maison.

Si près, mais tellement loin…

Elle leva les yeux au ciel. Voilà qu'elle se mettait à citer les paroles d'une chanson ! Elle n'était même pas capable de se morfondre avec son propre style.

L'étage était presque terminé. Le sol était posé, les portes étaient sur leurs gonds. Des lustres similaires, tout à fait adaptés pour de jeunes princesses, étaient accrochés aux plafonds fraîchement peints.

Lundi, le carreleur viendrait faire les joints dans la salle de bains. La baignoire, la douche et les lavabos étaient installés ; il ne manquait que la robinetterie, les miroirs et les porte-serviettes.

En résumé, les travaux seraient bientôt terminés.

Cole retournerait à Rochester, et elle n'aurait d'autre choix que de le laisser partir.

Ils manquaient de temps pour résoudre leur problème.

Elle ne demandait pas d'explications. Quiconque avait aimé et perdu un être cher pouvait comprendre que des choses se produisaient dans la vie des gens, occasionnant de profondes blessures. Il ne fallait pas tout disséquer, placer sous un microscope pour ensuite le partager.

Parfois, la seule façon de vivre en paix, c'était de libérer sa douleur, de la tenir dans le creux de sa main et d'ouvrir les doigts pour la laisser s'envoler.

Si Cole l'aimait, tout ce qu'elle voulait, tout ce dont elle avait besoin, c'était qu'il dise son prénom et lui ouvre les bras.

Ce n'était pas grand-chose, et pourtant c'était tout.

— April ?

— Oui ?

Était-ce vraiment sa voix, ce souffle tremblant et plein d'espoir ?

Elle était pitoyable.

Cole était devant sa porte d'entrée. Elle était dehors et elle ne savait plus pourquoi.

Le vent rabattit une mèche de cheveux sur sa joue. Ce fut en levant la main pour la repousser qu'elle se souvint qu'elle tenait le courrier.

Transférant la publicité et les factures dans l'autre main, elle coinça ses cheveux derrière son oreille et fixa Cole.

Il était appuyé contre l'encadrement de la porte, tenant d'une main la moustiquaire ouverte. Il y avait des taches de peinture rose et violette sur son avant-bras.

— Je n'ai pas vu les filles, dit-il. Elles sont là ?

April secoua la tête.

Il sembla déçu.

— Ah… La peinture est sèche. Je voulais leur montrer leur chambre.

— Elles passent la nuit chez leurs grands-parents.

— Donc, tu es toute seule, ce soir.

— Oui.

Invite-moi.

Demande-moi de rester ici avec toi. Nous commanderons des plats à emporter. Nous parlerons.

Ou, nous ne parlerons pas.

Nous ferons l'amour. Nous nous créerons des souvenirs.

Nous vivrons le premier jour de notre vie de couple.

Elle essaya de lui insuffler mentalement ces pensées.

Il se redressa.

— C'est gentil de leur part, dit-il. Ça te fera du bien, tu pourras te reposer, pour une fois.

À l'évidence, il était impossible de faire entrer quoi que ce soit dans un cerveau obtus.

Elle compta jusqu'à 10 pour lui laisser le temps de l'inviter…

Rien.

— Je vais sortir, décréta-t-elle.

Il était possible que son intonation soit un peu agressive. Tant pis !

Elle ne lui dit pas de s'écarter.

Elle ne lui dit pas qu'il était dans le passage.

Serrant les dents, elle se rua sur le perron et se pencha pour passer sous son bras tendu en travers de l'embrasure.

Elle déposa le courrier sur la table de la cuisine et lava les verres des filles qui traînaient.

Il était un peu plus de 16 heures.

Jim et JoAnn gardaient les jumelles un soir par semaine depuis la mort de Jay. Ça leur faisait plaisir, et il était bon pour les filles d'être séparées de leur mère de temps en temps.

Au début, elle avait trouvé cela difficile. Elle se cloîtrait dans la maison et pleurait. Puis elle avait commencé à rendre visite à ses amies. Parfois, elles allaient voir un film, ou elles se retrouvaient dans un restaurant. Ce soir, ce serait différent.

Elle avait dit qu'elle sortait. Et April Avery ne mentait jamais. Elle allait devoir passer un coup de téléphone et organiser quelque chose.

Cole ne tenait pas en place.

Il n'était que 20 heures, et déjà la soirée lui semblait longue.

Après avoir rangé ses outils, il avait décidé de lever le camp vers 18 heures. D'habitude, April était dans la cuisine à cette heure-là, en train de préparer le dîner des filles.

Ce soir, la cuisine était vide.

En entendant cliqueter des talons dans le couloir, il avait lancé :

— J'y vais, April ! Tu veux que je revienne demain, ou tu préfères que…

Ses paroles moururent sur ses lèvres quand il la vit entrer.

Bon sang ! Ça alors !

C'était la première fois qu'il la voyait dans une robe comme celle-là. Couleur miel, coupée dans un tissu soyeux, elle flottait sur elle comme de l'or liquide. Dévoilant son décolleté et ses bras, elle était serrée à la taille, avant de s'épanouir en corolle autour de ses hanches, et s'arrêtait juste au-dessus des genoux.

— Est-ce que ma tenue est bien ? demanda-t-elle

— Euh… Oui.

Il chercha son souffle.

— Tu es très belle.

— Tu es sûr ? C'est la quatrième tenue que j'ai essayée. Je n'ai pas fait d'achats vestimentaires depuis des années, tu comprends… Tout ce que j'ai est tellement moche ou démodé.

Moche ? Démodé ? Elle plaisantait ? La couleur de sa robe rehaussait les paillettes d'or de ses yeux. Et elle mettait son corps tellement en valeur…

Sa peau était sublimée par un maquillage léger, et ses lèvres avaient la couleur d'une pêche gorgée de soleil.

Il en avait l'eau à la bouche et le corps en feu.

Elle fit ce truc que seules savent faire les femmes : rejeter leurs cheveux par-dessus leur épaule sans y toucher. Ils cascadèrent en boucles souples jusqu'au creux de ses reins, captant la lumière et s'éclairant de plusieurs nuances de brun et de roux.

— Demain matin, ce sera parfait, dit-elle.

Devant son expression perplexe, elle précisa :

— C'est bien ce que tu voulais savoir ? Si tu devais revenir demain ou lundi ?

Elle haussa les épaules.

— Tu feras comme tu voudras, en fait, ajouta-t-elle. Ça m'est égal.

Il y avait une grosse différence entre ce qu'il voulait faire et ce qu'il devait faire…

Quand elle commença à parler de ses sandales noires,

aux talons vertigineux, et se demanda si elle ne devait pas les changer contre une paire d'escarpins plus classiques, il préféra s'en aller.

Arrivé à l'hôtel, il se mit à faire les cent pas dans la chambre.

Il se doucha.

Et recommença à arpenter la pièce.

Il avait fini par descendre à la réception et avait demandé à Harriet Ferris des nouvelles du fantôme. Puis il était allé se promener le long de la rivière et avait jeté quelques cailloux en essayant de faire des ricochets.

Il était retourné dans sa chambre et il avait commandé une pizza.

Il avait allumé la télévision, fait défiler les chaînes et l'avait éteinte.

Et il avait fait les cent pas.

Le soleil, semblable à une grosse orange lumineuse, commença à descendre vers l'horizon. Quelques nuages laiteux bordés de rouge semblaient jouer à cache-cache dans le ciel.

Insensible à la beauté de la nature, il consulta l'heure et se demanda ce que faisait April et avec qui elle le faisait.

Le nouveau vétérinaire était passé un peu plus tôt. Il distribuait des avis de recherche un peu partout pour sa chienne.

Il avait dû inviter April à dîner… et plus si affinités.

Normalement, il avait l'estomac solide. Donc, la pizza n'était pas à blâmer s'il avait une sensation de lourdeur dans le ventre et des aigreurs.

April n'était pas allée à la Bell's Tavern depuis sa réouverture. Ruby O'Toole, qui était devenue Ruby Sullivan, l'avait achetée l'année dernière. Lacey avait vécu dans le petit appartement au-dessus. Quand son père tenait l'établissement, c'était un bistrot sordide.

Aujourd'hui, la Bell's Tavern avait une réputation fabuleuse. Il y avait des concerts le week-end, des soirées dansantes une fois par mois, des tournois de billard le jeudi et des parties de cartes dans l'arrière-salle tous les soirs. On y servait de la bière brassée dans la région et des boissons qui portaient des noms tels que « dynamite », « clair de lune », ou encore « fontaine de jouvence ».

April avait opté pour un verre de cidre, tandis que Chelsea s'en tenait à son sempiternel vin blanc.

Ce soir, l'orchestre jouait de la musique country et l'ambiance était enjouée.

Il était 22 heures. Trop tôt pour qu'elle rentre à la maison.

— Ne regarde pas, April, mais il y a un type que tu connais au comptoir, et qui te dévore des yeux, lui fit remarquer Chelsea. Oh ! attends ! Il vient par ici.

Le cœur d'April se gonfla d'espoir.

Levant les yeux d'un air détaché, elle essaya de masquer sa déception.

— Oh ! Bonsoir, Nathan.

Le vétérinaire sourit. Il avait vraiment un beau sourire.

— Vous permettez que je vous tienne compagnie ? s'enquit-il.

À peine était-il assis que Tiffany, la serveuse, apparut. Tandis que Nathan commandait une bière, Chelsea en profita pour balayer la salle du regard.

Soudain, elle donna un coup de coude à April.

— Ce n'est pas Cole, au bar ? demanda-t-elle.

April tourna la tête, en s'efforçant d'adopter un air dégagé.

Vêtu d'un jean délavé et d'une chemise blanche aux manches relevées sur ses avant-bras hâlés, Cole était incroyablement séduisant. D'ailleurs, cela n'échappa pas à une jolie brune, qui ne perdit pas un instant pour se hisser sur le tabouret à côté du sien, et pour engager la conversation.

Ruby, la nouvelle propriétaire, vint elle-même apporter les consommations.

— Vous avez vu la photo du fantôme ? demanda-t-elle, tout excitée. Harriet Ferris l'a prise la nuit dernière à l'hôtel et l'a fait circuler sur les réseaux sociaux.

Elle sortit son téléphone de sa poche pour apporter la preuve de ce qu'elle disait.

April se pencha pour regarder.

Oui, cela ressemblait un peu à un fantôme. Peut-être… Plus ou moins…

Elle lança un coup d'œil en direction du bar. Cole était de nouveau seul et fixait pensivement son verre. La brunette avait dû renoncer.

Comme s'il sentait qu'elle l'observait, il tourna les yeux vers elle.

L'intensité de son regard la déconcerta.

Entourée de mystérieuses radiations, incapable de calmer les battements frénétiques de son cœur, elle finit par reporter son attention sur la tablée.

Cela commençait à être vraiment contrariant, et il était temps qu'elle fasse quelque chose.

— Je suis un peu fatiguée, dit-elle à Chelsea. Je crois que je vais rentrer.

— Puis-je vous raccompagner ? proposa Nathan.

Nathan Hampton n'était pas du tout désagréable à regarder. Il était charmant, visiblement intéressé par elle… Il avait un bon contact avec les enfants, et qui aimait davantage les animaux qu'un vétérinaire ? Il était d'un abord facile, très affable, et il avait vraiment l'air d'un type bien.

Seulement voilà, leurs doigts s'étaient frôlés par mégarde, tout à l'heure, et elle n'avait rien ressenti du tout.

Il avait un joli sourire. Il souriait beaucoup, contrairement à quelqu'un qu'elle connaissait.

— Non merci, Nathan, répondit-elle. J'ai quelque chose à faire.

Chelsea, intuitive comme toujours, lui adressa un clin d'œil.

— Vas-y, ma belle.

April glissa la chaîne de sa pochette sur son épaule, se leva et se dirigea nonchalamment vers le bar.

Cole la vit, et elle se rendit compte qu'il ne parvenait pas à détacher les yeux d'elle.

— J'aimerais te parler, dit-elle.

Il indiqua le tabouret vacant à côté de lui.

— En privé, précisa-t-elle.

Il jeta un billet sur le bar. Le temps qu'il descende de son siège, elle était déjà arrivée à la porte.

Dehors, le temps était doux. Les étoiles étaient de sortie, tout comme les propriétaires de chiens et les piliers de bar qui allaient d'un établissement à un autre.

— Qu'est-ce que tu veux ? lança-t-il d'un ton bourru.

— Eh bien…

Un couple sortit de la taverne, et trois hommes cherchèrent à entrer.

Cole et elle se déplacèrent pour ne pas gêner le passage.

Mais le film venait sans doute de finir au cinéma d'à côté, car une foule pressée se déversait sur le trottoir.

Elle soupira. Elle voulait parler à Cole en privé, loin des oreilles indiscrètes.

— Tu es venue en voiture ? lui demanda Cole.

Elle secoua la tête.

— Mon pick-up est là, dit-il.

Elle le suivit jusqu'à son véhicule et, lorsqu'il lui tint la portière, elle monta en évitant de le frôler.

Quand il fut au volant, elle se tourna vers lui.

— Tu n'as pas intérêt à me ramener à la maison, dit-elle.

Quinze secondes plus tard – elle le sut parce qu'elle avait tout bonnement compté – il demanda :

— Bien. Et où veux-tu aller ?

— Dans ta chambre. À l'hôtel.

Elle retint son souffle.

L'attente lui parut interminable.

Quoi qu'il dise ou qu'il fasse, elle était prête.

- 11 -

Des éclairs de chaleur étincelaient au-dessus des grands arbres qui encadraient le Stone Inn.

Pendant quelques secondes, April put apercevoir la silhouette torturée de la bâtisse, aux multiples avancées de toit, tourelles, bow-windows et balcons.

Ce n'était pas étonnant que l'hôtel ait la réputation d'être hanté, car il semblait tout droit sorti d'un roman gothique.

Elle était soulagée d'être au moins arrivée jusque-là. Il n'était pas évident que Cole accepte.

En fait, elle avait dû lui demander s'il avait confiance en elle, puis attendre d'interminables secondes qu'il hoche la tête. Pour finir, elle lui avait dit qu'elle avait quelque chose d'important à lui dire, mais qu'elle ne pouvait pas le faire chez elle.

Tant de ses espoirs, de ses rêves et de ses souvenirs emplissaient déjà la maison du 404 Baldwin Street. Si ça se passait mal avec Cole, elle ne voulait pas que les réminiscences de son échec flottent entre ses murs.

Un éclair déchira à nouveau le ciel, et elle aperçut le profil ciselé de Cole.

Ce n'était pas la perspective de croiser un fantôme qui lui asséchait la bouche, lui donnait les mains moites et faisait trembler ses jambes, alors qu'ils se dirigeaient vers le perron.

Et si elle ne trouvait pas les bons mots ?

Si elle ne réussissait pas à faire comprendre à Cole que l'amour méritait que l'on se batte pour lui ?

Il était un soldat dans l'âme. Il ne pourrait pas s'empêcher de se battre pour eux…

Enfin, elle l'espérait.

Cole entra un code à l'entrée, et la lourde porte du hall se déverrouilla.

Il y avait de la lumière au rez-de-chaussée, mais le bureau de la réception était désert.

April pouvait sentir la chaleur qui émanait de Cole tandis qu'ils montaient côte à côte le vaste escalier circulaire.

Il marchait avec raideur, mais elle ne pensait pas que c'était dû à sa blessure. Il avait bâti une forteresse autour de lui, comme s'il en avait besoin pour renforcer sa détermination.

Et si elle ne parvenait pas à percer son armure ?

Bientôt, ils furent devant sa porte, au bout du couloir.

Le moment de vérité était arrivé.

— Nous y sommes.

Elle était tellement plongée dans ses pensées que la voix de Cole la fit sursauter.

Une fois dans la chambre, ils restèrent plantés face à face comme des piquets.

Elle aurait voulu que ce soit moins embarrassant.

Prenant une profonde inspiration, elle s'humecta les lèvres et leva les yeux vers l'homme dont elle était tombée amoureuse.

— J'ai recommencé à rêver, dit-elle.

— Et ce sont des rêves agréables ?

Ils se tenaient assez près l'un de l'autre pour pouvoir se toucher s'ils le souhaitaient, mais leurs bras restaient le long de leur corps.

Il était rare qu'elle porte des talons de dix centimètres.

Cela lui donnait l'impression d'être une grande liane souple et déliée. Mais elle devait quand même lever la tête pour croiser le regard de Cole.

Ce qu'elle lut dans ses yeux lui donna de l'espoir.

Elle s'était dit que c'était son premier baiser qui l'avait ramenée à la vie. Maintenant, elle réalisait que c'était ses yeux, sombres, profonds et emplis de sagesse.

— Je fais des rêves érotiques, répondit-elle sans détour. Et tu y tiens le rôle principal. Mais ce n'est pas ce que je veux te dire.

Il reporta son poids sur sa jambe valide, mais il ne battit pas en retraite.

C'était un homme vraiment courageux.

— Nous avons tous les deux cessé de rêver quand Jay est mort, reprit-elle. Je ne pense pas que c'était une coïncidence. Tout comme cela n'en est pas une que nous ayons recommencé à rêver en même temps.

Elle marqua une pause, au risque de l'entendre protester. Il n'en fit rien. Ce qui l'encouragea à poursuivre.

— L'autre soir, tu m'as dit que tu avais promis à Jay de ne pas essayer de prendre sa place. D'abord, je voudrais que tu comprennes que Jay n'aurait jamais exigé de toi ce genre de promesse. Par ailleurs, il y a assez de place dans mon cœur pour vous deux.

Cette fois, il ouvrit la bouche pour protester, mais elle posa la main sur son bras et il se tint tranquille.

— Jay voudrait que je sois heureuse. Et tu me rends heureuse, Cole. Il aurait voulu que tu le sois aussi. Réponds-moi sincèrement. Est-ce que je te rends heureux ?

Elle attendit sa réponse, le cœur gonflé d'espoir.

Il se passa la main dans les cheveux. Ils avaient poussé un peu, perdant de leur rigueur militaire.

Il alla à la fenêtre et regarda dehors,

Après d'interminables secondes, il revint.

Il soupira, et se décida à parler.

— Jay est mort à cause de moi.

— Mais qu'est-ce que tu racontes ?

— Nous avions des ordres. Il devait rester à l'arrière, et je devais donner l'assaut. C'est moi qui aurais dû…

Il ne termina pas sa phrase, mais elle avait compris. Elle comprenait même beaucoup de choses, maintenant.

— C'est toi qui aurais dû mourir, murmura-t-elle.

Il serra les dents.

— Tu regrettes d'être en vie ? demanda-t-elle d'une voix douce.

— Bien sûr que non. Je regrette que Jay ne le soit plus.

— Je suis certaine que tu es un soldat d'exception, Cole.

Il croisa les bras, comme s'il savait qu'il n'allait pas aimer ce qu'elle allait dire après.

— Tu te sens coupable que Jay soit mort à ta place.

— Évidemment ! Il avait beaucoup plus à perdre que moi.

— Tu sais ce que je pense ? Tu as porté le deuil de Jay encore plus intensément que moi.

Elle le vit chercher son souffle.

— Tu l'aimais autant que moi. Toutes les âmes sœurs ne sont pas des amants, Cole. Il y a des mères et des filles, des pères et des fils, des frères d'armes. Je suis sa veuve et j'ai le droit de montrer ma peine. Toi, tu es un soldat héroïque qui a sauvé quantité de vies, et qui a eu la vie sauve aussi. Tu ne comprends pas que ta vie n'a pas moins d'importance que celle de Jay ?

— Ce n'est pas la question, dit-il, d'une voix étranglée.

— Je t'aime déjà, Cole. Et si l'impensable se produisait, si tu meurs après avoir vécu quelques années avec moi, cela me ferait moins mal que de te voir partir maintenant, en renonçant à tout ce que nous pourrions vivre ensemble.

Perdre quelqu'un à qui l'on tient, c'est horrible. Je le sais, et tu le sais aussi. Mais ne jamais connaître l'amour, c'est encore pire.

Comme elle s'y attendait, il tourna les talons et se mit à faire les cent pas.Ce coup-ci, elle ne lui en tint pas rigueur. Elle comprenait son chagrin. Elle ne la connaissait que trop, cette douleur si forte qui empêchait de respirer. Elle savait qu'il avait peur d'être confronté à nouveau à la perte d'un être aimé.

Elle n'était pas rassurée non plus.

Et si les blessures émotionnelles de Cole étaient trop profondes pour qu'il ose prendre le risque de tout perdre encore une fois ?

— Tu veux bien faire quelque chose pour moi ? lança-t-elle.

Il arrêta ses allées et venues, et revint près d'elle.

Elle prit son visage entre ses mains.

— Invite-moi dans ton lit, Cole.

Il écarquilla les yeux.

— Jay ne m'a jamais dit que tu étais prête à employer toutes les ruses pour parvenir à tes fins.

— Tant mieux. Je préfère que tu découvres certains de mes secrets par toi-même.

Elle devina la bataille qui faisait rage en lui. Il était tenté, mais il hésitait encore.

Finalement, il laissa échapper un profond soupir.

— Je t'aime, April, mais…

Il n'alla pas plus loin, comme s'il pensait, tout comme elle, qu'il n'y avait pas de restrictions possibles quand on était amoureux.

Quand le suspense lui fut intolérable, elle demanda :

— Mais quoi ?

Il lui saisit les mains et les posa sur son cœur, qu'elle entendit battre sourdement sous ses paumes.

Longtemps, ils s'observèrent en silence, chacun cherchant à déchiffrer les attentes et les désirs de l'autre.

Le cœur battant à tout rompre, April retenait son souffle, troublée par le parfum de Cole et par son souffle chaud sur sa peau.

Il allait l'embrasser. Elle en avait la certitude.

Lentement, elle leva la tête vers lui. Les lèvres frémissantes, elle anticipait la caresse imminente de sa bouche… Et le baiser que lui donna Cole fut à la hauteur de ses espérances.

Le message qui passait dans cette étreinte contenait tout ce qu'elle avait tant attendu de lui : l'amour, la confiance, la compréhension.

Et elle y accordait d'autant plus de valeur en sachant que ces émotions venaient d'un endroit profond et secret du cœur de Cole, où jamais aucune femme n'était entrée.

Les lèvres de Cole étaient douces et tièdes, et butinaient les siennes avec une délicieuse habileté. Pressée contre lui, dans un mouvement d'abandon et d'offrande, elle ouvrit la bouche pour lui offrir l'occasion d'un baiser plus intime, acceptant le contact audacieux et voluptueux de sa langue, et frissonna de plaisir quand ses mains puissantes la couvrirent de caresses fiévreuses.

Mais il n'était pas homme à précipiter les choses, ni à perdre aussi aisément le contrôle.

Interrompant soudain cette étreinte si prometteuse, il lui souleva la main gauche et, les yeux rivés aux siens, posa ses lèvres sur le léger creux que son alliance avait laissé dans sa chair.

— J'ai remarqué que tu l'avais enlevée, dit-il. Tu n'es pas obligée de le faire pour moi.

Submergée par l'émotion, elle sentit une larme rouler sur sa joue.

— Je t'aime, April. Et je veux vivre le reste de ma vie avec toi. Je veux que nous passions toutes nos journées et toutes nos nuits ensemble, et que nous devenions un vieux couple aux cheveux gris, perclus de rhumatismes, et toujours aussi follement amoureux. Voilà ! Tu es contente ?

Elle sourit à travers ses larmes.

Oui, elle était contente. Et même plus que ça !

Elle était follement heureuse.

— Je ne sais pas pourquoi Jay est mort et pas moi, reprit-il. Je ne sais pas pourquoi les choses arrivent. Mais il semblerait que le destin m'ait conduit jusqu'à toi.

Il reprit son souffle, une lueur d'espoir intense vibrant dans ses yeux.

— Quand le temps sera venu, quand tu seras prête… voudras-tu m'épouser ?

— Oh que oui, je vais t'épouser ! Et il n'est pas né, celui qui m'en empêchera !

Et ils scellèrent cette décision par un long baiser.

Mille pensées tournaient dans la tête de Cole.

Quel genre de bague April voulait-elle ? Et la cérémonie ? Quand, à quel endroit ?

Comment Grace et Violet allaient-elles l'appeler ? Papa, c'était exclu. Ce titre serait à jamais réservé à Jay. Elles lui trouveraient sans doute un surnom. En tout cas, il serait fier et heureux de prendre soin d'elles.

Il ne savait pas si April voulait d'autres enfants. Lui, il aimerait en avoir un ou deux. Il imaginait déjà les agrandissements qu'il pourrait apporter à la maison du 404 Baldwin Street.

Plus tard, ils auraient énormément de décisions à

prendre. Ils feraient chacun des concessions et, parfois, ils se disputeraient.

Mais, pour le moment, il leur restait la plus belle et la plus bouleversante des découvertes à faire, celle de l'intimité des corps, que l'union des cœurs et des âmes venait sublimer.

Il y avait la vie, et il y avait la mort.

Et pour ceux qui avaient le courage d'accepter que l'un n'allait pas sans l'autre, de prendre à bras-le-corps ce qui se présentait, de ne pas refuser indéfiniment d'être heureux de crainte de tout perdre et de souffrir, au bout du compte, il y avait l'amour.

Épilogue

C'était un de ces après-midi de fin d'été qui faisaient monter le sourire aux lèvres d'April.

Dans le centre-ville d'Orchard Hill, l'air était doux, la brise légère, et les pelouses fraîchement tondues du jardin municipal exhalaient un puissant parfum de verdure.

Cole et elle arpentaient à pas lents le chemin sinueux qui bordait Division Street, Grace et Violet entre eux.

La nouvelle de leurs récentes fiançailles s'était répandue, et chaque personne qu'ils croisaient les félicitait.

Les habitants de cette charmante bourgade embrassaient chaleureusement April, tapotaient affectueusement les petites têtes de Grace et Violet, et déboîtaient quasiment le bras de Cole en lui serrant vigoureusement la main.

Beaucoup le remerciaient pour son sens du devoir et du sacrifice, et il acceptait ces louanges plus facilement qu'auparavant. Mais April savait qu'il serait toujours pudique concernant son engagement pour sa patrie. Il restait en permanence vigilant, sur le qui-vive, protecteur. C'était son soldat, son ange gardien.

Jamais elle n'aurait cru pouvoir être à nouveau aussi heureuse.

Elle n'osait imaginer ce que dirait son père s'il était encore parmi eux. Préparer un mariage en deux semaines à peine était quelque chose que l'on aurait pu attendre de sa sœur, pas d'elle. Pourtant, elle ne voulait pas perdre une minute à attendre, alors qu'elle aurait pu la passer avec Cole.

Les chambres des filles étaient terminées. Ils avaient équipé chaque chambre de lits jumeaux, et elles dormaient dans une chambre ou dans l'autre, mais toujours ensemble. Elles n'aimaient pas être séparées.

La journée était magnifique. Il avait plu à nouveau, et les fleurs qui poussaient dans les jardinières installées sur le rebord de chaque fenêtre n'avaient jamais été aussi épanouies ni aussi odorantes.

Un lointain souvenir traversa brièvement l'esprit d'April, et elle eut la vague impression de s'être déjà trouvée ici à cet instant. Curieusement, elle s'attendait à voir son père posté sur les marches en marbre du palais de justice. Il n'était pas là, bien sûr, puisqu'il était décédé depuis dix ans. Et pourtant, elle sentait sa présence auprès d'elle aujourd'hui.

Se sentant aussi libre que les nuages cotonneux qui parsemaient le ciel d'un bleu intense, elle s'émerveilla des bancs peints de vives couleurs, des trottoirs pavés de briques, et des vitrines au charme suranné.

La musique d'une chorale d'enfants sortait des haut-parleurs à chaque coin de rue. Un petit groupe s'était rassemblé autour de la statue de Johnny Appleseed, et deux femmes en robe blanche répétaient près de la fontaine.

Grace et Violet étaient heureuses que leur mère et Cole se marient, mais elles ne parlaient que du chiot qu'on leur avait promis pour leur anniversaire, qui aurait lieu le lendemain.

L'espace d'un bref instant, April sentit monter en elle une sourde angoisse. Incapable d'en comprendre la source, elle chercha le regard de Cole et fut aussitôt apaisée. Avec lui, elle n'avait rien à redouter.

Elle ne réalisait toujours pas sa chance. Cole Cavanaugh faisait tourner toutes les têtes et pourtant il n'avait d'yeux que pour elle.

Certaines femmes cherchaient toute leur vie un homme bon et honnête à aimer. Elle, elle avait eu une chance incroyable : elle en avait trouvé deux.

Vêtue de rose, comme à son habitude, Harriet Ferris sortit d'une boutique toute proche. En les voyant tous les quatre, elle eut un grand sourire et vint vers eux, en faisant cliqueter ses talons sur le trottoir.

— Faites-moi voir cette bague dont j'ai tant entendu parler ! ordonna-t-elle.

April leva brièvement la main pour lui montrer sa bague de fiançailles.

— Regarde ! dit Violet à sa sœur.

Sans prévenir, elle descendit du trottoir, passa entre deux voitures en stationnement, et déboula dans la rue, où zigzaguait un chien beige terrifié.

April se crispa tandis que les klaxons se déchaînaient et que les pneus crissaient sur le bitume.

— Violet ! hurla-t-elle.

Indifférente à son inquiétude, Violet suivit le chien à travers la circulation.

Il y eut d'autres bruits, coups de frein et d'avertisseur.

April cria à nouveau.

Cole courait déjà vers Violet, dont l'attention était focalisée sur le chien. April saisit la main de Grace pour l'empêcher de suivre sa sœur.

Cole se déplaçait comme l'éclair, bondissant entre deux voitures en stationnement, avant de déboucher devant un autre véhicule sur le point de heurter Violet.

Avant que le pire se produise, Cole attrapa la fillette, plongea à terre et roula hors de vue d'April.

Vinrent alors des bruits de métal broyé, de verre volant en éclats, et un terrifiant bruit mat, comme celui d'un corps heurté par quelque chose de dur…

Grace hurlait, et April luttait pour ne pas perdre connaissance.

Harriet ouvrait de grands yeux derrière ses verres à double foyer. April mit fermement la main de Grace dans celle de la vieille dame.

— Ne la lâchez pas, ordonna-t-elle. S'il vous plaît.

Harriet hocha la tête et tint la fillette à deux mains.

April se précipita dans la rue, à présent pleine de voitures.

Les nuages s'étaient obscurcis, le soleil avait disparu.

Elle devait rejoindre Cole et Violet.

Pourvu qu'il ne leur soit rien arrivé…

Elle contourna une voiture, puis une camionnette. Redoutant ce qu'elle allait découvrir, elle passa derrière un SUV blanc, et elle les vit : Cole, Violet et le chien beige qui ressemblait à un labrador.

Cole était assis sur la chaussée et serrait fort Violet contre lui. Ils avaient tous les deux des écorchures. Ils étaient tous les deux vivants.

Il y avait gens attroupés partout, et tout le monde parlait en même temps.

Tandis qu'April croisait les yeux de Cole, tout disparut : les bruits discordants, les odeurs de pneus échauffés et de gaz d'échappement, le désordre, le moteur fumant d'une voiture, le capot tordu d'une autre, la portière enfoncée d'une troisième… Tout cela s'évanouit.

La lueur qui passa dans les yeux de Cole, destinée à elle seule, transcenda l'espace et le temps, et les connecta aux tout premiers temps où l'amour fut créé.

Il lui sourit, et Violet s'exclama :

— Maman ! Le chien est blessé ! Il faut l'aider !

April regarda plus attentivement la pauvre créature qui gisait, immobile, à quelques mètres de là, une patte visiblement brisée et les yeux clos.

Violet repoussa Cole de toutes ses forces.

— Lâche-moi ! Lâche-moi ! Il a besoin de moi !

Cole se releva et, portant toujours Violet dans ses bras, se dirigea vers le labrador.

April les rejoignit et s'agenouilla près de l'animal.

— Pose-moi par terre, ordonna Violet. Je veux le caresser.

Cole interrogea April du regard. Comme elle hochait la tête, il mit délicatement la fillette sur ses pieds mais ne lui lâcha pas la main.

April et sa fille se penchèrent et posèrent une main sur le flanc de l'animal. Il était tiède, mais April ne sentait aucun pouls.

— Violette, mon petit cœur, dit-elle, je pense qu'il…

Sa fille ne l'écoutait pas. Sans un mot, elle continua à caresser doucement le chien blessé.

Soudain, April vit que l'animal remuait faiblement la queue. On ne pouvait pas considérer cela comme un battement enthousiaste, mais il était en vie.

Et puis Harriet fut là, avec Grace et un policier.

— Elle voulait absolument rejoindre sa sœur et le chien, expliqua la vieille dame. Je n'avais pas la force de la retenir plus longtemps.

Après un signe de tête, April prit la main de sa fille. Grace s'agenouilla aussi à côté du chien, et le caressa comme le faisait sa sœur.

Le labrador ouvrit un œil, fixa les fillettes, et le battement de sa queue s'amplifia.

Les jumelles échangèrent un sourire.

— Doucement, ne bouge pas, murmura April, quand le chien commença à lutter pour se relever, sans y parvenir.

Un second policier arriva, ainsi qu'une ambulance. Des ambulanciers se précipitèrent vers le petit groupe.

— C'est votre chien ? demanda l'un d'eux.

— Oui, dirent les jumelles d'une même voix.

April et Cole échangèrent un regard.

En réalité, l'animal appartenait à Nathan Hampton. C'était Roxie, la chienne qu'il avait sauvée d'un sort cruel, et qui s'était échappée l'autre soir, parce qu'elle avait eu peur de l'orage.

Le jeune vétérinaire appartenait à la famille des types bien, tout comme Jay et Cole. Il aimait les enfants et les animaux, et April était persuadée qu'il tenait beaucoup à ce chien. Aussi voulait-elle par-dessus tout que la pauvre bête s'en sorte.

Abby Fitzpatrick, l'une des amies les plus proches d'April, qui était aussi correspondante de presse du journal local, prenait des photos. Tous ceux qui avaient un téléphone portable l'imitaient.

Le secouriste en chef voulut que Violet et Cole montent dans l'ambulance.

— Nous ne sommes pas blessés, lui expliqua Cole. Je vous le dirais si c'était le cas. La voiture ne nous a pas heurtés. À part quelques égratignures dues à notre chute, ma fille et moi allons bien.

Les larmes continuaient à rouler sur les joues d'April. Son pire cauchemar avait failli se produire. Cette scène ressemblait tellement à celle qu'elle avait rêvée, que c'en était à la fois étrange et terrifiant.

Elle aurait pu perdre sa fille aujourd'hui. Ou Cole. Ou les deux.

Mais ce n'était pas le cas. Et elle le devait à Cole, son guerrier, son héros. Il avait protégé Violet de ses bras, de son corps, de son cœur et de son âme.

Elle le regarda et vit qu'il l'observait.

Jay avait sauvé la vie de Cole dans le désert, et aujourd'hui c'était au tour de Cole de sauver Violet. C'était comme si Jay avait fait venir son ami à Orchard Hill pour réaliser cela.

Il y avait beaucoup de brouhaha et de désordre.

Cole discutait avec le policier et le chef secouriste. April ignorait ce qu'il disait, mais on accepta visiblement sa requête. Il souleva le chien aussi doucement que possible et le transporta jusqu'à l'ambulance.

Tenant ses filles par la main comme si elle ne les lâcherait plus jamais, April y monta à sa suite.

On parla d'eux au bulletin d'informations de 18 heures, où l'héroïsme de Cole fut souligné.

Tandis qu'elle regardait la télévision dans la salle d'attente de la clinique vétérinaire, elle ne cessait de s'émerveiller du miracle qui lui avait été accordé.

L'une des assistantes vétérinaires s'occupa des égratignures de Violet et de Cole, en y appliquant de l'antiseptique. Il y avait un trou dans le jean de Cole, de la saleté sur la jupe blanche d'April et sur les genoux des filles. Aussi incroyable que cela puisse paraître, ils étaient tous sains et saufs.

Nathan Hampton réduisit lui-même la fracture de sa chienne puis, quand l'animal se réveilla, il offrit à Violet et Grace leur premier cadeau d'anniversaire.

— Roxie est à vous, dit-il solennellement aux fillettes qui auraient cinq ans le lendemain. Vous lui avez sauvé la vie. Maintenant, elle vous protégera.

Les jumelles acceptèrent avec gravité le cadeau et la responsabilité.

April et Cole serrèrent la main du vétérinaire, et Cole transporta Roxie jusqu'à sa voiture.

April installa ses filles sur leur siège rehausseur, boucla soigneusement leur ceinture de sécurité.

Veillant à ne pas bousculer sa patte plâtrée, Cole déposa leur nouveau chien entre elles et conduisit avec la plus grande prudence sa nouvelle famille à la maison.

L'amour emplissait l'habitacle du pick-up où étaient réunis un homme héroïque, une femme dont l'amour avait le pouvoir de guérir, deux petites filles qui avaient reçu exactement ce qu'elles voulaient pour leur anniversaire, et un chien qui, à en croire les battements frénétiques de sa queue depuis qu'il était réveillé de son anesthésie, était heureux de vivre et d'avoir trouvé un nouveau foyer.

Retrouvez prochainement,
dans votre collection

PASSIONS

Danse avec un inconnu, de Charlene Sands - N°965

Gracie ne trouve plus le repos : le bel inconnu rencontré à un bal masqué trois mois plus tôt n'est autre que Sebastian Wingate, son amour secret d'adolescence ! Grisée par leur soirée mystérieuse puis leur étreinte fougueuse, elle ne l'a pas reconnu alors… et se retrouve enceinte aujourd'hui ! Mais le pire reste à venir. Quand Gracie révèle à Sebastian qu'il sera bientôt père, ce dernier lui impose un terrible chantage…

Une séduisante proposition, de Brenda Jackson

Brianna est sous le choc : elle vient d'hériter la moitié d'un ranch, l'autre partie revenant à Cash Outlaw. Si elle adore ces terres où elle travaille depuis des années, elle se résout, la mort dans l'âme, à vendre ses parts au riche homme d'affaires – à la seule condition qu'il réalise son rêve et lui donne un enfant !

Enivrante liaison, de Karen Booth - N°966

Déçue par l'amour, Lexi est de retour à Royal, résolue à garder les hommes à distance. Mais sa rencontre avec Jack Bowden bouleverse son univers. Bien que tout les oppose – elle, la riche héritière, et lui, le chef d'entreprise qui a construit sa fortune à partir de rien –, Jack est l'homme parfait. Du moins, pour partager une liaison passionnée, car Lexi se promet de ne surtout pas mêler sentiments et plaisir…

Un espoir de bonheur, de Jules Bennett

Lucy a perdu son mari deux ans plus tôt, et la perspective de fonder une famille est partie avec lui. Mais quand arrive à Stonerock le séduisant Noah Spencer, veuf lui aussi et père d'une petite fille de quatre ans, la vie bien réglée de Lucy bascule. Elle ne peut nier les sentiments et l'espoir que cet homme éveille en elle, mais ont-ils un avenir ensemble, après les épreuves qu'ils ont traversées ?

Scandaleuse intimité, de Nadine Gonzalez - N°967

SÉRIE : PLAY-BOYS À MIAMI TOME 1

Nina est furieuse : la suite qu'elle avait réservée au luxueux hôtel Sand Castle de Miami a été attribuée à l'acteur Julian Knight ! Ils arrivent toutefois à un compromis : ils partageront la suite, dotée de plusieurs chambres. Dans cette nouvelle intimité, tous deux se rapprochent dangereusement, et la presse ne tarde pas à s'en mêler. Inquiète, Nina redoute alors de devoir renoncer à cette relation, aussi fabuleuse que teintée de scandale…

Pour une nuit de plaisir, de Nadine Gonzalez

SÉRIE : PLAY-BOYS À MIAMI TOME 2

Angel n'en revient pas : la voilà chez Alessandro Cardenas, le célèbre acteur ! S'il l'a invitée, c'est pour lui acheter une toile de sa galerie d'art, or l'attraction entre eux est si forte qu'Angel s'abandonne à une nuit de plaisir entre ses bras. Mais dès le lendemain elle est assaillie par le doute : Alessandro lui a-t-il dit la vérité au sujet de la peinture et des raisons de son acquisition ? Peut-elle lui faire confiance ?

Le secret de Gray, de Kira Sinclair - N°968

SÉRIE : MILLIARDAIRES À CHARLESTON TOME 3

Lorsque Blakely est embauchée en tant que comptable au sein de Stone Surveillance, elle n'imagine pas une seconde devoir travailler pour Gray Lockwood ! Gray, l'homme qu'elle a conduit en prison huit ans plus tôt pour détournement de fonds, exige aujourd'hui qu'elle l'aide à prouver son innocence ! Une mission bien difficile, surtout quand son désir pour lui menace de la submerger…

Un ranch en Arizona, de Charlene Sands

Même dans ses rêves les plus fous, jamais Tessa n'aurait pensé hériter d'un ranch en Arizona. Lorsqu'elle s'y rend, elle se sent immédiatement chez elle – en paix. Or, l'apparition de Joseph Hollister, son nouveau voisin, vient bousculer sa toute nouvelle quiétude. Déjà, Tessa redoute de baisser sa garde et de tomber sous le charme de cet homme aux yeux dorés…

Des jumelles à aimer, d'Olivia Gates - N°969

Leonid Voronov se tient sur le pas de sa porte ! En croisant le regard de l'homme qui l'a brutalement quittée deux ans plus tôt, Kassandra a le souffle coupé. Au moment de leur séparation, celui-ci s'était pourtant montré bien clair : entre eux, pas d'avenir envisageable. Et ce malgré les jumelles nées de leur liaison. Aujourd'hui, la situation semble pourtant avoir changé : désormais souverain de Zorya, Leonid s'est mis en tête de renouer avec ses filles afin d'asseoir sa légitimité...

Bien plus qu'un mariage, de Silver James

Chase n'est qu'un mufle ! Bien sûr, Savannah le sait, son mariage avec ce puissant homme d'affaires n'est qu'une union de convenance, qui doit permettre à Chase de conserver son empire familial. Pour autant, comment ose-t-il flirter ouvertement avec deux superbes mannequins, juste sous son nez ? La nuit de noces torride qu'ils viennent de partager ne signifie-t-elle rien pour lui ? Résolue à laver cet affront, Savannah prend une décision irrémédiable : elle demandera le divorce, dès ce soir...

Dans les bras de son patron, d'Elizabeth Lane - N°970

Terri est inquiète. Buck Morgan, son patron, ne s'est pas présenté au bureau et ne répond pas à ses appels. Déterminée à le retrouver, Terri se rend alors au domicile de Buck. À sa grande surprise, celui-ci est toujours dans son lit et se comporte de façon très étrange. Lorsqu'il l'attire brusquement à lui et l'embrasse passionnément, Terri, confuse, songe d'abord à s'enfuir. Mais, au lieu de cela, elle se surprend à s'abandonner dans les bras de son séduisant patron...

L'enfant de Nate Rafferty, de Kathie DeNosky

En se rendant au ranch de Nate Rafferty, avec qui elle a eu une liaison passionnée et orageuse quelques mois plus tôt, Jessie est consciente du bouleversement qu'elle s'apprête à provoquer. Car elle a une nouvelle sidérante à lui annoncer : elle est enceinte ! À sa grande surprise, Nate lui fait une proposition inattendue : il l'épousera pour que leur enfant naisse à l'abri du besoin. Mais Jessie hésite. À quoi bon se marier avec un homme qui semble agir uniquement par devoir ?